Antoine de Saint-Exupéry

Le Petit Prince

かわいい仲間

三訂版

フランス語から日本語へ

大橋正宏 訳

風媒社

アントワーヌ・ドゥ・サンテグジュペリ

かわいい仲間

作者がえがく
ゆかしい物語絵がいざなう

三訂版

フランス語から日本語へ
大橋正宏 訳

風媒社

原作者	ANTOINE DE SAINT-EXUPÉRY
原書	Le Petit Prince
原書出版	ⓒ ÉDITIONS GALLIMARD, 1946
日本語翻訳	ⓒ 大橋 正宏 2021

この本で利用されている図版はすべてサンテグジュペリ
権利継承者から原版を提供され、複製されたものです。

レオン・ウェルトへ捧げる

この本をわたくしは一人の大人に捧げました。こども達、このことを許しておくれ。まっとうな言い開きがあります。この大人の人はかけがえのない大切なわたくしの親友なのです。ほかにもわけがあります、このおじさんは何ごとも読み解けます、こども向けの本だってもちろん読んで分かってくれます。三つ目のわけもあります。このおじさんはフランスに住んでいて、いま生きる事に、にっちもさっちも行かないんです。それで、どうあっても慰めがいるんです。さて、そう言われても言い訳ばかり並んでるものだから納得いかないとこども達が言うのなら、そのおじさんだって昔はこどもだった、そのかつてのこどもにこの本をぜひとも捧げたい。もう、大人になってる人だって始めは誰でもこどもだったのですからね。（もっとも、大人になった人達の大半はこども時分のことを思い起したりなんぞしないけれど。）それでは、わたくしは献辞を書き直しておきます。

レオン・ウェルトへ

まだこどもであった　あの時分のきみへ捧げます

I

　あれは、わたくしが六歳のこども時分のことでした。ある日あっとおどろく版画に出っくわしました。太古そのままに今に残る森の話を読んでいるときのことです。その本の名は『あるがのままのはなし』。そこには、荒ぶるけものを呑み込もうとする、おろちボアのすごい姿が版画に刷って載せてありました。

　いま、上の方に、あなたにご覧いただいている絵は、その版画をわたくしが手で写し描きしたものです。

　本にこんな説明がありました。「おろちボアはえものをそっくりそのまま、まるのみする。かみくだかない。もう、はらいっぱい。みうごきできなくて、ねむりつづけて、ろっかげつ、ずうっとはらのなかのものをこなしつづける。」

　ここを読んでいて、こどものわたくしはジャングルの中で起きているこんなにびっくりするできごとを、ああだろうかこうだろうかと考え、もう、頭いっぱいにしました。今度は自分でやってみたくなり、色鉛筆を手に取ると、姿かたちの縁取り線を引っぱり、初めての絵をなんとか描きおおせました。

　わたくしの手描き絵一号です。その絵は確かこんな風でしたよ。

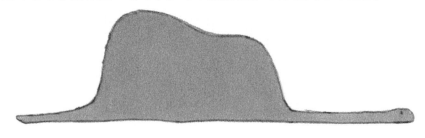

　この自信作を周りの大人の人達に見せびらかした、随分とこの絵にぎょっとしたんでしょうと、どうしても確かめておきたい気が湧いて来ました。すると何と、物言いを付けられました。「帽子がまたどうして。脅しをかけて来るのかい。」

帽子なんていうものをわたくしは描いたつもりはありません。象を熟している最中のおろちのボアを描いたつもりでいたんです。それならばと、腹の内を見えるようにおろちを描いて見せてあげました。大人の人達にこどもの考えたびっくりするしかけをなるほどと呑み込められるようにしたのです。大人の人達にはいつだって解き明かしのひと手間を省くわけにはいかないのです。

　わたくしの手描き絵二号は確かこんな風でしたよ。

　でも、おろちの腹の内を見せようが見せまいが、そうした類の絵にのめり込むのはよしなさい、そんなことより、地理とか歴史、算数とか国語の方に興味を向けなさいと、六歳のわたくしを大人の人達はそう指導しました。あの六歳の時に、画家になるというすごい人生を諦めてしまったのにはこうした事情があるのです。手描き絵一号も手描き絵二号も思っていたのと違う結果になったせいで、こどもであるわたくしはもう出鼻を挫かれてしまったというわけです。大人になった人達というのは自分の力でこういう絵を読み解けない事に全く平気なんです。それで初中大人にこういう物語絵の世界を解き明かしてあげる羽目に追い込まれるなんて、そんなのこどもはいやになっちゃいますよね。

　こういう次第で、わたくしは別の仕事に進路を変えざるをえなくなった、そこで飛行機の操縦法を一から習い覚えました。世界中をあちこちに飛んで行きました。地理の勉強はなるほど大人たちが言っていたとおり、やたらめったら役立ったなぁ。中国はアリゾナ州とは違うぞと一目で、見分けがつけられたんですから。ま夜なかなんぞに飛行機の飛んでいる方向に迷いが出ようものなら、むちゃくちゃ役立つこと間違いなし。

　こんな風な生き方をしているあいだに、わたくしは実直な人達たくさんとたっぷり付き合いをやって来ました。大人達の世界にどっぷりつかって生きて来ました。大人達のやる事をしっかり見て来ました。でも、それでも、わたくしが大人を辛口に見る目というのは、それ程には、良い方に戻りませんでした。

　どうやら物事がきちんと分かるかも知れないと思える大人の人に行き逢うたび、例の手描き絵一号をどう読み解くのか知りたくて試しておりました。あの絵はずうっと持っていたんです。この絵から有るがままのことを思い遣り込めて読み解けるかどうか是非知りたかったものですから。でも、その人も

「帽子そのものですね。」と判で捺したように言い返してきたものです。心当て
にしたことがたび重なり外れ、わたくしは、おろちのことも、太古から人の手
が一切はいらないで、そのままを残す森の話も、天空の星ぼしのことも、そう
いう人との話の中に持ち出すことはもう諦めました。自分の話題をその人の好
みに合わせるようにしたのです。トランプ遊びのこと、ゴルフ、政治、その上
ネクタイのことまで話の種にしました。そうすると、その大人の人はなんだか
随分と話の通じるやつとめぐり合えたものだとやたらと喜んだものです。

II

　わたくしはそうやって周りの大人達と打ち解けないまま暮らして来た、ある
がままに心を開いて語らい合える人と出会う事がないまま、ずうっとそう
やって過ごして来た、サハラ砂漠のまっ直中で身動き取れない事になるまでは。
あれは今から六年前のこと。わたくしのエンジン内部で何かがひどく傷んでい
て回らなくなったんです。整備士も旅行客も乗せていなかった事もあり、一筋
縄では行きそうにもない修理だけど、たった一人でやり遂げるしかないとこの
時に覚悟を決めました。わたくしには生きるか死ぬかの瀬戸際の事でしたから。
飲み水は一週間をどうにか持ち堪えるぐらいしか残っておりませんでした。
　最初の夜はこの様にして更け、わたくしは砂の大地に身を横たえ眠りに就き
ました。ここはどんな人里からも遥かに1000キロメートルも隔たっており、
わたくしは相当切り離された状態にはまり込んだんです、救命筏で大海原のた
だ中を漂う遭難者の心地より、ずっとひとりぼっちになったものだとつくづく
思いました。こういうあり様でしたから、あなたもわたくしの味わった驚きを
想像してみてくださいね。それは、夜が明け出した時でした、謎めいた忍ぶ声
がして来た、で、ふと目を覚ました時、こんな声がした。
　「お願いします……　ひつじを一匹描いてくれよ……　　　」
　「はあっ。」
　「ひつじを一匹描いてくれよ……　　　」
　泡食って跳ね起きた。寝耳に飛び込む、こんな、思いもしない、ささやきかけ
る声に、もう、わけもなく驚いた。目をよくよく擦って見た。目をじっと凝らし
て見た。その途端、小僧っ子と出っくわしておりました。それはそれは風変わり
なかっこうをしておりました。その子は、これはまたずいぶんともの静かなよう
すで、ずっとさっきから、まじまじとわたくしの顔を見つめていたわけです。ほ
ら、ここに、その時の子を一番うまく描けた絵をお見せいたしますけれど、ずっ
と後になって、その子の姿を肖像画にどうにか仕上げる事ができたのがこれ
というわけです。そうは言ってみても、わたくしの描いたこの絵は実物が持つ、

うっとりする美しさに遠く及ばないのは、もう当り前なんです。それをわたくしの腕前のせいばかりにしないでくださいね。画家としての一歩を踏み出したその時に、大人たちによって、六歳という年齢でもう出端を挫かれていましたし、それに第一、絵の稽古なんて、腹の内を見せないおろちと腹の内を見せたおろちの他に、これといって別になんにもやって来なかった事なんですから。

　さて、わたくしはもうびっくりしてしまい目なんかどんぐりまなこにして、この降って湧いたようなこどもの立ち姿にじっと見入ってしまいました。あなた、今一度思い起こしていただけますでしょうか、わたくしはどんな人里からも遥かに1000キロメートル隔たった砂漠に居ったんです。ところが、目の前にいる坊やは、道に迷ってさまよい歩いている様子じゃないし、疲れ果ててもうぐったり死んだ風だなんてなってない、腹ペコで今にも死にそうだなんて見えないし、咽が渇いてもうだめだなんて様子じゃない、何かが怖くてもう生きた心地も無いと怯えてる風でもないぞとそう思えるようになって来たんです。どんな人里からも遥かに1000キロメートル隔たったここへ、サハラ砂漠のまっただ中へと当てもなくほっつき歩いてやって来たこどもという、そんな気配は、まるで感じられなかったんです。ようやっとわたくしも舌がほぐれる様になりましたので、それでこの子に言ってやったんです。

　「これは……これは……こんな所で何しているんだい。」

　すると、この子はさっきと同じ事を言った、そっとささやきかけるように、おおまじめなことを話してるんですというように、こんな風に。

　「お願いします……ひつじを一匹描いてくれよ……」

　妙ちきりんだ、つじつまが合わないにも程があると思った。でも度が過ぎると人は、いやこれでいいのかもと思っちゃうんですね。どんな人里からも遥かに1000キロメートルは隔たった処にあって、しかもわたくしは死の危険に直面していたのでこんな事はあまりにもちぐはぐ過ぎると思いましたよ、出鱈目過ぎるので薄らうすらと腹も立って来ましたよ、そんな自分だったのに、わたくしはポケットから紙と万年筆を取り出した。その途端、地理、歴史、算数、国語に拘って勉強して来た今の自分の事が頭を横切った、（ここでまた、ちょっと腹立たしい気分になった、）それでこの小僧っ子に言ってやったんですよ、絵なんてうまく描けないと。するとこの小僧っ子はこんな悪たれ口を叩いた。

　「そんな事どうでもいい事じゃん。ひつじを一匹描いてくれったらよ。」

　ひつじを絵にするなんぞ今までにやってみようと思いもしなかった。で、この子にやってあげられたのは、わたくしが描ける絵の二つしかない内の一つを縁取り線を引っぱり描いて見せたんです。例の腹の内を見せない方のおろち。すると小僧っ子がこんな文句を言ってるのが耳に飛び込んで来てぎょっとした。

「いらんいらん象だなんて。しかも、おろちに呑み込まれている。おろちってやたら手強い、象ってうんと場所をとる。おいらん家って元もと小ぶりだ。ひつじがどうしても一匹要るんだ。
ひつじを一匹絵に描いてくれってばっ。」
　そこまで言うならと、絵を描いてあげた。
　この子は念入りに見ていたが、やおら顔を上げた。
「ちがうぞ。こいつはもう病気だ。だいぶ弱ってる。
これとちがうやつを描いて。」

　そこで、こんな様に描いた。この坊やは
かわいらしく
にっこりして、　　で、もういっぺん描き直した。
うなずくと「ほら、　　こんな様に。
いい……ひつじ、牧場　　でも、これも
で飼われてるやつ、　　前の絵同様に
あれじゃないでしょ、　　つっぱねられた。
これじゃ、人になつこうとしない　　「今度のやつ
雄羊だよ。だって角を　　年を取り過ぎてるよ。
動かしてるし……」　　ずうっと長く生き続ける
　　　　ひつじが欲しいんだよ。」

　もう堪ったもんじゃない、こんなにケチを付けてくるとは。エンジンの分解に早く取りかからなくてはと気もせいて来た。わたくしはここにある画をそそくさと描いた。この画をぽいと渡してやった。
おまけに、こんな捨てぜりふまで言ってやった。
「そうら、そいつは荷造り函さ。
君が欲しがってるひつじってやつ、
そん中だよ。」
　なんと、意外だ。にこにこしだした。この成り立ての鑑定家が、顔をいっぱいに輝かせている、それを見てしまった、わたくしは、もうどぎまぎしてしまった、うろたえた。なのに、その上、
「そう、そう言ってくれたんで、ほんと、こういうの欲しいなぁと思えて来る。このひつじ、たんと草が要るんだろうか、どう思う。」
「なんでだよ、そんなこと聞くんだよ。」
「おいらん家、根っからの小ぶりなんだ……」

「なに、いいんじゃないかい、きっと。君にはありやなしやのちっぽけなやつを渡しといたし……」

その子は画に顔を近づけると中を覗き込んだ。

「言うほどちっぽけなんかじゃないぞ。…………あれっ、目を閉じた、眠っちゃったぞ……」

こんな、なんとも面はゆい成り行きで、わたくしはこのかわいい仲間と顔見知りになりました。

Ⅲ

この子はいったいどこからやって来たというのだ、様子が分かって来るまでに本当に手こずった。かわいい仲間はなんのかのと聞きたがる、ところが、わたくしが何か問い詰めてやろうと訊ね出すと、すなおに答える気など全然ないみたいでした。そこで、この子が何かの弾みで漏らす言葉を聞き逃がすまいとねばった、そうやることで、ちょっとずつだったけれど、段々とわたくしに事のおおよその事情が掴めるようになった。こんな事がありました。この子がわたくしの飛行機に目を止めるなり（あのね、いいですか、飛行機を絵に描くのやめておきますね。描くとなるとちょっと込み入りすぎているので、わたくしの手には負えないんです。）いきなり質問してきた。

「そこの、かたまってる物、なに。」

「かたまりなんて言わんでくれ。これはねぇ、空を飛ぶんですよ。飛行機というものです。これ、わたくしが操縦してる飛行機なんです。」

これで、空を飛び回っていた事実をこの子に伝えることができ、どうだ、すごいだろうと言いたい気分になった。すると、この子はでかい声を上げた。

「そうなんだ。わぁすごい。あんたって空の方から舞い降りて来てたんだ。」

「んまぁ、そういう事なんだけど。」答えたが、わたくしは神妙になった。

「わあぁ、びっくりだな……」

そう言うなり、かわいい仲間がやけに朗らかに、はじける笑い声を立てた。わたくしはこれで無性に腹立たしい気分になった。このわたくしの困り果てた状況をまともに心配ぐらいしてくれてもいいのに、と言いたくなりますよね。

笑い終り、この子はこう付け加えた。

「じゃあ、あんたもやっぱり星の国からやって来たんだ。あんたってどの辺の惑星の人ですか。」

はたとひらめいた。この子がここにこうしているのが現実離れしていて変でしょうがなかったからです。で、すぐさま問い質した。

「それじゃぁ、何かい、君ってほかの惑星からやって来たということかい。」

この子は答えなかった。わたくしの飛行機をじいっと見つめながらおもむろにうなずくばかりでした。こんなつぶやきをもらした。
　「ふうん、なる程ね、ということは、あんたって天空はるかかなたの向こうの方からやって来てるとつい思ったけど、そんな事あり得ないんだ……」
　この子は、なにやら空想にふけって長い間そうしていました。やがて今度は、ひつじは函（はこ）の中と言って渡した、わたくしが描いたあの画をポケットから取り出すと、この子には宝物に思えるらしいそれをじっくり見詰めて、何ごとか考えにのめり込んでおりました。
　あなたにちょっと思い浮かべていただきたいのですが、地球ではなくて、ほかの惑星というところに、　ここに、隠れている物がちらりと顔を覗かせたという気がしたものですから、　そう思うと、わたくし、もうとにもかくにも気になって仕方なくなったのです。　そこで、わたくしはこの点をもっと詳（くわ）しく知りたくなって我武者羅になった、　こんなふうにした。
　「どっから来たの、坊やは。　一体どこにあるんだい君の惑星は。それに、どこへ持って行く気なのさ、　さっき話してあげたあのひつじなんだけど。」
　この子は何事か考え込み、　黙り続けた。が、ようやくこんな風に話しだした。
　「こいつは具合がいいぞ、　あんたがくれたこの荷函なら、夜には、このひつじの家になるからね。」
　「そうだとも。それにさ、　さっき聞いた事に君が素直に答えてくれたらさ、　さっきのあのひつじを繋いでおく紐も、　つけてあげるよ。昼間は、そうすればいいのさ。　くいん棒もあげるよ。」
　このさそい話は、かわいい仲間をとんでもないとあきれ返らせたようでした。
　「このひつじを繋ぐんだって、へんてこりんなことを言うんだね。」
　「でもさ、繋いでおかないと、さっきのあのひつじ、どこへでも出かけて行って、すがたを消しちゃうよ……」
　すると、この友はまたしてもはじける笑い声を上げました。
　「このひつじが……いったい、どこをほっつき歩くって言うんだ、どこにも行きゃしないよ。」

「どこへだって行くさ、さっきのあのひつじ。どんどこどんと、まっしぐらに歩いてさ……」

　この時おとぎ話の国の子がずいぶん落ち着きはらって言い切りました。

「大丈夫です。とにかく根っから小ぶりなんです、おいらの星は。」

　そう言ってから、何だか物悲しくなってしまったみたい、としか思えない、この子はこう言い足しました。

「どんどん、まっすぐ歩いたって……おいらは……はるかかなたの天空へたどり着くことなんてできっこないんだ……」

IV

　今にして思いますと、わたくしはこの時、決め手となるもうひとつの手がかりを既に手にしていたということになるのですね。この子のふるさとの惑星は一軒の家よりほんの少しおおきいくらいのものだったんです。

　こうした事は、さもありなんとわたくしは受け止めます。というのも、巨大な惑星である地球、木星、火星、金星など、人間が名前を付けた惑星を別にしますと、そのほかに、もっとどっさり、名前なんかもたない無数の惑星が天空にはある事、中には天体望遠鏡でもその姿を捉えるのにとても苦労する程、あまりにも小さい惑星だってあるという事実を知ってたからです。そういう星のひとつを発見すると、天文学者は
名前の代わりに通し番号を
割り振ります。
たとえば
こんな風に
します。
「小惑星第325番」
とかね。

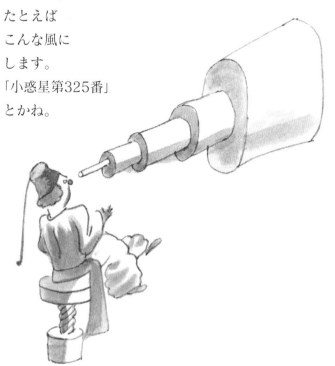

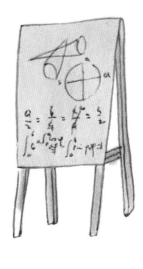

　この子が出てきた星は小惑星Ｂ612番と番付けされた星なんだとわたくしが見当つけるちゃんとした訳があります。というのも1909年にトルコの国の天文学者がこの小惑星をたった一度だけ天体望遠鏡で捉えていたんです。

　この天文学者、その当時、国際天文学会でこの小惑星Ｂ612番の発見を力の限り根限り論証していたのですよ。でも、誰もその学者が言ってることを本当だとは信用しなかったのです。彼が着込んでいた民族衣裳に目くじらを立てていたわけです、大人とはそうしたものなんです。

　小惑星Ｂ612番の名前が世に知られるのに、偶然とはいえ、好都合なことが出来ました。というのは、トルコの国の何のなにがしという独裁者が、国民にこれからはヨーロッパ式の服を身に着けるようにと、違反したやつらは死刑だとまで宣告した事があったんです。

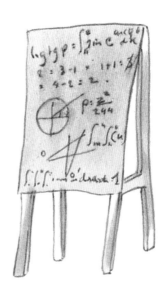

この天文学者ですが、昔の論証を1920年になってからもう一度発表し直しました。もちろん燕尾服でキッチリ決めていたことは申すまでもありません。今度は、誰もがその礼服に目じりを下げ、学者の見解に賛同しました。

　あなたに小惑星B612番の発見こぼれ話をしてみたり、その割りふられた番号をあなたにこっそりお教えしたのは、大人たちのやりそうな事が頭をよぎったからです。大人というのはものごとを数量の嵩（かさ）で言う事が大好きです。今度できた友達の事を大人に話してあげても大人は肝心要（かんじんかなめ）の事はあなたに尋（たず）ねようとしないでしょう。ですから大人がこんな聞き方はしないでしょうね。「その子の声の感じはどんな風かな。その子が気に入ってる遊びってなんだろうね。その子、ちょうちょを集めているのかい。」大人がこんな風に聞いて来ること、想像できますか。大概の大人は、あなたから、こんな事を聞き出そうとします。「その子の歳はいくつなの。兄弟姉妹は何人なの。体重は何キロなの。その子のお父さんの稼ぎはどのぐらい。」こう聞くことでしか大人はその子を分かった気分になれないようです。あなたが大人に次のようなことを話したとしてみますよ、「今日すごくきれいな家を見てきました。バラ色の煉瓦造りなんです、窓辺にゼラニウムの鉢が、おまけに屋根には鳩たちが……」、すると大人はこの家を手ぎわよく思い描けないのです。そうです、大人にはあっさりとこう言ってやったほうがいいんです。「壱千万円の家を見てきました。」すると大人は、でかい声で言うよ。「なあんだ、そんなの、たいしたことないぞ。」

　こういう次第（しだい）なので、仮にあなたが大人に次のように言ったとしますよ、「『かわいい仲間』言い替えると『おとぎ話の国から来た子』が以前この世に姿を現したことがあることを、その裏付けをお話しいたしましょう。まず、この子はうっとりする美しい姿をしておりました、声を上げて笑いました。それに、ひつじを欲しがっておりました。特に、ひつじを欲しがるということは、その人がこの世に生きているという印になるのです。」すると、大人は肩をすくめて、面白くもない話だとあなたをこども扱いしてくるに違いありません。でもですよ、仮にあなたがこんな風に言ったとします。「この子がやって来た星は小惑星B612番なんです。」すると、大人は真に受けること間違いなし、もうあなたになんだかんだうるさく聞いて来たりしないでしょう。大人とはそうしたものなんです。こんなことで大人は憎たらしい存在なんて決めつけしないように。こどもは大人になった人を、あっさりと、恕（ゆる）してあげられるはずですから。

　人を恕す事のできるあなたやわたくしは人の存在を認めますから名前代わりの通し番号で人の存在をないがしろにするやり方は致（いた）しません。わたくしはこの物語をおとぎ話のやり方で（大人の既成観念からは自由に）始めたかった。

できたら、こんな書き出しにしたかった。

《　むかし、むかし、まだおさない殿さまが、自分の体とだいたい同じくら
　　いのおおきさの星に、ひとり住んでおりました。そのこどもは友だちがそ
　　ばに居てほしくて、ほしくて、たまらなくなったので……　》

　人を思いやり、人を恕すことができる人々にお話をするなら、こんなふうに
始めたほうが、もっとずっと、あるがままのことを伝えられたのかもしれない。
　そうしなかったのは、さまざまな人にこの本を読んでもらい、でも安易に読
み流さないでほしいと考えたからです。六年前を思い起こすこの物語を書き綴
ると今もさびしさに胸がいっぱいです。あれから六年が過ぎ、愛おしい仲間は
あの子のひつじを連れて、消え去ってしまったというのに。まぁ、それはさて
おき、こうやって友の様子をきっちり書き残しておこうとするのも友の事をな
いがしろにしたくない気持ちからなんですよ。親友をないがしろにするなんて
何とも情ないでしょう。皆が皆、親友と言える人があったという、そういう事
でもないのですし。しかも、わたくしだって数の大小でものをしゃべる事にし
かもう関心のない大人に、いずれは成って行かざるを得ないでしょうしね。だ
からこそです、きっちり書き残したくて絵の具箱と鉛筆を買い整えました。わ
たくしの今の年齢でもう一度絵を描こうと取り組むのは、まるでこわばった気
持ちの殻にひびを入れるようなもので痛みが走ります。六歳の時、おろちの腹
の内の見えない絵と腹の内が見える絵を描いてみただけ、ほかに絵を描いてみ
ようなんて気はさらさら湧いて来なかった事ですから。もちろん、わたくしは
できる限りよく似た肖像画を描こうとやってみますよ。やりとげますけど、自
信があってのことじゃないんです。一枚はうまく描けたとしても、次の一枚は
もう似ていないんです。背丈の点にも思い違いがあります。こちらの絵だとお
とぎ話の国の子の背が高すぎます。あちらの絵だと背が低すぎます。彼の着て
いる服の色付けにも迷いがあります。それですから、ああだったろうかこうだ
ったろうかと迷いながら試している有り様です。こんな調子ですから、やっぱり、
あちらこちらの細部でもっとたくさんの描き損ないをしているのでしょうね。
でも、そうした点は大目にみていただきたい。なにしろ、わたくしの友は説明
ということをいっさいしてくれなかったのです。この子は、わたくしの事を似
た者同士の仲間だと、思っていた節があります。
　さて現在のわたくしですが、人に言われたとおりに、荷函越しにそこにひつ
じがいると感じ取る素直な気持ちというのは、くやしいけれど逆立ちしてもそ
んなこと無理です。
　わたくしも、やっぱり、大人っぽくなって来たのでしょう。
　わたくしも年を重ね、いずれ気持ちがこわばって来ちゃうんです。

V

　一日が過ぎ去りまた次の一日が過ぎていく。この子の星の有りさま、旅立ち の経緯、道中での体験、そうした事の一つ一つをわたくしはその日その日に知 りました。考察の面向くまま、考えを重ね、そうした事にゆるゆると辿り着い たという次第です。三日目にバオバブの樹が引き起こす退っ引きならぬ事態を 知ったのもこんな紆余曲折からでした。

　この時もまたひつじが話の糸口になりました。こんなふうでした。藪から棒 にわたくしに問い詰めてきました。手に余るとまどいの中から抜け出せず、も がいてる様にも見えました。

　「本当に本当なんですか、ひつじというのは背丈の低い木ぐらいなら、むしゃ むしゃぱくついて行っちゃうと、そうですよね。」

　「ええ、本当ですよ。」

　「よかったぁ、うれしいぃ。」

　わたくしはこの時これがどういうことなのかとんと見当もつかなかった、ひ つじが背丈の低い木をぱくつくということにこんなにもうれしがれるなんて。 ところがおとぎ話の国の子はおかまいなしにこんな事をつけ足しました。

　「それじゃ、やっぱり、ひつじというのはバオバブの樹だってむしゃむしゃ ぱくつくんだ、そうだよね。」

　わたくしはおとぎ話の国の子に違いを教えてやりました。バオバブの樹は背 丈の低い木どころではない、教会のようにそびえ立つ大きな樹なんだと。

だから、たとえこの子があの
ひつじと一緒に象のひと
むれ丸ごと引き連れて
行ったところで、
その群れはたった
一本のバオバブの樹
だって喰い尽くせたりはで
きないのだと説いて聞かせた。
　象のひと群というわたくしの
思い付きにおとぎ話の国の
子がおかしがった。
　「そうなると次々と
背中に積み重ねないと
いけなくなるなぁ……」

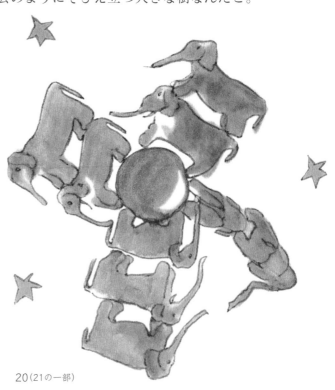

一頻りおもしろがっていたが、この子は賢げな顔にもどり、こう言う事ですよと言い当てました。

「バオバブの樹だって、でかくなる前、まずは背丈の小さいところから始まってるでしょうに……」

「なるほど、そのとおりだった。だけどまたどういうこと、説明してくれよ、さっきから君が話してるひつじなんだけど、そいつに、背丈がでかくなる前のバオバブの木をぱくついてもらいたいだなんて。」

ここに及んで、この子はわたくしにはっきりと口答えしました。「えっ、そんなこと。わざわざ聞くなよ。」まるで、そんなことは、それこそ分かりきってるだろうと言わんばかりでした。

こんな次第で、この子から聞き出したいのに説明がなく、それがどういう事情なのかわたくし一人で見当をつけるはめになり、ずいぶん頭をひねって考えないといけなくなりました。

それはこういう事でした。おとぎ話の国の子の惑星にも、惑星ならどれにだってあるように、人に良い効き目がある草と人に悪く影響する草が生えていた。ということは人に有益な草由来の役立つ種と、人に有害な草由来の危険な種とが惑星どれにだって潜んでるわけです。ただ、種というのは姿を見せません。種は土くれの奥深くにひっそりと眠りこけています。どれかひと粒がふと目を覚ましてみようかという気まぐれを起こすまでは。やがてある朝、ひと粒が目覚めのひと伸びをすると、初め恥じらいながら太陽に向かって、思わずうっとりするような、まるであどけない、かわいい若芽を伸ばします。それが二十日大根とかバラの若芽であれば好きなように伸びるに任せればいいのです。でも、人に危険と成る植物に限っては、そういった危ないやつと見極めがついた時点ですぐ抜き取らないといけない。そういうわけで、おとぎ話の国の子の惑星にもすさまじい種が埋まっておりました……さっき話したバオバブの樹と成る種だったのです。この子の惑星の地中にはそれがあちこちにはびこっていたんです。さて、バオバブの樹なんですけれども、もしこの子がそれに取り掛かるのがあんまり遅すぎると、でかくなった後ではもう絶対にそいつを引っこ抜く事ができなくなるんです。そいつが惑星の地中いたる処に根っこを張ります。その根っこは惑星を突き抜けていくでしょう。ですからこの子の惑星があんまり小さ過ぎてたりとか、それもバオバブの樹の数がたくさんあり過ぎてたりとかいう事だと、この子の惑星を破裂させちゃうという話になります。

こんなことを考えていたわたくしに、《それは決めたことが実行できるかどうかなんです》と、おとぎ話の国の子は後になって、そう話してくれました。《朝の身支度を済ませたなら、続いてその惑星を丁寧に手入れすることです。

バオバブの抜き取りを決めたとおりきちんとやり遂げていく事が大事なのです。バオバブも出たはなのうちはバラなどとやたらにそっくりだけど、バラとの違いが分かったら、すぐにやる事です。これはなかなか退屈ですが、やれば案外取っつきやすい作業でもあるのです。》

　そうしたある日のことです、この子はわたくしにこんなことを勧めました。いまの話をわたくしが住む地球のこども達にしっかりと理解してもらうためだから、本格的な絵にしあがるようひとつ身を打ち込んで、この事柄を絵に描いてみるようにと。

《地球のこどもたちは、いずれ大人への旅立ちをするから》この子はそうわたくしに語りました。《いま言ったこと、こども達にいつか役立つと思うよ。時と場合によっては、決めた作業を先延ばししても構わない。でも、事がバオバブとなれば、例外なくそれで一巻の終わりになる。抜き取りを几帳面にやらない人がかつて住み着いていた惑星があったのを、おいら知っている。その人は三本の背丈の低い木をずうっと気にかけないで来た。すると……》

　そこで、おとぎ話の国の子の話したところを手引きに、話にあった惑星を前頁に描きました。わたくしは人に教訓するものの言い方はどうも苦手です。でもバオバブの樹が持つ危険性の事となれば、世の中、自覚している人があまりにも少な過ぎるありさまですし、実際にとある小惑星で人がうかつに芽を抜き取り損ねて、その結果、必ず生（しょう）じる危険な事態というのはあまりにも測り知れないものがあるのですから、今度ばかりは控えめな事はやめます。わたくしは言います。『まだこどもである君たちよ。バオバブの芽から目をそらすな。』

　地球のこども達に心の用心を呼びかけたいのです。こども達皆が危うくも免れてこられたこうした危険、それは遥かな昔からあった事なのに、わたくしもそうでしたがこうした危険がある事につゆ気付かぬままにしていたけれど、いずれ行き逢う事になる危険があるのだということを伝えるためにこの絵を一所懸命描きました。この警鐘で自覚してもらう緊急性があったからです。あなたは多分変なあとお思いになっているでしょう、どうしてこの本にはバオバブの絵と同じくらい思い切り大胆な絵が他にないのかと。その答えは至極平凡です。やってはみたけどうまくいかなかったというわけです。バオバブの絵を描いてた時は、この地球の幼いこども達に手遅れになってはいけない、（やがて大人へとでかくなってく前になんとか、）という気持ちが先だって気合が入っていたのです。

VI

　ああ、かわいい仲間よ、君が星での暮らしぶり、どこか哀しみを帯びているのだと、だんだんに、こんなふうに呑み込んで来ましたよ。君はこまやかに気を揉み胸にわだかまりを抱いてその星で暮らしていたわけですね。その気持ちを紛らわせるのに、君は長らく夕焼け空の作り出すここち安らかなひと時を直向（ひたむ）きに過（す）ごしたわけですね。今まで知らなかった、こんなような君の胸の内に触れる事が出来たのは、四日目に、朝から君がこんなふうに話しかけて来たからです。

　「夕どきの空の光景がおいらには気持ちにぴったりとくるんだ。さあ、今から眺めに出かけようよ、夕日に映える大空を……」

「待つってことしないと、ね……」
「待つって、なにを。」
「待つって、太陽が沈み始めるのを。」

　　君は一瞬意外だという表情をして、すぐに、
　ひとりで、おかしがっていた。それで君はこう言った。
「おいら相変わらず、ずうっと、自分んとこに居るつもりでいた。」
　こういうことってあるものですね。アメリカ合衆国が昼正午になる
時分、愛おしい故郷（ふるさと）を出てこの地へ移り住んだみな様が知ってるように、
　フランスの空では太陽が傾きかけて行くところです。その夕暮れの大空
に立ち合いたくて、一分でフランスの地へ飛んで帰る事ができたらいい
のにと、つい勘違いする事ありますよ。残念無念だがフランスはもの
　すごく離れて遠い。それはさておき、君んとこの、そんなにも小さい
　星の上であれば、座っている椅子を二、三歩前に引き出せば間に合って
　　たわけですね。その星で君は見たいと思う、その思いのままに、
　　暮れなずむ大空を追いかけて眺めておれたわけですね……
　　　「いつかなんて、太陽が沈んでゆく大空を
　　　四十三回も眺めていたんだよ。」

　　ここでしばし、むっつりしていた君はこう続けました。
　「あんた、分かってくれるよね……、無性に悲しい気分になっちゃうと、日
が沈むあの夕映え（ゆうば）の大空、あんたも恋しくなって来るでしょう……」

「四十三回のその日、その日も君はそんなに悲しかったわけだ、つまり。」
かわいい仲間は答えようとしなかった。

VII

　五日目、ひつじが今度もとっかかりとなった。おとぎ話の国の子がこれまでを過ごしてきた星の暮らしの、内側に隠れている事柄が、これを切っかけに浮き彫りとなった。抜き打ちざまに来た。何の前置きなしに問い詰めて来た。何か思い悩んでいることをしばらくのあいだ、ぐっと口を結んで考え続け、それをやっとまとめたという、そんな様子でした。こんなぐあいに。
　「ひつじのことだけど、背丈の低い木ならなんだって口にするって分かったよ。じゃ、花なんかも口にするんだろうか。」
　「ひつじはね、出っくわした花はなんだって口にするよ。」
　「棘を立ててる花でも平気なの。」
　「そうだとも。棘立ってる花だってへいっちゃらさ。」
　「じゃあさっ、棘って、何の役に立つわけ。」
　わたくしはこれまでに、そうした事をいぶかしいと気付いてみる事などなかった。その頃になると、わたくしはきりきり舞いでした。あのエンジンに付いた締め過ぎのボルトを外してやろうと躍起になっておりました。わたくしとしてはもう気が気でなかったのです。この度の故障なんですが、わたくしの手に余るように思い始めていたところなんです、その上、飲み水だって底をついて来ていたので、わたくしは最悪のことを案じないわけにいかなかったのです。
　「棘って、何の役に立つわけ。」
　おとぎ話の国の子は、一旦尋ねだしたことは、なにがあっても引っ込めなかった。わたくしはボルトの事で、もう、なんともはや気が立っていましたので、それで、でまかせに、こんな返事をしてやった。
　「棘かい、そいつは何の役にも立ってないって。ただの嫌がらせのつもりなんだろう、花にしてみればっ。」
　「そんなぁ。」
　一瞬のあいだ、黙ったままになった、が、恨みがましくにらむと、この子はわたくしに言葉の矛先を向けた。こんなふうに。
　「あんたが言ってることはおかしいよ。花ってのはやわな無抵抗だよ。花ってのはあるがままの自然体だよ。花ってのは目いっぱい、怖いもの知らずに生きている。棘が生えているから、花ってのはもう自分ってすっごいんだと、信じきっている……」

26

わたくしは何とも返事をしてやらなかった。束の間の時が過ぎて行った。わたくしはこんな思案にふけっていた。《このボルトがこのままちっとも緩まないとなったら、金槌を一発ぶちかましてこいつをぶち切っちまおうか。》

　そこへ、おとぎ話の国の子はまたしても言葉の横槍を入れて来た。

「それなのにあんたなんか思い込んじゃってる、花はいじわるで……」

「あっと、全然。全然。そんなこと思ってないよ。その場しのぎで口が滑ったまでなんだって。今、わたくしは手一杯なんですよ、まともなことで。」

　その子はわたくしを睨み、あきれ返り、

「どこがまともなものか。」と声を震わせました。

　この子は、わたくしのこんな姿を見ていた。金槌を片手に、その指を機械油で黒ずませ、この子にしてみれば不格好に見えた、そのかたまりの方に、わたくしは身を乗り出し、もうすっかり、かかりっきりになっておりました。

「あんたって大人がするような口の利き方をするんだもん。」

　この言葉に、わたくしはちょっとばかし恥ずかしさを覚えた。だが、容赦なくこの子は続けた。

「あんたって何もかもを一緒くたにしている……あんたって何だろうとかまわず、まぜこぜにしている……（ほかの人がする心配ごとなんか十把一絡げ、自分の気懸りこそ大事とばかり……）」

　この子は真剣に腹を立てていました。鮮やかな金色をした髪の毛を風の中で振り乱しておりました。

「赤ら顔をてからせた人が住む星をおいら訪ねて見て来た。そのおじさんは花の香りだって、今だかつて一度も嗅いだりしたことがないよ。空に星が瞬いているのだって、今だかつて一度も見つめたりした事がない。人を愛し一緒に住むことだって、今だかつて一度も思ったことがない。足し算ばっかしやっててそれより他は、今だかつて一度もやったためしがない。そしてひがな一日そのおじさんは、あんたが今言った同じ言葉を繰り返してる。『わしはまとも人間だ。わしはまとも人間だ。』だから自分ほど偉い人間はおるまいと、踏ん反り返ってる。だけどこんなの人間って言えない、こんなの反っくり返った茸みたいなやつ。」

「えっ、なにみたいだって。」

「返っくり返っ茸。」

　おとぎ話の国の子は腹の虫が治まらなくなり、青筋立ててすっかり怒り出しました。

「はるか遠い昔からずうっと、花は棘を身に帯びて来ている。ものすごい昔からずうっと、ひつじは花だろうとぱくついてきている。そういう事なのに、

今だかつて自分の身を護るためには、ちっとも役に立ってない棘を身に帯びるため花がこんなにもふんばっているのはどういう仔細からだろうかと、その謎を読み解こうと今気遣って考えてみるのはまともじゃないとそんなこと言うの。花がひつじと鍔迫り合いを始めても、大した事じゃないとそんなこと言うの。ぷっくり太って赤ら顔したおじさんの足し算勘定に比べたら、そうした事はまともじゃないし、これっぽっちだって大した事じゃないとそんなこと言うの。ぶちまけて言うと、他のどっこにもない、おいらの星だけに咲く、かけがえのない大切な花とおいらは知り合いの仲になっている。ところが、無作法なひつじがやって来て、ある朝その花を無頓着にぱくりと一口で平らげちゃうことだってあるかもしれないんだ。ああ、でもあんたは、そんなの大した心配事じゃないと、そんなこと言うの。」

　この子は、ぱっと顔を赤らめた。

　このあと、話しぶりを変えた。

　「どっかの誰かさんがひとつの花と慣れ親しくなるといつも起きる事がある。その花は無数の星ぼしの中に見かける似たり寄ったりな、ただの花のひとつに過ぎないんだよ、でも、その誰かさんにしてみれば無数の星ぼしを見詰めてるとそれでもう、うれしさがこみ上げてくる。その誰かさんはこう思うんだ、
　　　　　　「おいらの花はこの星空のどこかで咲いている……」
なのに、ひつじがその花をぱくりと口にするんではなんてあきらめだしたら、その誰かさんにしてみれば、いきなり星空全部がまたたきをしなくなるんだよ。それなのに、こんな心配事など大したことじゃないと、そんなこと言うの。」

　この子はもう何もしゃべれなくなった。
不意に、泣きじゃくりだした。
夜はもうとっくに更けていた。
わたくしは、工具をいつの間にやら手
から取り落としていた。わたくしは、
もう気になんかしなくなっていました。
あの金槌も、あのボルトも、咽の乾きも、
死の恐怖さえ。
ひとつの星に、
ひとつの惑星に、
わたくしの住む星に、
この地球という天体に、
慰めてあげないといけない
気持ちの細やかなこどもがいたのです。

わたくしは両腕にこの子を抱きしめた。ゆったりゆたりとあやした。この子にささやいた。「君が大切に思っている花を危ない目になんかあわせるものか……君の花のために口覆いの絵を描いてあげるよ、君のひつじに着けておくれ……ねえ君いいかい、君の花に似合う花囲いの絵を描いてあげるよ……君には、もっと……」　自分の口を衝いて出て来る言葉に、自分自身でも、躓く思いがした。何やらつじつまの合わない事をしゃべり出している自分がいることに気付いた。この子にどう伝えたらいいんだ、この子とどこで胸の内が解り合えるんだ……でも、(窺い知ろうにも、はた目からではどうにも分かって来ない。)こんなにも知ることの難しいところなんだ、人の哀しみの在り処とは。

VIII

　この子の星に咲くという、あの花の様子を身近に知る術を、程もなく、わたくしは会得しました。ふだんだったら、かわいい仲間の惑星には気さくな花が咲いているだけ、花びらを一重にあっさり付けるだけ、場所も取らず何の邪魔にもなっていませんでした。そこの花たちは朝方くさむらからぱっと咲くと、もうその日の夕方にしぼんでおりました。

　今一度お話ししようとするあの花はある日もう芽を出していました。けれどもその種が一体どこから遣って来たものか分っておりませんでした。そこで、かわいい仲間はこの新芽が伸びてゆくところをとても注意して見張っておりました。というのもこれまでの新芽とどうも様子が違っていたからです。いままでにない種類のバオバブの若芽かとさえ見えたんです。

　背たけがいくぶん高くなった頃合いで、この若木はすぐに伸びる事をやめ花の支度に取り掛かりました。蕾が桁外れにだんだん膨らんで身ごしらえしていく様子をかわいい仲間は一緒になった気持ちで見つめていた為か、えも言われぬすばらしい姿の花がそこから現れ出るのではないだろうかと胸が次第にときめいて来るのを感じていました。けれどもこの花の方は緑の試着室に立て籠もったきり、みばえよく咲く身支度をいつまでもいつまでもやっておりました。この花は入念に好みの色を吟味しているのでした。ゆっくり、ゆっくりと着付けて、花びらを一枚また一枚と整えているのでした。ひなげしの花のように畳み皺だらけの顔を曝け出したくなかったからです。自分の美しさが輝き溢れてからでないと姿をあらわしたくなかったからです。そうなんです。この花といったらお洒落にものすごく気を使っていたのです。かわいい仲間から隠れてする身支度は、そういう次第でくる日も、くる日も続いておりました。

やがてある朝のこと、
太陽が昇り始めたその瞬間にぴったり合わせて、
行き成《いきな》り、この花は姿を見せました。
　ところがなんと、寸分《すんぶん》の狂いもないようにと、
この直前までおおわらわだったはずなのに、
作りあくびをすると、花は言いました。
　「あらまあ、今ようやく目を覚ましたところでござい
まして……これは失礼しましたこと……
髪がまだくしゃくしゃでしたわね……」
　かわいい仲間は、その瞬間、
おのれの心とろけた気持ちを隠して
おくことができなくてこう言った。
　「お美しかったんですね。やっぱり、こんなにも。」
　「ねぇ、そうでしょう。」とこの花はすまし顔で答えた。
「まして、私は太陽が昇って来る、その瞬間に咲き出して来た
というわけですから、なおのこと……」
　この花、つつしみがそれ程ないんだとかわいい仲間はちゃんと感じ取
りました。それにしても、ついつい見惚れるなあ、とも感じ入っておりました。
　「そろそろお時間でしょう、そう思うのよ、朝食の。」花は待つ間を惜しんで
言足しました。その挙句に、「私のこと、お気遣いして頂けないのかしら……」
とまで。
　こうなると、かわいい仲間はすっかりあたふたしてしまい、
如雨露《じょうろ》に新しく水を汲んで来ると、
この花にかけてあげました。

　こんな具合にして、この花はちょっと
怒りっぽい気取り屋さんだったので、たちまち
この子を切ない思いに苦しめていました。ある
日のこと、こんな事がありました。自分の
身に帯びている四つの棘を自慢話に
持ち出すと、かわいい仲間に
こんな事を言いました。
　「だから来るなら来ればいいわ、
虎だってなんだって。かぎづめ
ごとき平気なんですから。」

「虎なんて居ませんよ、このおいらの星には。」と
かわいい仲間は逆撫《さか ね》じを食わしてしまった。
「虎は草のたぐいを口にしたりしませんよ。」とも。
「そんな。私、えさ用の草ではありませんです
のよ。」花は気持ちをどうにか抑えながら
そっぽを向いた。
「あっ、これは大変失礼しました……」
「虎なんか怖くありませんわ。それより
体調をこわす隙間風が大嫌いなんですっ。
屏風のひとつぐらい用意すればいいのに。」
《あんな隙間風が嫌いだなんて……気の毒な事だ、若い木なのに……この花っ
てきっとすごく気難しいんだなぁ……とかわいい仲間はこの時はこんな風に受け
とめてしまった。（今にして思えば本当はそういうことじゃなかったんだけど
……）》
「あっ、それと、夜にはガラスの蓋《おお》いを掛けてこの私のこと護ってください
ね。あなたのおうちとっても冷え冷え《ひ び》としているのですもの、建て付けが悪い
のね。私が育ったおうちでは……」
　花はここで、はたと口を噤《つぐ》んでしまった。この花は種の姿でやって来たはず、
この花はここ以外の世界を知りようがなかったはず。あまりにも見え透いた嘘
をつこうとしてる自分に、はっと気付いて、恥をかかされたと思ってしまい、
花はかわいい仲間の方が勘違いしていると、なすり付けようと、二度も三度も
咳払《せき》いをしました。その挙句、
「屏風、まだですの、早くしていただけますかしら……」
「そいつを取りに行きかけましたよ、
でもですよ、
あなたが次々話しかけて来られたんですよ、
ですから。」
　すると、花は
わざと咳込みをしました。
そうだとしたって、
こうまでひどい咳は
やっぱりこの子がいけな
かったと思わせるため、
ゴホ、ゴホと押し付けて
おりました。

31

こんな具合だったので、かわいい仲間はその花が好きだというときめく気持ちには、程もなく背を向けて、その花をいぶかしんでしまった。その花の取るに足らない話をまっ正直に受け止め過ぎ、この子は塞ぎ込んでしまった。

　ある日の事です。この子はわたくしにそっとあるがままの気持ちを話してくれました。《自分は、あの花のしゃべった言葉を丸呑みにしちゃって馬鹿だった、言われた言葉をそっくり鵜呑みにするなんて絶対しちゃいけないんだ。花には、美しい姿に目をとめなくては、いい香りに鼻をきかせなくては。おいらの花だってあの星を香りでいっぱいに包んでくれていた、でも、そういうことをうれしいって受け取ることなんて無理だった。虎のかぎづめの作り話だって、あの言い方につい小腹を立ててしまったけど、その話を聞いたんだからおいらの方に労わる気持ちが湧いて来てればよかったんだなあ……》

　かわいい仲間は引き続いてわたくしにありのままに話してくれました。

　《あの花の気持ちを思いやって考えてみるなんて、その当時さっぱり無理だったなぁ。あの花の気持ちをその振る舞いから推し量ってあげてればよかったんだ、しゃべった事をそっくり鵜呑みにしちゃって馬鹿だった。あの花はおいらを香りで包み込みおいらを晴れやかに明るくしてくれていたわけだ。だから本当は逃げ出さないでいるのがよかったのに。あの花が見せつけた口先のかっこう悪いはぐらかしの陰にその優しさを見抜けたらよかったのに。とにかく花というのは裏腹の芝居をするものなんだ。人生経験が浅かったんだぁ、おいらは。あの花をきちんと好きな気持ちになれないまま塞ぎ込んでいた。》

IX

　星を飛び出すのに、この子は大空を飛んでいる鳥たちの渡りの群れを使いこなしたんだろうな、とわたくしは思いを巡らしているんですよ。星から飛び立つ朝、この子は星を丁寧にかたづけました。活火山を念入りに煤払いしました。活火山は二つ持っていたので、そのため、この日、この子が朝の温かい食事を作るには具合がよかった。火の消えた火山もひとつ持ってました。消えていてもこの子が言ってた様に『一寸先は闇』なのです。つまり、火の消えた火山もやはり念入りに煤払いしました。この様にきちんと煤を掃き出しておけば火山はおだやかに正常に燃焼し続けて噴火しないものです。火山の噴火というのは煙突の煤火災のようなものです。もっとも、この私達の地球上で火山の煤払いをするとなれば人間は豆粒程に小さいので、そんな、同じ風にはやれないですけれど。ですから人間は火山の火にほとほと手を焼いております。

いよいよこれが見納(みおさめ)となるバオバブの新芽を、かわいい仲間はいつもの様に、でもどこか沈んだ気持ちで抜き取りました。もう戻って来ちゃいけないんだと自分に言い聞かせていたのです。ところが、いつもやってるその慣れ親しんだ家事をやり始めていくと、その日の朝は、どれをやってもなんかものすごく気持ちが温(ぬく)まってくるなあとこの子は感づきました。ほかにも、最後に今一度その花の木に水をあげ、ガラスの覆いをかけ、その身を護ってあげようと取りかかる段になった時、熱い泪(なみだ)が思わず湧いて来て泣きたくなってる自分に気づきました。

　「それでは、さようなら。」花に向って声をかけた。

　でも、花はこの子に挨拶を返してこなかった。

　「それでは、これで、さようなら。」もう一度告げた。

　花はコホと咳をした。でも、風邪を引いたのとは違っていた。

　「私……考えが足りなかったわ。」この場にきてこの子にそう言った。

　「このこと、あんたにあやまるわ。だからおねがい、うれしい気持ちになれるもの、見つけに出かけてみては、どう。」

　その花がいつもやるように棘立(とげだ)って咎(とが)める気配がない。で、この子は自分の耳を疑った、すっかり面食らった、ガラスの蓋いを抱えてその場に立ち尽くしておりました。穏やかな、このなんか懐(なつ)っこい気配(けはい)に、訳が分からなくなっておりました。

　「今、きちんと言います、好きです。」と花はこの子に告げた。「あんたの方はわたしのそういう気持ちをちっとも受け留めれなかったけど、それってわたしのせいだわ、馬鹿なはぐらかしばっかし言ってて。だから、この告白、気に留めなくてもいいわ。あんただって、馬鹿正直過ぎてたし。お互いさま。だからおねがい、うれしい気持ちになれるもの、見つけに出かけて……ガラスの蓋いかたづけて。これからは、かぶせて護られているのがいやになるから。」

　「でも、風が……」

　「どんなにしたって風邪なんぞ引かないから、そんなもん転がしといて……夜のひんやりした空気で私は元気になってゆくわ。私は花なんだから。」

　「でも、いも虫が……」

　「芋虫を二匹、三匹我慢するぐらいなんでもないわ。揚羽蝶(あげはちょう)と交際したいと

思えば。揚羽蝶ってものすごくきれいらしいから。それに、そうでもしなけれ
ば、一体誰が、この私を訪ねてくれるわけ。あんたはあんたで、心にぽっかり
穴が空いたみたいだし。太っちょの芋虫だって、私、全然怖がってないわよ。
ほうら鉤爪だってこのとおり。」

　そう言い終わるや、その花はみさかいをなくしてしまい、身に帯びた四つの
とげとげを振りかざして見せた。その次にはこう言い放った。

　「さあ、こんなふうにぐずぐずしてないで。歯痒いわね。あんたって旅に出
ると腹を決めたんでしょう。さあ、さっさと出かけなさいよ。」

　それというのも、その花は自分が泣いているなんてところ、この子に見られ
たくなかったのです。それ程までに誇り高い気性の花でした……

X

　小惑星第325番、第326番、第327番、第328番、第329番その先に第330
番が群がっている一帯にさしかかった。かわいい仲間は、さっそくここに連な
る惑星たちを訪ねてみたいと執りかかった。ここでこころ満たす、何かうれし
い気持ちに成れるものと行き合いたい、それに物事を深く学びたいと願った。

　最初の惑星は王の住み処でした。王は玉座にどっしりと構えていました。身
を包む儀式服は、緋色飾りの付いた白貂の毛皮仕立て。座る玉座は、凝った装
飾はないが、いかにも堂々としたしつらえ。

　「ややぁ、家来が顔を出したわい。」　かわいい仲間の姿を目にするや、王は
声高らかに言い放った。

　でも、かわいい仲間はこれはなんか変だと思った。

　「ええ、なんで。おいらに見覚えがあるみたいだけど、びっくりしたなぁ、だっ
て、この人ったら、おいらとまだ一度も会ったことないのに。」

　かわいい仲間からは考えの及ぶ事ではなかったけれど、王にとって世の中は
実に単純なのです。世間の人間はある種家来なのです。

　「ちこう寄れ、面をよく見せい。」と王はこの子に命じた。ようやく、誰かに
向かって王らしくふるまう、これで、すっかり得意げでした。

　かわいい仲間はきょろきょろと目で座れそうな場所を探したが、白貂のみご
とな外套がこの星をおおい尽くしておりました。そこで、ずうっと直立姿勢で
おりました、そのうちに、気疲れして、あくびが出た。

「こら、儀式の心得に反するぞ。王である者の御前であくびをやらかすなんぞとは。まったく。」と支配者たる王はこの子を咎め立てた。「そいつを禁止する。」

「あくび、これを堪えるなんて無理ですよ。」とかわいい仲間はすっかりどぎまぎして訴えた。「あのですね、おいら長旅をして来まして、そのあいだ眠っておりませんので、つい……」

「さようであったか。」と王はこの子の話に合わせた。「では其の方はあくびしろ。そう言えば人があくびするなんてとこ、この何年来わしは見た事なかったなあ。あくびとはなるほど、なるほど、こいつはなかなかの出し物になるわい。さあさぁ、あくびを、もういっぺん、やってごらん。命令ですよ。」

「そんなこと言われると後込みしてしまって……もう出て来ない……」とかわいい仲間は口をもごもご、顔をすっかり火照らせた。

「おっほん、おっほん。」王は調子を合わせた。「さようであるか、わしは……わしは其の方に命令しておくぞ。たまにはあくびせよ、また、たまには……」

王はちょっと苦虫を嚙んで吐き出すように、口をもごもごしてしゃべると、あとはごきげん斜めになった様子に見えた。

というのも王にはものすごいこだわりがありました。自分の厳めしいところは尊重されて当然だと思っていたのです。自分に楯突く振る舞いを見過ごしにしなかったのです。まさしく絶対君主だったのです。ところが、この王はずいぶん心根のやさしい人でもあったので、当たりさわりない命令を出しておりました。

ふだんから、王はこういう事を口にしていた。《謀将軍に海鳥に変身しろとわしが命じて、将軍がそれに従わないからといって、それで将軍の落ち度とは言えまいて。わしの方が間違っとるちゅう事になるんじゃろうなぁ。》

「腰を下ろしてもよろしいでしょうか。」とかわいい仲間は遠慮がちに伺いを立てた。

「其の方に腰を下ろすよう申し渡す。」と王はこの子に話を合わせながら、身にまとった白貂の外套の裾を、おもむろに引き戻した。

かわいい仲間はこれでおやっと思った。王の惑星がまた小さく、こぢんまりとしていたからです。この王が、実際のところ、何に君臨できてたと言えるのだろう。この点ですが、

「王さま」と、この子は申し出た……　「質問させていただくことをお許しください……」

「其の方に質問を言いつける。」と王は急き込んで言った。

「王さま……何に君臨なさっていらっしゃるんでしょうか。」

36

「ありったけ全部にである。」と王は、全く事もなげに答えた。

「ありったけ全部にですか。」

すると、王はそらっとぼけた顔で、きらりと示した。

自分の住む惑星、他の人達の惑星、そして

きらめく星空全体を、指の先でこっそりと。

「どれもこれもに、なんですか。」とかわいい仲間は念を押した。

「どれもこれもに、だわい……」と王は言葉を押し戻した。

と言うことは単なる絶対君主であるばかりじゃない、宇宙にまでも君臨する絶対君主ということでもあったのです。

「それで、星はみんな、王さまの指図にしたがってるんですか。」

「あたりまえだわ。」と王はこの子に言い切った。「星どもは直ちにわしに従う。しらんぷりは見逃がさんぞ。」

こんなすごい権力を目の当たりにし、かわいい仲間はほとほと感じ入った。仮に、この子自身がここの権力を握ったら、きっと夕日の光景に立ち会ったに決まってる。それこそ、同じ日の内に四十四回どころか、七十二回いや、百回でも、二百回でもなにもわざわざ椅子を引きずるまでもなく。

　そのうちに飛び出して来た星が懐かしく思い返されて来たので、ちょっと悲しい気分なりだした。そこで思い切って王に格別の計らいを願い出た。

　「おいら、太陽が沈むとこに立ち会いたいと思うのですが……そうして下さるとありがたいのですが……沈めと太陽に命令していただけませんか……」

　「このわしが、謀（なにがし）将軍に蝶のやるように花から花へと舞ってみよとか、悲恋物語をひとつ書いてみよとか、はたまた海鳥に姿を変えてみろと命じればどうなると思う、その将軍が受けた命令に取り掛からなかったとして、筋がとおらん事になるのは一体どっちだ。将軍か、それともこのわしか、どっちだ。」

　「それなら王さまです。」とかわいい仲間はきっぱりと言いました。

　「そのとおり。人にはその人の力でやれる事を言いつけるべきなのだ。」と王は話を続けた。「人をかしこまらせるものには、何よりもまず道理にかなったところがあるものだ。例えば其の方が自国民に海へ身を投げてしまえ、などと命令を出したらどうなると思う、反乱が起きることになってしまうだろうが。このわしこそはおとなしく、指図どおりにしろと言える強みがあるぞ。それはだ、このわしが当たり障りない命令を出しておるからなんだぞ。」

　「それだったら、おいらが頼んどいた、太陽に沈めという命令は、どうなさるんですか。」かわいい仲間は話をぐいとより戻した。というのも、ひとたび申し出た質問を絶対にほったらかしにはしなかったのです。

　「其の方が望んどる沈む太陽だが、そのうち叶うことになる。その事をちゃんとやれと、わしは命令する腹づもりでおるんだわ。もちろん、このわしは全宇宙に采配を振るう事が出来るぞ、だが、渡りに船といい按配（あんばい）になるまで、待ってることに決めたんだわ。」

　「ええっ。じゃあ、そのご命令、いつ頃になりそうですか。」とかわいい仲間は確かめたくなった。

　「えっへん、おっほん。」と王はこの子に声掛けておいて、まずは部厚い暦の本をぱらぱらとめくった。「おっほん、えっへん、そいつは、およそ……およそだ……そいつは、本日の日暮れ時分、七時四十分ごろと出とるぞ。その時になったら、ちゃんとわしが命じたとおりですと、其の方に言わせてみせようぞ。」

　ふぁーっと、いきなり、なまあくびをした。かわいい仲間は日没を見そこなって割り切れない気持ちになってきた。そのうちに、もう、じわじわと嫌気がさしてきた。

「捜してもここには何も見つかりませんので」とこの子は王に面と向かって言った。「これから、また旅に出ます。」

「旅立ったりしないでおくれ。」と王はたのんだ。というのも家来をひとり持てたことで、ずいぶん誇らしい気分になっていられたからです。「旅になんか出ないでおくれ。其の方を大臣に取り立ててやろう。」

「ひえっ、何の大臣に。」

「ふおっ……法務大臣に。」

「はっきり言って、裁きをしようにも当て嵌まる人がいませんですよ。」

「そうとばかしは限らんぞ。」と王はこの子に説明をはじめた。「わしは自分の王国をまだぐるりと見て廻ったことがないのだ。わしはずいぶん年を取っておるぞ、四輪馬車を用意しておく空き地がないぞ。だからと言ってだ、わが王国を隅から隅まで歩いて廻るなんざぁ、まっぴらごめんだわい。」

「何とまあ。でも、おいらもう分かっておりますけど。」 かわいい仲間はそう言っておいて、この星の裏側を今一度ざっと覗こうとして身を乗り出した。

「あっちがわにも、やっぱり人はいませんですねぇ……」

「それでは、おまえ自身を裁いてみたらどうかね。」 王はこの子に話を合わせた。「こいつはむやみやたらとむつかしいぞ。自分を裁くことの難しさは他人を裁くことの比ではない。お前さんが自分をきちんと裁くことができたなら、其の方は本当に道理を弁えた人物と言えるわけだ。」

「おいらは」かわいい仲間はずばりと言った。「自分のやった事を自分の良心に問うのは、どこに居てもやれます。この星に住むまでもないんです。」

「ぶっほん、ぶほん。」 王は言いよどんだ後、「わしの惑星にはどこかにふるなじみのねずみが一匹、ちゃんと居ると思っとる。夜中にそいつが鳴くのを聞いておる。其の方はわがなじみのねずみを裁くがよい。それがよい。ときたまは、そいつを死刑にしてもいいんだぞ。即ちこいつの命は其の方が考える正義一つに懸かっておる。ただしだ、そいつを毎回特赦しとくれ、大事に飼っておるのだ。何しろ、そいつはわしんとこにたった一匹しかおらんのだわ。」

「おいらは」かわいい仲間はきっちりと反駁した。「おいらは、死刑判決を出すなんて、やりたくもない。それにここから出て行くと、本当にそのつもりでいるんですけど。」

「それはならぬ。」

さて、かわいい仲間は出発の支度はもう整えていた。けれども、この老いた君主に、このままで、別れのつらい思いをさせることも、とてもできない気持ちになっているのでこう言った。

「王さま、命令はきっちりと実行してもらいたいものだと、そうお望みでいらっ

しゃるのでは、それでしたら、ぴったり合うご命令をお出しになれます。たとえば、おいらにすぐ出発せよと、お命じなさることも出来ますけれど。これって、王さまがさっきおっしゃっていた、渡りに船のいい按配と思うのですが……」

王はうんともすんとも言わないでいる、はじめのうち、かわいい仲間はちょっと二の足を踏んでいた、が、ため息すると出発した。

その時、

「其の方をわしの大使に任命する。」と王がおおあわてで声を張り上げた。

王は、まるで厳めしさを備えているかのように、堂々と見えた。

《大人の人の正体なんて理解できない、なんとも変なものだ。》かわいい仲間は、この旅を続けなから、ひとり、そんな風に思った。

XI

二番目の惑星はうぬぼれ屋の住み処でした。

「ほぅ、ほっ、いらっしゃい。ほめ上手さん。」かわいい仲間の姿をちらりと目にした途端、だいぶ離れた処からなのに、うぬぼれ屋は声を高々と張り上げました。

それというのも、うぬぼれきった人間の目にうつる周りの人は、みんな、おじょうずを言って持てはやしてくれる人に思えるのです。

「こんにちは。」かわいい仲間があいさつを返した。「なにやらわけありげな帽子をかぶっていらっしゃるんですね。」

「答礼に使うつもりだ。」うぬぼれ屋は即答した。「答礼するよ、いつだって、私は。誰かさんがね、かっこいいと声をかけてくれるたんびに……あいにくだなぁ、ひとっこひとり、こっちの方に寄ってかないんだよなぁ。」

「へえっ、そうなんですか。」と言ったきり、かわいい仲間は一向に察しが付かないでいた。

とうとううぬぼれ屋はこんなふうに手引きした。

「お前、こう、手と手をぱちぱちたたき合せてみなってば、さあ、さあ。」

かわいい仲間は自分の手と手をぱちぱちと叩き合わせた。うぬぼれ屋は例の帽子をちょこっと持ち上げると、うやうやしく答礼した。

《こいつは王様と面会するよりずっとおもしろい。》とかわいい仲間は独り合点した。そこで、手と手をぱちぱちたたく事をこの子はもう一度やり始めた。うぬぼれ屋は帽子をちょこっと持上げてまたうやうやしく答礼をやり始めた。

　一連のやりとりがかれこれ五分も経ったころ、かわいい仲間はこの遊びの一本調子に退屈して手を止めた。
　「あのう、帽子ですが、のっかったままになっちゃったんですけど、あの、じゃあ、これから何をしたらいいんでしょうか。」この子は焦れて聞いた。
　けれども、このうぬぼれ屋はこんな質問にじかに答える気はなかった。うぬぼれ屋さんというのは自分を褒めてくれる人にしか耳を貸さないものなんですね。

「おいおい、お前。おれのことを本当にちゃんと感心してくれてるのかよ。」とかわいい仲間を急っついてきた。

「感心しているってどういう意味なんですか。」

「感心しているって意味はだねこの私がだ、誰よりも男前だ、誰よりも身なりがいい、誰よりも金持ちだ、誰よりも頭が切れる、この星で一番だわと、はっきり口に出して認めることだわ。」

「だって……あんただけじゃん、あんたの星に居るのは。」

「そうやって……うれしい気持ちにさせてくれっ。この私に感心してくれってば、とにかくもう。」

「あんたにゃ感心するよ。」と言った。あんまりやりたくもないと思いつつ。

（うぬぼれ屋は帽子をちょこっと持ち上げ、うやうやしく答礼した。）

「言ったよ、でもさぁ、どこがあんたの事だってちゃんと言えるの。」そして、かわいい仲間は、肩をちょこっとすくめた。

その次に、かわいい仲間は飛び去った。

《大人というのはやっぱり本当に変てこりんだ》旅を続けながら、この子はひとり、誰はばかることなくそう思った。

XII

つぎに訪ねた惑星は酒飲みの住み処でした。

ここに立ち寄ったのはほんのちょっとの間だったのに、ここに立ち寄ったことで、かわいい仲間はやり場のない重苦しい気分にしょんぼりしてしまった。

「あれぇ、一体なにやってるの。」とこの子は酒飲みに声をかけた。というのも、この男が中身のからっぽの瓶の山と中身のたっぷり詰まった瓶の山とを前に置いて、むっつりと口をへの字にし、ぽつねんと無言の行をしているようにこの子には見えたからです。

「一杯一杯また一杯やっとる。」沈痛な面持ちで声を吐き出した。

「えっ、また、何のために酒を飲むわけ。」とこの子はわけを知りたくなった。

「忘れっちゃうため。」と答えた。

「えっ、また、何を忘れたいの。」とこの子は立ち入って聞いたが、はやくも、この酒飲みを気の毒に思い始めていました。

「恥じ入っちゃってる吾輩の、この体たらくを、おれは忘れたいんだ。」 顔を伏せつつ打ち明けた。

「だけど、まあいったい、なにを恥ずかしがってるの、そんなに。そのわけを聞かせてくれない。」中身を聞き出したい、そしてこの酒飲みをどうにかして救ってあげたい、そういう気持ちになっていました。

「恥ずかしいんだよ、飲んでるばっかすが。」
Bacchus
言い終わるや否や、酒飲みはむっつり、ぽつねん
とした世界にすっかり閉じ籠ってしまった。
　かわいい仲間は飛び立った。気持ちのやり場に
どうにもまごついた挙句の果てだった。
　《大人というのはやっぱり本当に本当に妙ちきりんだ。》
　旅を続けながら
　　　この子はひとり
　　　　　割り切れぬ思いを
　　　　　　　引きずる
　　　　　　　　　のでした。

XIII

　四番目の惑星は例の赤ら顔の独り占め男が住み処にしている星でした。男は
仕事に手一杯、かわいい仲間がやって来た時も、顔も上げませんでした。
　「あのう、あなた、どうなされました。」と惑星に着くなり声をかけた。「お口
元のタバコの火が消えてますけど。」

　「三たす二で五と。五たす七で十二と。十二たす三で十五と。さいならっと。十五たす七で二十二と。二十二たす六で二十八と。点ける暇なしっと。二十六たす五で三十一と。やれやれっと。締めて五億百六十二万二千七百三十一と。」

　「五億のそれって、何ですか。」

　「えっ、あれ、まんだおったか。五億百万のあれだよ……あれれ、何かだ、何だったかな……知ったことか……こんなにもやらなきゃならんことを抱えておる。いいか、わしはまとも人間だ、なんだかんだと、こんな無駄口たたいとって、時間を無駄に使ったりせんわい。さてと、二たす五で七と……」

　「もしもし、あなた、五億と百万の、いったい何ですか。」と改めて聞いた。かわいい仲間は一旦聞こうとしたら、その質問を絶対に諦めなかったのです。

独り占め男が顔を起こした。

「こっちの惑星に住みついてこれで五十四年になる、けど、仕事の腰を折られたのは三度だけ。一つ目のやつは、そうだ、今から二十二年前になる、どっかから飛び込んで来やがった黄金虫のせいだ。突拍子もない羽音を撒き散らしたもんだから、とうとう、足し算しておって四つも間違えたぞ。二つ目のは、うーん、今から十一年前だな、リウマチの発作のせいだ。わしが運動不足だちゅうのは認める。だけど、ぶらぶらぶらつき回ってる暇なんぞどこにもないぞ。まとも人間だからなぁ、このわしは。三つ目のがと……今度だ、くそっと。さてさてと、わしは読み上げの途中だった、五億百万……」

「あなた、あなた、いったい、なにが、なにが何百万なんでしょうか。」

この独り占め男も、これはおちおちやってられないぞと状況が読めた。

それで、声を荒げた。

「何百万のえーっと、あいつ、あいつ、つぶ、つぶのやつ、ときどき空の向こうに見かけるやつがあるだろが。」

「蝿の群れのことでしょうか。」

「とんでもない、つぶ、つぶのやつで、きら、きら光ってるやつ。」

「蜜蜂の群れのことなんでしょうか。」

「まさか。つぶ、つぶで、金色にキンキラ、キンキラしてるやつ、ものぐさ太郎をはてしない夢に誘い込むやつ。けど、わしはまともだ。そんな、夢を追っかける暇なんぞ、持ち合わせておらんわい。」

「あっ、そうか。星の群れでしょう。」

「そいつだ。星の群れってやつ。」

「へぇ、じゃ、あんたって、五億の星の群れから何を仕立てるの。」

「言っておくけど、五億百六十二万二千七百三十一だぞ。いいか、わしという人間はまともなのだ、キッチリキチの几帳面男なのだ。」

「それじゃ、そうやって数え上げといた星の群れから何をこしらえるの。」

「そいつからこのわしが何をつくり出すのかと、そう聞くのか。」

「ええ。」

「何にも。そいつはそっくりわしの所有としておくわい。」

「あれれ、あんたって、数え上げた星を持ち物にしちゃうわけ。」

「そうだ。」

「だけど、おいらこれより前、王様と会ったけど、その王様が言うには……」

「王たる者は所有しないぞ。王は天下に《君臨している》のさ。この点が大いに違うぞ。」

「そうなの、だけど、星を持ち物にしたとして、それがあんたには何の役に

立つの。」

「それのおかげで、財産家になれるぞ。」

「でもね、お金持ちになって、それがあんたには何の役に立つの。」

「それのおかげで、別の星を買い付けるのに使える、つまりだ、誰かが星を見つけるたびに、わしはそれを買い取る。」

《このオッサンてひとは、とかわいい仲間は胸の内でつぶやいた。おいらがこのあいだ会った酔っ払いと、どっか似たへ理屈を並べてるなぁ。》

そう思ったけれど、この子はさらに突っ込んで質問した。

「じゃあさ、星を自分の所有物にするなんて言ってたけど、そもそもどうやったらそんなことができるものなの。」

「そもそものところ、星とは誰が所有しておるものだ、言ってみろ。」と噛み付いた。独り占め男は小言幸兵衛さんだったのです。

「さあねぇ、そんなこと気にしたこともないけど。誰も持ち物になんてしていないんでしょう。」

「それみろ。星はわしの所有となるぞ。なぜならわしがまっさきにそいつを考え付いたからだ。」

「それでいいんだろうか。」

「いいんだって。誰のものでもないダイヤモンドをお前が見つけたら、そいつはお前の所有になる。誰のものでもない島を見つけたら、そいつはお前の所有になる。お前がうまい思い付きを最初にしたら、お前はそいつの特許を取る、即ちその着想はお前の所有になる。そうだろう。さて、わしは全ての星を所有物にするぞ。そうじゃろが、わし以前には誰もこの空の星そっくり全部を所有してやろうなんて、まるで思い付かなかったんだから。」

「へえ、なるほど」とかわいい仲間は言った。「じゃ、そうやったら、そいつであんた、何を始めるんですか。」

「星全体を資産運用する。その財産目録を作る、その確認計算をする。」と独り占め男は言った。「そいつは骨が折れる。だがわしは生真面目男だからやれるのだ。」

かわいい仲間は依然として気持ちが片付かないままでいた。

「おいらなら、襟巻を一本持ち物にしてるけど、そいつを首にぐるぐるっと巻いてそうやって持ち歩けれるよ。おいらは花を一株持ち物にしてるけど、その花を胸元に迎えてそうやって持ち出せれるよ。でもあんたって、所有してるっていくら言ったって、星たちを手元に集められないじゃないか。」

「ああできないさ。そんなことじゃなく、そいつを資産運用で銀行に預けておくことができるのだ。」

「それはまたどういうこと。」

「つまりこういうこと、わしが数え上げた星の合計数をそこいらのてきとうな紙切れに書き付ける、そうしておいてその書き付け証文を、引き出しに鍵をかけてしまい込む。」

「しまい込む、えっ、それでおしまいなの。」

「それでいいんだ。」

《遊びの楽しさはある、謎めいて気持ちもわくわくしてくる、だけど、こんなこと、到底まともなことではないと、かわいい仲間は考えた。》

まともなことが何であるかについて、大人たちが考えているのと相当違うことをかわいい仲間は考えておりました。

「おいらとしては」とこの子は話を続けた。「おいらは花をひとつ持ってて毎日水をあげてきた。また火山を三つ持ってて毎週煤払いしてきた。というのも火の消えた火山も煤払いした。だって一寸先は闇なんだから。それだから、おいらがこれらを持ち物にしてることで、その火山の存在に役に立ってきたし、その花の存在にも役に立ってきた。でも、あんたが言う、そういった所有のやり方は、その惑星たちの存在にまともに役立っているとは、とても思えないんだけど……」

独り占め男は文句を言おうと口を開けた、けれど、返す言葉がなかなか思い浮かんで来ない。そこで、かわいい仲間は飛び去った。

《大人というのはやっぱり完全に異様だな》 この子は旅を続けながら、ひとり、誰にはばかること無くそう思うのでした。

XIV

五番目の惑星はどう考えても変なものでした。これまでの中でも一番こじんまりとしていた。一本の街路灯が建ち、一人の街路灯点灯夫がその星に住み着いて、それでもうそこに人の立ち入れる余った場所がありませでした。かわいい仲間にはどう考えても合点がゆかなかったのです、この天空のとある片隅の、ひと気のない星にあって、一本の街路灯が建ち、一人の街路灯点灯夫が居る事が、(暗闇に小さな明かりを点滅する事が、)何かの役に立っている事ってあるのだろうかという点についてです。それでもこの子はひとりでこんな風に考えをすすめました。

《この男の人は辻褄合せなんてきっと考えちゃいないんだ。そうだとしてもこの人は、王ほどには、うぬぼれ屋ほどには、独り占め男ほどには、また酒飲みほどには、常識から外れているようにも思えない。少なくともこの人のやっている作業には意義がある。この人が、街路灯を灯すと、いつでも、もうひとつ、きらきら星が生れ出たかのようだ、言い換えれば花がひとつ、ぽっかり咲き出したかのようだ。この人が、街路灯を消すと、今度は花というか星を眠りにつかせている。これは相当こころの籠った仕事なんだ。こころが籠っているからこれは実際に役立っている。》

　　この星に接近すると、この子は点灯夫にうやうやしく挨拶した。
　「はじめまして。あのう、いまさっきまで灯ってた街路灯、今の今どうして消しちゃったりするの。」
　「指図である。」とその点灯夫は答えると、「おはようございます。」
　「指図ってどんなことなの。」
　「私が灯したこの街路灯の火を消せちゅうこと。」

　「ほいさら、さっさ、こんばんは。」
　するとこの男は街路灯の火をふたたび灯した。
　「どうして。今また、火を灯しちゃったりして。」
　「指図である。」
　「あのっ、わけが分からないんだけど。」
　「わけを知ったところでだ、まあ、どうにもならんぞ。」と言っておいて、「指図とはつまり指図なんだからな。」

　「そら来た、来たぞ、おはよう。」

　するとこの男はさっき灯した街路灯の火を消した。
　続けてこの男は自分のおでこを赤い格子縞の汗拭きで拭うとこう言った。
　「私はほんとにとてつもない仕事をしとる。それもずっと昔は頃合いのものだった。朝になれば火を消し、夕方になれば火を灯しておった。その残りの昼間は休息に使えた。その残りの夜は睡眠に使えた……」
　「それじゃあ、その当時からすでに、指図に変更があったって事ですか。」
　「指図には変更がないままだった。」と言い置いて、「まさにそこんところに、惨ったらしいものがあるんじゃ。この惑星は年を追ってどんどん速く回転し出したちゅうのに、指図は変更がないままだっちゅうの。」

「それでどうなったの。」

「それで、こうなった今日、この星は一分で一回転するもんだから、私はもうちょっとも休憩がとれんちゅうこった。一分の間で街路灯の火を灯しては消しておる。」

「おかしいなぁ、変わってる。あんたんとこって、一日というんは、たったの一分間なんだ。」

「変じゃないっちゅうの、おかしくなんかちっともない。これでかれこれ、もう一ヶ月が経ちましたぞ、こうして私らが話し込んでて。」

「えっ、ほんとに、一ヶ月も経っちゃったの。」

「さよう。三十分です。だから三十日です。」

「ほいさら、さっさ、こんばんは。」

するとその男は街路灯にふたたび火を入れた。

かわいい仲間はこの男のやっていることをまのあたりにして、この点灯夫が好きになった。というのもこの男が見事なまでに職務に忠実だったから。この時、自分が夕日の光景に立ち会っていた当時を思い起こした。椅子を引きずり、せっせと追いかけていた昔の自分のことが頭をよぎった、この子はその友の力になりたくなった。

「あのね……あんたがそうしたいなあと思う時はいつでも一休みできる方法があるんだけど……」

「しょっちゅう、そう思っとるぞ。」

人間というのは身を粉にして働く一方で、同時に、骨惜しみもするものなんですね。

かわいい仲間は話の後を続けた。

「あんたの惑星はずいぶんとこじんまりしてるので三歩足を踏み出せば、その周囲を回れてしまう。昼間のうちにずうっと居たかったら、あんたはかなりゆっくりとそっちに足を踏み出せばいい。働き詰めから休息したくなったら、いつでも足を踏み出せばいい……それで昼間はあんたが望むだけ十分長く続くことになるんですけど。」

「そいつは割りに合わん。」と言いきった。「この生活で私がやりたいと腹から願ってるのは、ぐっすりと眠ることだ。」

「ままならないものですね。」 かわいい仲間はそんな感想を言った。

「ままならないもんだのう。」

「そら来た、来たぞ、おはよう。」男は灯っている街路灯の火を消した。

《このおじさんはと、かわいい仲間は自分の旅をもっと先まで続ける道中で思った。このおじさんみたいだったら他の皆から馬鹿にされるだろうな。王から、うぬぼれ屋から、酒飲みから、独り占め男からも。それでも、おいらには馬鹿げてるなんて思えない、たったひとりだ。それは、思うに、おじさん自身のことは勘定に入れず仕事に励んでいるからなんだろうな》

なにやら名残り惜しさがあって溜め息をすると、この子は重ねて思った。

《あのおじさんだったらいい、友だちになってもらいたいと思った、たったひとりなんだ。ところが、あの惑星、まったく小ぶりすぎる。二人分の居場所がなかったんだもん……》

かわいい仲間からはなかなか言い出しにくい事だったけれど、なにしろ二十四時間のうちに千四百四十回も、夕映えの彩りで祝ってもらえるこの星に、もったいない思いが残ったのです。

XV

六番目の惑星は、これはまた際立って広々としていて、その道の老大家の住まう処になっていました。厚く嵩張った記録台帳に何やら書き込んでいる最中に、ふと「こりゃおどろいた、探険家がわしの目の前に座ってござる。」と、かわいい仲間の気配に気付いて、老大家はこんな声を上げました。

かわいい仲間の方は書物机に向かって座り、肩でおおきく息を弾ませておりました。この子はもうこれまでにたんと旅を続けて来ていたんですね。

「お前さん、どのあたりから来たのかな。」老大家の方から、そう声をかけられたかわいい仲間は、

「その分厚い本には一体何が書いてあるんですか。」そんな事を口にした。「ここで何のお仕事されているんですか。」と畳みかけた。

「わしか、わしはここで地理学者をしておる。」

「地理学者って何をする人ですか。」

「それはだね、海とか大河、都市、山脈、砂漠なんぞの所在地をちゃんと頭に溜めている物知りのことだ。」

「それって、なかなか面白そう。」かわいい仲間はそう口にした。「というか、これこそ修業が要る本物の職業なんですね。」　ここに来てようやく落ち着いて、この子は地理学者の惑星の地表にぐるりと目を走らせた。これまでの旅でこんなに堂々とした惑星はまだ見て来なかったなぁと、改めて思った。

　「とても見応えありますね、あなたの惑星は。ここには広い海が
在るんでしょうね。」
　「在るかだと、ちゃんと確かめにゃ、ここにはっきり在ると言えんだろうが、
そういうこたぁ、このわしの与り知る所ではないぞ。」
　「え、えっ。(かわいい仲間は拍子抜けしてしまった。)それでは、
山脈はどうなの。」
　「そういうこたぁ、このわしが知ってるわけないぞ。」
　「じゃあ都会はどうなの、大きな川はどうなの、砂漠はどうなの。」
　「そういうことだって、このわしが知ってるわけないだろ。」
　「あれれ、あなた、地理学者をなさっているっておっしゃいましたよ。」
　「そうだとも。」と地理学者は言うと、「だが、わしは現地を探検する人間では
ない。探検家のやり口ってのがどうにもわしの性に合わんのだ。都会や大河、
山脈、海、大海原、砂漠なんぞまで出かけてどれ程のものか調べ回る者なんぞ
を地理学者とは呼ばん。地理学者は偉いから歩き回ったりなんかせんぞ。学者
は自分の仕事机を離れない。だがね、学者はこの机の前で探検家らと面接する。

やつらの記憶を根掘り葉掘り聞き出して、書き留める。その中から誰かの体験談に地理学者として興味を覚えると、その話を持ってきた探検家の素行調査をやらせることにしとる。」

「えっ。またどうして。」

「それはだね、その探検家が法螺吹きであってみなさい、地理学の書籍にひどい瑕をつけかねない。探検家が大酒飲みであった日には目も当てられん。」

「えっ。またどうして。」とかわいい仲間は小首をかしげて聞いた。

「それはだね、酔っ払い連中には物が重なって見えるからじゃ。その場合、地理学者が山はふたつありますとちゃんと記録を書き取ってもだ、その場所にはひとつの山しかないってわけだ。」

「おいらそんなやつ知ってるよ。」かわいい仲間はあいづちをうった。「そんなの、まあ、空ビン山の探検家ということになっちゃいそう。」

「そうかも。ところで、その探険家の素行が良好と出れば、こちらとしてはその発見物に関する調査に取りかかる。」

「現地確認に行くんですか。」

「行かん。そいつはややこしすぎていかんわい。だがね、こちらとしてはその探険家に物的証拠を運んでくるよう申しわたす。それが例えば、どでっかい山の発見をしたというのなら、その探険家にその山のどでっかい石ころを担いで来るように申しつける。」

地理学者はここに来て、にわかに、そわそわしだした。

「お前、お前って、星空遠くからやって来たんだ。なんだ、お前って、やっぱり探険家だったんだ。さあさ、今度はお前の惑星の詳しいとこをこのわしに言ってみてくれ。」

そう言うと、この地理学者、記録台帳を開いておくと、鉛筆を削りだした。というのも、まずは鉛筆で探険家の話すところを書き留めます。インクを使って書き留めるのは、探険家が裏付ける品物を提出してからということにしてあるのです。

「さあ、さあ、話しておくれんかい。」と地理学者は促した。

「そんな、おいらの惑星なんて」こんな風に、かわいい仲間は話し出した。「特に面白いものがあるってわけではないですよ。本当にこじんまりしてます。火山が三つあります。活火山ふたつと、火の消えた火山ひとつ。でも、火山って『一寸先は闇』なんですよ。」

「そうじゃのう。それに、この先のことは、何かにつけて、分かっとる事ばかり、とは行かんからのう。」

53

「それから、咲いてる花もあります。」

「われわれは花が咲いたというたぐいの事など記録しないことにしとる。」

「えっ、どうしてまた。だって、見惚れるほど美しいんですよ。」

「花のたぐいはじゃね、束の間の命と分かっとるやつだからのう。」

「えっ。なに、その《束の間の命》って。」

「そもそも地誌や風土記は」と地理学者は決めてかかった。「どんな図書よりも貴重な価値がある。地理学の書籍は決して内容が古びない様になっとる。つまり、その、こういう事だ。山は立っとる場所から動き回らないと分かっとる。大海がその呑み込んどる海水を全部吐き出すということもないと分かっとる。まぁ、そう言って過言じゃない。我々は永久に変わりっこないと分かっとる類のものを記録しておるんじゃのう。」

「でも消えた火山はまた火の気を取り戻すことだってあり得るでしょうに。」とかわいい仲間は口を挟んだ。「あのさ、《束の間の命》ってどういう意味ですか。」

「火山の火が消えていようが火を噴いていようが、われわれからすれば結局のところ同じじゃと分かっとるのだ。」地理学者はこう断言した。「われわれが重要視するのは、山であるということ。山が別物になる訳ではないからのう。」

「そうじゃなくってさ、《束の間の命》ってどういう意味ですか。」と、かわいい仲間はもう一度たずねた。この子は一旦聞こうとした質問は、どんなことがあっても取り止めたりしなかったのです。

「そのことか。そうだな、言ってみれば《 いま命あるものは程もなく消える、今わのきわにさらされておる 》ということなんじゃ。」

「 お い ら の 花 は ひ ょ っ と し て 命 が 程 も な く 消 え て 無 く な る こ と に な る ん で す か ぁ。」

「まっ、避けることができんのじゃのう。」

《おいらの花は束の間の命のなかで生きているとかわいい仲間は思い知った。身につけているたった四本の棘だけで、あの花、浮き世の小競り合いからわが身を懸命に護っていた。ああ、それなのに、おいら、放り出して来た、たったひとりにして、あの惑星に。》

この事だった。命あるもののこんなにもはかない運命に、今が今、この子は苦しみ始めた。花に悪い事をして来たんだと、後ろ目痛く、考える事といえば悪い事悪い事に傾き、もがいた。その挙句のはて、この子は覚悟をかためた。

「これから先、どうしたらいいんだ、答えを探して訪れるべき星を、どうか、このおいらに教えてください。」と頼んだ。

「そう、地球という惑星じゃろうなぁ。」地理学者はこの子をちゃんと見て話しをした。「この惑星はすばらしいという評判だから……」

そこで、かわいい仲間は旅立った、胸の奥に咲くあの花を懐かしく忍んで。

XVI

　七番目の惑星はそういうことで地球でした。

　地球はありふれた惑星ではありません。そこには百十一人の王（もちろん黒人の王を数え漏らしたりしておりません）、七千人の地理学者、九十万人の独り占め男、七百五十万人の酔っぱらい連中、三億千百万人のうぬぼれ屋が住み着いています。これは、大人たちの数として、かれこれ二十億人にもなろうかというものです。

　この地球の大きさの見当をあなたに持っていただこうと、今のような電灯が発明される前の、ガス灯時代で例え話を作ってみますよ。まずは、六大陸全部に渡って文字通りおおじかけな、四十六万二千五百十一人の街路灯のガス点灯夫を配置しておく事になったのかもしれないという話をしてみます。こんな風になります。

　地球から少し離れて眺めるならば、街路灯の列はさぞかしまばゆい光の帯で目に飛び込む事でしょう。大勢の点灯夫達の動きはオペラバレエの躍動さながら一斉に伝わる事でしょう。　まず始めに、ニュージーランドとオーストラリアの街路灯のガス点灯夫たち。　きびきびと、この人達は自分たちの街のあかりをともすと、眠りにもどります。　その時分に、この光の踊りに入り来るのは中国とシベリアの街路灯点灯夫たち。てきぱきと、自分たちのあかりの踊りをすると、舞台のそでへと姿を消します。　その時分に、この光の踊りに入り来るのはロシアとインドの街路灯点灯夫たち。つづいては、アフリカとヨーロッパの点灯夫達。ついで南アメリカの点灯夫達。　引き続いて、北アメリカの点灯夫達。この様に彼らは舞台の出番を狂わす事なく、つぎつぎ、光の帯が連なる事でしょう。地球は大きいのでこの様な光景として、つぎつぎ、つらなるまばゆいおびが、つづけてながめられることになるのかも、知れない。

　ただ、北極点にひとつしかない街路灯の点灯夫と、南極点にひとつきりの街路灯の同業者だけは、手持ち無沙汰で大平楽な生活になるということかも知れない。というのもこのふたりは年に二回のお勤めとなることでしょうから。

XVII

　洒落の一つも効かせてみようかとして、ついちょっと実態を歪（ゆが）めてしまうことがあるものですね。あなたに地球の街路灯点灯夫の作り話をしたあと、わたくしはまっすぐな気持ちでいられなくなりました。というのも、この私たちの地球にまだ馴染（なじ）みの少ない人たちにこの惑星の姿を歪めて伝えていやしないかと気にかかります。本当は、大人がこの地球を足で踏み占めている面積なんてごくわずかなものです。この地球に住む二十億の大人を、立ち姿で少し詰め合えば、ちょうど街頭演説会のようにですけれど、そうすれば、奥行き四十キロメートル、横幅四十キロメートルの公開広場に、楽々と収容できましょう。話としては、太平洋に浮かぶ、小（ち）っさな、小（ち）っちゃな、小（ち）っこい島にだって生身の人間をそっくりしまい込むこともできてしまいましょう。

　大人は、九分九厘、こういう話を本気にしないものです。当の大人たちは地面をだだっ広く占めているものと思い込んでいるのです。まるでおとぎ話の惑星に生え出すあのバオバブの樹さながらに、自分をどでっかい存在なんだと思い描いているわけです。そこであなた、大人に向かって計算してみたらと勧めてはいかがです。大人は数量の嵩の話となると目の色を変えて興味を持ちますから。だからもう喜んでやりますよ。でも、あなた、そんな砂を噛むようなことにあなたの時間をつぶさないように。何にもならないから。わたくしのやった計算結果をまずは当てにしてください。

　この世に姿を現したとたん、人間誰一人とも行き遇わないので当てが外れ、かわいい仲間はきょとんとしていた。星を間違えているのかもと、早くも心細くなりだしていると、不意を衝き、月光を浴びて金色にきらめく輪（わ）っかが砂の中から、のの字を書いて出て来た。

　「ねんねんころり。」　腰をかがめて、かわいい仲間があてずっぽうに声をかけた。

　「ねんころり。」　身をくねらせて、蛇が答えた。

　「おいら何という惑星に舞い降りたんだろう。」

　「地球にです。アフリカ大陸にです。ここは。」

　「あれぇ……まさか、まさか、地球には人間が居ないのかい。」

「ここは砂漠です。砂漠に人間なんていません。地球は大きいのです。」蛇がそんな風に説明した。

　かわいい仲間は岩根に腰を下ろすと、天空をじいっと仰ぎ見た。
「はたしてどうなんだろうか。星たちがあんな風にちらちらと目叩いている、誰しもが自分の星を、（そしてそこに咲いてる花を、）いつの日にか想い起こすことが出来るようにとでも……でもどうもよく解らない。」とこの子はつぶやいた。「おいらの星を見て。ちょうどおいらたちの頭上にある……でもおいらの星はこうしてみると、ほんとうにずっと遥かかなたの向こうなんだなぁ。」
「なるほどな、君の話す星、美しいですね。ところで、こちらには何しに来たのですか。」とその蛇が聞き咎めた。
「実は、あの星に咲いてる花とおいら、折り合いがつけられなくなって、ぎくしゃくしちゃったもんだから。」とかわいい仲間が打ち明けた。
「ああ、労しや。」蛇が身を捩って、声を絞った。
　それから後、お互い口を閉じた。

「人はどんな処に住んでいるのかな。」とかわいい仲間は、ともかく、もう一度話題にした。「砂漠にこうしていると、人は文字通り独りぼっちだね……」
「まあ、ひとだかりのなかに居たって、人はやっぱり独りぼっちだけど。」とこの蛇が異なことを言った。
　かわいい仲間はこの蛇をじいっと、長いこと見詰めていた、その挙句に、
「君って変わった生き物だね。」と蛇に面と向かってようやく話しかけた。「細さときたら指くらいで……」
「そうだよ、だけど私は王さまの指よりずうっと威力がある。」　蛇がそう言い返した。
　かわいい仲間はこれに、にやりとした。こうも言った。
「君ってなにせ力持ちじゃないし……足だってないし……旅にだって出られないんだし……」
「なあに、君を旅立たせることもできますぞ、大型客船でもたどり着けんような、ずうっと、ずうっと遥かかなたのこの世のほかへ。」
　そう言うなり蛇がかわいい仲間の足首に巻きついた、身をぬの字にして、まるで金色をした飾り足輪のよう。そんな格好をして、
「私がこんな風に絡みついた人間を、人間の出自の地球の土へと戻してやるという意味だ。」とその続きを話した。「なんと君には地球の土の混じりっ気が全然ないぞ、それに、どこかよその星からやって来たことだし……」

おとぎばなしの国の子は口をきりりと閉じていた。

　「君が痛ましく思えて仕方ない。君がこんなにもひ弱だというのに、がさつなこの世に姿を現したんだから。もしも自分の星を、たまらなく、もう無性に懐かしいと、思い起こすようになってきた時には、その時には君の旅立ちを助けもいたしましょう。私は……おとぎ話の……だってもやれるんです。」
　「そういうことか、言ってることがずしりと分かったよ。」かわいい仲間は大きくうなずいた。「でもなぜなの、ここずうっと、謎をかけて話すけど。」
　「その時が来たら、ひとつにひっくるめて、解き明かしてあげます。」と蛇が言い切った。
　それから後はお互い口を閉じた。

XVIII

　かわいい仲間は砂漠を渡りました。この子が道中出会ったのは、たった一本の花だけでした、花びら三枚の花でした、丸っきり目立とうとしない花でした……
　「あのう、お初にお目にかかります。」とかわいい仲間は声をかけた。
　「あらっ、遠いところさごくろうさんだなも。」とその花が受け答えた。
　「人間のことですけど、どこに居るかご存知でしょうか。」とかわいい仲間は言葉使いも丁寧に尋ねた。
　その花は、いつの日のことであったか、砂漠を越えて行く旅あきんどの一行を見たことがあったのでこう答えた。
　「人間かのん。そりゃ、わたしゃ居ると思うがのんほい、六、七人くらいずら。何年か前に見かけたでありんす、じゃっどんどこで会えるのかちっとも分かんねすな。風の神さんが人間をあっちゃ、こっちゃと引きずり廻してはります。人間さま、端っから根っこってもの持ってはりませんな。そやさかいに、因果なことに人間はんはほとほと困ってりゃーすわ。」
　「ありがとうございます、それでは、これで、さようなら。」とかわいい仲間は会釈をした。
　「ほっかん、ほいじゃまぁ、おさらばかのん。」とその花が答えた。

XIX

　かわいい仲間は高くそびえる山岳の頂上をめざしてよじ登った。この子がこれまでに身近に知ってた山と言えばこの子の膝小僧までの三つの火山だけでした。火の消えた火山は腰掛けに使っていました。《これのようにそびえ立つ山の天辺（てっぺん）からなら……とこの子は思ったわけです、一遍にこの惑星全体と人間全部を見て取ってやれるぞ……》だがこの子は岩の鋭くとんがった、とんがってる、とんがりとげとげの峰みねを眺めやっただけ、他には何も見れなかった。

　「今日（こんにち）は。」　この子はあてずっぽうに声を出してみた。
　　　　　……コンニチワ……
　　　　　　　……コンニチワ……
　　　　……コンニチワ……　　　　　　そんな風にこだまが還って来た。

　「誰だい、あんたら。」　大声を出してみた。
　　　　　……ダレダイアンタラ……
　　　　　　　……ダレダイアンタラ……
　　　　……ダレダイアンタラ……　　　そんな風にこだまが還って来た。

　「あんたらの仲間に入れてよ………こっちは独りだよ。」　呼びかけてみた。
　　　　　……コッチワヒトリダヨ……
　　　　　　　……コッチワヒトリダヨ……
　　　　……コッチワヒトリダヨ……　　そんな風にこだまが還って来た。

　《なんて変てこりんな惑星なんだ、という思いがその時、頭を過ぎった。この惑星はかさかさのぶっきらぼうだ、とげとげのつっけんどんだ、しおからからのべらぼうだ。その上人間って、自分が思い描くことをしないで、言われた言葉をまる呑みしたら、今度はまるごと鸚鵡（おうむ）返しして来る……　おいらが飛び出したあの惑星には、咲いてる花があったなぁ、そしていつでもその花の方から話しかけて来てくれたなぁ……》

XX

　この後も、かわいい仲間は延々と歩き通した。砂丘の連なりを、岩のがれ場を、雪の積もる地帯を踏み越えて、思いがけなくも、ようやく、一本の街道に出っくわした。こういう本街道というもの、どれだって、人の集い合うところに行き着けるようになっています。

「皆さん、こんにちは。」とこの子は声をかけた。

目の前に、バラの花がこぼれんばかりに咲いてる庭がありました。

「チワ。こんチハ。こんにチハ。」とバラたちも口々に言った。

かわいい仲間は、ここのバラの花たちに目を凝らした。というのも、この花たち、どれもこれもみんな、置き去りにして来たあのバラの花とすがた様子が似ていたんです。

「誰なんだい、あんたら。」にじり寄って問うたが、もう驚きが止まらない。

「バラの花さ。イバラの花なの。ウバラの花ですよ。」
バラたちがてんでんばらばらにしゃべった。

「そんなぁ。」 かわいい仲間はうなだれた……

そしてこの子にはなんとも言えぬ、いたたまれない気持ちが込み上げて来ました。というのも、あの花はずっと以前、この子にこんな身の上話をしていました、私のような花はこの広い世間でたったひとつきりなのですよと。ところがなんと、目の前に五千個もの花が、まったくそっくりの姿で、この庭ひとつに咲きひろがっていたのです。

《あの花、ものすごく機嫌悪くなるだろうなとこの子は思い描いた、もしこの庭の有様を見たならば……あの花はめったやたらに咳き込むかも、それに笑いものになって恥をかくのが厭さのあまり、しおれた振りをするかも。それだから、このおいらだってあの花を何が何でも介抱してあげてますよってふるまい続けていてあげないといけなくなるのかも、きっと、そうしなかったら、このおいらまで恥じ入らせ、後ろめたい気持ちにさせるため、あの花のことだから本気で枯れていってしまうことになる……のではないだろうか……》

そのあげく、この子はもっとこんなことにまで思い募らせた。《どこにもない、たったひとつきりの花だと言うから、だから自分は恵まれているとうれしかった、でも、持っているのはこれと同じ、どこにでもある、ありきたりの花じゃないか。そんなもんと膝小僧までしかない三つの火山、しかも、そのうち一つは多分ずっと火の気が無いままなんだろうなあ、こんなもんで、この先、おいら、おとぎ話の国のひとかどの殿さまになれるわけないじゃん……》

くさむらに突っ伏したかと思うと、この子は泣き出した。

XXI

その時です、狐がそっと現れました。

「どうかしたかね。」 狐が声をかけた。

「どうもありがとう。」 かわいい仲間はきちんと挨拶し、そちらにくるりと身体を捻った、が、それらしい気配を一向に気づけない。

「ほら、こっち。」狐の声がした。「りんごの木の下だけど……」

「誰なんだ、あんたって。」かわいい仲間がよびかけた。「様子が洒落てるんで、見惚れてしまって……」

「このあたりに住む狐だよ。」 狐がそう名告った。

「一緒に遊ぼう。こっちに来てよ。」とかわいい仲間は狐をさそった。「おいら、どうしようもなく悲しくて……」

「俺はいま君と一緒に遊ぶわけにいかんのだ。」 狐は更に「君と慣れ親しい間柄って言えるまでになってない、だから。」 ともきっぱり言った。

「あ、ごめん。」とかわいい仲間は控えた。

けれど、考えてみて、ひとこと言い足した。

「その《慣れ親しむ》って、なに。」

「君はこのあたりの人じゃないね。」 狐がそう探りを入れた。「何を嗅ぎ回っているんだい。」

「人間を探してる。」そう言い終わって、かわいい仲間は重ねて聞いた。「その《慣れ親しむ》って、なんのこと。」

「その人間ってやつだが、」 狐はしゃべり続けた。「鉄砲を担いで狩をする。そいつがほんとに邪魔っけだ。やつら、仕事に養鶏なんかもしておる。そこだけさ、人間の取り柄は。君、鶏でも追っ駆けているのか。」

「そうじゃないってば。」と言い切った。「親友になってもいいよという人を探してる。ねえ、その《慣れ親しむ》って、一体、何なのさ。」

「このこと、人間からは本当にほったらかしにされているけれど、」狐は説明を始めた。「言ってみれば《　つながりが出て来る……　》ということだ。」
　「つながりが出て来るんですか。」
　「そういうことになる。」狐は話を続けた。「いいかね。俺からすれば、まだ君はそこらの大勢のこどもとなんも変らないありふれたこどもにすぎない。だから君に居てほしいと思わない。それに、君だって俺は居なくてもいいわけだろ。君からすれば俺は無数の狐と変らぬ在り来りの狐にすぎないから。だけども、君が俺と慣れ親しい間柄を作った時は、その時にはお互い同士が居てほしいと君と俺は思う様になる。俺からすると君はかけがえのないたったひとりの人、君からすると俺はかけがえのないたった一匹の狐、ということになる……」
　「なんとなしだが、言ってる意味が分かって来たぞ。」とかわいい仲間が話し出した。「咲いてる花があるんです……その花がおいらをかわいく思って慣れ親しい間柄を作ろうと、もうやっていたんじゃないかと、どうもそう思える節があるような、そんな気がして来たんです……」
　「そういうこと、あるかもなぁ……」狐は話を続けた。「この世の中、思いも寄らないこと、いくらでも起きて来るからなぁ……」
　「あのねぇ、こっちの地球であったことを言ったんじゃないんだけど。」かわいい仲間がそう言うと、狐はかなり気になるという気配を見せ出した。
　「よその星であったことを、お前、言ってるのか。」
　「そうです。」
　「猟師なんて居るのか、そっちの星には。」
　「居ません。」
　「そうか、そいつは気に入ったぞ。で、鶏の方はどうなんだ。」
　「居ませんけど。」
　「うまい話なんてあるわけないなぁ。」とその狐はふぅと肩の力を抜いた。
　ここで、狐はさっき自分がしゃべっていたことを思い返した。
　「俺の生き方は灰色雲に覆われたよう。俺は鶏を付け狙う、人間どもは俺を付け狙う。鶏はどれもこれも似たりよったり、人間もどれもこれも似たりよったり。で、もう、俺はうんざりってわけ。でも、もし君がここで俺と慣れ親しい間柄を作ってくれたなら、俺の生き方には太陽が差し込んだような晴れ晴れしさが出て来ると思うな。俺は足音を聞き分ける様になって来て、誰とも違う足音を覚える。他のやつの足音なら俺は地面の奥へ戻って行く。君の足音だったら、まるで音楽に誘われる様に巣穴の外へと跳び出して行く。それにちょっと見てくれ。ほら、あっちの方に小麦畑、見えるだろう。で、俺はパンなど喰わない。小麦なんて俺には使い道がない。あの小麦畑を懐かしがる気が起きない。

だから、そんなの、味気なさ過ぎて見る気が起きない。だけど、君の髪の毛は金色だ。それだからだよ、あの小麦畑が目に染みるように見たくなって来る、君と俺が慣れ親しい間柄になったそのあとは。小麦が金色に色づいて来るたびに、君を懐かしく偲ぶのさ。風が吹くたびに、その小麦の波から涌き起こるささやき声も聴きたくなる……　」

　狐が口をつぐんだ、じいっと長いことかわいい仲間を見詰めた。
　「君、頼む……　俺と慣れ親しい間柄を作ってくれよ。」
　「うん、いいよ」とかわいい仲間は引き受けた。「けど、時間の事だけど、あり余るほどおいら持ってないんだ。これから親友になってもいいよという人を何人か捜し出さなくては、そしたら、体験をたくさんしたいと思ってるんです。」
　「人がお互いをよく知る体験ができるにはね、慣れ親しむ場数を踏むしかないんだよ。」とその狐が説明した。「人間が物事をより深く知る経験だって同じだよ。でもさ、時を度外視して経験や体験を積むことなど人間はもうとっくの昔にやれなくなってる。それだから今では、人間は完成品を商人のところから買うことしかもうやりようがなくなってる。もっとも、出来合いの友達を商う商人なんて居るわけないから人間はもはや友達と言うものが持てなくなってる。君は親友を持ちたいと望んでいる、そうなんだろ、だからぜひとも俺と慣れ親しい間柄を作る場数を踏もうじゃないか。」
　「じゃ、やることって何。」
　「時を忘れてうまずたゆまずやる作業なんだけど。」と狐が説明した。「始めに俺から少し距離をとって座っとっておくれ、今みたいにくさむらの中におってくれ。横目でこっそり君を見るけれども、君はひと言もしゃべらん様にしておいておくれ。いいかい、君が俺から何かを探り出そうなんてつもりでしゃべると、その言葉でどこかに誤解を作ってしまうんだ。それはそうと、一日毎に前の日よりもちょっとずつ、近づいて座れるようになって来ておくれ……」
　その翌日かわいい仲間は戻ってきた。
　「決めた時に戻って来てくれてた方が良かったという話になるけど。」とその狐は語り始めた。「もし君が、例えば午後の四時に来ると決めるよ、すると三時には俺はもううれしい気持ちにときめき出す。時が進むとますますうれしい気持ちが高まって来る。四時になる、それだけで、いよいよ気も落ち着かず、気が揉めて仕方なくなって来る。そしてとうとう、このうれしい気持ちの有難さを胸に畳んでおけなくなって俺は毎回跳び出す。だけど、君がいつと決めずにやって来たらだよ、いいかい、この俺はいつからうれしい気持ちにときめき出して行けばいいんだか、さっぱり分からなくなる……採り決めた時が要るんだ。」

「採り決めた時って、なに。」とかわいい仲間が聞いた。

「この事もまた人間からは相当ほったらかしにされてるのだが。」と狐は説明した。「これがあるおかげで或る一日が他の一日とは別格のものになる、或るいっ時がほかの時より格別のものになる。例えば、俺をつけ狙う猟師仲間にはある採り決めの時がある。あいつら木曜日にはきまって村の娘たちとダンスをすることになっている。だから木曜日はいつも心浮きたち足浮きたつ特別の日となる。

この日、俺は葡萄畑までぬき足さし足、ほっつき歩きに出かける。もし猟師が曜日を決めずにダンスをやれば、どの一日も一緒くたのことになってしまう。するとこの俺には休息の日というものが一切なくなってしまう。」

こうしたいく日間かが過ぎ、かわいい仲間は狐の方を慣れ親しい気持ちにさせてしまった。やがて出発の時が迫って来た、こんな風になった。
「ああ、胸がじいんとする。」狐は独りごちた……「俺、泣きだしちゃうなあ。」
「だって君がもとを作ったんだよ。」とかわいい仲間が言った。「君に泣くようなつらい思いをさせるとは、こっちは思いもしなかった、けど、おいらに慣れ親しい間柄を作ってくれとわざわざ頼んできたのは君の方なんだ……」
「そのとおりさ。」
「でも、もう君は今にも泣きだしたそうな顔になっちゃってる。」
「そのとおりだとも。」
「だったら君、あんな事したけど、何にも手に入れてなくて損したじゃん。」

「なあに、それのおかげで、俺の手元にあるんだよ。小麦の色が手がかりさ。」
と狐は言った。
「………………………」(かわいい仲間は静かに考えた。)
そして、狐は、こう言い添えた。
「この間の花たちにもう一度会いに行ったら。君の持つバラの花こそかけが
えのないたったひとつということの意味が、君にとってもはっきりとしてくる
から。君は別れのあいさつをしにまたこっちへ来てくれ。そのとき君に知恵の
ひとつをはなむけに贈ろう。」
かわいい仲間はバラ園のバラの花達にまた会うため戻って行った。
「似てるって思ったけど、お前たちって、おいらのバラの花と全然違うんだ。
お前たち、まだなんでもないバラの花だ。」とバラの花たちに話しかけた。「お
いらも誰もお前たちと慣れ親しい間柄を作らずやって来た。お前たちだってお
いらや誰かと慣れ親しい間柄を作らずやって来た。お前たちの今は以前おいら
の狐がそうだった様子そのままだ。そいつは他の無数の狐と変わりないただの
狐だった。だけど、おいらはそいつを友達にすることができたんだよ。今では
かけがえのないやつになってるよ。」
そんな風に言われて、バラ園の花達はずいぶん気まずい思いをしました。
「お前達は美しく咲いてる、でもお前達の胸の内にはだれも居ない。」この子は
バラ園の花達に話し続けた。「だあれもお前達に命を捧げる事などあり得ない。
おいらの胸の内のバラの花だってとおりすがりの人の傍目からすればお前達と
変らんだろうさ。まぁ当然だけど。でも、おいらには胸の内のバラの花だけ
が、お前達全部より大切だ。それは、おいらが如雨露に新鮮な水を汲んで来て
あげていたバラの花だから。それは、おいらがガラスのおおいを被せて護って
あげていたバラの花だから。それは、おいらがあの屏風ですき間風をふせいで
あげていたバラの花だから。それは、おいらがあれに近づく芋虫をやっつけて
あげたバラの花だから（揚羽蝶になる分として二、三匹は残したけど）。それ
は、ぐちを言うのを、法螺を吹くのを、ときにはだんまりにだって、おいらが
耳を貸したバラの花だから。それは、おいらにとってのバラの花だから。」

やがて、この子は狐のところへ戻って来た。
「それでは、これで、さようなら。」とこの子が別れの挨拶をした……
「それでは、これで、さようなら。」と狐が別れを告げた。「じゃ、はなむけに
知恵を話すよ。そいつは極あたりまえのことだけど。」
　心に懸けているから、それは君にちゃんと解ってくる。
　傍目で見ているなら、それの大切なところは心に伝わらない。

「傍目で見ていては、それの肝心のところを気付けずに居る。」かわいい仲間は口にとなえて覚えた。

「あのバラの花のために君が惜し気もなく使った、あんなに時を度外視してやったときがあるからなんだよ、あのバラの花がこんなにもかけがえのないものと君には思えてきたのです。」

「あのバラの花のためにおいらが時を忘れて身も心も注ぎ込んだあのときがあるからこそ……」口にとなえて覚えた。

「人間はこの本筋のことをなおざりにしてきた。」とその狐は言った。「だが、君はこれをなおざりにしてはいけない。君が慣れ親しい間柄を築いた相手だからこそ、君しか居ないんだ、ずうっと本気で引き受けて行くんだよ。君はあのバラの花を引き受けなさい……」

「そう、そうなんだ。おいらはあのバラの花を引き受ける覚悟ができたぞ……」心に刻んでおこうと、かわいい仲間は口に唱えた。

XXII

「こんにちは。」　かわいい仲間があいさつをした。

「やぁ、いらっしゃい。」　そこの転轍手があいさつを返した。

「こちらでは今何の仕事しているんですか。」

「旅客を方面別に捌^{さば}いているんです。千人毎にひっくるめて。」　転轍手が説明した。「乗客を詰め込んだ列車をある時は右に向けて、またある時は左に向けて、さっさと送り出してます。」

すると、光を撒き散らし、雷鳴を轟かした特急列車が転轍小屋を震わせ、過ぎ去った。

「乗客は、また随分急いでるものなんですね。」とかわいい仲間は思ったことを口にした。「あの人達、いったい何を探し回ってるんでしょうかねぇ。」

「鉄道事業に携わる人間として言わせてもらえば、客が何かを探していようが、そういう事に私達自身関わり合いを持たぬようにしているんですよ。」

轟く音がして、逆方向から次の特急が光を撒き散らし、過ぎ去った。

「あれえ、もう、さっきの乗客が戻ってきたということなんでしょうか。」かわいい仲間はつながりを知りたくてしょうがなかった……

「さっきと同じ乗客たちではないですよ。」と転轍手は説明した。「入れ替わった乗客たちです。」

「じゃあ、この人達ってうれしいことを探し出せなかったんですか。今まで居たあっちのほうでは……」

「こういう人達って、うれしい気持ちってものに成れないんです。いま、自分が居るところでは。」と転轍手が説明した。

　するとまた雷鳴を轟かし三番目の特急列車が光を撒き散らし過ぎ去った。

「あの人達って、始めに通過した乗客たちのあとを追いかけてるところなんですかね。」とかわいい仲間は関わり合いを知りたくてしょうがなかった。

「あそこに座ってる乗客はなあーんにも、何かのあとを追いかけるなんてしていません。」と転轍手は説明した。「列車の函の中で眠っているか、それでなければあくびしてる。こども達だけが鼻を窓ガラスに押し付けていますけど。」

「こども達だけは、自分がいま何を目指しているかを知っているんですねえ。」とかわいい仲間はうなずいた。「こども達はぬいぐるみ人形のために時を惜しげもなく注いでいる、だから、ぬいぐるみ人形はとても大切な、かけがえないものに変わっているはずだ、だから、誰かが人形を取り上げれば、こども達って、泣いて訴えるんですねえ……」

「こども達のそういうところ、いじらしいですねえ。」と転轍手が口走った。

<h2 style="text-align:center">XXIII</h2>

「こんにちは。」　かわいい仲間はあいさつした。

「これは、ようこそ。」　そこの商店のあるじが挨拶した。

　それは咽の渇きをやわらげる効き目の高い丸薬を売る薬店主でした。つまり週に一錠この薬を咽に放り込むだけで、もう水を飲みたいという渇きなんぞは感じなくするというわけです。

「どういう目的で、そういった物を売っているのですか。」とかわいい仲間はたずねた。

「時間を懸けずに済ませる事ができるからですよ。」と商人は説明した。「その道の専門家が試算を出しております。一週間あたりで五十三分間を浮かせることができるそうなんですねぇ。」

「それじゃ、その浮いた五十三分間は、何に使うのがふさわしいのだろう。」

「そいつは、そのひとがやりたいと思ってらっしゃることにお使いなさったら、いいのじゃないのかな……」

《おいらだったらと、かわいい仲間はこんな風につぶやいた、仮に五十三分という時間が今から使えるものなら、本物の水飲み場へ向かって、そろりそろりと時を味わって、歩いて行くところだけれど……》

<h1 style="text-align:center">XXIV</h1>

砂漠のまっただ中で起きた、あの飛行機エンジンの故障から到頭（とうとう）一週間が経ってしまった。そんなわけで、薬屋と出会った話に聞き入ってたけれど、残し置いた水も最後となり、わたくしは、その一口をいよいよ飲み切りました。

「ああ、しみじみとなってしまったよ。」とかわいい仲間に話しかけました。「君の旅の話が面白くつい聞き惚れてたけど、わたくしの飛行機はいまだに修理できてない、飲み水はもうすっかりなくなった……そんななかで……本物の水飲み場を目指してこれからそろりそろりと歩んで行けるとしたら……この先、うれしい気持ちに成れることがあるんだろうか……まぁでも、うれしい気持ちなんて、わたくし、もはや成れない……」

「おいらの友人の狐さんのことだけど……」とわたくしに話かけて来た……

「ねえ坊や、いいかい、もうその狐さんどころじゃなくなったんだよ。」

「えっ、どうしたって言うの。」

「なぜって、咽が渇いて来てそのうち君もわたくしも死ぬことになる……」

わたくしの言って聞かせることをこの子は受け入れなかった、わたくしにこう言い返した。

「友人を作れたって、すごいことだよ、たとえこれから死ぬことになって行くとしても。おいらなら、うれしい気持ちでずっといられる。友人の狐さんができたもんだから……」

《この子は身にせまる危機がどれ程のものか気にもしてないんだ、とわたくしは胸の内で独り言（ご）ちた。この子は全然腹も空かさない、咽も渇かない。少しばかりの日が射して、それで満ち足りておれるんだ……》

ところが、この子はわたくしをじっくり見つめ、そんなわたくしの胸の内を汲んでなのか、わたくしをこんな風に心遣（こころづか）いしてくれた。

「おいらも咽が渇いてる……さあ井戸を探しに出かけましょう……」

わたくしは思わず体の力が抜けてよろけた。だってあなた、いいですか、出鱈目もいいとこなのですから、こんな広大な砂漠の広がりの中へ、当てずっぽうに井戸なんてものを探しに行くなんて。

　そんなことがあったけれど、わたくしたちは、一歩を踏み出した。

　わたくしたちは、幾時間も、押し黙って、歩き続け、歩き続けた。そこに夜が来た、そこに満天の星が輝き出した。わたくしは夢まぼろしの世界にいるのかと思いつつ、その星ぼしに見入っておりました、少し熱っぽかった、咽が渇き切ってしまったせいだ。かわいい仲間の「咽が渇いてる」と言う声がわたくしの耳の奥で浮かんでは消えていた。

　「そうか、咽が渇いてる、君も、そうだよね。」この子に念押しした。

　それが、わたくしの聞いたことには答えず、ただこう言った。

　「水にもあるんですよ、心にうれしく働きかける力は……」

　この子の返事の意味が分かりかねたけれど口をつぐみました……この子から何かを聞き出してやろうとするこれまでのわたくしのやり方はやめるべきだと思い及んだからです。

　この子は先刻から歩き疲れていた。この子はしゃがみこんだ。わたくしはこの子のそばにそっと寄り添った。しばしの沈黙の後、この子が再び話し始めた。

　「天空の星ぼしは美しくなって来てる、はた目から星を見る人にはそれと気付かれないけれど、そこには花が咲き出して来てるから……」

　わたくしにも胸に感ずるなにかが伝わり《そのとおりだね》と頷いたきり、言葉にならず、そのまま月の光を浴びる砂丘の襞模様に見入っておりました。

　「砂漠の眺めは美しさを増して来た」とこの子はもう一つの事を話して来た……

　そう、そのとおりだったのです。砂漠に、この何日間かずっと、わたくし、こころ惹かれて来ておりました。そうなんです。夜の砂丘にただ座っていると、目には何にも留まらない、耳には何にも入って来ない、そしてそれなのに、なにかが、ひそやかに底光りを始めておるんです……

　「砂漠が美しく引き立ち出すのは」と、かわいい仲間は語り続けた。「それは砂漠のどこかに井戸が埋まっているから……」

　自分でも驚いたが、砂漠の砂地が神秘的に底光りする意味がたちどころに読み解けた。こどもの時分、わたくしは古くから住み継がれて来た家に住んでおりました。その家には宝物が埋まっていると家族の間で語り継いでおりました。言うまでもなく、それを見つけ出そうにも誰も手を付けられなかった、むしろ誰も探そうという思いつきさえしなかったのでしょう。でも、その宝物が有ると思えることで、家族のみんなは夢見心地に成って居れた。その古い家の奥の奥には「かけがえのないもの」が、言い伝えることで、埋まっていたのです……

「そうなんだ」わたくしはかわいい仲間に話しかけた。「こどもの頃の家なんかでも、この夜空の星たちなんかでも、また目の前の月光に照る砂漠なんかでも言える事、つまり、それらを美しく引き立てているものがある、でも、そうしてるものは目で見て分かることではない。」

「おいらうれしいよ。」とこの子は話した。「あの狐さんと同じ考えをあなたが言うもんだから。」

かわいい仲間が眠りについたのを潮時に、この子を両腕に抱きかかえると、再び先を歩んだ。胸が熱くふるえて来た。まるで、壊れやすい、大事なものを運んでいるかのように思えて来出した。しかも、この世でこんなにもはかないものはこれまで、なかったという想いがわたくしの胸の内に湧き出して来た。月明かりが照らしている、この子の青ざめた表情、閉じられている眼、風に揺れているほつれ髪と見詰めているうちに、想い浮かんだことですが《こうやって目で追っているのは、それはこの子の姿形までのこと。今さっきあんなふうに、わたくしにとって掛け替えが無いと思えて来たものは、こうやって、単に、見た目からとらえようとしてては、気づけられなかった……》

この子の綻びかけた口元に微笑（ほほえみ）がうっすらと浮かんだちょうどその頃、ある事が思い新たにわたくしの心の中を駆け巡った。《この眠れるかわいい仲間から伝わってこんなにもわたくしの胸の内を熱くふるわすもの、　それは、天空高くこの子の星に咲くひとつの花を、この子が一途に想う気持ち、　それは、今この子の胸のうちで、ともし火の炎となって光輝くバラの花の面影、　それに、今こうして眠っているあいだでもこの子は胸のなかに片時も……》と。　ここで気付いた、いま、わたくしの胸の内を熱くふるわせ、この様に伝わって来たものは、もっとずっとはかなく、壊れやすいものなんだ。この子の胸に灯っているともし火はしっかりかばってあげなくては。ひと吹きの風が起きれば……この子の胸のともし火は消えることになる……

こんな想いに耽り、歩き続け、歩き続きた果てに、その夜が明け初め出したとき、わたくしはあの井戸が目の前にある事に気づいた。

XXV

「人間は特急列車にすし詰めに乗るけど、そうやって捜し求めたことが何であったのか、もうすでに念頭から消えている。だから人間は騒ぎ出し、水掛け論の空回り……」こんなことをかわいい仲間は話して来た、そして「そんなことしなくてもいいのに……」と付け加えた。

わたくしたちの辿り着いた井戸はサハラ砂漠で見かける様な井戸ではなかった。サハラ砂漠で見かける井戸は砂地に穴を掘り抜いたものです。目の前にあるのは人里でよく目にする井戸に似ていました。でもそこに人々が今も暮らす里などなかった、だからわたくしは何か変だぞと思いました。
　「なんかおかしいなあ」とかわいい仲間に言ってやった。「何もかもお膳立てしてある。ほうら、滑車、釣瓶、綱……」

　この子ったら、笑い声を立てた、綱に手をかけた、滑車を回した。すると滑車が軋み出した。まるで、年老いた風見鶏がきりり、きりりと呻き出したかのような……風はずうっと眠り込んだままで……
　「ほうらぁ、聞いたでしょう。」とかわいい仲間が言った。「おいらたち、この井戸を眠りから呼び覚ました、ほうらぁ、井戸がきゅるり、きゅるりと歌い始めた……」
　この子にまかせっぱなしはよくないとやっと気付いたので、声をかけた。
　「わたくしに任せて。そいつはちょっと重過ぎるなぁ。君には。」
　わたくしはそろりそろりと釣瓶をひっぱり続けた。井戸の縁石まで引き上げた。そこにぐらつかないよう釣瓶を据えた。わたくしの耳の奥の方で、滑車がきゅるり、きゅるりと輪唱していた。揺れ止まぬ汲み水の面に、朝の日の光がきんらり、きんらりと揺れ動くのを目にまぶしく感じていた。
　「待ってた、そう、こういう水。」かわいい仲間はそう言うと、「飲ませてちょうだい……」
　あっ、これだ。昨日からこの子が思い描いてたことって。
　釣瓶をこの子の口元へ持ち上げてあげた。飲んだ、目をつぶったままにして。この子は心地よげでした、ちょうど祭りの日の喜びのようです。この水は普段の水とは別物でした。この水はきらめく星空の下を歩き、歩き通した事で、滑車が輪唱した事で、わたくしが腕に力を入れて汲み揚げた事で生まれて来たものです。この水には心までうれしくしていく力が具わっていました。そうだ、祭りの日の贈り物そのものだ。これだったんだ。わたくしはこどもの時分を想い起こしました。クリスマスツリーにろうそくがきらめく、深夜ミサにパイプオルガンがひびく、そしてみんなのほほえむ顔から伝わって来る懐っこい気配に包まれて、手にしたクリスマスの贈り物がわたくしにはうれしさに満ち溢れたものへと、いっぺんに様変わりしたのとちょうど一緒です。
　「あなたが住んでる地球の人間は」とおとぎ話の国の子は言った、「ひとつの庭に五千個ものバラの花を咲かせて……でも、人間はその咲かせた花の中に自分が捜し求めているものがあるのに、自覚できないでいる……」

「人間は自分が捜してるものを目の前にしていても、それを自覚できない。」
とわたくしも後をなぞった……
「そうだけど、人間は探し続けることで、一本のバラの中にも、また、ひと掬（すく）いの水の中にも、あっ、これだったんだと思い当たるものに出会えるんだ……」
「その通りですね」とわたくしも得心がいった。
そのつぎに、かわいい仲間はこう言い添えた。
「でも、傍目（はた）から見ているばかりでは、いくら探し回っても見つからない。胸の内（うち）でしょっちゅう思いを巡らせていないとね。」

わたくしもこの井戸の水を先ほど飲み終えたところです。ほっと安堵することこちに成って来た。砂の大地は、日が昇り始めるとあたり一面、蜂蜜色に染まって行きます。蜂蜜色がかがやいて広がるこの光景にさえも、わたくしの心はうれしくなっておりました。もう心痛めて過ごさなくてもいいんだ……

「前に約束してくれてたことやってくれるよね。」かわいい仲間はそっとささやき、わたくしに身を寄せて、そっと座り直した。
「ええっ、どんな約束してたんだったかなぁ。」
「それはね……口覆いをひとつだよ。おいらのひつじに着けるため……それはねえ、おいら、あの花を引き受ける覚悟をしてるから。」
わたくしはポケットから絵の下書き帖を取り出した。かわいい仲間はそれらをちらっと見た、とたんに笑い声を立てながらこんなことを言った。
「あなたの描いたバオバブ、ちょっとキャベツみたい……」
「ええっ。」
だって、わたくし、バオバブの絵には自信満々だったんだけどなぁ。
「あなたの描いた狐……その耳ね……ちょっと角みたい……それに、長すぎ。」
そう言うと、またこの子から笑い声がこぼれた。
「ちょっと言い過ぎじゃない。意地悪小僧だなあ、腹の内を見せないおろちと腹の内を見せたおろちだけだよ、描けれたのは。他はもともと無理なんだ。」
「ええっ、でもさ、なんとかなるんじゃない。地球のこどもたちは、そこんとこ、ちゃんと分かってるから。」
ということで、わたくしは口覆いを鉛筆描きしました。この子に渡しました。なんだかそれをきっかけに、急に胸さわぎがした。
「君って、何かしようとしているよね、だけど……わたくしには何なのか、見当がつかない……」

だが、訊ねている事にこの子はじかに答えなかった。ただ、こう言った。

「あのね、おいらがこの地球に舞い降りて……それで実は、あしたがちょうど、それを思い起こす日なんです……」

少し沈黙してたが、こう続けた。

「ここのすぐ近くに舞い降りてたんです……」

この子は頬をさっと赤らめた。

それで、またもや、わたくし自身なぜか分からないままに、なにかこう無性に悲しい気持ちになって来たぞと感じた。それとは別に気になっていた事がふと思い浮かんだ。

「それじゃ、偶然のことじゃなかったんだ、君と知り合ったあの朝、一週間まえ、たしか、いまのような、こんなようすだった、君はたったひとりで、とぼとぼと歩いてたよね。人里からは1000キロメートルも離れたこのあたりを。君、降り立った地点へ戻ろうとして、そうやってたのかい。」

かわいい仲間は、また、おもてをぽうっと赤らめた。

ちょっとためらう気持ちになってしまった、でも聞いた。

「君、もしかしたら、さっき言ってた、一年前を思い起こす、あしたに間に合わせるつもりで……」

かわいい仲間は、またまた、顔をさっと赤らめた。この子は聞かれた内容に決してすんなり受け答えようとしなかったが、この子だって顔を赤らめるのは《そのとおりです》と言ってるのと同じじゃないのかな。

「あぁ、何か無性に心配なんだ……」と、この子に言うのがやっとだった。

この子は、それなのに、わたくしにこんな約束ごとを言った。

「さあ、あなたには今からやらなくちゃならないことがあるでしょう。あの飛行機のある方へ引き返さなくては。おいら、ここで、あなたを待っていることに決めましたから。あしたの夕暮れどきには、戻って来てくださいね……」

もうますます、わたくしは平常心に戻れなくなった。わたくしはあの狐の心情が分かる気がした。わたくしも堪えきれずにきっと涙ぐむだろうな……その時が来たら、慣れ親しさに心解き解されて……

XXVI

　井戸のそばに、人の暮らしがあった家の、歳月を経た石壁の一角が壊れかけて残っていました。作業からこちらへわたくしが戻ったのは、翌日の夕暮れ時のことです、遠くからも、あのかわいい仲間が、その石壁の高みに腰をかけ、両足を垂らして何かしている姿が目に入ってきました。

　「・・・・・・・・」

　やがて、その子が話してる声も耳に届くまでなってきました。

　「えっ、お前、じゃ、そいつは覚えていないって言うの」とその子は誰かに向かって話しかけておりました。「ここじゃないよ、ぴったりとは。」

　「・・・・・・・・」

　誰かの返事の声がこの子の耳に、また、届いたのでしょう、というのも、この子がすぐ文句をつけたんです。

　「いや、いや、まさに今日だよ。でもここじゃないぜ、その場所は……」

　わたくしはその石壁から目を離さず、一歩一歩近寄り続けた。他に人影も、それにあいかわらず他に誰かの人声なんて、してこない。

　「・・・・・・・・・・・・・」

　ところが、またもや、かわいい仲間が何者かに向かって言い返した。

　「……もちろんだよ。砂地においらの足跡が始まる箇所をお前確かめてみろよ。そこでおいらが来るの待ってればいいんだよ。旅支度(たびじたく)するから、今夜。」

　わたくしは壁まで二十メートルと近寄っていたが、あいかわらずだ。見当なんて、なんにもつけられなかった。

　かわいい仲間がちょっと口をつぐんでいたが、一呼吸してまた言った。

　「お前の毒、効くんだろね。おいら、長くこらえなくてもいいんだろうね。」

　足が止まった、胸騒ぎがした、でも、依然どういうことなのか分からない。

　「・・・・・」

　「そう言うことで、じゃあ、離れてくれ。」とその子はうわずった……「元のところに降りたいんだから。」

　わたくしは思わずその石壁の根元に目をやった、すぐ跳び退いた。やつはそこに居た、かわいい仲間のほうに鎌首を持ち上げて、猛毒の黄色蛇の一族で人を三十秒で倒すやつです。拳銃を取り出そうとポケットを探りながらわたくしはあわててかけ寄った、が、わたくしの立てる音に、その蛇はするすると、まるですぼんでいく噴水のように、砂地の中へと滑り込んで行った。そして、それほど急ぐふうでもなく、金属的な軽い音を立てて、石と石との間をすり抜けていった。

わたくしは石壁にかけつけ、その場で両腕にこのかわいい坊やを抱きとめるのに何とか間に合ったが、血の気の引いた青白い顔になっていた。
　「何だい、これは。危なっかしい。背筋がぞくっとしたぞ。今さっきまで、蛇なんかと話してたのかい。」
　この子がいつも身に着けている金色の襟巻きをはずしてあげた。こめかみを湿らせてあげると、この子に水を飲ませた。あとはもう、聞き出す気になれなかった。この子はわたくしをじっと静かに見詰めていたが、両腕をわたくしの首筋の辺りにまわして抱きついた。この子の心臓の脈打つさまが伝わってくる。まるで空気銃に撃たれて死に逝く今わの際の小鳥の鼓動だと感じた……
（なにかせわしげに鼓動している、どこか遠くへ消え行くように弱弱しい。）
　やがて、わたくしに話しかけてきた。
　「うれしい。あなたの飛行機に失（うしな）っていたものが何か、あなたは見出（いだ）したんですね。あなたは仲間の処へ帰って行ける事になったんだ……」
　「ええっ、驚いた、またどうしてそんなに察しが付くんだい。」
　本当に、驚いて尋ねました。そうしたことを、まさに知らせにやって来たんですから。そうなんです、あの作業、始めもうだめかと思ってた、けど、意外だった、うまくやりおおせた。
　驚いて聞いたのに、この子は何も答えることなく続けてこう言った。
　「おいらも同じなんです、今日、あの花が咲く星へ戻って行きます……」
　そしてその後で、もの寂しげなようすになった。
　「もっとずっと、はるかに上空なんだ……
　　もっとずっと、あぶなっかしいんだ……」
　わたくしは何かとんでもない事が起きるのだなと強く感じました。わたくしはこの子を腕の中に、幼いこどもにするように抱きすくめた。けれども、それでも、かわいい仲間が遥かに隔たったところへ、ここからまっすぐ上空へ昇って行くかのように感じていた……もはや引き止めようにもなす術もなく……
　そのまっすぐのまなざしを、遥かに高く吸い込まれるようにしながら……
　「あなたが話してくれたひつじがある。それにひつじが寝る荷造り函を描いてもらった。それとひつじに着ける口覆いを描いてもらった……」
　そうして、その後で、ほほえみを浮べたけれど、どことなく胸につかえるものがある様子だった。

　じっくり待った。この子が徐々に体温を回復して来ているのを感じておりました。
　「ねえ坊や、こわい目に遭ったんだね……」

この子が怖い目に遭っていたのは、さっき見たとおりだ。ところがなんと、この子ったら、笑い声さえ、小さく立てながらこうも言った。

「さっきよりもずうっと怖い思いをやり遂げます、今夜……」

　この言葉にまたもや、背筋がぞくっとなった、これでもう取り返しのつかないことが始まったと直感した。それにこうした笑い声をもう聞けないと思いついたとたん、堪らなさが身に沁みて来るのを覚えた。この笑い声を聞くことがわたくしには、まさに砂漠に湧く命の泉となっていたのです。

「ねえ坊や、君が笑うところ、もっともっと聞いていたい……」

　それなのに、その子はただわたくしにこう言った。

「今夜で、まる一年となる。おいらの星はこの場所のちょうど頭上に現れるはずだ、ここは一年前においらが舞い降りたところなんです……」

「ねえ坊や、これはいやな夢でも見てるんじゃないのか……蛇がどうするとか、待ち合わせはこうだとか、星が頭上に来るとか、そんな話をしてるんだけど……」

　だが、わたくしの言った事に応じなかった。ただ、こう言った。

「かけがえのないものというのは、そういうものは、なにもはじめから目立つようにあるわけではない……」

「そうだけど……」

「花のことでも、このことが言える。いつか、あなたがとある惑星に咲く花を愛おしいと思えてくるたびに、夜、星空を見上げていると、いつでも、うれしい気持になって来だす。すると、どの星にもみんな花が咲き出しているようになって来だす……」

「そうだけど……」

「あの井戸の水でも同じことが言える。おいらに飲ませてくれた水、まるで音楽を聴くようなうれしい心地よさがあった、滑車のお蔭で、綱のお蔭で……あなたは思い起こすでしょう……あの水には効き目があったのです。（そのようにして飲ませてくれた水だから、こころにうれしく沁みて行ったのです。）」

「そのとおりだね……」

「夜の空に星たちを見てください。おいらの星は小さすぎるから、それが見える箇所をあなたに示してあげられないけれど。それが反っていいのかもしれない。おいらの星はあなたには数ある星の中のひとつとなるでしょう。そうなるといつか、星たち全体をあなたは眺めるのが好きになる……星たち全部があなたの友人ということになって来るでしょう。それじゃ、ここで、あなたに、はなむけとして贈り物をしましょう……」

　その子から、またさっきのように、笑い声がこぼれた。

85

「ああ、坊や、これだよ、これ、君が笑う、これをずっとずっと聞きたい。」
「そう、だからなんです、これがおいらからのはなむけとなっていけるのです……井戸の水でも一緒ですけど……」

「それって、どういう意味なんだい。」
「人々が星の事を思い浮かべても同じ事を考えるわけではない。たとえば旅にある人達は、星を道しるべにする。そのほか傍目から見る人々に、星は小さな光の点のままです。そのほか天文学者のような人々には星は調査対象になっている。おいらが出会った独り占め男にとって星は金貨になっていました。でもこういった星はどれもこれもむっつり黙りこくったままで、人々にやさしく、ささやきかけて来ません。あなたには、いままで誰もやったことのない形で星を思い浮かべてもらいたいのです……」

「それって、どういう意味なんだい。」
「いずれの日にかあなたが夜、天を眺めると、その星々のどれかひとつにおいらが住み着いてることになるので、その星々のどれかひとつからおいらの笑いがこぼれ出ることになる、そのときには、天のすべての星から、あなたに笑いがこぼれているようになるでしょう。しばらく後になってから、あなたは笑いをこぼせる星ぼしたちを想い浮かべることになるというわけです。」
そう言い終わるとまた、その子から、笑い声がこぼれた。

「やがてあなたが悲しみから立ち直った時（何はともあれ、別れの悲しみは和らいで行くでしょうから、）おいらと知り会った事をうれしいと思うようになる。どんな時でもおいらの友人でいてください。あなたはおいらと一緒に笑いたくなるよ。時折はあなたの家の窓を開けてごらんよ。すると今みたいに笑いが楽しめる事になります……それでも、あなたの友人たちは天を見上げて笑うあなたのそんな姿をはた目にし、奇妙だとびっくりするだろな。そんな時、その人たちに言ってやりなよ。「そう、星達ってどんな時でも、わたくしを笑わせるんだよ。」と。友人達はあなたを星に夢中になっちまった変なやつと思う事でしょう。誤解されるにきまってることをあなたにさせて、悪いんだけど……」
そう言い終わるとまた、その子から、ころがるような笑い声がこぼれた。

「それはまるで、星の瞬きに代えて、笑い声がこぼれ出る無数のかわいい鈴を渡したようになるでしょう、おいらからあなたへと……」
そう言い終わるとまた、その子から無数の玉鈴を転がす笑い声が溢れ出た。

そして、その後で、その子は、改まった面持ちに直るとこう言った。

「今夜……あの……来ないでね。」

「君と離れたくないよ。」

「おいら、具合が悪いかのように見えるでしょう……おいら、死んだかのように、ちょっと見えるでしょう。先ほどあなたが青白い顔のおいらを目のあたりにしたように。だけど、そんなの見に来ないで。そんなことわざわざしないで……」

「君と離れたくないよ。」

ところで、その子には案じられることがあったのです。

「今あんなことをあなたに言ったけど……それって実はさっきの蛇のことも気になっていたから。もしかしてあれがあなたを咬むことがあってはいけないので……蛇というのは、喧嘩っぱやいんです。おもしろ半分で咬み付くことだってあるんです。だから心配なんだ……」

「君の手を離したくないよ。」

ここで、その子の方にあることがふと思い浮かび、気持ちが収まった。

「そうだった、蛇って二度目の咬み付きでは毒はもう無くなってるんだ……」

その夜更け、その子は帰りの旅に出た。わたくしは気付けなかった。その子は音も立てずに、そっと居なくなっていたのです。その子はためらいなく、すたすたと、足ばやに歩いていました。そこに、わたくしはやっと追い着けた。

その子はわたくしにぽつりと言った。

「やぁ、来ちゃったの……」

そう言うと、その子はわたくしと手を取り合った。そうしたけれど、その子はもう一度、どうすればいいのか思いあぐねた。

　「あなたは思い違いをして来ているみたい。そのままでは、この先辛い思いをすることになっちゃうよ。おとぎ話の国に住むおいらが、まるで死んじゃったかのように見えるけど、それは実際に起きることではないんだよ……」

　わたくしは、口を固く閉じた。

　「説明分かってくださいね。ものすごく遥かかなたなんです。おいらはこの身を運んで行くわけにいかない。重過ぎるんです。」

　わたくしは、口をぎゅっと閉じた。

　「だけどそれはまるで脱ぎ捨てられてゆく、抜け殻なんだよ。（慣れ親しんできたものの）抜け殻と思えば気も軽くなる……」

　わたくしは、歯を食いしばった。

　この子はちょっと気落ちした。でも、何とかしなくてはと気を取り直した。

　「こころやさしくなるんですよ、これからは。おいらだって星を眺めることになる。どの星も、きゅるり、きゅるり鳴る錆びた滑車つきの井戸になる。どの星も、おいらに飲み水を注いでくれるようになる……」

　わたくしは、歯を食いしばった。

　「こころたのしくなっていくんです、これからは。
あなたは、満天の星となってきらめく玉鈴から
おいらを思い起こすことになる。
おいらは、満天の星となってきらめく水瓶から
あなたを思い起こすことになる……」

そして、その子も口を固く結んだ。別れの涙をこぼしていた……

「それじゃ、前に出るから、ひとりだけにしてくれる。」

なのに、その子はその場にしゃがみ込んだ。この場に来て、その子は別れの辛い思いにこころ乱れた。

続きを話した。

「あのね、こうなったのは……あの花を……おいら、あの花をちゃんと引き受ける覚悟ができたからなんだよ。それに第一、あれはものすごく気持ちが傷つきやすいんだよ。まして、あれは自分の気持ちに馬鹿みたいに正直なんだ。あの花、四つの棘を生やしている、そうしているけど、四つの棘が浮き世の小競り合いからあの花の身をちゃんとかばってあげられるかって……四つの棘、あまりにもちゃち過ぎるんだよ……ひょっとして……」

わたくしも、その子に寄り添ってしゃがみ込んだ、とても、これ以上立っていられなかった。その子はこう言った。

「そこにいて……そのままでいて……」

その子はまだ少しためらったが、やがて立ち上がった。一歩前に出た。わたくしはしゃがみこんだまま、動けなかった。

一瞬……黄色にきらめくものが、その子の足首の辺りでぬっと立ち上がると見えた。その瞬間、その子はじっと動かないままになった。声を発てなかった。ゆっくりと木が傾くようにその子は倒れていった。砂地からは、物音ひとつ発たなかった……

XXVII

早や六年が経った今ですが……そのあいだ、この不思議な出来事を話す事はずっとしませんでした。ええ、再会してくれた大人の仲間達はわたくしが生きて帰ったことをとっても喜んでくれましたよ。ですけど、わたくし自身は寂しく暮らしました。（大人の仲間達にはあるがままの心で話しても伝わらないのです）それでこんな風に話しました。「なんか……疲れのせいですかねえ……」

今のわたくしは別れの悲しみから立ち直って来ています。言ってみれば……まだ少し堪えているという所です。ところで、おとぎ話の国の子は自分の惑星へ帰ったのだという事がよく分かりました。その夜が明けたとき、その子の姿をまた見ることはなかった……その身は言っていたほど重くなかった……しかも夜になると、わたくしは星たちに耳を傾けていたくなります。満天の星からは笑い声となった鈴の音がして来る気がするんです……

おや、おや、何とも突飛な事態が発生しました。

おとぎ話の国の子に渡すのに描いた口覆いですが、括り付ける皮ひもをそいつに描き加えるのを、わたくし、忘れておりました。その子は口覆いをあのひつじに結わえる事なんて到底できなかったろうな。でも、それだからどうだっていうんでしょう。『あの子の惑星でいやな事が起きてしまったんでは。あのひつじ、花をぱくりとやってしまったんじゃあるまいか……』こんな風に決めつけて考えるのは、何か違うと思うのです。

わたくしはこう思いを巡らしてみることがある。『絶対ありえない。おとぎ話の国の子はその花を毎晩ガラス覆いで護っているはずだし、それに、あの子はあのひつじを見張ってるはずだから……』そう考える時に、わたくしはうれしい気持ちを見出します、どの星からもあたたかい笑いの声がこぼれて来ます。

また、わたくしはこう考え込んでしまうことだってある。『人は一度やそこらはうっかりするものなんだ、そして、それで事は足りる。或る晩、あの子はガラスの覆いを忘れてしまったりとか、ひょっとして、ひつじが夜の間にこっそりと外に出かけたりとか……』 そう考えちゃう時は、あの鈴の音は全部なみだ声になって聞こえて来たりします……

この違いに大切な事が埋もれてあります。かわいい仲間に心を通わせるあなたにとっても同様にわたくしにとっても、この広い世間はいつも同じようには見えて来ないのです。つまり、どこか知らない星であなたやわたくしとは見ず知らずのひつじが、ひょっとして、バラの花をぱくりと口にしてしまうと諦めるのか、(まるでよく知らない事を繋ぎ合わせて作り事の決めつけを抱いてしまうように)それともそんなふうに考えたりはしないのか、あなたやわたくしがどちらを考えるか、それによってこの広い世間は違って見えてくるのです……

満天の星を見上げてご覧なさい。そして、ためしに心に問うてごらん、こんな風に。ひつじが、星に咲くバラの花をぱくりと口にしてしまったと諦めるのか、いやそんなふうに、(無責任に勝手に)諦めたりなんぞしないとするのか。あなたがどちらを考えるかで、この広い世間ががらりと違って見えてくる事をあなたは体験するでしょう……

それにしても、この違いにとても大切なことがあるのに、大人になってしまった人は誰も、端っから分かろうとも、考えようともしないんだから。

前のページをご覧ください。これなんです。わたくしには見れ
ども飽きない、それでいて、とめどなく寂しさの込み上げてくる、
この世の風景なんです。これは三つ前のページの風景と同じなの
ですが、皆さんにそれをようく見てもらいたくてもう一度描きま
した。

　ここなのです、かわいい仲間が、現実のこの世に姿を現し、そ
のあと姿を隠した場所です。

　この風景画をようく見ておいてくださいね。もしも、皆さんが
いつの日にかアフリカへ砂漠を旅行した時、この風景画に見覚え
があるぞと、ぴんと来たらうれしいんだけど。それで言うけど、
もしも、皆さんがそこを通ったら、皆にやってみてもらいたい事
がある、いつものような急ぎ足にならないで、どうか、ここにあ
る風景画の中にはいり込んで星★の下にちょっと佇んでみてくれ。

　　もしもその時一人の子が皆さんの方へ来たら、

　　もしもその子が笑い声を立てたら、

　　もしもその子が金色の髪だったら、

　　もしもその子が皆さんからの質問に口をつぐんでいたら、

その子が誰であるか皆さん、ちゃんと見当付くよね。その時は頼
んだよ。わたくしをこんなに寂しいままにほったらかしにしてお
かないで、すぐ手紙をおくれ、

　　　「　かわいい仲間がまた来てくれました……　」

【 お知らせ 】

■ この作品の最初の日本語翻訳者である、内藤 濯さんは《 le petit prince 》を「星の王子さま」と訳されました。その後、多くの翻訳者がこの訳語を引き継ぎました。今回の私の翻訳では「かわいい仲間」としましたが、おとぎ話の世界を前面に出すためです。また主として第Ⅲ章から第Ⅶ章にかけてと物語の終わり部分では「おとぎ話の国の子」と日本語訳した箇所も混在します。非現実の物語であるということをはっきり示すためです。

■ 原書と照合される方の便利のため1983年版原書と日本語翻訳書のページ数を１対１に対応させて作業しました。しかし、原書の手描き絵のうち本文とのずれが出ているものがあり、そのため文章に合致するように絵の位置(ページ)を移動しました(原書ページ32、42、55、59、61、63、64、73、74、91)。これに関連して、原文と訳文との対応位置にずれが生じる事から、その対応する原書ページは日本語翻訳書のページの横に括弧書きして表示しました。〔訳文上の都合から対応する原文ページの一部を前後に移動した時にも、「…の一部」のようにして、同様な表示をしました。移動が二、三行に収まる場合は省略しました。〕

■ 数字は、原作が文字の場合は漢数字としました。作者が数の内容を重視していると解釈したからです。「1000」など、例外もあります。西暦など原書で算用数字を使っている部分はそのまま使いました。

■ 漢字のふりがなは、読み方で意味が異なる場合につけました。さらに、読み慣れないと思われる漢字には初出でかなをふりました。(例：出来る、出来する、留める、留める　など)

　年少者向けに、語源への興味が向く様に、漢字の用字法を外し、ふりがなを付けた表記も数か所つくりました。例えば、「目叩き」、「後ろ目痛い」など。

■ 小括弧(　)は、原本に使われたものの他、訳注もあります。

■ 翻訳上の問題は、本書後半の「『かわいい仲間』の日本語翻訳覚え書」を参照していただければ幸いです。

■ 本書は、2015年に風媒社から発行した『かわいい仲間』(改訂版)(ISBN 978-4-8331-5291-4)を改訂したものです。

『かわいい仲間』
の
日本語翻訳覚え書

三訂版

大橋 正宏 著

文学の翻訳とは予て興味惹かれた町の路地裏を例えば後向きに歩くかのよう、
原作を一歩ごと辿る足元から立昇る想念に戸惑い思案し作品世界を探るのは。

文学町の全路地を隅隅と探検し見出した想念を訳語の器の一毎に掬い取る、
原作の文脈が日本語の新風土を表情豊かな水脈となって流れる事を念じて。

翻訳覚え書の対象図書

● 本書前半の翻訳部分　『かわいい仲間』　日本語翻訳者 大橋 正宏

● 原書　Antoine de Saint-Exupéry：Le Petit Prince

　　　Harcourt, Brace & World,Inc. 1943年 ISBN 0-15-650300-X

　　　Éditions Gallimard　　　　　　1983年 ISBN 2-07-058105-5

　　　Éditions Gallimard　　　　　　1999年 ISBN 978-2-07-040850-4

主に利用した事典・辞典類

〈略語〉

● 新朝倉………………新フランス文法事典　朝倉 季雄 著・木下 光一 校閲　　白水社 2007年

● 大白水………………仏和大辞典　　　　　　　　　　　　　　　　　　　　白水社 1981年

● 新スタ………………新スタンダード仏和辞典　　　　　　　　　　　　大修館書店 1991年

● プチ…………………プチ・ロワイヤル仏和辞典　第3版　　　　　　　　　旺文社 2006年

● 小学館ロベール……小学館ロベール仏和大辞典　　　　　　　　　　　　　小学館 2007年

● P.ROBERT…………Le Petit Robert　　　　SOCIÉTÉ DU NOUVEAU LITTRÉ 1972年

● SYN …………………Dictionnaire des synonymes et des antonymes FIDES 1975年

● 類語…………………類語大辞典　柴田 武・山田 進 編　　　　　　　　　講談社 2002年

● 日本語シソーラス…日本語大シソーラス　山口 翼 編　　　　　　　大修館書店 2004年

● そのほか参照した図書は、書名・箇所ページなどにより、本文中に記した。

項目の構成

項目は《Le Petit Prince》(1983年版)と、『かわいい仲間』本書前半の翻訳部分との併読を前提に作る。

〈例示〉

7　　六歳のこども時分　　　Lorsque j'avais six ans　　語り子六歳

〈本書のページ数〉　〈日本語訳文の一部〉　〈フランス語原文の一部〉　〈覚え書の本文〉
の順に記載する。

● 〈本書のページ数〉……………翻訳部分『かわいい仲間』のページ数になります。

● 〈日本語訳文の一部〉…………翻訳部分『かわいい仲間』から引用した文です。

● 〈フランス語原文の一部〉……Éditions GALLIMARD 1983年版から引用した原文です。

● 〈覚え書の本文〉………………多岐にわたる。フランス語に関する考察（文法、語義など）、作者の創作意図、日本語に関する考察（類語の比較、文脈から考えた場面の筋模様など）などいろいろです。なお、覚え書中に使う【○○について】は抽出した事項の考察です。矢印（⇒）は辞書類、参考図書の引用箇所などの書き出しに使用する。

まえがき ―作品の表現法について―

　作者サンテグジュペリは、実人生から切り取ってきた「子供時代にしかない価値観・言葉以前」にあらためて考察を加え、そこに人生の普遍的価値を見出した。作者はこの価値を広く読者に伝えるための手段として、従来にはない手法をこの作品にいくつか試みている。読者はこの表現手法と多少の摩擦を次々と起こし、己の中の既得価値観にひびが入ってゆく事を体験する。この新しい表現法には、詩情があり、哲学的でもあり、意外性もあるが、また韜晦的でもあって、読書体験は複雑なものと成ります。実人生と深く関わりが有るという思いがある反面、実人生との隔たりも大きい描写でもあり、そのためにこの作品が独特の風格を帯びることと成ります。その手法を次の六つにまとめました。

その1 子供が見出している価値

　子供はいずれ大人になります。その大人は嘗ての子供時代を脱ぎ捨て、思い出そうとしません。そこでこの物語には子供から見た大人への厳し過ぎる、言い換えれば小気味よい辛口批評から始まる。大人は支配し、ほめられ、享楽し、所有するか、規則に忠実なだけ、知識を集めるだけだと単純化して戯画されています。この作品に描かれる大人は最後の結果にしか関心を向けず、それを求めて右往左往する者と決め付けられています。何かを数量で表現して伝えると大人はすぐ納得すると揶揄されています。例えばこの世でたった一つしか存在しないとするものなら、その希少性にこそ価値があると大人には見えてしまいます。そういう大人世界から見れば、平凡なありふれた「子供が見出している価値」は無視されてきました。子供の世界では子供は遊びに夢中となり時間を惜しげもなく使ってどこにでもある人や物と慣れ親しんでゆきます。だから慣れ親しむことのできた人や物がその子どもにとってこの世でかけがえのない価値を帯び、他と替えがたい存在となっていきます。これが「子供が見出している価値」です。ちょうど、大人とは手順が逆になっているのです。作者は大人が築いた価値基準の硬直した奇妙さを指摘し、従来取り上げられる事のなかった子供の価値観の視点に基準を移します。これを斬新に文章表現した作品といえます。言うまでもなく、大人はこどもに戻れません。こども時代に体験した感性は記憶に思い起こせたとしても、直ぐに大人の価値観が作動して来て、たわいない事に扱い、せいぜい一抹の寂しさを感じるだけでした。いままでは。この作品にいざなわれて「子供が見出している価値」を再発見した大人は、人間として甦えることでしょう、成長に伴ない失われゆく「原初の感性」に、寂しさをわきまえた大人として。この作品を読むたびに感じる「うれい・さびしさ」もそこから来るのでしょう。

その2 現実と非現実を混在させる

　大人風に既存の価値観から物事を考えるか、子供のように感性のありのままから自分との繋がりで相手を思うかで見える世間は違って来ます。大人になれば、その大人が嘗て子供だった時に持っていた「子供の世界」はもう非現実の世界であり、その当時の感性的価値観もすでに霧散しています。ところが、こどもから大人への時間の方向性を人の定めとして自覚すればするほど、また、こども⇔おとなの時間差に気づけば気づくほど、嘗て子供であった世界には人としての立派な価値がある事を、大人の価値基準とは「相容れない価値観」として、SAINT-EXUPÉRYはこの作品で読者に再発見させようとし

ます。作者は実在の大人像を架空の星の住人に仕立て、子供目線から大人の抱く価値観を戯画化し、読者に粉砕して見せます。次に舞台を地球に移し、仮生の狐と「かわいい仲間」の対話を読ませ、子供の価値観を追体験させます。このことから、**現実と非現実を全編、満遍なく混在させる**この作品は、架空話の中に地球的感覚がしょっちゅう混入し、それゆえ読者には軽いとまどいを常に起こします。再読を重ねるうちにこのめまいは鎮まって行きましょうが、こうした表現手法の斬新さを二つ目としておきます。この物語の進行は砂漠で遭難した飛行機のパイロットが生還のため飛行機修理に取り組む現実の渦中に、おとぎ話の世界でしか存在し得ないはずの非現実を表象する Le petit prince が姿を現し、パイロットは理屈ぬきにこの子を「存在するもの」として受け入れる事から成立します。この子が笑い（第Ⅲ章他、特に第ⅩⅩⅥ章で笑いが象徴化する）、怒り、赤面し、泣きだす（第Ⅶ章の泣きは追想、第ⅩⅩ章は失望、第ⅩⅩⅥ章は惜別のため）ようすは生身のこどもです。架空物語の体裁をとりながら、まるで本物の体験談です。終盤ではついにパイロットもこの子と一緒に架空物語の一人物になりきっていきます。ところでサンテグジュペリはこの異次元の世界の導入を境目が目立たないように作っております。これを実例で詳しく見ます。「かわいい仲間」が現実の世界に姿を現すその瞬間は sur terre **現実のこの世に姿を現す**と表現されますが、しかも、この、sur terre は二箇所だけに目立たなく、そっとこんな風に使われているだけです。

①（第ⅩⅦ章 P.57-LL.29-30/ 翻訳部分では P.56）Le petit prince, une fois **sur terre**, fut donc bien surpris de ne voir personne. <u>この世に姿を現した</u>とたん、人間誰一人とも行き遇わないので当てが外れて、かわいい仲間はきょとんとしていた。

②（あとがき P.93-LL.3-4）C'est ici que le petit prince a apparu **sur terre**, puis disparu. ここなのです、かわいい仲間が、<u>**現実のこの世に姿を現し**</u>、そのあと姿を隠した場所です。

なお、現実世界との関わりを持たせて、上記のように「姿を現す」と表現します。他方でこの子が語る地球到来の様子は、童話風に P.81-L.5 [j'étais tombé tout près d' ici …] とまるで隕石落下の表現です。この世へ「出現する＝ apparaître」と地球へ「舞い降りる＝ tomber」はどちらも架空ですが、似て非なるものでしょう。

その3 沈黙の技法

おとなに非現実の「こどもの世界」を追体験させるために、あえて文章にしないで表現するという**沈黙の技法**も採られます。第Ⅰ章に外側だけを描いた手描き絵一号が現れ、次にその内部を描いた手描き絵二号が示される。どうやらこの手描き絵一号・二号に相当する場面展開が説明なしにこの物語のあちこちに潜み、読者は自分で〔手描き絵一号・二号を描く／場面状況を読み解く〕読書体験を強いられています。読者は「かわいい仲間」の、またパイロットの、心中を思いやり、あれこれと考えながら物語を読み進めざるをえません。別の言い方をすれば人物の内面心理、場面の状況説明の描写がいわば行間に埋め込まれているのがこの作品の特徴です。例えば第Ⅱ章：パイロットはひつじが描けず函の絵を描き、ひつじは函の中と言葉を添えるだけ、ところがかわいい仲間は函の中にひつじが居ると感じ取る。しかし、説明が省かれる。第Ⅲ章：飛行機の墜落で両者の見解は食い違ったままに置かれる。こうして出会いから第Ⅶ章まで、かわいい仲間とパ

イロットとの会話が噛み合わない場面展開は、解説がはぶかれたまま続きますので、読者はこの不安定心理を落ち着かせるように迫られ、「行間の持つ力」と鮮烈に向き合わざるを得ません。なお、行間に説明を埋める別の手法に「故意の言い落とし＝réticence」もあります。第Ⅹ章 P.37-L.4 Le roi d'un geste discret désigna sa planète,... などでは、作者はしぐさだけを示し後は省きます。こうした読書体験を通して、言葉になる以前の観想を読者側に誘導させます。作者は、相手のことを思い遣るというこどもの感性に近い感覚を追体験させるため、随所にこうした「省略」、言い換えれば沈黙・言葉以前を表現に使うという斬新さがあります。

その4 読書体験を工夫

この作品は物語文体（récit）です。語り手が時に応じて読者であるひとりの「あなた」に直接呼びかけ、読者をこの Le petit prince の居る作品世界に誘います。この本という小部屋の中で語り手と一対一で向き合って直接に会話している瞬間を作ります。この文体では、取り立てて、第三者的に登場人物の内面心理を解説することは自ずとやりにくくなります。このことから、登場人物を読者と直接的につなげるようにと作者が**読書体験を工夫**したと想像します。読者の方に直接届く描写表現《感嘆詞・感嘆符の使用、しぐさの表現（あくび・赤面など顔色の変化・咳払い・凝視・言い淀み・沈黙等）、「文字間余白で気分の弱まりを表現」、de noubeau を波状的に文中に配置して不安になる気持ちを読者に直接いやがうえにも募らせたりします。作品の背後にまで思いをめぐらせることになります。また Tourver（見つける）と Apprivoiser（慣れ親しむ）を交互に出して場面そのものから直接に印象付けます。（Tourver と Chercher（探す）の交互使用もある）》、これらによって、読書は体験色の濃く出たものとなります。// 他の手法もあります。「砂漠の夜明けの光景」を美しく情景描写に使います。パイロットが砂の大地に広がる朝明けの陽の光の中に、生きかえる充実を実感します。話しの山場に日の出が反復使用されます。一方、かわいい仲間が悲しさを慰めるものとして大空が夕陽に赤く染まる情景も反復使用されますが、こちらは話題として間接的な扱いにおかれます。// 他にフランス語に備わる多義性を接近する場面の中で活用し、読書自体を躍動させます。Mouton（原文 P.12覚え書き P.122）；Mourir（P.64同 P.211）；Connaître（P.68同 P.221）；Gagner（P.71同 P.224）；Maison（P.77同 P.235-236）；Paysage（P.93同 P.260）などは、意味の「早変り（歌舞伎用語）」を面白く使っております。

また、この物語には手描き絵を言語表現の中に取り込む珍しい表現手法もあります。絵が会話の一部として引用され、使われています。かつて、絵物語、絵巻物には詞書と絵との融合表現がありましたが、その手法が使われています。更に、ひつじの手描き絵については描かれてる絵柄を実在するひつじであるかの様に描写して、あえて虚実を綯い混ぜた絵の扱いもあります。（例えばパイロットが描くひつじの絵を見て、まるで「生きてる」かのようにこの子が語ります。パイロットも始めは辻褄を合わせるだけですが、作品末尾で「函の中の描かないひつじ」に付けるようにと口覆いを描きます。）この子はバラの花、蛇、狐などとも会話します。蛇との会話など、最近ではハリー・ポッターでお馴染みですね。読者の現実はこれらの表現で「生々しい非現実」へと気付かされずにすりかわります。文体上で、直接的読書体験を促したり、気付かせずに非現実を受け入れさせる文章技法の特徴をまとめて斬新さの四つ目としておきましょう。

その5 読書体験そのものが次にくる読書体験を豊かにさせる工夫

　ある出来事が、後の場面ではそれを引き継ぐ出来事をつくり、更に後の場面がそれを発展させます。再読をとおして、この累進してゆく読書体験から深い意味合いを汲み取るよう作者から促されます。その具体例を挙げます。例❶Muselière パイロットが思わず口を衝いて出した「口覆い」は作品末尾で思わぬ展開をします。第VII章 P.29-LL.3-4 Je lui dessinerai une muselière, à ton mouton... ⇒⇒第XXV章 P.80-LL.17-18 ——Quelle promesse ? ——Tu sais...une muselière pour mon mouton... ⇒⇒第XXVI章 P.84-LL.27-28——J'ai ton mouton. Et j'ai la caisse pour le mouton. Et j'ai la muselière... ⇒⇒第XXVII章 P.90-LL.9-10 La muselière que j'ai dessinée pour le petit prince, j'ai oublié d'y ajouter la courroie de cuir !　こうして「口覆い」が意味するものを考えさせ、やがて二者択一の話柄へと収斂させます。

例❷かわいい仲間の悲しみが分からないと嘆いたパイロットの体験は、かわいい仲間の地球の旅で出会う狐の言葉の中に、その解決法が暗示される。第VII章 P.29-LL.7-8 C'est tellement mysterieux, le pays des larmes. ⇒⇒第XXI章 P.71-L.34 L'essentiel est invisible pour les yeux.　例❸Heureux　第IX章 P.34-L.20とL.26の《 Tâche d'être heureux. 》⇒⇒第XXI章　P.68-LL.29-31　...dès trois heures je commencerai d'être heureux. Plus l'heure avancera, plus je me sentirai heureux.(je = le Renard)　花の願いは狐の言葉を経由する形でかわいい仲間のもとへと届く。やがて花とかわいい仲間とが慣れ親しい間柄になったことが暗示される。例❹大人が子ども世界へ二度飛び込んで行く。Absurde　第II章 P.10-LL.20-23 Aussi absurde que cela me semblât ... ⇒⇒第XXIV章 P.76-LL.5-6: il est absurde de chercher un puits, au hasard, dans l'immensité du désert. この子から出される「出鱈目(に思えるもの)」にパイロットは戸惑いながら受け入れる。この出鱈目に目まいを覚えるのは大人社会に馴染んだパイロットの物の見方を象徴します。危険を覚悟して甘受した結果パイロット(読者)は「幻となった子供感覚」を再発見した大人になる。その他、項目だけ挙げると、「五千個のバラ」、「鉄道の乗客」、「井戸の水」などなど、繰り返すことで語義を精錬する。

その6 日常事から意想外なことを見出す眼力を貫く

　日々の生活の頭では着想できない事を日常事から描き出して来る故なのか、その描法の非凡さは目立たない。六歳児の描いた絵が周りの大人には帽子に見えるが象を呑み込んだ大蛇の姿であり《第I章》、パイロットが描いた「荷造り函の中の見えないひつじ」をかわいい仲間が実在すると手放しで喜んだり《第II章》、飛行機の墜落を惑星からの飛来に重ねたり《第III章、以下省略》と、平凡な日常の中に意外な真実を貼り付ける着想が放つ、作者の描法の巧みさに気づき、それを意識して読書すると、この絡繰りがこの作品にぎっしり盛り込まれている事に改めて驚く。この作品の主題【子供から大人へと変り行く人間の在り様】も当に、Apprivoiser(人と人との間に慣れ親しい間柄ができる、繋がりが生まれる)という日常語で語られる。荒唐無稽なことを持ち込まず、観念論に足元を見失わず、人を社会を観察した作者の、日常性の筆法が如何に切れ味鋭いかに気づくことに繋がる。後世の読者もこの物語りが持つ、この新鮮な筆法に驚くことでしょう。

3　アントワーヌ・ドゥ・サンテグジュペリ　Antoine de Saint-Exupéry

Saint-Exupéry は「サン＝テグジュペリ」「サン・テグジュペリ」の訳語が通例です。「神聖なる」エグジュペリという意味合いが訳語にも残ります。⇒『フランス文法事典』朝倉季雄著 白水社 1970年 P.328　saint：聖人については trait d'union なしで saint と綴る：saint Paul（無冠詞）。祭日、教会名、町・街などの名は la Saint-Nicolas のように綴る。例外あり。//Exupéry が地理名なのか未調査です。

3　かわいい仲間　Le Petit Prince　（原題は「ちいさな王子・おさない王子・かわいい王子」）なおこの翻訳には「おとぎ話の国の子」も使う。1697年の Charle Perrault 作《Contes de ma mère l'Oye》の一篇《Le Petit Poucet 親指太郎・一寸法師》の作品名同様、普通名詞を使った通り名と考える。// 題名に入る前に個々の言葉について考える。【le について】Le petit prince は最初 quand **une drôle de petite voix m'a réveillé.**（P.9- LL.25-26）と「奇妙なささやき声」で登場し、次に Et j'ai vu **un petit bonhomme**…（P.9-L-32）「風変わりな小僧っ子」として姿を見せる。部分的であったり、誰だか知らない人という出現の前置きがこの後もいくつかあって、第Ⅱ章末尾で《Et c'est ainsi que je fis la connaissance **du petit prince.**》（P.13-L.16）で定冠詞が初めて付く。ここから語り手との出会いが強調された特定の人物になる。読者も語り手の数次に及ぶ紹介から特定の人物として受け止められる。【ほかの登場人物について】初出が不定冠詞、再出で定冠詞という冠詞通常の使い方は9例ある。第Ⅶ章で初めから特定された、ただひとつの花 une fleur unique au monde は、第Ⅷ章で cette fleur となる。第Ⅹ章の un roi から le roi へ、第Ⅺ章の un vaniteux から le vaniteux へ；第Ⅻ章の un buveur から le buveur へ；第ⅩⅢ章は第Ⅶ章ですでに un Monsieur cramoisi として紹介ずみのため le businessman と定冠詞から始まる。第ⅩⅣ章の un allumeur から l'allumeur へ；第ⅩⅤ章の un vieux Monsieur/un géographe から le géographe へ；第ⅩⅥ章の la Terre は天体の名称として常に定冠詞；第ⅩⅦ章の un anneau couleur de lune から Le serpent へ；第ⅩⅧの une fleur から la fleur へ。// 第ⅩⅨ章以後は初出から定冠詞で出現し、5例ある。第ⅩⅨ章の L'écho；第ⅩⅩ章の les roses；第ⅩⅪ章の le renard；第ⅩⅫ章の L'aiguilleur　第ⅩⅩⅢ章の le marchand　である。⇒新朝倉 P.62-63　article défini 2° 特定的用法… 定冠詞は、…話者が特に特定のものであることを強調する場合に用いられる。// 第ⅩⅪ章の Le renard は物語の「登場人物」として上記文法書のように「話者が特に特定のもであることを強調する場合」と解する。

　参考までに原書第Ⅳ章（P.19－L. 3）の後半《Il était une fois un petit prince qui habitait une planète…》の un petit prince は作中の童話として表現され、聞き手はもちろん話し手もかかわりを持つ前の、ある人物として登場させる。// 原書第Ⅵ章（P.24-L.27）の冒頭《 Ah! petit prince,…》の無冠詞は呼びかけのため。⇒新朝倉 P.60 article Ⅴ 無冠詞12°呼びかけ // 第Ⅶ章（P.28-L.34～ P.29-L.1）の un petit prince à consoler は le petit prince のその時のひとつのあり様を示す。⇒新朝倉 P.54 article Ⅲ .A.3. ②人名＋形容詞【petit について】le petit prince の petit が［背の小

さい]を窺わせる表現が作品中にはない。献辞の中の les grandes personnes と対比されている les enfans，また P.24－L.1の des enfants de chez moi がこの le petit prince と近い年齢と想定した。つまりこの日本語翻訳では prince を大人と見立てて、それに対して petit はその大人・年長者から見た年端の行かない者という意味合いを持たせると解した。なお名前に関連して作者が命名に籠めた感情については、下記「かわいい仲間を作る理由」および本書 P.124「13 面はゆい…」を参照ください。⇒プチ P.1124　petit「②幼い、小さい；(兄弟・学年などについて) 年少の」【prince について】Charle Perrault の Contes にたびたび登場するような、童話世界の「青年の王子」と考える。⇒ P.ROBERT P.1391　Prince ◆4⁰ Hist.litt. Personnage princier, grand seigneur.«Les contes où le prince épouse la bergère» (MARLAUX).Le Prince Charmant. ——Le Petit Prince, récit de Saint-Exupéry /⇒大白水 P.1955 prince: le prince charmant (1) (おとぎ話に出てくる) 美しい王子さま。(2) (おとぎ話の国から出てきたような) 美青年。// 上記2辞書から prince の意味の一つに「おとぎ話に出てくる青年(大人)の王子」を指すと考えられるので、le petit prince は「ちいさな／おさない／こどもの (王子→殿さま)」とした。// ところで日本語の「王子」には、フランス語の prince が持つ意味合い、つまり Perrault はじめフランス童話の長い歴史が培った「おとぎ話の・おとぎ話の国の・架空の物語の」という語感は直ちに呼び起こせない、むしろ「殿さま」の方が童話的語感があると解釈できる。日本語訳が「王子」のままでは第 XXVI 章の蛇に咬まれる場面で、もしかして幼い読者に現実と非現実の区別を付け難くさせて、誤解を生む虞が無きにしも非ずなので、prince を修飾語として扱い「(まるで) おとぎ話の国から来た子 (みたい)」とした。これをフランス語にすると …comme l'enfant qui fût venu de la féerie「妖精・仙女国から来たかのようなこども」となるが、日本語「おとぎ話の…」には妖精・仙女に限定する意味合いが出ないため、この子が妖精・仙女に特定される矛盾はないと思う。// 言葉に拘らず作品の主題から見れば、「おとなの中のかつてのこども」に尽きる。更に le petit prince は次のような経緯からも日本語訳を作った。

◇「かわいい仲間」を作る理由。petit には les grandes personnes との照応を考えた。「ちいさな、おさない、こどもの」を、大人になったパイロットの視点が働いているとして、「かわいい」にした。⇒日本語源大辞典 (小学館 2005年) P.374　かわゆい (かはゆい) (文) かはゆし▶「かほはゆし (顔映)」の変化した語 [1] はずかしい。❖今昔物語 1120年頃か [2] (物をまともに見ていられない意から) かわいそうだ。❖発心集 1216年頃か [3] 愛らしい。かわいい。❖玉塵抄 1563頃か [参考]① 早い例は「今昔」に見られるが、同文献に「かははゆし」という語形も存在し、どちらも「…するに気が引ける、恥ずかしい」など [1] の意で用いられており、そこから「顔映ゆし」という語源が想定されている (「はゆし」は「面映ゆし」「目映ゆし」のそれと同じ)。② 「見るに忍びない」の意から気の毒、不憫という [2] の意が生じ、中世の用例の大部分はこの意で用いられている。中世後半にいたって、女性・子供など弱者への憐みの気持ちから発した情愛の念を示す [3] の意を派生させ、近世以降はこの意が優勢となる。この間、語形は「かわゆい」の変化した「かわいい」が生じ、それに伴って漢語「可愛」との関連で「可愛い」という表記が見られるようになる。⇒邦訳 日葡辞書 (1990年 岩波書店) P.111 cauaij カワイイ (かはい

い）同情、憐憫の情を催させる（もの）、あるいは、同情の念を抱くこと // 原書第Ⅳ章
（P.19-L.27-29）《Mon ami ne donnait jamais d'explications. Il me croyait peut-
être semblable à lui.》「…わたくしの事を似た者同志の仲間だと思って…」から、「**仲
間**」を導いた。「**かわいい＋仲間**」と合成すると「甘い形容詞」と「甘い名詞」の化合物は何
やらほろ苦さを潜ませる事になる。子供に戻れぬ大人のせつない感情（古語 2 の意味）
と、相手を同等のものとして歓迎する喜ばしい感情とか結びつく事は日常では起こり得
ません。ちょうど petit と prince との間にも「内的違和感」があるように。これらは
「対義結合」の一種になる。◆〖参考〗原本 P.93-L. 1　Ça c'est, pour moi, le plus
beau et le plus triste paysage du monde. 生還したパイロットが Le Petit Prince
に寄せる気持ちと読む。「こども」から「おとな」へと人間は目に見えぬ「脱皮」をして行く
運命と譬えれば、捨て去らざるを得ない「子供時代」を、大人がどう顧みるかで随分違っ
て見えて来る。無価値と見做せば世の中は無限に殺風景になる。このパイロットの様に、
愛おしい時代だったと観れば、「非現実化した愛おしい子供時代」が大人社会の非人間化
した価値基準を相対化して行く。◆非現実を示して「おとぎ話の国の子」を、他方で、楽
しい架空物語を示して「かわいい仲間」を作品中の適所に使う。

3　作者がえがく　ゆかしい **物語絵がいざなう**　　avec les dessins de
l'auteur　　FOLIO 1999年版 ,2006年版などはその時々の編集者の手で avec des
aquarelles de l'auteur と彩色画を強調する言葉に改訂されるけど、本文中、作者
の描くものはすべて dessin に統一されてる事にも留意した。作者は dessins「手描き
の絵」に特別の思いを持っていたと考える。その手描き絵を会話体の引用文同然に扱う
文の作り、たとえば :(deux-points) の後にひつじの絵が来る、おろちのボアの絵から
呑み込まれた象を想像させる記述などは、作者が [手描きの絵] を文章の中で文字表
現と同等に扱う意図があったと推察します。Saint-EX の「手描き絵」には文章の補足、
謂わばその瞬間を写真的に捉えたものの他に、頁全体を使い物語の筋から半ば自立した
「絵画表現」も有って読書を豊かにします。作中で絵が話題として扱われる場面も入りま
す、飛行士とかわいい仲間との間で (バオバブ・狐の絵)、語り手と読者との間で (バ
オバブの絵)。これらが詩情を醸し出すのでこの点を強調し「ゆかしい…いざなう」を加
筆しました。なお、日本の「物語絵巻」は後世の絵師の手によって時間軸を加味した絵に
されて謂わば動画的と言え、この作品の絵とは自ずと趣を異にします。現代の「絵本」を
含め本文と挿絵との関係性は面白い分野です。

献　　辞

5　レオン・ウェルトへ**捧げる**　　À LÉON WERTH　　著書の献呈先の辞と
して前置詞 à で相手を表記する。手書きでたとえば à ma mère(母に捧ぐ) などと。日
本語で一例を挙げると、『フランス文法事典』(初版 1955年 白水社) 朝倉 季雄 著には
「恩師 渡辺一夫先生に捧ぐ」のように記載される。//「レオン　ウェルトへ捧げる」に続
く文はそれにふさわしい添え文かと読みだすと、しかし作者には本当の意図があった。
「かつて子供だった大人」への観念上の献呈になっていた。// Léon Werth の発音は人

名事典を参考に推定した。「ヴェルト」と読むべきかもしれない。// なお、原本は献辞本文が小活字だが読者に広く鑑賞いただきたく、物語本文と同じ大きさの活字にします。

5　許しておくれ　Je demande pardon aux enfants d'avoir dédié ce livre à **une grande personne.**　⇒プチ P.1077 pardon :«J'ai demandé pardon à Sylvie d'avoir été en retard. 私はシルヴィに遅れたことを謝った。»【une grande personne について】⇒小学館ロベール P.1810　❶（子供の言葉で）大人 // 子供から見た「おとな」を前面に出して訳す。// 大人への献呈の辞を陳べる事を子供に謝るわけではない。結局、最初の「大人になった人への献本」が、実は文末で「どの大人も嘗ては子供だった、その幻の子供達への献本である」と種明かしする仕掛けだったと分かり、「あのころのこども」が読者の前面に、反転して押し出される。

5　まっとうな言い開き　une excuse sérieuse　第Ⅶ章 P.27-L.10 de choses sérieuses！第ⅩⅢ章 P.47-L.9 les choses sérieuses　などの箇所で重い意味を帯びることになる SÉRIEUX という言葉の日本語訳。⇒類語（9406-d-01）「まっとうな」法や道徳にかなっているものとして、世間一般に認められている物事である様子。「彼の言っていることはまっとうな主張だ」/ 第三者の目から見た評価の言葉とし、この献辞では子供たち（読者）から見ても広く一般に正当性があると言いたいと表現するためとした。//⇒類語（9406-d-02）「まともな人間ならそんなことは言わない」第Ⅶ章、ⅩⅢ章では sérieux を「まとも」と訳し、それ自体に備わった本物の価値を表す言葉とした。⇒『日本語 語感の辞典』中村 明 著、岩波書店2010年 P.1001「まとも」「気の毒で相手の顔をまともに見られない」のように、本来は正しく相対する意。//「言い開き」については四項後の「5 言い訳ばかり…」を参照ください。

5　かけがえのない大切な…　: cette grande personne est le meilleur ami que j' **ai au monde**　【avoir の直接法・現在について】最上級表現の先行詞を、関係節の動詞が直接法で目的語にとる。蓋然性を残す接続法表現を避けて、確実な事実として表現したかった事が読み取れる。⇒新朝倉 P.508左　②最上級、それに準じる表現 / 直説法の使用（Ⅴ）に準じる。【au monde について】⇒新スタ P.1148 monde B.5. du monde［最上級を強調］　◆ au monde 〔最上級 ,tout,rien,…を強調〕から最上級形容詞の付いた先行詞を補強する言葉と解した。⇒ P.ROBERT P.1105 Monde　◆6⁰ DU MONDE, renforçant un superlatif.Vx.«Le bon sens est la chose du monde la mieux partagée»(DESCARTES)-Mod.Le mieux du monde.—AU MONDE, renforçant tout, rien,aucun /⇒プチ P.972 monde:au monde（tout,rien,aucun,personne,seul,unique など を 強調する）、同書 du monde（最上級を強調）と区分してある。**大白水** も同様。///Le meilleur ami que j'ai au monde を「かけがえのない友」とするか「この世で一番の友」とするかを考える。上記三辞書では後者、一辞書が前者も可とする。この作品の主題 Apprivoiser から「内側の価値観から見た強調」として前者とする。後者の「外側の価値観から見た強調」の訳とはしない。仮訳。

5　何ごとも読み解けます、子供向けの本だって…　Cette grande personne **peut tout comprendre, même les livres pour enfants**　大人が「子供向け図書」を読み解ける点が眼目となる。【Comprendre の意味内容が文脈に添

う事例について】◆原書 P.5-L.4-5　（当項目）文脈は本の献辞をめぐって**読書理解
に及ぶ**とみる。/ ここの Tout は不定代名詞⇒プチ P.1524 右「tout の位置」Il veut
tout comprendre「彼はすべてを理解したがっている」⇒新朝倉 P.31 adverbe Ⅱ.1⁰
tout は動詞を修飾しない。◆原書 P.8-L.4　…,afin que les grandes personnes
puissent comprendre. おろちのボアの腹の中を描いたという前文を受けるので「六
歳の子供の面白い考えが**なる程と分かる**」と言う内容と考える。◆原書 P.9-L.1-2
Je voulais savoir si elle était vraiment compréhensive. 手描き絵一号を使って試
すという前文を受けるので「帽子ではなくて、象を呑み込んでいるおろちのボアを描い
た絵と**読み解けるかどうか**」と言う内容とする。以上が動詞 comprendre が文脈の
中からその場面にふさわしい姿を採って立ち現れることを示す事例の日本語訳例です。
comprendre, chercher などの他動詞は作者によって意図的に直接目的語の省略がさ
れている。他動詞の絶対用法である。⇒新朝倉 P.553 右 verbe transitif Ⅱ.目的語
の省略

5　　いま生きる事に、にっちもさっちも行かない　　cette grande personne
habite la France **où elle a faim et froid.**　　この大人が空腹と寒さの暮らしに
あるので慰めたいという文脈で考える。衣食に不自由とは生きることに困窮していると
一般化した方が、献本による慰めの意義が真実味を増すと考える。採り様ではフランス
全土の大人たちへの呼びかけにもなる。なお Avoir faim et froid について熟語の可能
性を調べたが、P.ROBERT の faim, froid の項には見当たらなかった。1940 年代の
戦時下フランスを考えれば、文字通りの意味もあるが、出版された 1943 年から七十年
余りになる翻訳なので普遍化する。仮訳です。

5　　言い訳ばかり並んでるものだから納得いかない　　Si toutes ces
excuses ne suffisent pas,…　　主語部分に toutes があるので「三つの言い開き」
がここで全部否定される。⇒新朝倉 P.512 suffire 1. S'il perd ce procès, tout
son bien n'y suffira pas.「彼がこの訴訟に負ければ、全財産を投げ出しても足るまい」
// 原文の主語は「事柄」なので日本語文になじまないため《子供たち》を主語に設定し「不足
だ」を「不満足だ」に曲げる。仮訳です。【Excuses の訳しかたについて】⇒類語（1900－
b－18）「言い訳」自分のした失敗・過失などについて、自分は悪くない、あるいは、責
任は無いと思わせるために、事情を説明すること：（同書 1900－b－19）「言い開き」
自分に対する疑いを解いて、相手を納得させるために、理由や事情などを説明すること。
二行目の excuse は語り手からの見方として「言い開き」と訳す。ここの excuses は、
その三つの「言い開き」をこどもから批判的に見た場合として「言い訳」とした。

5　　かつてのこどもに　　Je veux bien dédier ce livre **à l'enfant qu'** a
été autrefois cette grande personne　　⇒新朝倉 P.443 que：Ⅲ.1 関係節の
主語の属詞 Tu n'es plus celui que tu étais.「あなたはもう昔のあなたではあり
ません。」// 大人が「自分だけのために」と狭く考る以前の「こども」時代を言う。

5　　この本をぜひとも捧げたい　　…je **veux bien dédier** ce livre à
l'enfant ⇒新朝倉 P.559 vouloir I.2⁰ vouloir bien + inf ① bien は強意語 / 献辞の付
属文書としてはこの箇所が本命と思われる。子供時代があった事を思い起こせと、今の
大人読者をかつての「こども」へといざなう。非現実世界への献本となるので、この作品

をより象徴世界へと導く。「かつてのこども」への、大人からの限りない敬意を表す。

5　始めは誰でもこどもだった　Toutes les grandes personnes ont d'abord été des enfants　この指摘は本文に再び出現する。P.21-L.7-8 Les baobabs, avant de grandir, ça commence par être petit.// 献辞に見られる「今の子供たちへ」の aux enfants を使う普遍化した語調と、「本文」の二人称**単数 vous**（こども又はおとな）の「読者への敬譲な」口調と、「あとがき」の二人称**複数形 vous**（大人の読者達）の日常口調と、三様の対比を見せる。

5　（…人達の大半はこども時分のことを思い起こしたりなんぞしない…）(Mais peu d'entre elles s'en souviennent.)　もしも、サンテグジュペリの手書き原稿が見られるものなら、本当に括弧で括ったこの一文があったのかを確かめたいところです。◇仮に無かったと考えると：「先ずは子供であった」という旋律が強く何度も甦る。献辞の書き換え理由も素直に読み取れる。　◇有ることで考えると（現にあるのだが…）：　もうひとつの旋律「大人は子供時代を覚えていない」が早々に始まる。ここで出すのは早すぎるという印象がするわけです。（しかし、よく考えてみるとこれがこの物語の柱の一つである。この作品にどこか悲しげなものがただようのも、子供はやがて、「こどもをぬぎ捨て」て大人へと変わらざるを得ない、そういう人としての宿命が無言のうちに示される。）この括弧書きは遥かに、第ⅩⅩⅦ章の末尾文《 Et *aucune grande personne ne comprendra jamais que* ça a tellement d'importance ! 》と呼応しております。ところで、子供から大人を見ると、大人は子供の言う事が理解できない、大人は異様なものでもあるとこの物語は随所で大人を辛口批判する一方で、それとはまったく異なる箇所が目に付く。第Ⅳ章 P.18 では語り手が子供の読者に大人を寛大に見ようと呼びかけ、第ⅩⅦ章 P.58では星が輝くのは一人一人（の大人）が自分の星（そして、そこに咲く花）を思い起こせれるようにするためだろうかと突然、おとぎ話の国の子が語る。この意味を大人が己の子供時代を再認識すると解釈して、「こども時代、人としての美しい時代、全面的に信じる気持ちが持てた時代として、大人がそのことを再発見できるならば世界は違って見える」と読むこともできる。この物語の構造は一筋縄ではいかない。◇ ne pas se souvenir の日本語訳について考える。「覚えていない＝記憶に残っていない」；「思い出さない＝記憶にはあっても思い起こすことを避けている」。訳語は両方準備できるが、大人は子供時代を価値の無いものとみなして捨てるというこの物語の基調に沿って後者で日本語訳した。なお、第Ⅳ章にでる Oublier の解釈も同様に、意思が働いた結果（＝ないがしろにする）とする。

5　まだこどもであった　あの時分のきみへ捧げます　À LÉON WERHT QUAND IL ÉTAIT PETIT GARÇON　文脈から、おとなの読者へも呼びかけている献辞と読める仕掛けになっている。同時に、回想世界の、すでに非現実化した、幻のこども像が献辞の対象者として最初から姿を見せる。// ⇒新朝倉 P.441 Quand Ⅲ7. 名詞 +quand《Tu n'as pas de photo de toi quand tu étais petit?「子供の時のあなたの写真なくて？」/ ⇒大白水 P.1147 garçon：petit garçon（小学生ぐらいまでの…6～10歳…）男の子/grand garçon（中学生ぐらいの…11～14歳…）少年。年齢に関しては『読む事典 フランス』三省堂 1990年 P.287（1980年代のフランスの教育制度）を参照する。

　六歳児の体験が「その当時のわたくしの目線」経由で複合過去形、回想が「今の時点のわたくし」により描写の半過去形で、昔と今を渾然とする語り口で始まる。その中に「語り手の今のわたくし」が読者へ呼びかける現在形(voilà)がある。// 語り手が幼児期に、大人を見ていた意識が大人批判としてこの物語りの始まりで手短に語られるので表面上「子供は半人前」と見下し表面しか見ない大人を軽蔑する子供の意識図しか見えない。しかし、大人からの、子供を petit(かわいい)と見るやさしい目線が題名にある。

7　　**わたくしが**　　**Je**　　語り手(パイロット)の自称とする。この物語作品(＝Récit)の語り手の輪郭を明瞭にし、「あなた＝読み手」へ直接語りかけ続ける文体として活用した。この物語には通しで le petit prince の自称、パイロットの自称そして読者への呼びかけがある。これを「おいら⇔わたくし⇒あなた」として重要視した。/ 読者への呼びかけの vous の単数扱いについては P.131「18　あなたに小惑星」を参照ください。/ ところで、Je にはこの第 I 章に限り「六歳当時の語り手の Je」が「作品の語り手」と混じっております。六歳児も大人も Je です。これを日本語「わたくし」一語で表すよりも、適宜「**六歳の / こどものわたくし**」を混ぜました。本作品の読書法として、翻訳ではこの幼児期の語り手を明示した方が作品を深く捉えることに役立つと考えたからです。【le petit prince の自称について】「おいら」とした。(六歳の)子供であること、おとぎ話の非日常性を語感に出すためです。かわいらしさと、耳慣れないところを探し古語、方言など今は使われない語から探し選んだ。⇒日本語大シソーラス0695「幼年」の一覧をみると、幼きものを大人が古来相当にひどい呼び方をしてたことが見て取れる。(同書0698老年も然り)// 現代語もこの方面の語は未発達と見受けます。【そのほかの登場人物の自称について】一般的に日本語は自称を年齢などで多様に使い分けて成り立つ。この日本語の特徴を翻訳に反映させることは自然だと思うので、フランス語では一人称単数 Je だけのところを、場面ごとに わし、私など、あるいは自称の省略をする。⇒『ことばと文化』(六．人を表すことば) PP.129-206 鈴木 孝夫著 岩波新書 1973年

7　　**六歳のこども時分**　　**Lorsque j'avais six ans**　　語り手六歳時の実体験にまずは読者の関心を向ける。同時に、今、それを物語る大人時点が明示される。【lorsque j'avais six ans について】⇒新朝倉　P.439 Quand;Lorsque　I.2°部分的同時　①{[quand 節＝直・半]＋[主節＝複過]} 年齢の表現 avoir...ans のほかはまれ // ⇒大白水 P.2011 左 quand SYN quand は漠然とある時期(時に仮定的な)について言う…lorsque は明確な事実に関連して言う(両語はしばしば混用される)// quand は43例中の多くが架空の場面で使われる。/lorsque は全5例中「語り手」の実人生を直接表現したものがほかに2例ある。**lorsque j'étais petit garçon**(P.76 ; P.78)。残り2例は架空場面に使用される。《 P.48− L.7 Lorsqu'il aborda,il salua.../P.81-LL.31-32 Lorsque je revins...j'aperçus...》⇒新朝倉 PP.374-375 B.2°. 複合過去形は筆者の目撃した事に使い、架空物語に使えない。

7　　**あっとおどろく版画に**　　**une magnifique image**　　⇒大白水 P.1483 magnifique [lat. *Magnificus qui fait de grandes choses←magnus* grand+*facere* faire] 同書 P.38　admirable –SYN magnifique 美・偉大さの他、豊かさについて

言う：meuble magnifique 豪華な家具。桁外れのすばらしさ、桁外れの壮麗さを表す意味が有る。/ 美しい版画だといってるのではなく呑みこもうとして目を白黒させているおろちのボアの絵姿に桁外れのものを感じて、その迫力を強調している。⇒新朝倉 P.25/P.27　adjectif qualificatif Ⅵ. **付加形容詞の語順**　意味・語形・語呂・感情・習慣・個人的趣味・表現意図など複雑な要素で決定されるから、語順に関する絶対的規則は立てがたい。4⁰ **感情によって強調された形容詞**　それ自体感情を表す形容詞は常にアクセントを担って名詞の前あるいは後に置かれる。（このあと列挙されたそれ自体感情を表す形容詞群の中に magnifique もある）/ 語呂で前に置き、「すごいと感じる」意味内容と考える。/ ある日＝ une fois の [あ] 音・[y] 音と、あっと驚くすごい版画＝ une magnifique image の [あ] 音・[y] 音という音の連打から来る響きのよさも復元しようとして「あっと」を加筆する。この後「あ a るがまま gamama のはな hana し」が alittération 効果を継ぐ。/ この後、「すごい姿が、版画に刷って」の中で magnifique の一部を再現する。

7　　版画に　　　une magnifique **image**　⇒ P.ROBERT P.868 image ◆1⁰ Reproduction inversée qu'une surface polie donne d'un objet qui s'y réfléchit ◆3⁰ Petite estempe ⇒ プチ　P.771 ❷（本などの）絵、（普及版の）版画 ⇒ 大白水 P.1291 [lat. *Imago* représentation, portrait d'ancêtre// image ≠ dessin つまり、版木で印刷した絵 ≠ 手で描いた絵の相違に注目し、対照させた。/ なお une magnifique image ，dans un livre… と FOLIO 1999年版から virgure を補正する。【dessin について】⇒ プチ P.448 ❶（鉛筆・クレヨンなどで描いた）絵【dessiner ≒ désigner について】⇒ 小学館ロベール P.741 [中期フランス語 **dessigner** の変形（dessin の影響）← イタリア語 disegnare ← 古典ラテン語 dēsignāre 表示する（→ désigner)] ⇒ 大白水 P.767 désigner[lat.designare / de-,dé+signare marquer（← signum signe）◆（人や物をその特徴によって）示す, (…の)特徴を指す Il ne l'a point nommé mais il l'a si bien désigné qu'on l'a aisément reconnu. ⇒ P.ROBERT P.463 DESSIN ◆1⁰ Représantation ou suggestion des objets sur une surface, à l'aide de moyens graphiques // 手描きの絵には、見る者にある種の暗示を触発する力があるようです。

7　　…出っくわしました　　**J'ai vu**　　新スタ P.1898 voir :3. 目撃する、休験する、(に)遭遇する。/ → 大白水 P.2583 5◆出会う、目撃する、体験する Ils ont vu deux guerres. 彼らは二度の戦争を体験した。⇒ P.ROBERT P.1918 voir : ◆3⁰ Être ◇ Tourver, rencontrer(qqch.).《une petite lampe comme on en voit dans les cuisines de campagne》/版画を見入る (regarder) のとは区別する。/覚え書 P.118「9　その途端…」を参照ください。

7　　『あるがままのはなし』　　qui s'appelait « Histoires Vécues »　　ここでは注意を引くための大文字と解釈する。FOLIO 1999では斜大文字である。訳は太字にする。なお « Histoires Vécues » という本の実在は調査してありません。【Vécues について】⇒ プチ P.1573　C'est mon expérience vécue それは私が**実際に経験したこと**です。//私もですが、既成概念を前提に物事を話す大人社会の価値観からは、認めることを拒む、「あるがまま」を基本とする子供の思考法をここで明示す

るため、書名とした。⇒類語 P.1427　◇有るが儘9600-h-05　実際にあるとおりの状態・姿。「ああしろこうしろと言う前に、子供の有るが儘を受け入れることが必要だ」◇有りの儘 9600-h-04「物事・出来事を五感でとらえたそのままの姿：その男が有りの儘を言っているとは思えなかった」// ここで六歳の時の語り手の読む本の題名にこだわりを持っているのは、第Ⅱ章冒頭（原書　P.9）の「語り手の告白」に強く結びつけたいと思うからです。そこには（…）sans personne avec qui parler véritablement（あるがままの心で語らい合えるひとに…）と「絵本の書名」に照応させたい文がある。これ以外にも P.9-LL.1-2　Je voulais savoir si elle était vraiment compréhensive. にも「あるがままに」を使う。⇒ P.ROBERT P.1928 vraiment ◆1.D'une façon indiscutable et que la réalité ne dément pas. V.Effectivement, réellement, sérieusement, véritablement // 原書では、《 Histoires Vécues 》:《 être vraiment compréhensive 》:《（sans）personne avec qui parler véritablement 》と別語のところを、日本語訳は関連づけのために類似する訳語とした。/「あるがままに話す」のは子供にしかできないことなのです。その子供の特性がサハラ砂漠に不時着する前のパイロット・語り手の中で息衝いていたことを暗に示して置きたいという理由もある。// 物語 Le Petit Prince が「やわな、あるがまま（訳本 P.26）」の心の世界を描く話であることも暗示したいためです。

7　荒ぶるけものを呑み込もうとする　　Ça représentait un serpent boa qui **avalait** un fauve　　Ça = une magnifique image ⇒ P.ROBERT P.124 **Avaler** ◆1º Faire descendre par le gosier. V. Absorber, boire, ingérer, ingurgiter, manger　Avaler une gorgée d'eau. Avaler d'un trait, d'un seul coup. Avaler les morceaux avidement,sans mâcher. /　IBIDEM　P.174 **Boire**　◆1º Avaler un liquide quelconque.//SYN　avaler（…を飲み込む）：Ⅰ absorber（飲食物を摂取する）consommer《 前項に同じ 》déglutir（嚥下する）dévorer（獲物…をむさぼり食う）　gober（…をかまずに飲み込む・生卵など丸のみする）　humer（空気・風を吸い込む）　ingérer（経口摂取する）　ingurgiter（食事…をがつがつ食べる・がぶ飲みする）（括弧内はプチより摘出。）/⇒プチ　boire P.167 類語・飲む　prendre：（一般に）飲食する；（薬）を飲む　boire：（液体）を飲む　avaler：（個体）を飲み込む　manger（スープ）を飲む。//　日本語にも飲む（呑む）・吸う・啜る・（飲み・吸い・啜り）込む・飲み下す・喉に流し込む・飲み干す；丸呑み；鵜呑み；喇叭飲み

　ところで「そっくり丸ごと呑む話」にはずいぶん長い伝統がある。旧約聖書ヨナ書…、出雲の八岐のおろちの伝説、フランドルの画家 Hieronymus Bosch（1453-1516）の『悦楽の園』、赤ずきん、ピノキオそして、Léopold Chauveau（Lyon 1870-1940）の『年を経た鰐の話』[山本　夏彦訳　文藝春秋 2003年・線描画付き] がある。鰐の話は同時代なので、Saint-Exupéry も読んでいたかもと空想したくなる。/ 中国の古書に、象を呑む蛇の話がある。⇒新漢和大字典 [藤堂　明保・加納　喜光編　学習研究社 2005年] 呑の項 P.290　**霊蛇呑象**　⇒楚辞・天問（屈原 BC340-278の作と推定）PP.105〜127 星川　清孝　著　新釈漢文大系34　明治書院1996年　「一蛇呑象　厥大何如。」（一匹の蛇で、象を呑むものがあるというが、その大きさはいかほどであろうか。）語釈＝山海経・海内南経に「南海の内に巴蛇有り。身長百尋、其の色は青・黄・赤・黒、象を食ひ、三

歳にして其の骨を出す。」と。「6ヶ月」と比べると面白い。／山海経　中国古典文学大系
第8巻　平凡社1977年　山海経挿図 P.546「巴蛇」の図は腹を膨らました図柄のおろちの姿
ではなかったが、古人の考えたところとの偶然の出会いが面白い。／／「そっくりまるご
と呑む」ことに人間がこれほど昔から関心を持ち続けたことを考えてしまう。

7　　　いま、上の方に、…手で写し描きした…　　　voilà la copie du dessin.
Dessin ≠ Image に拘るこの翻訳では、文字通りには訳せなかった。⇒『フランス語
の冠詞』松原　秀治 著、白水社1979年　Ⅳ. 前置詞 de で結ばれる名詞群（d. 動詞性名
詞）⇒ P.ROBERT P.350 copier　◆2º(1636) Reproduire (une œuvre d'art).
◇ Reproduire exactement.《 La mission de l'art n'est pas de copier la nature,
mais de l'exprimer 》(BALZ).【Voilà の時制について】⇒新朝倉 P.555　右6. voir の
命令法古形 voi と副詞 là との合成語 /IBIDEM P.557　左 時の起点はいつも現在。／／
lorsque j'avais six ans と対照させる語り手の**現在**を読者に注目させた。／／voilà に
よって版画を模写する大人になったパイロットと『あるがままのはなし』を読む六歳児と
が時を隔てて対比して来る。／／ 再読者の内部には『あるがままのはなし』を読む**六歳児**
（嘗て子供だった時のパイロット）と le petit prince（パイロットの砂漠遭難から6年
後にこの作品の中に登場する子供）とが「六年」の言葉で重なって見えてくる。／／ 大人に
なったパイロットはこの作品の第Ⅱ章以降の場面に登場する Le Petit Prince を経由し
て「絵本を読んでた六歳当時の自分」と再会する。／／ 読者も Le Petit Prince を経由して
自らの幼年期を回顧する。／／ Le Petit Prince が、まだ慣れ親しくなっていない人から
の問いかけには一切応じないのも、回想世界に返事はないという事なのでしょう。／／ こ
の絵は『あるがままのはなし』に出てくるものなので、本物語の展開に絡めないで置く。
本文中から外してあるとみなし、原本どおうりとする。

7　　　ジャングルの中で起きている　　　de la jungle　　　⇒ P.ROBERT P.956
(1796;mot angl. de l'hindoustani *jangal* ◆1º Dans les pays de mousson,
Forme de savane converte de hautes herbes, de broussailles et d'arbres, où
vivent les grands fauves.（大白水 P.1252 Hindoustan より）／／ 大型野生動物の象も
虎もニシキヘビ（ボア科の巨大蛇　体長九メートルにもなる）も居る。熱帯雨林地帯・そ
の辺縁部の森林を指す（= la forêt vierge）。／／ ここに言う「ジャングル」は普通名詞化
している。第Ⅱ章から始まる砂漠の地理とは対照的である。

7　　　こんなにびっくりするでさごとを　　　J'ai alors beaucoup réfléchi
sur **les aventures**　　　この les aventures とはおろちのボアが猛獣をそっくり呑
みこもうとしている、まさに「あっと驚く内容」を指す。こどもの特性からすればそうし
たことにこそ興味を持つわけです。次の「ぎょっとしたか」に関連してゆく。

7　　　色鉛筆を手に取ると　　　à mon tour…avec un crayon de couleur
⇒新朝倉 P.5 ;P.6 À 道具① avec : écrire au crayon（常用の道具）よりも③ écrire
avec un crayon （臨時の道具）の方が使う道具を際立たせている。／／ à mon tour で「版
画を見てる」から「絵を描く」に替る。

7　　　姿かたちの縁取り線を引っぱり　　　j'ai réussi…à tracer mon premier
dessin　　線を引く動作を際立たせる。六歳の子が初めて絵を描くこの場面に tracer が
使われてる事、à **faire** mon premier dessin としない事に注目する。／／2、3歳頃の子

110

〖二・三歳の子供の線描き〗　☜　見る向き

の手描き絵で気付かれると思いますが、線描きのその線が不思議なくらい柔らかいですね。大人の手ではとても出せないやさしい表情があります。前頁の子供の線描をご覧ください。/ ⇒プチ P.511 écrire「描く」比較表 //SAINT-EX が tracer に特別の思いを込めたと考える。**Tracer は2場面だけで使われる。**/ 絵を描く事は dessiner, faire, **refaire**, griffonner,crayonner が以下のとおり使われる。

第Ⅰ章P.8-L.3　J'ai alors **dessiné** l'intérieur du serpent boa[un crayon de couleur]

第Ⅱ章P.9-L.34　J'ai réussi à faire de lui(le portrait). [des couleurs à l'aquarelle]

　　　　P.10-L.29　je refit, pour lui, l'un ⋯ [refaire = retracer] [un stylo]

　　　　P.12-L.4　Alors j'ai dessiné.[un stylo]

　　　　P.12-LL.23-24　je griffonnai ce dessin-ci.[un stylo]

第Ⅴ章P.24-L.7-8　j'ai **dessiné** cette planète-là[un stylo? → des couleurs à l'aquarelle]

第ⅩⅩⅤ章P.80-L.32　Je **crayonnai** donc une muselière. [un crayon]

Postface　P.93-L.2-3,mais je l'ai **dessiné** une fois encore⋯[un couleur à l'aquarelle]

7　　自信作を　　mon chef-d'œuvre　　出来栄えには納得している作品＝会心作＝自信作とすれば、後で不成功によって気落ちしてしまうだけに、ここは自信に高揚した場面としておく。【demander について】自信を持ってるから「どう、すごいでしょ」という下心を示すように訳した。原文は今描き直した絵と失われた六歳時の絵と区別を目立たせない。

7　　随分とこの絵にぎょっとしたんでしょう　　…si mon dessin leur faisait peur.　　faire peur を「…ぎょっとさせる」とした。⇒プチ P.1128 peur : faire peur : Tu m'as fait peur（びっくりした、おどかさないでくれ）/ 六歳の子が本の中で体験した驚きを今度は自分の手で作り出し、その出来栄えにうれしくて、大人の反応をみようとした場面と解する。すぐにダメだと言われる。この〖期待から幻滅へ〗は定型化してこの後大人対こどもの場面で何度も現れるが、その出現がこんなにも早くからなのに驚く。⇒プチ P.1406 Si C ② どれほど

7　　帽子がまたどうして。脅しをかけて来るのかい　　Pourquoi un chapeau ferait-il peur ?　　六歳の子が「中身の見えない絵」を見せこんな質問する事自体、大人には訳が分からないのが普通。大人の優しい気持ちを籠めた反語調にする。⇒新朝倉P.141　conditionnelle :9 情意的用法。反対の真意を逆に強調。Pourquoi aurais-je peur de lui ?(彼などどうして恐れよう)/ 大人がこの手描き絵の秘密をまったく理解しない態度を摩擦音「し」の反復で暗示しながら、子供への優しい目線を「のかい」に籠めた。/répondre を受身表現に訳してその辺りを調整する。/ 六歳の子供の考え詰めて描いたこの「帽子に見える絵」はこの後すぐ種明かしされて読者は驚くという読書体験がある。一方、物語のなかの大人たちは種明かしされたときには、絵が意味する価値(呑み込まれたものがある)が解らないので、六歳の子はもちろん、読者をも落胆させるという鑑賞上の構造になっている。【un chapeau について】言葉の二重表現(または、はぐらかし)がある。大人は「帽子の絵」から「帽子そのもの」に話柄を変える。つまり「表現としての絵 / そのモデルそのもの」の区別をなくしたこの表現法は言語に一般なのかと思うが、しかし、Sait-Exupéry の筆法なのかとも思う。未調査です。このことは「ひつじの絵」についても言えます。第Ⅱ章で明らかになりますが、パイロットはひつ

じを描かず言葉だけ添えるのに、以後の会話ではひつじが「生きている」かのように（はぐらかしの中で）進行します。更に「口覆いの絵」(p.90-L.9)になると作者は「絵とそのモデル」の区分を「括り付ける」などの言葉を添えることで意図的に曖昧にする。

8　帽子なんていうものを　Mon dessin ne représentait pas un chapeau.　否定文中の直接目的語に不定冠詞が残る場合。文全体の否定⇒新朝倉 P.57 article IV.2º ③

8　腹の内を見えるように　J'ai alors dessiné l'intérieur du serpent boa 直前に un serpent boa qui digérait un éléphant とあることから、「腹の中を描く」で充分だが、**内部にあるものが大人には見えない（想像できない）**と言うあたりを皮肉とした。／これに連動させてこの後の原文《 Les grandes personnes m'ont conseillé de laisser de côté les dessins de serpents boas ouverts ou férmes,...》「絵を放り出せ…」を言い替え否定文「…そうした類の絵に**のめり込むのはよしなさい**」とし、物事の内面の話題を避ける大人気質を暗示する。こどもが「考えにのめり込む」様子がこの後出て来る。本文P.14-L.7「…何ごとか考えにのめり込んで…」

8　なるほどと呑み込められるよう　afin que les grandes personnes puissent comprendre：　目的語は自明のこととして省略されている。⇒新朝倉 P.553 verbe transitif II.②.／本書P.104「5　何ごとも読み…」、P.142「24　哀しみを帯びて…」を参照ください。

8　解き明かしのひと手間を省くわけにはいかない　besoin d'explications 「内部」を大人は考えない、子供は考えると両者を図式的に語り手が判別する。　⇒類語 (2103-a-01,09) [解き明かす]＝何も予備知識のない人に話す、[解説]＝概要を知ってる人へ話す　//　大人の中の「嘗ての子供」を主題とするこの物語りでは、手描き絵一号の問いかけ相手を大人だけに限定してある。**これが普通の物語にない不思議な感じを醸し出す。**

8　…違う結果になったせいで、…もう出鼻を挫かれてしまった
J'avais été découragé par l'insuccès de mon dessin…
【l'insuccès について】L'insuccès de mes dessins, c'est que les grandes personnes ne savent jamais comprendre les enfants. と、うがった解釈をする読者もいるかと思う。この翻訳では、大人への期待・子供らしい正面からの期待が裏切られた事を受けた être découragé とおだやかに解しておく。// 大人が良かれと思って子供を指導しても、それは既成価値観の型に子供をはめ込む結果になる。

8　こういう絵を読み解けない事に　(elles) ne comprennent jamais rien toutes seules,…　動詞comprendreの対象は子供が創る架空世界。これを「物語絵」に直結して訳す。P.90-LL.33-34《 Et aucune grande personne ne comprendra jamais que ça a tellement d'importance !》と呼応する。この作品は始まりと終わりで大人に**推察の力**を呼びかけている。

8　あちこちに飛んで行きました　J'ai volé un peu partout dans le monde　⇒小学館ロベール P.1764　un peu partout　あちこちに, 方々　On voit des jardins bien soignés un peu partout en France.

8　大人たちが言っていたとおり　Et la géographie, c'est exact, m'a

beaucoup **servi**. Je **savais** reconnaître, …, la Chine de l'Arizona. **C'est très utile**, si l'on **est égaré** pendant la nuit.　　地図上からは一瞥で国境・規模は言えても、飛行機から地球を眺めて中国とアリゾナ州（1848年、スペイン領から併合、1912年連邦加入・48番目）を見分けたとか、夜の空から地形を読むとか、有り得ない取合せは作者の sarcasme である。その前口上が c'est exact になる。/reconnaître は distinguer A de B の類語として訳す。【beaucoup/très について】antiphrase と解した。【si l'on **est égaré** pendant la nuit. について】FOLIO 1999年他は on s'est égaré（複過形）である。se のない底本では égaré ＝現在形・形容詞になる。作者の sarcasme の味がでるのは底本の方とみた。[C'est très utile] は役立つわけが無いという強い皮肉と解する。⇒新朝倉 P.492 左　[si ＋ 直・現] ＋ [直・現]：未来の仮定 / ⇒新朝倉 P.492 右 [si ＋ 複合過去] ＋ [直・現]：未来完了の仮定

8　　たくさんとたっぷり　　des tas de contacts avec des **tas de** gens sérieux. FOLIO 1999 から（avec des）**tas de**（gens）を反復の言葉遊びとして加筆校訂する。// 大抵の大人は職務に「忠実過ぎる」ことを観察した「作者の実体験」から sérieux と語られたと解する。

8　　それ程には…　　Ça n'a pas **trop amélioré** mon opinion. ⇒新朝倉 P.540 trop 4º ne…pas trop ① trop の意味は弱まり pas trop(＝ pas beaucoup) :Il ne faut pas trop s'y fier.(BEAUV.)あまりそれを信頼してはいけない。

8　　有るがままのことを　　…si elle était **vraiment compréhensive**. 手描き絵一号を本当に読み解けるのは描いた当人のみ。その絵にあるがままの自然体で寄り添った読み解きが出来るかを問う。「有るがまま」は見聞した出来事をそのままに伝える姿勢とした。P.108「7『あるがままのはなし』」を参照ください。

9　　言い返してきたものです　　elle me **répondais** :《...》　　半過は《Quand j'en rencontrais…/je faisais l'expérience… と同じ語法⇒ 新朝倉 P.256 左（半過去・反復）

9　　話の通じる　　un homme aussi **raisonnable**. 　　現実のトランプ遊びを語り「話の通じる」のは raisonablie を、現実離れしたおろち、太古の森、星ぼしを大人に語って「解き明かせる」のは compréhensif と言葉を選ぶ。// 日本語助詞「と」の連打により一種の皮肉味を出す。

II

　　孤独な精神状況にはまり込んでいるパイロットは、人間社会と隔絶した砂漠の中で「かわいい仲間」と出遭う。// 物語口調と読者への直接話しかけ口調の混交とする。第Ⅶ章辺りまで、かわいい仲間に苛立つパイロットの物語口調は緊迫させた。

9　　あるがままに心開いて語らい合えれる人　　sans personne **avec qui parler véritablement**　　⇒新朝倉 P.268 infinitif C . 不定詞の名詞的機能 Ⅲ .8º 関係節 [前置詞＋関係代名詞＋不定詞] の形で（＝ avec qui je puisse parler ） / 「あるがまま」の訳語については P.108「7 『あるがままのはなし』」を参照ください。/

パイロットが大人世界に生活してあるがままに話せる相手と出会えずに孤独であったと告白する。こんなこと実人生ではありえないが物語の世界では作れる。この後すぐパイロットは砂漠の真ん中で身体的にも孤立状態となる。作者は読者をもこの孤立状況へと引きずり込む。おとぎ話の国の子と出会う準備として「ひとりぽっち」が必要なのであろう。**大人の既成概念にこれから罅を入れる準備にも見える。**

9　　身動き取れない事になるまでは。あれは今から六年前のこと。
une panne dans le désert du Sahara, **il y a six ans.**　⇒P.ROBERT P.1224
panne　　◆3ºCour. (1900) Arrêt de fonctionnement dans un mécanisme, un moteur// 砂漠＝孤独の舞台に留まることが panne を使った作者の真意と考え、「身動き取れなくなる」とした。/ 物語では事故を一切語らない。「事故の詳細」を期待する野次馬読者は肩透かしを食うが、作者は計算済みだ。そのため断言口調とする。【il y a six ans について】⇒新朝倉 P.254 左 2.副詞句相当　示された期間だけ現在と隔たった過去の時点を表す。第 XXVII 章冒頭の « Ça fait six ans déjà… » と正確に対応する。// Sahara は細かな砂の砂漠 (erg)、le petit prince はこの砂漠に約一年前に舞い降りてる設定である。作者は1927年から29年にかけて二年ほどをサハラ砂漠西端の飛行路中継基地に勤務した。なお作者が1935年に不時着して三日間(五日間と言う人もいる)生死を彷徨ったのはサハラ砂漠の東北隣りのリビヤ砂漠(砂礫質という)であった。

9　　ひどく傷んでいて回らなくなった　　Quelque chose s'était cassé dans mon moteur　　「事故」を、パイロットは se casser(ひどく傷む) と言ったが、やがて、かわいい仲間から manquer(つながりを失う) と言い換えられる。第 XXVI 章 P.84-LL.11-12　Je suis content que tu aies trouvé ce qui manquait à ta machine. と呼応する。本書 P.246「84　あなたの飛行機…」を参照ください。// この章の書き出しからも、心の挫折を容易に連想させる。現代社会が創り出して来た「社会的に孤独化する人間」が見える。【une déparation difficile について】「難しい修理」ではこの場面を鮮明にできない。「何かが傷んだ…」を受けた不明な事の多い difficile とする。【動詞の時制について】第 I 章の動詞の時制は直説法半過去形と複合過去形による語り手の体験談から始まった。⇒新朝倉 P.256 imparfait de l'indicatif A.3. 描写の半過去形 /IBIDEM P.374 passé composé B.1. ①話者の体験を語る。/ そして第 II 章冒頭の過去時制も回想の口調で始まる。J'ai vécu 複過 − il y a 現 − Quelque chose s'était cassé 大過 (飛行機事故も代名動詞の自動詞的用法で、自傷行為扱い⇒新朝倉 P.552 verbe pronominale Ⅲ. 代名動詞と類義の自動詞 1º se casser) − je n'avais ni 半過 − je me préparai…単過 − C'était 半過 − J'avais 半過。修理を一人でやり遂げると「覚悟した(単過)」ところが展開の出発点になる。/ なお以後「修理」と言う言葉は第 XXIV 章まで姿を隠す。第 XXVI 章 (P.84) では j'avais réussi mon travail ! と飛行機修理は「あの作業」へと、具象性が消され、精神的な意味に象徴化される。

9　　砂の大地に　　sur le sable　　　⇒ P.ROBERT P.1589 sable
◆1º…recouvrant le sol の語感を出す。日本語の砂の語感と違う、材質より地理的な表現である。この後 P.80 で朝焼けの砂の大地にパイロットは心安める。かわいい仲間が夕べの大空に憩うように。本書 P.143「24 夕日に映える大空を…」を参照ください。

**9　　眠りに就きました　　je me suis donc endormi sur le sable…　　⇒ SYN

P.182 endormir *syn* hypnotiser/ この後は「夢の中」という曖昧さが匂う。/Le petit prince との出会いと別れという非現実世界は砂漠という非日常世界で繰り広げられる。それを写実的描写の文体があたかも現実のように醸し出す事になる。/ パイロットが「身を横たえ」る事で、12行後に出る《qui me considérait gravement》かわいい仲間から見下ろされる位置関係を作る。

9 　　遥かに1000キロメートルも隔たって　　à mille milles　　⇒新朝倉
P.340　numéral cardinal II.3º　ある基数詞は漠然とした小数あるいは多数を表す。Il m'a donné mille soucis.（さんざん心配かけた）/ さて、サハラ砂漠の規模は東西5000km、南北2000km に対し、この1000マイル＝1800km なので数値形容に実質的意味があるとしてもいい。離れていても有限の範囲だぞとも聞こえてくる。// ところで作中のほかの数値表現も検討する。1秒の休憩＝ちっとも休憩がとれん（XIV P.50）/1分後＝すぐ出発せよ（X P.40）/10倍＝目立って大きく（XV P.51）/10万人の（少年）＝そこらの大勢の子供（XXI P.66）などは漠然たる形容と考え情景描写の副詞（句）に置き換えた。// そのほか20万フランの家＝1000万円の家（IV P.18）/20億人（大人だけの世界人口？）;20マイル＝40キロメートル（XVII P.56(57)）/20メートル（XXVI P.82）などは数値に実質的意味があると考えた。// この作品の傾向として、心理描写、情景描写もきわめて制限している。//この1000マイルはこのあと何度も反復使用され、1000という数値が美しく響く。// すぐ後に大海原の真ん中云々があり人里から隔絶したさまを別の表現で重ねている。// 副詞 Loin を使う情景描写ではほとんどが le petit prince に関連して使われる。第XVII章 P.58でこの子が呟く loin の情景描写が新鮮に無限の距離（絶望感）を伝える。以上から数値表現に情景表現を混ぜ込んで日本語訳は「**遥かに1000キロメートルは隔たって**」とする。マイルが日本の子供になじみ薄である。そこで1mille ＝1852m（航空）の距離を半減し、[mil mil] の音の面白さは、見るからに無理と断念して、mille の文字表記を断念し、1000の数字表記で、反復使用の意図を残した。

9　　切り離された状態　　J'étais bien plus **isolé** qu'un naufragé…　　作者は何重にも《孤独・孤立》を語ってきた。「打ち解けないまま…」、「旅行客も乗せていなかった…修理…たった一人で…」、「人里からも遥かに1000キロメートルも隔たって」そしてこの isolé なので強い隔絶感をだす。海の遭難者の孤立状況を引き合いに出すが、人間社会からの隔絶状況にあるパイロット当人の心情は、これと比較しょうもない絶対的孤独感・群衆の中の孤独である。作者が時に見せる「比喩的外れ・煙突火事」の例になる。

9　　夜が明け出した時でした、謎めいた忍ぶ声が…ふと目を覚ました時、こんな声がした　　Alors vous imaginez ma surprise, **au lever du jour, quand une drôle de petite voix m'a réveillé.**　　[au lever du jour について]「日が昇るとき」の情景は本作品中、この子と出会う夜明け、バラの花の出現、砂漠に井戸を発見、朝の光に染まる砂漠の光景にうれしさを感じるパイロットの姿などの背景に繰り返し再現される。語り手の心境は大きく違うのに、太陽は変わることなく砂漠を染める。作者にとって砂漠の日の出は精神性を備えた場面なのだろう。【quand について】au lever du jour と **quand** une (…)voix m'a réveillé を同格と見る。⇒新朝倉 P.441 quand[1] III.6º（時間に関する）同格。J'aime cette heure froide et légère

du matin, lorsque l'homme dort encore et que s'éveille la terre. (MAUPASS.)
「私は人々がまだ眠り大地が目覚めるこの朝あけのひえびえとした軽快な時刻が好きだ」// ここの複合過去は体験色を出した。　【une drôle de petit voix について】無人の砂漠のただ中で人の声を聞いたことに drôle[＝違和感のある驚き] とした。//《Alors vous imaginez》で二人称単数にしたことは本書 P.131「18　あなたに小惑星」を参照ください。

9　　ひつじを一匹描いてくれよ　　…dessine-moi un mouton !　　後で分かる事だが、手描きのひつじは、le petit prince が見ると絵ではなく動くひつじそのものなのです。それで、実在のひつじであるかのように「一匹」を付けた。//le petit prince は vouvoiement+tutoiement. で始めるがこの後、出会う相手で使い分ける。パイロットはこの子には tutoiement で、読者には vouvoiement で一貫する。

　ここで、横道にそれて Le petit prince が出会った相手に使う二人称を少し見てみる事にする。⇒新朝倉 P.561 vous の用法 1°①敬譲語 // IBIDEM P.541 tu の用法①親密③目下の者④軽蔑

第Ⅱ章　　パイロットに vouvoyer + tutoyer で始めるが、直ちに tutoyer に切り替わる。敬譲から親密へと推定する。//　パイロットはかわいい仲間に始め目下の者への tutoyer…第XXIV章から親密の tutoyer に替える。読者には敬譲の vouvoyer を一貫して使う。

第Ⅶ章　　パイロットに tutoyer で真剣に向き合い、お互いに接近できたと推測される。

第Ⅷ章　　花に vouvoyer　花に距離を置く心理がある。//　花も vouvoyer で距離を置く。

第Ⅸ章　　花がかわいい仲間に vouvoyer…途中で tutoyer に替える。本心を語る。//tutoyer でお互い親しさを帯びて近づくと推定する。

第Ⅹ章　　王に一貫して敬譲の vouvoyer　// 王は終始目下の者に使う tutoyer

第ⅩⅠ章　　うぬぼれ屋に敬譲の vouvoyer…途中から軽蔑の tutoyer
　　　　　　// うぬぼれ屋は終始親密の tutoyer

第ⅩⅡ章　　酒飲みに一貫して tutoyer　同情もする。

第ⅩⅢ章　　独り占め男に敬譲の vouvoyer…途中から軽蔑の tutoyer

第ⅩⅣ章　　点灯夫に親密の tutoyer を一貫して使う。

第ⅩⅤ章　　地理学者に敬譲の vouvoyer を一貫して使う。

第ⅩⅦ章　　蛇に親密の tutoyer を一貫して使う。

第ⅩⅧ章　　砂漠の花に敬譲の vouvoyer を一貫して使うと推定する。

第ⅩⅨ章　　こだまに複数・親愛の vouvoyer を一貫して使うと推定する。

第ⅩⅩ章　　庭のバラに複数・敬譲の vouvoyer を一貫して使うと推定する。

第ⅩⅩⅠ章　　狐に親密の tutoyer を一貫して使う。

第ⅩⅩⅡ章　　転轍手に親密の tutoyer を一貫して使う。

第ⅩⅩⅢ章　　薬店主に親密の tutoyer を一貫して使う。

登場者は、初出から定冠詞

かわいい仲間が tu ; vous を使い分けている様子がある。「おとな」に対する親密さと疎遠の感情表現をする。社会性言語としての「敬語」の感覚もある。しかし、tu ; vous を

使い分けるのに、子供は大人にどのような感情を抱くものなのか未調査です。この物語からでは鮮明にできない。

9 　　泡喰って跳ね起きた。寝耳に飛び込む…ささやきかける声に、もう、わけもなく驚いた　　J'ai sauté sur mes pieds **comme si j'avais été frappé par la foudre**　　⇒P.ROBERT P.735 foudre 2° COUP DE FOUDRE (vx) évenement désastreux, qui atterre, ---Mod.Manifestation subite de l'amour dès la première rencontre.《 Des coups de Foudre. Il faudrait changer ce mot ridicule ; cependant la chose existe 》(STENDHAL) // IBIDEM P.1699 stupéfait :« Immobile et stupéfait,…il semblait frappé de la foudre »(VIGNY) //⇒プチ P.668 foudre: être comme frappée par la foudre (雷に打たれたように) 茫然自失する。//⇒新朝倉 P.128　comme¹I.2° comme si 仮定的事実(様相)との比較 ①(2)主節が過去時制 comme si + 直・大(完了相)//それは、まるで雷に驚いて茫然自失してしまったみたい、狐につままれた心地になってしまったけれど、**それでも慌てだした様子**と考えた。(放心状態から慌てる仕草に移るので少し無理があるけど。)// 日本語・雷からくる連想は、この場の空気(砂漠の**静かな夜明けの空気**の中に、**子供のささやき声**がする)に合わないので日本語の組み合わせを考えることにした。直前に「私の驚き振りをあなたも想像してみてください」とわざわざあるので、これを心理的経過で表現した。// 未解明ながら、この作品中不釣り合いと思えた比喩を挙げると、この第Ⅱ章の雷、第Ⅸ章の煙突火災、第ⅩⅩⅥ章の雪。// この場面は現実の世界にいるパイロットが非現実なおとぎ話の世界から来た「小僧っ子」との出会いの瞬間です。

　現実ではないことを**あたかも直接出会ったかのように表現している**。文学表現は時間や現実から自由だけれど、読書するものとしてはその境目を明確に把握しておきたい。//「謎めいた忍ぶ声」を改めて「ささやきかける声」と明示した。この出会いの「ささやき声」は、狐の言う「小麦の波から湧き起るささやき声」と共振する。本書 P.220「68 風が吹くたびに…ささやき声も聴きたくなる」を参照ください。// パイロット・語り手は第Ⅱ章の中で幼い子供のささやき声に驚き、再び描いた手描き絵一号に「幻の象」を見透されて驚き、荷造り函に「幻のひつじ」が居ると言われて驚く。読者は六歳の子供の絵にもすでに驚かされている。作者がこれほど「**驚き**」を用意しているのは何なんだろう。しかも、こどもからの指摘に、パイロット同様、大人の読者は意表を突かれるように驚かされるけれど、この連続する驚きは、大人の持ってる既成価値観に罅を入れるためとも考えられる。// ところであの大砂丘が延々と広がるサハラ砂漠にも雷は発生するようです。雷電の作用で砂地に篠竹状のガラス管を形成する。閃電岩、雷管石(fulgurite)という(大白水 P.1128)。

9　　その途端、小僧っ子と出っくわし…ずいぶんともの静かなようす…
Et j'ai vu un petit bonhomme tout à fait extraordinaire qui me considérait gravement.　　原文は関係節を持つ一文だが、翻訳に当たり原文から順次発散する印象をその順で保とうと、三文にする。最初に目をこすり、相手をよく見て、男の子だと気付き、その格好を風変わりだと思い、こちらを見るまなざしの無邪気な気配に気付いてゆくという順番になる。【Et について】regarder と voir を結び付けると解して瞬間的展開を「そのとたん」とした。【voir について】第1章冒頭で「版画に」

118

出くわした様に、パイロットは「かわいい仲間と」出くわす。【「に」と「と」について】基礎日本語② 森田 良行著 角川書店1980年 P.375「に」を用いると一方的働きかけの意識が強まり、「と」を用いると相互行為となる。// パイロットは版画には（一方的に）出くわしたが、かわいい仲間とはお互い目を凝らし見合っている。// 版画との関連を保ち「出っくわす」を使う。【un petit bonhomme について】⇒ P.ROBERT P.178 bonhomme ◆5⁰(ⅩⅧᵉ) T. d'affection en parlant à petit garçon. Mon bonhomme. Ce petit bonhomme a déjà cinq ans. 類語 (8804-s-36) [坊や] (他人の)男の子を親しみを込めていう語。「坊やいくつ」【qui me **considérait gravement** について】次のページに気配の連続描写があるが、(ni mort de fatigue, ni mort de faim, …)この観察文とも関連付けて、もの静かな様子を加筆する。/considérer の半過去形によりパイロットがこの子に気付く(Et j'ai vu un petit bonhomme ; voir の複合過去)以前既に、この子がパイロットの寝顔を反復して見ていたと推測できる。⇒新朝倉 P.256　右Ⅱ.A.2⁰. ②半過が他の半過…と共に用いられても、同時性が表されるとは限らない。//11ページの立ち姿絵の、やや右下ななめを見る目線を訳文にも考慮する。またパイロットの慌てぶりと対照的な「宇宙人」的静かな佇まいを訳文の表情に出しておく。

9　　その時の子を一番うまく描けた絵を…肖像画にどうにか仕上げる事ができたのが…　　Voilà le meilleur portrait que, plus tard, j'ai réussi à faire de lui.　　先行詞が最上級表現で、関係節の動詞が、わざわざ直説法で「事実」をしめすので、先行詞はこれ以外になく、相対性の余地はない文と解する。この後に続く釈明文へ繋ぐ。⇒新朝倉 subjonctif 《P.508 左の「直説法の使用」(Ⅴ)》および《IBIDEM P.490 seul 右 9⁰. ②. 確実》を応用する。

10　　腕前のせい　　Ce n'est pas **ma faute**.　　文字通りには「それは私のせいではない」　確かにそうだけど、日本では当事者本人が公言することは普通控えるので、人ではなく技量が問題だったと補足し、断言調をお願い調に大きく変えた。

10　　さて、　　Je regardai **donc**…　　底本にした Gallimard 1983年版は改行しないが、Harcout,Brace & World 1943年版および Gallimard 1999年版から、ここで改行とする。改行によって物語の本筋に復帰する。

10　　こどもの立ち姿に　　Je regardai donc cette apparition　　前頁でパイロットが目をじっと凝らして見たのに続いて(J'ai bien **regardé**)、ここで再度しっかりと見つめる (Je **regardai** donc cette apparition…) 事になる 。単純過去形が「姿をしっかり見た」という行為を明示する。apparition が regarder の対象として具象である事を示すため「姿」を添える。/ 大白水 P.127 apparition(人が)姿を表す(やってくる)こと(visite)/ 類語 P.1454 立ち現れる(9700-a-02)突然はっきりと現れる「面影が～」。// 現れたおとぎ話の国の子の姿をしかり見極めようとするここのパイロットの様子は、後にもかわいい仲間がする類似表現がある。大きな雷をま近かに見守りながら世にも不思議な化身(une apparition miraculeuse(Ⅷ　P.29-L.26))が見られるかもと想像する場面。一所懸命に何かを目で見て知ろうとすることとか、目に見えるような姿を想像することはやがて瞑目開眼の考察へ発展する。

10　　道に迷ってさまよい歩いている様子じゃない　　(il) me semblait ni égaré, ni mort de fatigue, ni mort de⟨…⟩　　よく見詰めた結果が否定文の

連続で表現される。さらに Non-égarer で始まり non-perdre で閉じる否定文群はその前後を《どんな人里からも遥かに1,000キロメートル隔たった》場所という反復文によって挟まれている。それなので第一回目の読書体験はなにやら実体のない、まぼろし（une apparition）と出会った印象から始まることになる。よくよく見詰めると、生身の人間が砂漠に現れたとしたら疲労し、空腹で、のどが渇き、怯えてるはずだということが一つ一つ否定されていく形で男の子の実存をあいまいにさせていく。作品はこのあと会話が進むことで le petit prince の存在に真実味が加わってくるけれど、結局現実ではないのでその姿は作品末尾で消えてなくなることになる。その消えてなくなる説明〔砂漠のただ中に生身の人間なら実存し得ない姿で出現する〕がこの箇所に当たるけれど、第二回目以後の読書体験でようやく、le petit prince が現れてやがて消えることを踏まえた読書がこの箇所で出来るような作品構成になっている。le petit prince がパイロットに言われた言葉から手描き絵を実物と同等に感じたり、自分のことを尋ねられると答えず逆に自分から質問したことは最後まで問い貫くとうい非現実な少年像を作者は創る一方で、見た目の姿かたちはもちろん生きてる少年のように笑ったり、怒ったり、泣き叫んだりと描写するあたり現実味を持たせた少年像を併せて創ることで、本当は非現実の少年像がそのとおりには見え難くしている。手の込んだ作品だと思う。prince から〔おとぎ話の国〕の形容を創作したゆえんでもある。【égarer について】本作品では、生死に関わる場面で使われる。飛行中に航空路を失い（Ⅰ P.8-L.27）、砂漠で方向を失い（Ⅱ P.10-L.9）自分の星の中でバオバブの若木の選り分けを間違えれば破滅になる（Ⅴ　P.24-L.10）。なお、égarer が道に迷って探してる状態、perdre は道を誤って行き着けない状態という（大白水　P.884 égarer　の項－ SYN.）前者を「道に迷ってさまよい歩く」、後者を「当てもなくほっつき歩く」とした。【ni mort de fatigue/faim/soif/peur について】⇒新朝倉 P.421右 présent B .2. ◆完了動詞 mourir の未完了的用法：Je meurs de soif.（Thib. Ⅶ）// フランス語 mort の使用は日本語ほど死の禁忌観が纏い着かない。死に至る過程に内容を置くから、死の観念に相違があるためかも。//Je suis mort！（疲れた）：natures mortes de Cézanne　セザンヌの静物画。歴史画〔natura vivante〕の対語に作る。// さて ni mort de ＋ N. の反復は作者の意図的な配列でこの少年が不死身の体の非現実的存在を暗示させる。//sembler は regarder の単純過去に対する描写の半過去形を採る。⇒新朝倉 P.256 右 3⁰

10　　おおまじめなことを話してる　　**comme une chose très sérieux**

この子の真剣さにパイロットがまず心打たれる。しかしそれでもあまりの出鱈目さに違和感も抱き始めるパイロットの心理状態は、この後、パイロットのごまかし言葉にかわいい仲間が見せる感激した表情で、さらに揺さぶられる。これは第Ⅲ章 P.13-LL.24-25 のパイロットが示す sérieux の場面と好対照になる。

10　　つじつまが合わない…これでいいのかも　　**Aussi absurde que cela me semblât…**　　⇒新朝倉　P.80 aussi Ⅳ．AUSSI ＋ 形容詞 ＋ que ＋ 接続法（＝ si…que）// Cela ＝ S'il vous plaît…dessine-moi un mouton. 大人が**子供と出会うことが、現代の大人には**どういうことかも示される。大人はこども時代を脱皮するかのように捨て去っているので、子供との出会いに、始め苛立ちさえ覚える。作品では、しかし、こどもの要求を受け入れる大人がいて、次の大きな展開と

なる。どんな無茶苦茶な事でも子供の頼みは引き受けるという宣言とも受け取れる。あるいは又、absurde が非日常世界への通路とも解釈できる。// なお第ⅩⅩⅣ章半ば (P.76-L.5-6 ;L.8) には Il est absurde de …. Cependant nous nous sommes en marché. 死を賭して砂漠を歩き、子供の頼みを聞き容れる凄まじいものが再出する。[参考] 名月を取ってくれろと泣く子かな (小林一茶)//【Quand le mystère... について】子供が持つ不合理さを大人のパイロットが感じる様子を原文を逸脱して誇張する。

10　紙と万年筆を取り出した　　　une feuille de papier et un stylographe　　1940年代にパイロットが使える、気圧変化に耐える万年筆は未調査ですが、絵の道具に使うなどは面白い。【une feuille de papier について】この後の話の進行では手描き絵が五枚描かれる (象を呑んだボア、ひつじ (病気:雄:年寄り)、函)。しかも「函の絵」だけは、かわいい仲間の手元へ渡らなければならない。しかし、une feuille de papier だけで表現していることは迷宮入りとします。// この記述から、六歳の時に色鉛筆で描いた「手描き絵一号・二号」は消失していると解釈した。(もちろん、持ち歩いていないだけという解釈も可能です。) {みちくさ} 紙と筆記具はこの作品の中で、あまり統一感なく使われる。P.80-L.20　Je sortis de ma poche **mes** ébauches de dessin. P.80-L.32 Je **crayonnai** donc une muselière.

10　縁取り線を引っぱり　　Je refis…　　やり直すとは re-tracer と解して訳す。//注目するのは持ち歩いてた「手描き絵一号」は大人達との社会生活の中で棄てたと思われるのに大人となったパイロットが描いた「**再描一号**」も六歳時の絵と同様に「**象**」を呑み込んでいる点です。作者がくどい程「ほかの絵は描いたことが無い」という意味合いが tracer ＝姿かたちの縁取り線の絵に、つまり「**内部に秘蔵する思いが籠められた絵**」しか描きたくない」とも窺えます。//　この「再描一号」のパイロット A を、次の「ひつじを内蔵すると言葉を添えた荷造り函」を描く羽目になるパイロット B と並べてみると「**内部に秘蔵する思い**」が違う。ところが、かわいい仲間はそんなことには頓着していない。「その籠められた思い」を受け取って「居る」と感じる。再読者はこの「秘蔵された思い」に、この作品の核となる魅力を感じるのではないでしょうか。

10　ぎょっとした　　Et je fus stupéfait d'entendre le petit bonhomme me répondre :　　手描き絵一号の分かる人をパイロットはついに見つけた。本文にはその驚きが書かれて、その喜びは省かれている。訳語を「ぎょっとしたか (P.7)」に関連付けた。【répondre について】文句を言う、抗弁するとした。パイロットからすればかわいい仲間は依然として不可解な存在者であると解する。P.10-L.27の Il me répondit. もそうであるがこの子はパイロットに反発するように返事 [répondre] をする形で表現されていると見る。直後の non も拒否の意味とした。

12　…いらん象だなんて　　Je ne veux pas d'un éléphant …　　⇒小学館ロベール P.2549 vouloir 間他動 (多く否定的表現で): vouloir de qc/qn …受け入れる

12　そこまで言うならと　　alors j'ai dessiné.　　絵を読み解いた上での要求に、パイロットは勢いに押されて絵を描き出す。passé composé (話者の体験) に合わせた alors とする。/ 作者手描きの三つのひつじの画像データを左、右に少し回転させ動きの表情を出した。絵の配置が出版年によって異なる点は検討を要するが…

12　もう病気だ。だいぶ弱ってる　　Celui-là est déjà très malade.

記号・ことば・手描き絵と実在物との、この極端な一体化(identification)が当時の文芸思潮か、童話の伝統的筆法なのか未調査です。

12 　　こんな様に描いた　　Je dessinai：[ひつじの絵]の表現法で、作者は掲げた dessins を、deux-poins が直接話法を導く如く引用文位置に据えている。この表現法には類例がない。**しかも作者は手描き絵を生きて動く羊と同一視する。**【「牧場で飼われてるやつ」の説明】フランス語の mouton は、ひつじの一般名称(bélier、brebis、agneau；agnelle// 殺、牂、羜を代表)と食肉用として牧畜する為に去勢された雄羊(羯)との両義を持つ。初出の mouton が羊の一般名称(訳語：ひつじ)で使われる。この場面に来て「雄羊 bélier」との対比を出す文脈の必要から mouton は去勢された雄羊(訳語：牧場で飼われてるひつじ)に**一瞬で切り替わり**、対比させる。**多義性由来の早変り**は、本書 P.211「63 しおれた振り」、P.221「68 お互いを…」、P.235「76 その宝物が…」、P.260「93 見れども飽きない」を参照ください。⇒新朝倉 P.120 changement de sens // これ以後の mouton は全て「去勢された雄羊・牧場で飼われてるひつじ」を意味する。日本語は一般に区別立てしないので以後も「ひつじ」とする。(ＸＸＩ章の poule 雌鶏も日常日本語「にわとり・鶏」と区別ないので同様の扱い)// bélier の印に「なつかない」を冠する。ここに non-apprivoisé の気配を忍ばせる。【類語性】牧畜文明を担うのでフランス語の動物名詞は雄、雌、コドモで語源が違う事が有る。漢字世界にも区分が有る。日本語に季節の事象を表す言葉が極端に多い事を稲作文明の為とする事にやや似るか。

12 　　画をぽいと渡してやった…捨てぜりふまで言ってやった　　　…, je griffonnai ce dessin-ci：Et je lançai：− Ça c'est la casse.　　動詞 lancer の直接目的語は deux-points の後の直接話法部分と考えるのが一般である。// 大白水 P.1426 lancer ◆発する lancer un cri//「もう堪ったもんじゃないと思った」ことから出た行動である Lancer の感情を考えて「捨て台詞」を加筆した。// 第三章にはこの子がポケットからひつじの画を取り出して眺める場面が出てくるので、この場面で「函に入ったひつじの画」を渡しておく必要がある。Lancer の目的語が「手描き絵」という「物」でもあり得るとする根拠を述べる。まず、ⓐ (deux-points)を使い**画が会話の中に組み込まれる語法がこのページ前半で既にで集中して使われている。**前項の他に例えば LL.14-15の Je refis(=redessiner) donc encore mon dessin «：» などがある。そこで、ⓑ ce dessin-ci の後の：(deux-points. FOLIO 1999年から校訂する)も同様に本文中の画を引用すると見る。さらに、ⓒ Ça c'est la caisse の Ça が状況場面を指し示しこの場面に放り渡された絵があると考えられる。⇒プチ P.200 ça ❸ (その場の状況…を漠然と指す)、またⓓ捨て台詞も4項後に示すように必要なものです。以上から**この翻訳では言葉と絵の両方を lancer の目的語とします。**//「画」は幻のひつじを含むとし、「絵」と分けた。

12 　　そいつは荷造り函さ…ひつじってやつ、そん中だよ。　　Ça c'est la caisse. Le mouton que tu veux est dedans　　言葉を添えただけ、子供だましをしたのである。P.ROBERT P.213 caisse Ⅰ.◆1....coffre utilisée pour l'emballage,

12 　　この成り立ての鑑定家　　mon jeune juge　　「絵を描いて」と頼んだ子が

立て続けにその絵は違うと「鑑定」したこの場面をフランス語で jeune=［成り立ての］と表現している。【juge について】審査員、裁判官、鑑定家、判定者…とフランス語は幾つも表すが日本語はどれかひとつを選ぶ必要がある。自分のほしい「手描き絵」を探しているので鑑定家とした。「肩書き」の用語法で Le Petit Prince を受賞者 (le prix du bonheur)(P.68-L32) とした事は三訂版で修正した。⇒ P.223「68　このうれしい…」

12　　…どぎまぎしてしまった、うろたえた　　Mais je **fus bien surpris de** voir s'illuminer le visage…　　六歳の時に象を呑むおろちの線描きで大人を驚かそうとした。でも大人になったこのパイロットは［中の見えない函の絵］しか描けなくなっている。［ひつじはその中にある］と言い添えてこの子供に渡す。大人と違いこの子供は**言われたままを・あったままを**受け取りその函の中にひつじを感じ取ってしまう。これにパイロットは虚を突かれる。大人が子供の世界を垣間見た瞬間である。この一瞬の反応の極端さをひとつの山場とした。bien surpris を〔意外だ〕と〔どぎまぎ〕と〔うろたえる〕に分散した。// ⇒ P.ROBERT P.867 illuminer Pronom. *Ses yeux s'illuminèrent de joie*

12　　そう、そう言ってくれたんで、ほんと、こういうの欲しいなぁと思えて来る　　C'est tout à fait comme ça que je le voulais !　　この覚え書の記述が入り組むので四つに分けて進める。①【comme ça は C'est…que 構文によって強調される】⇒新朝倉　P.104　ce¹：II.7º ③.(3)状況補語の強調。日本語訳でも自然な感情の流れとして原文の語順のままで強調の語調を作る。②【ça について】ça は、直前のパイロットの捨て台詞《 Ça c'est la casse. Le mouton que tu veux est dedans.》を指す。日本語訳では、代名詞「まさにこういうもの」だけで示しきれないので、内容を半解凍して「そう話してくれたもの」とする。この場合 Lancer の目的語には「言葉＝捨て台詞」が要る。4項前の⑥を参照ください。/「君が欲しがってるひつじはその中だ」の一言を受け取った少年は、パイロットがそう言ってくれたことにすっかりうれしくなる。**「欲しいもの」はほんとは箱の中にあるのではなくパイロットが「言ってくれた言葉（の気持ち）」にある。**苦し紛れの捨て台詞ではあるが、やはりこの子の気持ちを傷つけまいとする「思いやり」があるともいえる。大事なことは見えるものではないことの事例となる。なおこの解釈は原本 P.84-L.28——J'ai ton mouton. の所有形容詞の解釈にも関係して行きますが、それは覚え書 P.249「84　あなたが話してくれたひつじ…」を参照ください。// 作者は《je fus bien surpris de voir s'illuminer le visage》と素っ気なく表現する。この子のうれしい気持ちが、また、嘘を妙な風に受け取られて戸惑うパイロット本人の気持ちが行間に埋められる。③【le について】人称代名詞・直接目的語。すこし前の文 «Le mouton que tu veux est dedans» というパイロットの言葉が描き出した「ひつじ」を代理する。④【…que je le voulais ! の半過去形について】⇒新朝倉　P.258　imparfait II.B.現在を表す半過去形 1要求・願望の緩和（人に直接話しかけるとき）

13　　いいんじゃないかい、きっと　　Ça **suffira** sûrement. Je t'ai donné un tout petit **mouton**.　　パイロットが後ろめたくなった心理を想定する。⇒新朝倉 P.228 futur simple II.B.4. 直・現に代わる断定的語調の緩和 (futur de politesse) // 続く文の複合過去形《 Je t'ai donné … 》はパイロットの念押しとする。⇒ IBIDEM

P.373 passé commposé Ⅱ．A ．1． 現在完了〈過去行為の結果としての現在の状態〉
Depuis deux jours Daniel est parti. (Thib.1.51) // パイロットの誤魔化そうとする
心理を表し、**mouton** は暈して「やつ」とした。

13　　言うほどちっぽけなんかじゃないぞ…　　　Pas si petit que ça...
直前のパイロットの言葉《 Je t'ai donné **un tout petit** mouton.=ça 》の un tout
petit にかわいい仲間は敏感に反応する。日本語訳はそのあたりを丁寧に（言い換えれ
ば過剰に）して、両者のやりとりを鮮明にした。そうしないと意味合いが伝えられない
から。パイロットは絵に言葉を添えただけ、言い換えれば嘘をついたので誤魔化すし
かなくて、un tout petit（ありやなしやのちっぽけな）といわば虚無的に言う。一方か
わいい仲間はパイロットの心中が分かり「ひつじは函の中」とそう言葉を添えてくれた思
いやりの心に無条件で喜んでおり、un tout petit とパイロットが言う言葉の裏に「パイ
ロットの思いが籠もる」とし、かけがえのなさを感じ取る。直前にパイロットから渡さ
れた函の絵に顔を輝かせて喜ぶ姿と、この、この子の言葉はどこかで繋がる。/⇒新ス
タ P.1659 Si² Ⅰ．Ⓑ〔同等比較 aussi... que の否定〕⇒新朝倉 P.188 ellipse ⑦．主
語と動詞/省略部分を [Ton mouton n'est] pas si petit que ça, [ou plutôt joli.]
と解した。// 平面の絵を立体化して覗き込むという、超現実的な表現法が使われる。

13　　眠っちゃった　　Tiens! Il s'est endormi...　　荷造り函の絵を見て、
パイロットの言葉から、その中に生きて動く実物を感じ取るという表現手法はSAIT −
EX の独創である。// それにしても、「ひつじ」とは何か。「パイロットが**かわいい仲間
のことを思って良かれとした善意**」と仮に考えてみる。かわいい仲間はそれにすぐ
反応した。パイロットはそれに気付けないので、そのあたりを「ひつじが眠る」と表現し
たのであろうか。// また「ひつじ」を手に入れる動機は最初から問題にされない。第Ⅳ章
P.18-L.23-24 ではひつじを求めたことが、その人の存在証明になると謎を深める。ひ
つじとは何か疑問のままで進む。覚え書P.146「26　それをやっと…」を参照ください。

13　　面はゆい成り行きで、わたくしはこのかわいい仲間と顔見知りに　　　Et
c'est **ainsi** que **je fis la connaissance du petit prince**　　⇒P.ROBERT
P.330 connaissance Ⅲ◆2º(1656) UNE CONNAISSANCE : Ce n'est ni un ami,
ni un camarade, c'est une simple connaissance. から「顔見知り」とする。// こ
の物語の主人公はここから Le petit prince と呼ばれる。ここまでに、une drôle de
petite voix ⇒ un petit bonhomme ⇒ cette apparition ⇒ mon petit bonhomme
⇒ ni mort de …⇒ le petit bonhomme ⇒ mon ami ⇒ mon jeune juge と、作者は
le petite prince までの導入を、「不審の感情」を手始めにして随分手数を踏み、ここま
で来て「親密さを籠めた呼び方」にしていると解した。// お互い相手のことを分かるのは
第五日目、第Ⅷ章から、はっきりとは第八日目、第ⅩⅩⅣ章以後のことになる。// 「面
映い」は文脈から言葉遊びで ainsi に加筆したが、子供にうそをついた後ろめたさの表
現として顕在化した。本書 P.102 ◇「かわいい仲間…」の《 かはゆし ▶ かほはゆし（顔
映) 》を参照ください。// この後、第ⅩⅩⅥ章に無冠詞で《 petit bonhomme 》が親愛の
情を込めて、最後の別れを飾る様に使われる。〈 P.84-L.32 〉、〈 P.85-L.6、-L.12〉、
〈 P.86-L.1 〉などに集中して出る。

　この章後半でパイロットが「ひつじに紐を、杭を」とこの子の話の世界にどんどんのめり込んでゆく場面は、第Ⅶ章末尾のパイロットの辻褄の合わない話し振りを予兆する。さらに、この章末尾のかわいい仲間の数行の望郷の念は、第Ⅷ章後半の物語時間軸からは自由になっている告白を予兆する。

13　　　**様子が分かって来るまでに本当に手こずった**　　　Il me fallut longtemps pour comprendre…　⇒新朝倉 P.292 longtemps：2 名詞的機能 ②直接目的語 ◆非人称動詞の補語：Il m'a fallu bien plus longtemps.「…長い時間が…」。動詞句に変えて訳す。/ この子がどこから来たかを知るのは出会ったその日のことなので longtemps はその範囲の表現となる。また直後に Ce sont des mots prononsés par hasard qui… が暗示するように、両者は会話が成り立つ人間関係以前の、他人同士であることが言外に示されている。したがってパイロットはこの子の言葉に聞き耳をたてざるを得ない。参考までに出会った日と章を整理する。

【出会う前】Ⅰ　　　　　　　　　　【1日目故障・2日目早朝の出会いから】Ⅱ，Ⅲ
【3日目】Ⅴ　　　　　　　　　　　【4日目】Ⅵ　　　　　　　　【5日目】Ⅶ
【推定3日目から7日目にかけて】Ⅷ，Ⅸ，Ⅹ，Ⅺ，Ⅻ，ⅩⅢ，ⅩⅣ，ⅩⅤ，ⅩⅦ，ⅩⅧ，ⅩⅨ，
ⅩⅩ，ⅩⅩⅠ，ⅩⅩⅡ　　　　　　【8日目から9日目の早朝】ⅩⅩⅢ，ⅩⅩⅣ
【9日目の朝方(推定)】ⅩⅩⅤ　　【10日目の夕暮れから深夜の別れ】ⅩⅩⅥ
【11日目の朝・別れて6年間のことなど】Ⅳ，ⅩⅥ，ⅩⅩⅦ

13　　　**ちょっとずつだったけれど…事のおおよその事情が掴める**
Ce sont des mots prononcés par hasard qui, **peu à peu**, m'ont **tout** révélé
原義は「漏れ出た言葉がわたくしの前に全ての事をあからさまにした」これを、文脈に乗せて「分かってきた事といえば、漏れ出た言葉から分かってきた事に限る」と解釈した。
⇒新朝倉 P. 104　Ce¹Ⅱ.6⁰　C'est…qui 主語の強調 ②主語も関係節の内容も聴者にとって未知の事実。C'est votre frère qui va être ravi！(Thib. Ⅰ,153)　← Votre frère va être ravi. の感情的表現

13　　　**かたまりなんて言わんでくれ**　　　Ce n'est pas une chose.　　　意に反して飛べない状況に落ち込んだ大きな物体を暗示した。⇒小学館ロベール P.456 chose ❹物 Depuis l'accident, il n'est plus qu'une pauvre chose.// 飛行機に誇りを持つ意識を加味する。

13　　　**これで**　　　Et …　　　⇒ P.ROBERT P.625 Ⅱ.ET, au début d'une phrase, avec une valeur emphatique. パイロットの誇りを持った気分と、この後に起きる「笑われた気分」との明暗を鮮明につける。

13　　　**そうなんだ。…あんたって空の方から舞い降りて来てたんだ**
Comment！Tu es tombé du ciel！　　　この子はパイロットの詰問以外の話は聴いていた。【Comment！Tu es tombé du ciel！について】初版・1983・1999は〈！〉である。/Gallimard, coll.FOLIO,2003 では〈？〉と校定されているが、？だと両者の会話の歯車がうまく合い過ぎる事に懸念し、私はこの子がパイロットとまだちぐはぐな会話のやり取りの段階と考えるので、**この翻訳では**〈！〉とする。仮訳とする。

【tomber について】直前に《 ça vole 》があり「tomber＝墜落」でよさそうだが、この後の Alors, toi aussi tu viens du ciel ! からも考えておく。この子自らの地球到着も tomber を使う（第ⅩⅩⅥ章 P.85－ L.10 l'endroit où je suis tombé l'année dernière）。Tomber は地上人からは「落ちる」だが、飛行人からは、スカイダイバーが着地するように「舞い降りる」となる。／天空からの来訪者は、古代文学の好むところ。羽衣伝説、竹取物語…ギリシャ神話では天空への飛翔…どこか古風な物語色を帯びる。

【笑い声を上げることについて】かわいい仲間は自分の同類と出会って喜んでたのに、ところがパイロットの方は墜落した事をこの子にあざ笑われたと受取ったと解する。**この両者の意識のずれは文章表現されずにいる点**を注目する。その結果この作品には「意識できない何かがある」という読書感想を産み出す。文芸作品一般にある「作者が登場人物に成り代わって内面心理をまるで当人であるかのように事細かに描写をする＝神の手」ことを、Saint-Exupéry が意図的に排除した結果／効果である。作者は意図的に手描き絵一号をあちこちに出して『気になるだろう』と問いかけ、手描き絵二号は描かない、文章表現を行間に伏せて置く。読書体験の中で読者が手描き絵二号を思い描くよう期待したと考える。参考までに手描き絵一号と思えるほかの例を、この近くで二つ三つ挙げれば、第Ⅶ章末の le pays des **larmes**(P.29)― 悲しみのわけとは？：第Ⅸ章終わりごろの Tu seras **loin**,toi (P.35)―花の気持ち・この子の気持ちとは？：第Ⅹ章初めの …Il commença donc par les visiter pour y chercher **une occupation** et pour s'instruire.― 探し物とは？：以下省略：そして随所にある『**この子が返事をしない場面**』、つまり、この作品のいたる処に『**手描き絵一号・二号**』は埋めてある。この作品の言葉で言うと《 P.80-LL.8-9 il faut chercher avec le cœur》である。

13　　答えたが、わたくしは神妙になった　　Oui, fis-je modestement

パイロットはもちろん＜舞い降りた＞わけではないが誇りを傷つけられながら墜落を認めるパイロットの心境を考える。《Comment ! Tu es tombé du ciel !》を受ける事になる oui は省略節とする。⇒新朝倉 P.352 oui 3. 省略節①音調で種々の意味になる／faire が直接話法を引用するとき身振り表現を伴う。　⇒ IBIDEM P.213左　faire Ⅶ. 挿入節で(faire=dire,répondre) 身振りを伴うか、その場の光景がまざまざと心に浮かぶ状況で用いられる　⇒ IBIDEM P.261 incise 1º◆直・現以外の時制では je も倒置される。(強調)

13　　びっくりだな　　Ah ! Ça c'est **drôle**...　　Ah ! は嬉さの感情、この子が思いがけず仲間と出会って喜ぶ。／⇒大白水　P.520 comique -syn. drôle は他に類がない点でおかしい意：conter des histoires drôles 珍談をして聞かせる // 地上人のパイロットの方は勘違いしたけど、かわいい仲間はどっかの惑星の飛行人と出会えた事を喜ぶ、が、すぐにそれが思い過ごしであったことに気付いて落胆する。⇒ P.14-LL.3-4《C'est vrai que, là-dessus, tu ne peux pas venir de bien loin...》

13　　…心配ぐらいしてくれ…と言いたくなりますよね　　Je désire que l'on prenne mes malheurs au serieux.　　【désirer の現在形について】⇒新朝倉 P.421 présent de l'indicatif B. Ⅰ .4º. 超時的現在形◆婉曲な命令表現 // 読者への言葉かけとも解した。

13　　ひらめいた　　J'entrevis aussitôt une lueur, dans le mystère de sa présence, et …　　　フランス語では思考の世界・抽象の世界に具象の視覚感覚の表現法が結びつく事に注目する。⇒ P.ROBERT P.1012 lueur : ◆3⁰Fig. Illumination soudaine,faible ou passagère ; légère apparence ou trace. Lueur du souvenir. V.Trace.Lueur de raison.«Tourver une joie imprévue dans **la plus faible lueur d'espérance**»〈MUSS〉/覚え書 P.227「71 心に懸けて…」の[後文] を参照ください。【前置詞句 dans + le mystère de sa présence　について】微細な意味を添加させた抽象表現はフランス語では動詞の直接目的語に関係節を添付したり、あるいは前置詞の働きによって主文の動詞へ直接結びつけて行く前置詞句の言い回しが作られる。⇒[参考]『英語の論理・日本語の論理』PP.56-103 安藤 貞雄 著 大修館書店 1986年【目から出る光について】P.ROBERT P.971 lancer : ◆2⁰ Faire sortir de soi, avec force, avec vivasité.　Ses yeux lancent **des éclairs**. (目がらんらんと**光っている**) IBIDEM.P.1012 lueur ◆2⁰ Expression vive et momentanée（du regard).« une lueur malicieurse du regard »（MART.DU G.）（いたずらっぽい**目つき**）Avoir **une lueur** de colère dans les yeux. (怒った**目つき**をしている）目から何らかの光が放出してるという表現が特徴的である。動詞は lancer, avoir など。【象徴から出る光を受け取る】Lueur が比喩として使われる場合 [Lueur du souvenir, Lueur de raison , Lueur d'espérance...] 頭の中の瞬間のひらめきを象徴するために使われる。新スタ　P.1053　lueur :4. Il reste une lueur d'espoir. 本項の J'entrevis une lueur, dans le mystère. など「思考の世界」から光が出て来て、人がそれを「視覚的に」気付くという表現である。精神世界と光との結びつきは古く、西洋文化には根深く息づく。なお「思考の世界の感覚表現」の日仏比較研究は未調査です。

14　　　なる程ね、ということは　　　C 'est vrai que, **là-dessus,**　　　FOLIO 1999年から virgule を que の後に修正する。⇒ P.ROBERT P.464 dessus II . adv.Là-dessus *Fig.* alors, sur ce〔参考〕プチ P.536 [乗り物と前置詞] 飛行機の場合 en が使われる。// この子は飛行機を見詰めて、自分の質問《 De quelle planète es-tu ? 》に自から解る。それは第ⅩⅩⅤ章(P.81)、第ⅩⅩⅥ章(P.84)で明かされるエンジン回復との関連が再読者に暗示される。

14　　　…なにやら空想にふけって…じっくり見詰めて、何ごとか考えにのめり込んで　　　Et il s'enfonça **dans une rêverie**…. Puis, …, il se plongea **dans la contemplation…**　　　飛行機を観察し、パイロットが地球人である、エンジン内部で何かが壊れてる（パイロットの心が挫けている事）を見抜き、質問はやめて物思いに入る。作者が伏せた事をたとえば以上のように考えてみた。【dans une rêverie について】⇒ P.ROBERT P.1556 RÊVERIE ◆3⁰ *Mod.* Activité mental normale et consciente, qui n'est pas dirigée par l'attention, mais se soumet à des causes subjectives et affectives. 【 la contemplation について】IBIDEM P.339 CONTEMPLATION ◆1⁰ Le fait de s'absorber dans l'observation attentive（de qqn, qqch).«Il se perdit dans la contemplation du mur de la courette »（MART. du G.). ⇒小学館ロベール P.2064 réflexion 比較 ある事、特に宗教的なテーマに集中し考える

14　　　函の中と言って渡した、…が描いたあの画を　　　mon mouton

この mouton が動物でない事は明らかです。この翻訳では mouton を、「人への好意を言語化する事⇒内なる善意を弱める事」と解釈して進めています。P.146「26 それをやっと…」を参照ください。mon を説明するため Le mouton que tu veux est dedans(P.12) に解凍する。mon mouton はこの後すぐ、son trésor(P.14)、son mouton(P.19)、ton mouton(P.84)そして終には le mouton(P.90) と転身して行く。《 Se plonger dans la contemplation de son trésor 》が mon mouton から son mouton へと変換してゆくのに必要な過程であることが簡略化して示される。//P.14-LL.12-13 Où veux-tu emporter mon mouton ?　は「さっき話してあげたあのひつじ」と、パイロットの指示語に架空性を強め、この子の言い方は「このひつじ」と写実化する。// この子の方は空想 (rêverie) から現実 (contemplation) へと表現される。

14　詳しく知りたくなって　　　Je m'efforçai donc **d'en savoir plus long**　⇒小学館ロベール P.1443 long (副) 成句表現でのみ使われる [en savoir long(sur qn/qc) (…について) 詳細に知っている]//　パイロットの方から架空の世界にのめりこんで行く場面を「さ」で補強する。一方、かわいい仲間はそれには距離を置いて観察している気配である。この「架空のひつじ」を暗示するため現実の人・パイロットの言葉には「(さっきの) **あのひつじ**」、そして架空の人・かわいい仲間には「**このひつじ**」と使い分け現実・非現実の縺れ合う様子を出す。//《 cette demi-confidance 》と『架空世界へのめり込む』をジグザグ型に一文字分開けた縦の空白で表現する。

14　このひつじの家になるからね　　..., c'est que, la nuit, ça **lui** servira de maison.　　⇒大白水 P.2279　servir：◆「servir de qc à qn」…に…として役立つ: mon manteau me servira de couverture. ⇒新朝倉 P.105 Ce¹ I .9. ③ c'est que = c'est parce que / 一般に放牧された羊は夜間は小屋 (étable,cabine) に入って休む。狼のいない星で小屋が要る事、小屋を maison とした意味、この maison と Où est-ce « **chez toi** » ? との関連は不明です。// 作者は画と実物の相違を強引に隠す。

14　さっき聞いた事に君が素直に答えてくれたらさ　　Et si tu es gentil, P.ROBERT P.780 gentil : 4◆(Enfants),V.Sage,tranquille.Les enfants sont restés bien gentils toute la journée. / 大白水　P.1166 gentil ◆(sage)Mes enfants, si vous étes bien gentils, vous serez récompensés.「子供達おとなしくしてたら…」/　聞かれても静かに考え込み返事をしない子供を前にして、もっと詳しく知りたいパイロットなら「おとなしく」より「聞き分けのいい」ことを求めているはずと場面に合わせて踏み込んだ日本語訳にした。パイロットもここからは「ひつじの絵」から「生きてるひつじ」へと変換した物言いになるが、当人自身は妄想にも気付かない。読者にも気付かせずに御伽噺の世界に入れてしまう。第7章末尾の予兆になる。

14　…とあきれ返らせたようでした　　La proposition **parut choquer** le petit prince.　　この場面の空気は、パイロットの意図とは別の処で、かわいい仲間が呆れ返るとした。仮に「不快にした」とすると、後続の Quelle drôle d'idée ; un nouvel éclat de rire などとの繋がりがよくない。

14　…どこにも行きゃあしないよ　　Mais où veux-tu qu'il aille !
Gallimard,coll.FOLIO 2003 では、覚え書 P.125「13　そうなんだ。……」同様、疑問符であったけれど、この翻訳では会話が成立してない段階と解し反語調の響きを付

加する。【mais で始まる感嘆文について】⇒新朝倉 P.296 mais 2. 強意語③. 文頭で驚愕を表す // 同 P.351 où² ①. // IBIDEM P.559 vouloir Ⅱ. vouloir que + 接 Que voulez-vous que je vous dise ?「何と言えばいいと言うんです；私には何ともならない」【崖に立つ子の絵について】P.79の井戸の絵と地形的に似た砂漠の断崖である所から、この子が地球に舞い降りた翌日の様子と推定しても、パイロットはここから(試算では60ｋｍ)離れた所なので、物語文と画との繋がりは不明です。//「ね、さ、よ」の語尾で、場面にのめり込むパイロット、退いてゆくこの子の心理の差を出す。

16　落ち着きはらって…　Alors le petit prince remarqua **gravement** : この子の気位をよく示す言葉と解する。すでに P.9-L.33 に …qui me concidérait **gravement** として、またこの後 P.21-L.6 Mais il me remarqua avec sagesse. / P.84-LL.7-8 Il me regarda gravement. と使われる。どれもかわいい仲間がパイロットに眼差し / 言葉を向け断言する場面です。// パイロットがむきになって架空の物語世界にどんどん入り込む様子とは距離を保つ表現となる。

16　何だか物悲しくなってしまったみたい、としか思えない、　Et, avec un peu de mélancolie, **peut être**, il ajouta :　悲しみの説明はなく、読者に想像させるとは言え、第Ⅸ章(星からの脱出)辺りまで読み進めないと初読の人にはまったく見当も付かない。【, peut être, について】⇒新朝倉 P.388右⑥「文末に遊離して間投詞的、挑発的な断定」を応用する。

16　どんどん、まっすぐ歩いたって…おいらは…はるかかなたの天空へ…

on ne peut pas aller bien loin…　物悲しいのは背景に蛇との会話があり自分の星への帰還方法に思いが移った結果、パイロットが言う P.15(14)《 Droit devant lui(= mouton)》からこの子が言う《 Droit devant soi(= on = le petit prince)》へと、会話の中で振替えられる。// 第ⅩⅦ章 P.58に loin が「絶望的な天空の遠さ」で出る。L.11 Mais comme elle est loin!【Loin について】P.13の中段に― Comment ! Tu es tombé du ciel !//―Alors, toi aussi tu viens du ciel ! が示すように、この子がいう loin は宇宙的距離感と解し、遥か天空を示す言葉にした。

Ⅳ

　生還後の執筆動機を読者に語る。大人を戯画しながら、語り手当人も含め、人は、子供からやがて、子供のころを顧みない、いま茶化したばかりの大人へとなって行くと読者に語る。大人の読者は己をふり返り、心当たりがあることに気付く。大人を風刺する背後に、宿命としての「子供が大人になる事の結果、人としての変貌＝すべてにやさしい気持ちを向けられていた「ひと」がそうではない「おとな」へと豹変する」が描かれる。子供対大人の対立という図式化した認識では片付かないものを潜ませる。

16　ふるさとの惑星　: C'est que sa planète d'origine…　作者が origine を使ったのは『出身地』を示すためと考える。// なお、主文 J'avais ainsi **appris** une seconde chose très importante. の大過去形はこの章が示す現在の視点から見た、「この子の七年昔の脱出」、「自分たちの六年前の幻惑した邂逅」を捉え直した

もの。本書 P.160「31　気の毒なことだ…」の大過去の文法解説を参照ください。

16　　　一軒の家よりほんの少しおおきいくらいのものだった…　　…était à peine plus grande qu'**une maison** !　　少し後の P.19-LL.3-4では、une planète à peine plus grande que **lui**（= un petit prince）と異なりを見せる。une maison に、また un petit prince に比べる une planète の意味がはっきりしませんけれど、この章が宿命としての「おとな」を話題にするので、人間が子供から大人への変貌に伴う宿命的悲劇の場（小惑星と住人を一体化）と仮定する。第Ⅴ章につながる。// ⇒類語（9903-k-00）「…というもの」の形で、…動き、変化など抽象も「もの」として捉えられる。

16　　　…を別にしますと、…無数の惑星が…　　qu'**en dehors des** grosses planètes…　　⇒プチ P.1377 sauf : 類語 en dehors de　否定的な事柄に当てはまらない、プラス要素を除外する場合に用いる。【 il y en a des centaines d'autres… について】第ⅩⅩ章の無名のバラ群、non-apprivoisés を再読者に想起させる。また「星」だけでは言葉不足なので星空間を添える。★無名の小惑星の例外に、2010年の探査機「はやぶさ」が往復した小惑星《イトカワ》長径500m がある。2013年2月16日には、小惑星「2012　DA14」が地球に2万8千ｋｍまで近づき隕石をばら撒きながら自滅した。直径45m（15mとも）。この規模だと現在の観測機器ではあらかじめ発見できないそうである。地球に最接近して初めて分かるらしい。直径8mの小惑星が地球から22万 km を通過したこともある。(2019年3月16日の事)// 微小惑星の数など無限なので《 des centaines 》は、表現として絶対的に少ない。⇒新朝倉 P.340　numeral ordinal Ⅱ.3.// en を「どっさり」にしたことについて　⇒新朝倉 P.195 en² Ⅲ.2.②. en…du(des)＋名詞　一見二重表現のようだが、数量の強調、性質の情意的表現：Vous en faites des figures.(COCTEAU)「みんななんて顔をしているんです」❖構文を整理しておきます。Je　savais bien **qu'** en dehors des grosses planètes [**auxquelles** on a donné des noms], il y en a des centaines d'autres [**qui** sont **si** petites **qu'**on a beaucoup de mal à les apercevoir au télescope.]⇒新朝倉 que P.447 左3.　直接目的語 // si…que P.498 左 si+ 形 +que+ 直：que 以下は結果節

16　　　小惑星第325番　　l'astéroïde 325　　原本の3251を FOLIO 1999年で修正、第Ⅹ章冒頭に羅列された星の番号に関連する。/ il lui donne pour nom un numéro. から序数詞表示を使う。【SAINT-EX の数字】この章では命名代わりの序数詞の体制的没個性には批判的だが、「遭難から第〇日目」「訪ねる第〇番目の星」と、命名でない序数詞はそうでもない。

17　　　小惑星B612番と番付けされた星…　　J'ai de sérieuses raisons de croire que la planète [⋯] est l'astéroïde B612.　　架空の小惑星であるのに、わざわざ写実の文体で表現する。作者の韜晦趣味を感じる。

17　　　彼が着込んでいた民族衣装に目くじらを立て　　à cause de son costume　　外側(son écorse) に注目する大人をからかう。1909年のトルコ民族衣装は不詳ですが、ヨーロッパ、アメリカの人の目に世界各地の民族衣装が accoutrement, affublement であった事は、明治期の日本社会を見る西洋人の目からもまた当時の日本人が外国人を見る目からも想像できる。// 言葉遊びで、目くじら・目じりを加筆する。// 作者が服装に高い関心のあった事はこのトルコ民族衣装はじめ手描

きの物語絵に窺える。

17 　…偶然とはいえ、好都合なことが出来ました
Heureusement pour… 　　　服装改革命令は、小惑星Ｂ６１２の評判とはなんの関係もない。ひとつの不運が別の幸運を生み出すという、一種の洒落である。// いきなりＢ６１２号が紹介されたが読者には考える余裕を与えず物語は進行する。// 架空物語なのでこの後Ｂ６１２番の存在が立証されても Le petit prince の「実在」は言及を避けている。

17 　トルコの国の何のなにがしという独裁者が 　　 …B612, **un dictateur turc** FOLIO 1999年よりB612の次に virgule を補正する。//1909年〜1920年はオスマン帝国（13世紀末〜1922年）の末期に当る。この直後にトルコ革命が起き Kemal Atatürk（1881-1938）の初代大統領在職中（1923-1938）に大きな改革がある。サルタン・カリフの廃止・共和制の開始・政教分離・身分制の廃止・男女同権・トルコローマ字の使用公認などの中に明治期の断髪令に似た服装の西洋化もあった。// 作者は「トルコ革命」を、サルタンの帝国時代と近代国家へ移行した時期とを同じ独裁国家と見たのか、当時の Orientalisme は何か、死刑云々は誇張だが未調査です。

18 　あなたに小惑星 　Si je **vous** ai raconté ces détails… 　　これに続く以下の文で vous に関連する語句が単数である。L.15《*J'*ai vu une belle maison…》// LL.27-28《…elles **vous** laisseront *tranquille* avec leurs questions.》この vous に関する属詞 tranquille が単数である。⇒新スタ P.1007 laisser 5.［laisser qn（qc）＋属詞］*laisser la fenêtre ouverte* / vous を敬譲語とし（新朝倉 P.561 vous）、**「ひとりの読者」へ語りかけると解する。作品の随所に語り手からこの読書中の Vous へ直接の呼びかけがされる。読者はこうして作品世界へ引き込まれてゆく。**【si …, c'est à cause de… の構文について】⇒新朝倉 P.496 si¹. II. 事実を表す3⁰. si…, c'est（parce）que（主節でその理由を述べることになる）事例を言う。si je suis gai, c'est que j'en ai sujet.

18 　気に入ってる遊びってなんだろね 　Quels sont les jeux qu'il **préfère** ? ⇒ P.ROBERT P.1374 préférer : Considérer comme meilleure, supérieure, plus importante（une chose, une personne parmi plusieurs）**par** un jugement, **un goût ; se déterminer en sa faveur.** // 大人の問いかけ方への批判を強調し、問いかけ文の後ろにも〔大人がこんな風に…〕を加筆する。// 作者はここで、大人の数字に囚われた姿を子供から見た具体例で示す。読者は自ずと、大人になるとはどう言う「おかしさ」が伴うかを子供目線から見せられる事になる。

18 　壱千万円の家 　**une maison de cent mille francs** 　　1943年当時の10万フランを2008年の円に換算する。❶1939年のフランス普通切手90C を2010年現在の日本普通切手80円で換算してみると 　1F : 90C ≒ X ¥ :80¥ ⇒ 1F ≒90 ¥ ⇒ 10万F≒**900万円** ❷1928年10月当時の交換レートは1F＝0.08¥であった。（『ふらんす－80年の回想』P.83 から、寺村五一氏記事より）1F＝0. 08¥ ⇒ 10万F ＝8,000¥…ⓐ /1944年9月号の『ふらんす』37銭（同書 P.46から）が2008年11月号の『ふらんす』670円である事から物価の倍率を出すと1,810倍…ⓑ // ⓐ×ⓑ＝**1448万円**（ⓐ1928年とⓑ1944年との間に16年が過ぎてるのでこの数字は概数でしかない）。

// ❶と❷で900万円～1448万円の開きがある。根拠資料が大雑把でいけないけれども、日本の子供には円に換算して訳す。家の値段には幅があるが低価格物件の方と解釈した。

18　でかい声で言うよ。「…たいしたことないぞ。」　Comme c'est joli !
大人がこどもに向かって言う言葉で考える。⇒P.ROBERT　P.950 joli ；◆5(Par antiphr.)⇒新朝倉　P.45 antiphrase [反用] 語：Tu as vraiment fait du joli.「ほんとに大した事をしでかしたね」/ 大人目線で反対語を使う。作者の生誕地リヨンとか航空産業都市ツールーズの旧市街には赤煉瓦造りの美しい都市景観がある。作者は二十歳代にこの町のホテルを定宿として航空郵便事業に従事した。(NHK・BS「街歩き」2017年10月より) ここに出る「バラ色の家」はこうした体験からの創作かも知れない。

18　うっとりする美しい姿　qu'il était **ravissant**　il = le petit prince とする。/⇒小学館ロベール P.2038 RAVISSANT ❶素晴しい、見事な；[女性などが] 美しい。/⇒プチ P.1277 ravissant（★男性について ravissant とは言わない）/⇒白水社ラルース P.943〚気取って〛[女性・服・景色など]うっとりするほどきれいな /⇒P. ROBERT P.1468 (d'une femme, d'une jeune fille) Sa fiancée est ravissante.// ここの用例は辞書の解説に合わないのだろうか。あるいは P.LITTRÉ P.1861 RAVISSANT : c'est un homme ravissant, il se rend très agréable dans la société. の用例もあり社交の場では《agréable》の意味で紳士の形容にも使われた様子がある。英訳では《delightful》と訳してる例もある。ただし、この「明るい表情で好感が持てる」とすれば、続く文《qu'il riait》と内容が重なってしまい具合が悪い。// ところで Saint-Exupéry が le petit prince を架空の人物として扱っていると考える場合には辞書の解説に矛盾しない。それは《 Ainsi, si **vous** leur dites : « La preuve que le petit prince a existé c'est qu'il était ravissant, qu'il riait, et qu'il voulait un mouton.(…)》の**過去時制**を考えれば、この文脈に出てくる **vous は再読者に扱われている**とみなすことが出来る。すると「架空の人物」と承知できる再読者にとって [il] は生身の男性ではないことは暗黙の了解となる。原本 P.10-L.1-2には、Mais mon dessin, bien sûr, est beaucoup moins ravissant que le modèle. とあり、絵の形容と同類の扱いとなる。// なお、この場を借りて Le Petit Prince の翻訳名は二つ用意してあることを紹介した。

18　ひつじを欲しがるということは　**Quand** on veut un mouton, c'est la preuve qu'on existe.　⇒プチ P.1240 quand・接続詞 4(原因・条件) / ひつじが存在証明の根拠となる経緯は不明。覚え書 P.124「13 眠っちゃった…」、P.146「26 それをやっとまとめた」を参照ください。【三つの根拠を改めて本文に照らして見ると次の関連が見えてきた】P.18-LL.21-23 La preuve que le petit prince a existé, c'est ① qu'il était ravissant, ② qu'il riait, et ③ qu'il voulait un mouton. の対応箇所は次の通り。かわいい仲間とパイロットとの出会いの中で生じた、パイロットにもこの子にも心に残る出来事である。それらが存在証明としてここで掲示され、改めてその出来事が認識される。

① PP.9-10-LL.29-2　Et j'ai vu un petit bonhomme tout à fait extraordinaire qui me considérait gravement. […] **Mais mon dessin, bien sûr, est beaucoup moins ravissant que le modèle.**

②P.88-LL.4-7　C'était pour moi comme une fontaine dans le désert.---
　Petit bonhomme, je veux encore t'entendre rire…
③P.12-L.31　C'est tout à fait comme ça que je le voulais !
18　　人を恕す事のできるあなたやわたくしは　　nous qui comprenons la
vie,　⇒新スタ P.364 comprendre A.4. 洞察する。comprendre la vie　寛大であ
る【参考】論語(上)里仁　第四　吉川幸次郎監修　朝日新聞1965年　PP.99－101「…夫子
之道、忠恕而已矣」「…忠とは自己の良心に忠実なこと、恕とは他人の身の上をあたかも
自己の身の上のことのように親身になって思いやる。この二つのものによって…」//
◎人を恕すことができる→（その存在を認める）→通し番号を割りふらない→（ひとの
存在をないがしろにしない）　◎おとぎ話で始めたい→（現実世界の大人の既成観念か
ら自由でありたい）という補足を加味した。//nous は一人の読者とこの物語の語り手
19　　そうしなかったのは　　ça aurait eu l'air…. Car je n'aime pas…
【ça aurait eu について】⇒新朝倉 P.141 conditionnel　II.B.6º. ①仮定的事実 / 直
前の条件法過去による非現実の内容に対して、それを受ける car 節が現実を表す直説
法現在である。　⇒新朝倉 P.100 car 1ºの末尾の解説。口語的carはこの後も多用する。
// ここで作者はおとぎ話風とは異なる、「大人」を読み手とする文体を用いると明言し、
架空の文脈に複合過去という「実体験」時制を混在させ、読者をわざと惑わせる。
19　　六年前を思い起こすこの物語を書き綴ると　　　　à raconter ces
souvenirs.　　「体験した思い出という実話」でないが、訳は「あの時分を思い起こす」
とした。現実と非現実との「境目」を取り払うかのように、非現実をあたかも現実の事と
して作者は ces souvenirs を使う。「自分のこども時分」に繋がるように。
19　　今もさびしさに胸がいっぱいです　　J'éprouve tant de chagrin…
少し前でこの作品が童話であることを「告白」しているからこの悲しみは虚構であるが、
作者は虚実綯い交ぜにする。//[chagrin] は原本 P.80の Et j'eus le cœur serré … お
よび同 P.77 Et je le devinai plus fragile encore. と共鳴して、いつかは消滅して行
くものへの、語り手の愛惜の情を示す。
19　　愛おしい仲間　　mon ami　　⇒『日本語語感の辞典』中村　明著　岩波書
店2010年　P.70　いとおしい　弱く脆い存在に対して愛情を注ぎたくなる気持ち […]
「過ぎ去った日々が愛おしい」のように人間以外に対して用いる文学的な例もある。
19　　…友の様子をきっちり書き残しておこう…ないがしろにしたくない気持
ちから…　　Si j'essaie ici de le décrire, c'est afin de ne pas l'oublier.
【Si …, c'est …の構文について】本書 P.131「18　あなたに小惑星」の後半を参照くだ
さい。【décrire について】大白水　P.1798 peindre:-SYN décrire 想像力によらず客
観的に記述すること。décrire une plante(科学書などに)ある植物について記述するこ
と。【afin de ne pas l'oublier について】友のことを詳しく書いておくのは、忘れるま
まに(記憶が薄れるままに)ほったらかしにはしないということ。(このあと直ぐに Et je
puis devenir comme les grandes personnes qui ne s'intéressent plus qu'aux
chiffres. 本章末尾に Je suis peut-être un peu comme les grandes personnes.
J'ai dû vieiller. と補足説明がある。)⇒ P.ROBERT　P.1207 oublier : I　◆6
Négliger (qqn) en ne s'occupant pas de lui, en faisant preuve d'indifférence

à son égard. Oublier ses amis. V.délaisser …On a vite oublié les absents(Cf. Loin des yeux, loin du cœur). ⇒ P.LITTRÉ P.1515 oublier : ◇ en parlant des personnes, négliger quelqu'un , ne pas agir envers lui comme on le devrait. 〈…〉vous oubliez qui je suis, vous n'avez pas pour moi les égards que vous me devez. ⇒新明解国語辞典 P.1512「わすれる」①経験したり覚えたりしたことが、記憶から消えてなくなる(ようにする)②他の事に心を奪われていて、その時どきの最も重要な事柄を意識出来ない状態になる「(デザインを追求して)着心地を忘れた(＝おろそかにした)服」⇒日本国語大辞典 巻20 P.647 忘る：①わざわざ記憶から消そうとする。**意識して忘れようとする**。思い切る。/ **萬葉集釋注** 伊藤 博 著 集英社1999年 第十巻 P.458から駿河の国防人歌 巻20 4344番「忘らむて　野行き山行き　我れ来れど　我が父母は　忘れせのかも(商長首麻呂)」(何とか忘れてしまいたいと、野を越え山を越えおれはやってきたが、父さんや母さんのことは忘れられない)「忘らむて」忘る・四段動詞・**苦しさを故意に忘れようと努める**/「忘れせのかも」忘る・下二段動詞・**自然に忘れる**/4346番「父母が　頭掻き撫で　幸くあれて　言ひし言葉ぜ　忘れかねつる(丈部稲麻呂)」(…達者でなといったあの言葉が、忘れようにも忘れられない)⇒**基礎日本語** ② 森田 良行 角川書店1980年　PP.72-75「おぼえる／わすれる」当人の意志と関り無く起きる現象の他に , 意志的行為も表す。⇒ **動詞人間学** 著者代表 作田 啓一 + 多田 道太郎 講談社現代新書1975年 P.186 (井上 俊・フロイト説の紹介)人間の記憶は(なかなか)消滅しない。「苦い記憶＝当人にとって不快な情動を伴う体験」は都合よく意識の表面化を避けられて「忘れる」ことが出来る。しかし記憶としては、意識の下界では執念深く残存する、と言う。// 日本語の「人を忘れる」にはその人間との思い出が記憶からなくなる(あるいは、記憶から拭い去りたく思う)ことを意味する。これは自身の胸のうちに留まる。この点は、フランス語 oublier (ses amis)の意味として、その扱いをないがしろにする(当項目)、ほったらかしにする(P.66-L.1：P.70-L.2)、なおざりにする(P.72-L.8)など能動的に他者にまで意味が展開するのとは、語の趣がすこし違うようである。以上からこの日本語訳は友のことを「忘れないため」ではなく、「ないがしろにしない」とする。// 人間は記憶をきちんと持ち続けることは出来ない。忘れてしまうから文字に書き留めることで、友との経験を人間の記憶の風化でないがしろにしないぞとここでは言ってると解した。作者はこのことで文字と手描き絵のことを引き続いて以下に熱心に語ることになるのだが、架空の御伽噺に現実味を持たせようとするかのようでもある。// 作者の意図には背くが、幼い読者が架空の世界を現実のことと取り違えないように日本語訳は進める。この作品は、中国の古語にある「壺中之天」の趣をもつが、虚実に遊ぶ事であるとまで、幼い読者が想起することはない。

19　　　親友をないがしろにするなんて**何とも情ないでしょう**。　　**C'est triste d'oublier un ami.**　　この直前に、この本を軽い読み物と扱わないように、友のことは敬意を持って詳しく書くと表明されていることを踏まえて考える。また直説法現在形で書かれた文が続き、語り手の息遣いが聞こえるほど、「今の気持ち」のことを語る部分であることも考える。⇒ P.ROBERT P.1837 triste II◆3⁰－ (En attribut) C'est bien triste. V. Dommage,fâcheux ⇒大白水 P.2492 triste : 2 Il est triste de se voir traiter de la sorte. …情けない…

19 親友といえる人　Tout le monde n'a pas eu **un** ami　新朝倉 P.57 article Ⅳ 否定冠詞 de 2° pas un ＋名詞 ③文全体の否定 / 同書 P.67 article indéfini Ⅱ 5 .un, une の誇張的用法 ①総称の用法から転じて種属の典型を表す。　Tout le monde a un ami.(誰もが本当の親友を持っている。)これを文全体の否定(誰もが本当の親友を持っているわけではない。)にする。ここは第Ⅱ章の冒頭文と呼応する。

19　いずれは成って行かざるを得ない…だからこそ…　Et je **puis** devenir comme [...]C'est donc pour ça encore que …　【je puis について】⇒ 新朝倉 P.413　pouvoir : 1° je puis/je peux 古形 je puis は古文調、気取った表現。// この作品に限れば Je puis… が8例(語り手1例、かわいい仲間3例、独り占め男1例、蛇3例)、Je ne puis pas が4例(地理学者3例、狐1例)、これに対し Je peux… の使用例は Je ne peux pas… の2例(かわいい仲間2例)のみ。Saint-EX が je puis を古文調としては使ってないと仮定する。1940年代の《 je puis … 》の使用例が古文調と言えるか、また本作品中の用例混在理由は調査が必要です。/IBIDEM P.414 2° Pouvoir ＋不定詞③推測・可能性【「だからこそ」について】C'est donc pour ça encore **que** S+V　状況補語を強調する構文《 pour ça 》は、Si j'essaie ici de le **décrire**, c'est afin de ne pas l'**oublier**. から Et je puis devenir comme les grandes personnes qui ne s'intéressent plus qu'aux chiffres. までの五行に及ぶ長い内容を指す。

19　今の年齢で　à mon âge　《 Le Petit Prince 》は1943年4月にニューヨークの REYNAL & HITCHCOCK 社から出版される。《参考》Saint-Ex は1940年12月から1943年4月までの2年4か月のアメリカ滞在中、特に1942年夏頃から集中して執筆した。//1935年リビヤ砂漠不時着事故から約「六年後」となる。〔参考〕『「星の王子さま」事典』三野 博司著 大修館書店2010年

19　まるでこわばった気持ちの殻にひびを入れるようなもので痛みが走ります　C'est **dur** de se remettre au dessin,　dur(困難な) を大人になっても う硬くなった感受性と解し痛みの補足説明をする。　⇒新朝倉 P.106 ce¹ 11° ce と il ⑵論理的主語を伴う場合、ce の使用は…感情的表現

19　…見えない絵と…見える絵を描いてみただけ、ほかに絵を描いてみようなんて quand on n'a jamais fait d'autres **tentatives** que **celle** d'un boa fermé et **celle** d'un boa ouvert　このcelleはtentativesの一部を代理する。⇒新朝倉 P.113 celui 1. ① .◆先行の名詞と数が一致するとは限らない : C'était peut-être de tous ses livres celui(=le livre) auquel il tenait le plus.(MAUROIS)「それはおそらく彼のすべての著書のうちで彼が一番愛着していたものだった」【 quand について】⇒プチ P.1240 quand ❹　原因(文)

19　できる限りよく似た肖像画を　de faire des portraits le plus ressemblants **possible**.　⇒新朝倉 P.407possible 4. / 5.◆possible の一致。最上級後の possible は無変化。

19　もっとたくさんの描き損ないをしている　Je me tromperai enfin sur certains détails plus **importants**.　非現実に現実を綯い混ぜるこの空想物語には破綻が散在する。こうした不思議な舞台で文章を深読みすれば、何やら「真理」が輝きだす。かわいい仲間と狐とが慣れ親しい間柄を築く過程は赤裸々に伝わる、飛行士が

かわいい仲間との交流を通し、こども時分と大人になった自分の在り様を考える事などは、この作品に咲く実感の花でしょうか。

19　　この子は…似た者同士の仲間だと　　Il me croyait peut-être semblable à lui.　⇒大白水　P.2264 semblable － SYN semblable は性質・価値など特に内的な類似について言う。⇒類語(9212-d-02) [似た者同士] 性質などが、互いに似ている2人である様子。// 作者の考える子供と大人の関係がさりげなく示される。「子供は大人を仲間と見る大胆さがある。逆に大人(親)はこども (わが児) を自分の仲間とは思えない。子供時代はいずれ忘れ去られ、子供時代の感性が分からなくなる。」と、行間に埋めてある様です。翻訳書名『かわいい仲間』の根拠にもした。

19　　荷函越しにそこにひつじがいると感じ取る素直な気持ち　　je ne sais pas **voir les moutons à travers les caisses**.　　【voir…à travers les caisses について】パイロットは第II章(P.13-L.1)で箱の中身が見えてるような言い方をした事を、ここでそれは嘘だったと読者に告白する。言うまでも無く、当の本人がひつじを描いていないのでそれを見る事もまして感じる事も普通では出来ない。// voir には視覚と感受性との両面がある。⇒P.ROBERT P.1919 VOIR II .◆6º se représenter par la pensée. V. Concevoir, imaginer.《 vous voyez ce que je veux dire 》(DURAS)// 第II章 P.12-L.31　C'est tout à fait comme ça que je le voulais ! には[相手の言葉に敏感に反応できる子供には箱の向こうにひつじを**感受できる / 見える→大人は感受できない**]を前提にした価値観がある。**視覚と思いを巡らす**、この二重の表現法は第XXI章 P.71-LL.33-34　on ne voit bien qu'avec le cœur. L'essentiel est invisible pour les yeux. 第XXV章 P.80-LL.8−9 Mais les yeux sont aveugles. Il faut chercher avec le cœur.　などに見られるように、二つが組み合わせて表現されている。世上では視覚の方が取りざたされ、そこで話が終わってしまうけれど、voir にあるもう一つの「恕思」、「恕而行之」の概念をもっと尊重すべきでしょう。⇒新釈漢文大系第32巻『春秋左氏伝』㊤ 鎌田 正著 P.1037襄公二十四年の「恕思」の語釈○恕思 思いやりの心をもって⇒角川漢和中辞典 P.385 恕 の項【 voir について】⇒新スタ P.1898 voir 9. 心に描く…je vois ce qui va m'arriver. 自分に何が起きるか今から分かっている。

19　　やっぱり、大人っぽくなって来た　　Je suis **peut-être** un peu **comme les grandes personnes**　　大人になることがなにやら寂しげに響く。その事を、年齢を重ね、いずれ le petit prince(幼年期)との別れがあると言っているようにも受け取れる。寂しさが行間にある。

19　　年を重ね、いずれ気持ちがこわばって来ちゃう　　J'ai dû vieillir.　⇒新朝倉 P.374 passé composé II . A .4. 未来完了①未来の行為を完了したものとして表わす(実現可能性の強調)/副詞「いずれ」で未来完了を示す。/ 人間が年を重ねて幼年期、青年期、そして大人へとなってゆくことを表現する言葉が今のところ体系的に作られていないようだ。vieillir は辞書の意味では「老いる・老ける ; 古くなる」で、人の生涯の老年期になってしまった事を言う。ここの文脈では「子供らしさが失われた世代・やわらかい意向が難しくなる世代になる」という意味の言葉が欲しいわけです。説明的訳語を作ることにした。/なお、認知不全症(アルツハイマー氏病など)を考えると「大

人らしさを喪失した世代に達する」言葉も作る必要があるようです。［子供らしさが失われた世代］⇒類語9606-a-33　年寄り染みる・-c-04年寄り臭い・8806－働き盛り・分別盛り・中年　　（創作）大人染みる・大人臭くなる・年を重ねて強張る…［**大人らしさが失われた世代**］⇒類語8800-a-00～11古びる・古めく・寂びる・神さびる・ひねる・ひねこびる・年経る・がたが来る・8805-a-00～12年長ける・老いる・老い込む・老い耄れる・箍が緩む・老いさらばえる・おいそけもの・おいらけもの　　　　（創作）こどもっぽく変わる・昔が今になる・思い出だけになる・今がなくなる・現実がまだらになる・夢うつつになる・その人らしさが消える／枯れてゆく・こわばって行く・静かになってゆく・冬眠する…【参考】定本 國木田獨歩全集第一巻 P.298～「友愛」学習研究社刊

■ **V** ■

　バオバブを放置する事の危険性が強調されるが、バオバブが何の象徴か不問のまま進行する。御伽噺の世界の事かと思いきや、一転、地球上にもバオバブ放置とよく似た危険があるという語り手から読者に向けて、いきなりの謎かけ。翻訳上では、第ⅩⅦ章（第2文節の三行程）P.57-LL.18-20を鍵として、バオバブが巨樹化する事と人間が凶暴な大人になる事とを重ね合わせて読み解く。人間の歴史を見ればその凶暴な事実に、作者Saint-EX の執筆動機となる「熱い思い」があるように思えてくる。

20　　　一日が…次の一日が…その日その日に…事態を知ったのもこんな紆余曲折から…　　Chaque jour j'apprenais... Ça venait tout doucement, au hasard des réflexions.〈...〉je connus le drame des baobabs.　　砂漠の遭難現場を動かずに一日一日を飛行機の修理に費やしているパイロット・語り手の言葉として考える。⇒大白水 P.444　chaque : Chaque instant de la vie est un pas vers la mort.(CORNEILLE) 生の**刻一刻**は死に近づく歩一歩である。// ⇒ P.ROBERT P.259 **CHAQUE** : qui fait partie d'un tout et qui est pris, considéré à part. フランス語の語義説明に注目する。[chaque] という言葉は、いろいろな場面設定を受け入れると読めれ、文脈からの意味づけ（読者からの言葉への参加）ができやすくなっている。文脈からの特定の影響を受けてより個別的な意味に仕上がるといえる。本項の場合も文脈からの影響を考える。chaque jour は「一日が過ぎ去りまた一日が過ぎてゆく」と「その日その日に、」と重複させ、述動詞《apprendre》と《 venir 》の半過去形それぞれに関るとした。⇒ P.ROBERT P.77 **APPRENDRE** ◆2° acquérir un ensemble de connaissances par un travail intellectuel ou l'expérience.《 Tout ce que je sais, je l'ai appris à mes dépens 》(LOTI)　⇒プチ P.742 **hasard** : au hasard de qc…のなりゆきにまかせて peindre au hasard de l'imagination. 想像力の赴くままに描く。⇒ P.ROBERT P.1491 **RÉFLEXTION** : II ◆1° retour de la pensée sur elle-même en vue d'examiner plus à fond une idée, une situation, un problème.V. délibération,　⇒ P.ROBERT P.331 **CONNAÎTRE** ◆2° **Avoir dans l'esprit en tant qu'objet de pensée analysé.** →その深い意味合いまで知るに及ぶという「精通した知り方」を翻訳にも出した。[参考] ⇒ P.ROBERT

P.331 CONNAÎTRE ◆1° Se faire une idée de. *Connaître un fait. Connaître un mot*.「情報としての知り方」// Ça の内容は「星の様子・旅立ちの有様・旅の道中の出来事」で、この第Ⅴ章から第ⅩⅩⅢまでの内容に及ぶ。これは言うまでもなく広い範囲の具体的な事柄であり、ただ考えを巡らせるだけでは引き出せない。「おとぎ話の国の子」**とずれた対話をしながら**、その隙間から、パイロットがその背景となるものを孤独に探り出して行ったというのは、文飾である。パイロット自身が孤独に、この子への共感の情念を尽くしたという場面説明は第Ⅲ章冒頭の途惑いからは進歩する。// 改訂版訳文から変更する。// 日本語の漢語由来の言葉は文脈からは比較的独立していて、固有の意味を保持するという特徴があるけれど、遡れば漢字が表意文字である事によるのでしょう。そういう言葉にはジグソーパズルのピースの如き個別化された意味断面を持っている。文脈からの影響を受けて意味を類推変化させる対応は割と少ないのではと思います。ですから特定の場面にぴったりはまった、**使える言葉**を決めることは、無数とも言える語群の中からふさわしい一語を選び、それを組み合わせて新しい表現を作る作業になると思います。既存の言葉の持つ微妙な相違を使い分ける事に神経を使うことになる。例えば、この「事態」を「経緯」、「いきさつ」と置き換えれば、伝わる語感が違ってくる。人間心理、情景描写を言語的にあらたに創作表現しようとするならば、既存の言葉の組み合わせから作り出すのだけれど、なかなか簡単なことではない。

20　藪から棒に　brusquement　第Ⅰ、Ⅱ、Ⅲ章の孤独、驚きの後には、この唐突感が第Ⅴ、Ⅵ、Ⅶ章に出現し読者心理を揺さぶる。「おとぎ話の国の子」からすれば考えた末のやむを得ぬ必然的な質問という表現である。パイロットが突然訊ねられたように表現するのは、パイロットがこの子のことをさっぱり理解できない気分を表現している。この子からは似たもの同士と見られていてもパイロットには、Ⅶ章まではこの子はまだ訳の分からない赤の他人なのである。類語(8900-d-63〜69)「出し抜け」だれかが予期しないことを急に言って、それを受ける人が驚かされる様子。「藪から棒」だしぬけに何かを言い出す様子【comme pris d'un doute grave について】この un doute grave は第Ⅶ章に波及する。この集中し考え込む様子は公案に瞑想するような気配である。⇒新朝倉 P.128　comme¹ Ⅰ.2°⑤近似を表す comme

20　ひつじというのは…むしゃむしゃぱくついて　que les moutons mangent des arbustes　【des について】FOLIO 1999年他は定冠詞 les であるが底本のままとする。「背丈の低い木」を他の種属と対比表現にする。⇒新朝倉 P.67 article indéfini Ⅱ.6° des とその特殊用法① des は全体に対する不特定な数を表す。/ IBIDEM P.68 article partitif I. 形態1° 起源を表す de と定冠詞との結合 […]des も特定のものの一部の意から、不特定のもの数個の意に発展したが後者の意の des は一般に不定冠詞に分類される。【manger について】人間がする manger の食物となる目的語には部分冠詞がつく。/…que les moutons **mangeassent** les arbustes./…ils mangent aussi les baobabs とあり、manger はひつじがバオバブの新芽を摘み取る、口の開閉動作と印象付けて「むしゃむしゃぱくつく」とした。　⇒『フランス語の冠詞』P.135 松原 秀治著 白水社1979年 ⇒ P.ROBERT P.1036 MANGER：manger de l'herbe V.brouter, paître/IBIDEM P.199 BROUTER：manger en arrachant sur place(l'herbe,les pousses, les feuilles) ⇒ 大白水 P.1501 **manger**：Les gros poissons mangent les petits./[manger の主語が家畜の時]、[brouter などの家畜専用動詞の時] に直接目的語がとる冠詞は未調査です。

20　　背丈の低い木どころではない　　les baobabs ne sont pas **des arbustes**
⇒新朝倉 P.67 article indéfini II .6⁰ des とその特殊用法②. 情意的用法(1) des ＋数詞＋ 名詞 驚き・賞賛など▲（この項を応用する。）/ バオバオをめぐる両者の認識のずれ（背丈の低い若い時期の木⇔年数を経て巨木に育った樹）が面白い場面を作る。第 II 章の勘違い（他の惑星からの軟着地⇔故障による墜落）、第 XI 章の拍手（Applaudissement⇔ Jeu）にも使われる。これは SAINT － EXUPÉRY の編み出した筆法でしょう。文章上には何も出ないが、これにより、行間には対比を映す鏡が置かれ、この対比が読書体験におのずと空間を出す効果があると見ます。対比効果を生み出す文体研究書の有無は未調査です。// この箇所でパイロットが大人の既成概念を垣間見せた場面と受け取れ、第 VII 章末尾の「すれ違い」に繋がる。

20　　…喰い尽くせたりはできないのだ…　　**si même il emportait avec lui** tout un troupeau d'éléphants, ce troupeau **ne viendrait pas à bout d'**un seul baobab. 【avec lui について】ils (les moutons) mangent aussi les baobabs. から lui ＝ son mouton qui mange des arbustes, que j'ai dessiné et que je lui ai donné とした。【構文について】⇒新朝倉 P.492 si¹ I.3⁰ [si ＋直・半]＋[条・現] (2)未来の実現不確実の仮定　【venir à bout de qc について】⇒プチ P.184 bout : [à bout de ＋無冠詞名詞] (3) venir à bout de ＋ qc （食べ物）を食べ尽くす⇒ P.ROBERT P.188 BOUT（fin. X IIᵉ ;《 coup 》, puis《 extrémité 》; subst. verb. de bouter ）◆3⁰—Venir à bout de (qqch.ou qqn), s'en débarrasser par une d'efforts// 作者はこの後、架空のバオバブを詳しく説明する。子供が大人へと成長すると人間特有の凶暴性がその時期から肥大化し、それはやがて大人当人にも脅威となるという心象を作り出す。それは現代社会の悲劇なのだと読者の脳裏に浮び上る。

21　　背丈の小さいところから始まってる…　　**Les baobabs, ..., ça commence par** être petit...　　感情的表現⇒新朝倉 P.177 dislocation 1. 文頭転位 // 本書 P.106「5 始めは誰でも…」を参照ください。【 avec sagesse について】gravement（II .P.9－L.33 ; III .P.16－L.1 ）と同様にかわいい仲間が持っている六歳位の子の天真爛漫な佇まいと表情を表現する。この後すぐ、パイロットが繰り出す、大人としてのしつこい質問に、この子は俊敏にへそを曲げる。

21　　そんなこと。わざわざ聞くなよ。　　Il me répondit : Ben ! Voyons !　なだめる口調では十分伝わらないので意味を付け加えた。「バオバブの巨樹化」に擬え、大人が繰り広げてる凶暴な、今の地球上に日常的に目られる行為と重なる事を示唆し、それに強く反発したと解する。

21　　それはこういう事でした。　　Et en effet　⇒P.ROBERT　P.542 loc. adv, En effet (vx) : en réalité, effectivement ; mod. S'emploie pour introduire un argument, une explication. // この後、第 V 章末までの文章には、Saint-Ex が、当時の社会常識となっていた「既成の大人基準の価値判断に畏服してる有り様」を批判的に捉え、その誇大妄想した価値観を批判し、「地球の子供たち」へ向けて直接的な話しかけの形を採る、超時的筆法のひとつ。

21　　人に良い効き目がある草と…　　…de **bonnes herbes** et…　　bon, mauvais を、文脈上、人間への効能からの区分けとした。【herbe について】辞書的には「草」で、樹木までは含めないが、すぐ後に出るバオバブの話の時に《plantes》と言い換えられていくので、《de bonnes herbes et de mauvaises herbes》は辞書的意味に拘らない事にする。⇒P.ROBERT　P.835 HERBE 1° Petit plante phanérogame non ligneuse dont les parties aériennes meurent chaque année.//Saint-EX には人間中心のやや伝統的な発想が見られ、今日の生物多様性の観念とは無縁のようである。ここ数十年で地球環境は急速に深刻の度を増してきたと思う。

21　　まるであどけない、かわいい若芽を　　une ravissante petite **brindille** inoffensive　　本葉の出る頃と考えた。// 試しに、庭土を鉢に入れ水と日光で一週間ほど育てた。土からは驚くほど、不思議なくらい次々といろいろな草木の芽が出てくる。土の中にこれほどたくさんの種があるとは知らなかった。《une ravissante [petite brindille] inoffensive について》⇒新朝倉　P.28 adjectif carificatif Ⅳ. 付加形容詞の語順 Ⅷ.①.// ravissant を植物にまで使う作者の語法の事例である。本書P.132「18 うっとりする…」を参照ください。

21　　それがあちこちにはびこっていた　　Le sol de la planète en était **infesté**.　　日本語 [はびこる] は地表に限る語感だがフランス語は地中・空中・海中にまで及ぶ。⇒P.ROBERT P.904 infester ◆2. cour. […中略…]《Les corbeaux, l'Inde en est infestée》(LOTI) Mer infestée de requins.【バオバオの種について】どの星にもバオバブの種が潜む話で、そこに住む人間の「性悪の発芽」を暗示させる。第Ⅷ章にバオバブの種が外から飛来する話があり、結局、人は成長過程で内外の悪影響を受けるとも読み取れる。/ この章の後半は、語り手の思考世界とはいえ、草木の種→バオバブの種→地球のこども達の危機(比喩の解釈は多様である。この翻訳では子供はいずれ凶暴な大人になるとした。)へと話が飛躍し過ぎる。

21　　その惑星を丁寧に手入れする　　la toilette de **la** planète　　**子供が大人になる段階で各人にはそれぞれ「惑星」がある**と想定させる。次の地球上の話には子供が出るが第ⅩⅥ章には大人しか出ない。極端な空想話だからいろいろと変な点がある。各人が星の手入れを怠れば星は破裂し、その人は自滅すると想像させるが、この「不作為の自滅」は、大自然の中に人は生かされてあるとする「東洋の自然観」からは出ない。【P.22-L.1-2…me dit plus tard / P.22-L.9 Et un jour il me conseilla… について】これらの「他日」は物語の時間・空間に「今日」を混ぜて、パイロットのフランス帰還後まで含む事になる。// この後 Il faut s'astreindre … à arracher les baobabs… と「手入れ」が反復強調されるので、それが celui qui s'égarerait dans un astéroïde…(P.24−L.10)を相対的に引き出す。//「…後からそう話してくれた」時点は、80ｰのバオバブの下書きを笑われる場面かもと考えたが、しかしバオバブの危険性の話をそんな場面に挟むことは唐突過ぎるので、結局「他日」とするしかない。

23　　【水彩画について】第ⅩⅩⅤ章 P.80-LL.19-23　Je sortis de ma poche **mes** ébauches de dessin. の一枚でキャベツと言われた下書きがある。この23頁は水彩絵なのでこの子の肖像画同様、生還後に改めて描いたと推測できる。

24　　大人への旅立ち　　S'ils **voyagent un jour**,…　　voyager に un jour

を加味し時間旅行と仮訳する。⇒P.ROBERT P.1927 VOYAGE 1º ◇Fig.《 La vie est un voyage 》(PROUST)// こどもからおとなへの宿命を負う人間には、バオバブに擬える「凶暴性」をどう自己抑制するかが課題となる。バオバブの解釈はP.146「26 それをやっと…」を参照ください。

24 バオバブの樹が持つ**危険性** **le danger des** baobabs est si peu connu, ⇒大白水 P.673 danger ◆「能動的に」「danger de qn/qc」…が及ぼす危険 ◇le danger は星を破壊するという物語化した危険性(おとなが持つ事になる獣性)を言い抽象名詞に扱う。

24 うかつに芽を抜き取り損ねて Mais le danger des baobabs est si peu connu, et les risques courus par celui qui **s'égarerait** dans un astéroïde sont si considérable, que, pour une fois, je fais exception à ma réserve. 【構文について】主語(le danger…) + *est* + *si* + *adj*(peu connu), et 主語(les risques…) + *sont* + *si* + *adj*(considérables) , *que* ,…, 主語(je) +V (fais) …. 構文を一般形にすると〖**主語 + être + si + 形容詞 + que + 直説法**〗となる。⇒新朝倉 P.498 si² II. 強度の副詞4º si + 形容詞 + que + 直説法 que 以下は結果節 : J'étais **si** étonné que je ne trouvais rien à dire.(GIDE)「あまりびっくりして言うべき言葉も見当たらなかった」【qui s'égarerait について】「判断を誤る」だが、具体的にはバオバブの抜き取りをたびたび説明する文中の筋で表明するから、有益な木の芽と有害な木の芽との「若木の選択を誤る」と解す。翻訳では意味が伝わる方を重視して、《 les risques courus par celui qui **se tromperait d'arrachage** des baobabs 》とした。⇒新朝倉 P.141 conditionelle II .B.6. ①仮定的事実(この条件法は俗語的、接続法なら文学的とする文法家もいる。)⇒ P.ROBERT p.545 égarer ◆3.Pronom. se fourvoyer.// 仮定の表情を副詞「うかつに」で補足する。【dans un astéroïde について】「ひとりにひとつの astéroïde」を暗黙の前提にした話であり、直前の「地球の子供たちの旅」なども誠に代表的な「手描き絵一号」です。

24 こども達皆が危うくも免れてこられたこうした危険 C'est pour avertir **mes amis** d'**un danger** qu'ils frôlaient… ◇この「警告」の対象者となっている mes amis は前述の des enfants de chez moi と重なると解し「(語り手の住む)地球の子供たち」とした。

◇読者である「あなた」はその一員であると同時に語り手と伴に歩む超時的な立場にあると考えられ、この後バオバブの絵を描いた当時の切迫感は今は無いと、《 Le Petit Prince 》と「慣れ親しみの関係」を築いた自覚のある語り手から聞かされる。

◇ c'est pour avertir…que 構文は pour 句を強調する。**pour 句**とは pour avertir mes amis d'**un danger** qu'ils frôlaient depuis longtemps, comme moi-même, sans le connaître と長いものである。◇ sans le connaître の le は《un danger qu'ils frôlaient depuis lontemps》を代理する le neutre とする。⇒新朝倉 P.284 右③文中の挿入節

24 いずれ行き逢う事になる危険が un danger qu'ils frôlaient depuis longtemps 架空の「各人の星に生えるバオバブの樹」の話に現実の地球の事を繋げるのは強引だ。「バオバブの危険性」とは何か、切迫感ある1940 年代から探すべきか、

今なら地球環境問題なのか。// この章ではバオバブの危険を未然に防ぐ事が主題なので、バオバブと大人とを重ねて考え、「おとなになる過程で、人間性本来の善なるものを無自覚に捨て去り、凶暴なる生き物に変貌する人間の宿命に思い致す」とした。⇒第XⅦ章 P.57-LL.19-20 Elles se voient importantes comme des baobabs.//「大人へとでかくなって…」を加筆する。/「子供から強暴な大人へ」を主題とする作品は未調査です。//「危険」を縦に揃えるため、前項を重複して翻訳する。

24　…警鐘で…緊急性が…　La **leçon** que je donnais **en valait la peine.**　プチ P.1569 valoir la peine de + 不定詞…する価値がある。「警鐘」と関連させて「価値がある」は緊急性とする。【la leçon que je donnais について】少し前に pour avertir mes amis d'un danger とあることを受ける。⇒ P.ROBERT P.979 leçon :◆3 conseils, règle de conduite qu'on donne à une personne. V. **Avertissement**, exhortation, précepte.

VI

24　哀しみを帯びているのだと、…呑み込めて来ましたよ　J'ai compris...ta petite vie mélancolique　【comprendre について】⇒ P.ROBERT P.317 comprendre II (V.1200) : (sens I.Embrasser dans un ensemble) (sens II. Appréhender par la connaissance ; une idée claire .)　« **Par l'espace, l'univers me comprend**(sens I) **et m'engloutit**(加筆 comme un point)**; par la pensée, je le comprends.**(加筆sens II) »(PASC.)　◆3. Se rendre compte de (qqch) V. Apercevoir(s'), sentir, voir...《 Il commençait à comprendre qu'il ne s'agit pas de se mesurer》(MALRAUX)　【参考⇒ LE LIVRE DE POCHE 1970　P.130　**265** *Roseau pensant* 】　——Ce n'est point de l'espace que je dois chercher ma dignité, mais c'est du règlment de ma pensée. Je n'aurais pas davantage en possédant des terres. Par l'espace, l'univers me comprend et m'engloutit comme un point ; par la pencée, je le comprends.　⇒『パスカル』P.136　前田　陽一著　中公新書(156)1968年のBrunschvicg版註「パスカルはここで、comprendre という語の原義と転義を対立させている。物質的には、私個人は宇宙の一部分である。しかし精神的には、私の思考は宇宙に広がっている。私は宇宙の中に入っており、宇宙は私の中に入っているのである。この対立こそ、まさに、認識というものについての哲学上の難問のすべてを要約しているものである。」

24　今まで知らなかった、こんなような君の胸の内に触れる事が出来たのは J'ai appris ce détail nouveau　【apprendre について】⇒ P.ROBERT P.77 ◆1° Être rendu capable de connaître, de savoir ; être avisé. informé de (qqch.)【名詞＋ nouveau について】新朝倉 P.337 nouveau 2 名詞 +nouveau ＝「新たに発見された（客観的な新しさ）」⇔ nouveau ＋ 名詞「従来のものとは異なった（主観的な新しさ）」// 胸の内の描写を重複翻訳して、印象づける。P.226「71　…で

もお前達の胸の内に…」を参照ください。

24　　　夕どきの空の光景…気持ちにぴったりとくる　　J'aime bien les couchers de soleil.　【aimer bien について】⇒新朝倉 P.35 aimer 1° aimer bien qn は異性間の愛ではなく、非常に好感を抱くの意 : Je t'aime bien, mais je ne t'aime plus. 「君が好きだけど、もう愛してはいないんだ」【les couchers de soleil の les について】さまざまな日没を総称する定冠詞複数形と解した。「（四日目に）朝から」に明瞭に対称させるように「夕どきの空」を使う。【les couchers de soleil の de について】⇒大白水 P.606　coucher（n.m.）: coucher de soleil 日没／au coucher du soleil 日没時に /contempler de splendides couchers de soleil すばらしい日没（の風景）を眺める。/ il a dans sa galerie un coucher de soleil sur la mer.「彼は海に光る日没の絵を画廊に持っている。」[太陽などの天体現象に関してのみ複数形が用いられる] / ⇒ P.ROBERT P.362 coucher : ◆3　(1564) Moment où un astre descend et se cache sous l'horizon. Au coucher du soleil V. Crépuscule; Un coucher de soleil.　Peint.Tableau qui représente le coucher du soleil./ ⇒新朝倉 P.160 de : Ⅰ.19.④ .de ＋無冠詞名詞　品質形容詞に相当。聖書の仏訳に踏襲されたヘブライ語法。中世以来今日まで用いられている。[自由な構成]　ces rives de soleil「日のさんさんと降りそそぐ河岸」

24　　　夕日に映える**大空**を　　un coucher de soleil　　パイロットが蜂蜜色に染まる朝明けの砂の**大地**に心安らげ、かわいい仲間は夕日に映える**大空**の光景に気を晴らすと言う作者の意図があると解釈し、大空を加筆した。// パイロットの「実在」を示す au lever du jour に対応して、まるで、この子の「幻の存在」を暗示するかのように [J'aime bien] les couchers de soleil. Allons voir un coucher de soleil… が使われる。日没の風景画と区別がない。

25　　　待つって、なにを　　Attendre quoi ?　　朝方に夕方の景色を見に行こうと言い出すなど地球上ではありえないことがいきなり、まったくむき出しのままに出てくる。作者は説明を一切意図的に省いている。ただし、作者は「attendre ; attendre ;　attendre」と連続三度使って地球の現実との相違を示している。「時間という制約の無い御伽噺の世界」に住むこども [Le petit prince] がこの地球に「現れて」、時間が絶対的に支配する「現実」の世界のなかでとまどう場面である。ここで、同時に読者をも戸惑わせる。この場面で「時間を相対化した断面」はさりげなく扱われているけれど、現実的には重い意味があり、説明は省いてあっても「時間認識のずれ断面」はきれいに露出し、読者を物思いの世界へ誘う効果がある。現実世界の時間の非可逆性をさりげなく示し、時間の絶対性は「子供はやがて大人になる」ことを読者の無意識界に届かせる。ところで、おとぎ話の世界の大人の方の「時間」は、完全に停止あるいは無尽蔵にあるものとの前提で表現される。これに対して現実の世界の「時間」はどう描かれているか。「こどもの世界」では、時間は無尽蔵である（ⅩⅩⅠ章の末、ⅩⅩⅡ章）。一方「おとなの世界」では有限である（ⅩⅩⅢ章）。時間に量的観念を混入したのは「おとな」だと表現される。時間に「un rite= 取り決め」を加えると、ひとつの価値を作るともいう。P.224「70　或るいつ時…」を参照ください。// 一体今のように人間が「地球時間」を不可逆絶対性と見るようになったのは何時からの事か。森羅万象を人間の感覚で言語表現し

たのは、はるか古代からである。〔参考〕新訂　中国古典選　第2巻『論語』上　PP.286-290　吉川　幸次郎監修　朝日新聞社1965年　「子、川のほとりに在りて曰く、逝く者は斯くの如きか、昼夜を舎てず」。ここで「斯くの如きか」を時間と人間の生涯との関りで、諸説が解説される。// 人間の認識に基づく「時間・空間」の観念が自然界の物質現象の解釈に使われていることの考察は別に譲る。【この章に描かれた花々について】第Ⅷ章冒頭に言う一日花らしいが、この花柄は訳書P.64（原書P.73）の地球の草原に咲く花と同じである。この花は未調査です。

25　　　ずうっと、自分んとこに居るつもりでいた　　Je me crois toujours chez moi！　【直説法現在形の日本語訳について】言外に「それは勘違いであった」と否定する文の筋があり、思い違いに気付いた時の日本語表現では過去形となる。⇒新朝倉 P.422 présent de l'indicatif　B. Ⅱ.1°過去①近い過去　日常会話で、現在形が過去を表すことを示す**文脈・情況**が与えられて　Mission.(...)je descends du train.(Thib.)【 toujuors について】星での花との暮らしがこの子の頭からずっと離れない様子を窺わせる。【 chez moi について】第ⅩⅩⅣ章 P.76末尾 Lorsque j'étais petit garçon **j'habitais une maison ancienne** の「子供時代を過ごした家」の感傷的感覚を、また突然、亡命中の身の上だった事を二重写しに再読者に喚起させる。

25　　　昼正午になる時分、…この地へ移り住んだみな様が知ってるように、フランスの空では太陽が傾きかけて行く　　Quand il est midi aux État-Unis, le soleil, tout le monde le sait, se couche sur la France.　　　北アメリカ大陸東西でも3時間の時差があるが、ニューヨーク時刻からパリの時刻を考えればプラス5時間の時差がある。正午と夕方五時が同時に成り立つ。語り手が「アメリカ合衆国」を基準に時間を考えるのは出版事情と思われる。【 tout le monde le sait について】ここに特定（1940年代の作者を含めた亡命フランス人達）の時代色の付いた集団が顔を出し《あなた＝読者》に取って代わる。/ le neutre ＝ le soleil se couche sur la France. ⇒新朝倉 P.284 le neutre Ⅰ.1°③文中の挿入節 // さらに読み込めば、かわいい仲間が自分の星Ｂ６１２を今なおずうっと思いやってる心情と、亡命中の作者が四六時中故国フランスを忍ぶ事とが、あたかも重なって窺がえてくる。【 le soleil se couche **sur la France** について】言葉は古代人の天文観から天動説現象を人体の動作で比喩表現している。/ 言葉どおりには「アメリカ合衆国で正午の時分、太陽はフランス上空に向かって傾きつつある」となる。「**フランス上空に向かって傾く・沈んでゆく**」ではフランスの空を夕方にできない。// 前置詞 sur を考える。⇒白水社ラルース仏和辞典　P.1094 sur 1.②（離れた所から）（下に広がる）…の上（の面）へ、…の上を目がけて▼下の方または横へ広がっているものに向かって有形無形の力（動きや働き）を及ぼすばあいに sur をつかう。/// 新朝倉　P.518　sur 1.　**場所**　①**事物の表面に接触**　②**方向**❖急速な運動の方向 L'armée marche sur Paris.　▼運動の到着点となる対象に覆いかぶさる感じを含む。　③**上部**　Des avions volent **sur** la ville.（以下略）// 太陽が同時刻に N 地点で正午であり、P 地点で夕方であることの表現に « quand il est midi à N, le soleil se couche sur P. » の sur は鍵となる。/「場所の③上部」から考えるしかない。「フランスの上空では」と言う表現を、日没現象の起きてる場所は「上空」ではないはずだから日没の眺められる場所 Paris（の空から見れば）と解する。/ quand 節と主節との同時が

肝心なので同時進行状態に表現する。／作者ニューヨーク滞在時の1941-3年頃の執筆事情が色濃く出ているとして、過剰に訳出する。

25 　　残念無念だが　　Malheureursement　　直前の条件法・現在形文（非現実・逆接）[Il suffirait de pouvoir aller en France…] と呼応する。作者が感情のバランスを崩し、**語り手を踏み越えて顔を出した**。地理上の距離を嘆く、詮無い言葉の裏に、占領下フランスへの募る思いが窺える。フランスからアメリカ合衆国へ亡命した身の上から「フランス」の名前を三回も繰り返す。malheureursement が無ければ**作者の身の上まで考えずともよかったのだが…**。

25 　　それはさておき　　Mais,　　プチ mais ❹　文頭で、話題の転換を示す。// 地球の話題から一気にこの子の星へ、区切り目も無くおとぎ話の世界へ、意図的に急旋回する。

25 　　間に合ってたわけですね　　il te **suffisait** de tirer ta chaise…
新朝倉 P.256　imparfait de l'indicatif II .A.1°① : 習慣 Quand il faisait beau, nous sortions ensemble.「晴れた日には、一緒に外出したものだった。」

25 　　暮れなずむ大空を追いかけて眺めておれた　　Et tu regardais le crépuscule…
P.ROBERT P.379　crépuscule　◆2 (1596) Lumière incertaine qui succède immédiatement au coucher du soleil. 地球の感覚であれば、類語 (8910− a −02) 暮れ残る《日が暮れた後もしばらくの間明るさが残る》だが、この子の星では追いかけるようなので日没も進行状態とする。いすを引きずって追っかける夕焼け空というのは本当にあるわけではない。作者が空想で作り出した crépusciple である。[Et tu regardais le crépuscule chaque fois que tu le désirais…] この半過去も習慣を言う [前項を参照ください]。

25 　　四十三回　　quarante-trois fois　　望郷の念に駆られている執筆当時 (1942年頃夏～) の年齢 (42歳) と重ねているとし43回を保持した。4項前の望郷の念に繋がる〔この時までの作者の人生、愁えることの多い戦時下の世の中…と〕。第X章 (P.38-L.3) に44回と出て不具合のためか1943年版、FOLIO 1999年版は44回に統一してある。修正根拠が不明だが、原稿を見れば解けるかもしれない。

25 　　分かってくれるよね…あんたも恋しくなって来る…　　**Tu sais** … quand **on** est tellement triste **on aime** les couchers de soleil…　【Tu sais… について】六項前の下線部で想像した心理を生かす。この子はパイロットの心境まで読み取っているが、パイロットはこの子の望郷の念を、事情がつかめていない段階なので、当然ながら未だ分かっていないという設定にした。【on について】on = tu ＝ le pilote // 日没に安堵したいと湧き起こった動機「悲しさ」だけを、あらためて仄めかす。日没が見れないことで、この感情の抑えがたさが強まった場面。【次ページ文中の donc について】パイロットの聞き方は、依然としてこの子の望郷の念《 Allons voir un coucher de soleil. 》が解らないことを示し、観察者的な大人ぶりを出して、論理展開を弄ぶ姿勢を表しておく。覚え書 P.234「76　この子から…」を参照ください。

　傍目からでは窺い知れないこの子が抱える内情にパイロットはと惑いながら会話を重ねる。この子に深い悲しみがあることに同情を寄せるが、その中身が分からない事に戸惑う。この章は、第Ⅲ・Ⅴ・Ⅵ章を経て、より人間関係を深める。ここには第Ⅻ章の、酒飲みに同情しながら戸惑うかわいい仲間と同じ立場の、パイロットの姿がある。

26　　それをやっとまとめた　　comme le fruit d'un problème longtemps médité en silence :　　第Ⅴ章冒頭部分の唐突感が再現する。言外にパイロットがこの子を不思議そうに見ている様子が窺える。ひつじがバオバブを食すことに安堵して長い沈黙（熟考）のあと、この子はひつじが花を食すことに新たな懸念を持つ。この子の質問からは、想像上のひつじが花を食せばこの子は悲しさに襲われる、バオバブ（の若木）を食せば安堵することが窺える。ところがこれが何を意味するものか説明が省かれたままに展開してゆく…。作者が以心伝心、se comprendre tacitement；tête-à-tête taciturne の世界を考察していた根拠は未調査です。【翻訳上の仮説を作る】**ひつじ**＝優しい思いやりの言葉を口に出す。（作者が乱暴な bélier でなく従順な mouton にこだわった理由も垣間見える。「人間が内面に抱く善意の気持ち」は矛盾を孕んでいる。「善意の気持ち」はいずれ言語化されれば消滅してゆく。）**口覆い／棘**＝優しい思いを言葉には出さないように防いでいるもの。**バラの花**＝人の内面に秘めた、他人に対するやさしい気持ち。**バオバブ**＝おとな（とり分けて男性）の野性的本能＝他人に対する攻撃性。／以上の仮説から次の点を導く。❶≪ ひつじが花を口にする⇒思いやりの気持ち、内心のやさしさを言葉で外に表現してしまうので、内面の優しい気持ちは消失する。（ある種の katharsis となる。）≫ ❷≪ ひつじがバオバブを口にする⇒思いやりの言葉を受け、大人の野性的本能＝攻撃性が消滅していく ≫❸≪ 棘を持つ「バラの花」⇒優しい内心を保ち、その事を言葉にして外に出さないように心がけている ≫❹≪「バラとひつじのせめぎあい」⇒思いやりの気持ちを言葉にしその思いを外部に出してしまう事と、内心に思いやりの気持ちをしっかりと保ち続ける事との争い。これは宿命的な繰り返しをする。la roche de Sisyphe のように ≫❺≪ かわいい仲間がひつじを欲しがる…（この視点からの考察が私に欠けていた。パイロットからの「思いやりのある言葉かけ」を引き出すためと思ったがもっと深い意味を探すべきであった。」⇒NHK「100分 de 名著」ブックス　サン＝テグジュペリ　星の王子さま　水本 弘文著（NHK 出版 2013年　PP.29-38）のご指摘によれば、「…ヒツジを欲しがる王子は…いわばかつての自分をとりもどそうとしている、以前の幼い気持ちを取り戻そうとしている…王子は自身の成長の最後にヒツジを欲しがることによって…かつての素直さや無邪気さや純真さを取り戻し、守るため…王子がこうありたいと願う自身の姿から出てきたもの…パイロットがこの時見せた優しさは…パイロットは自分のなかの…子ども心を…表に出した…それが王子に喜びをもって受け入れられ…幸せは実感の世界」を意味する。//一般化して「ひとがひつじを欲しがる→ひとが自分の子供の頃の人としての在り様を再認識する→ひとの存在証明になる」と考え直した。「ひつじ」の解釈は一様ではない。本書P.132「18　ひつじを欲しがるということは」を参照ください。//こどもが恩思を言葉にする事は、大人が考えるほど簡単な事ではない。「大人社会で使われる言葉」

を、嘘っぽく感じ取って絶対に使いたくない心情は、子供にある。その場面の具体例を挙げる。⇒『銀の匙』中 勘助 著 岩波文庫2012年 PP.57-59 二十五話から「…露店のかんてらの火が淋しい音をたてて…小さな台の上に紙袋を数えるほど並べてるが、…私はそれを気の毒がって…私がひとりで縁日に行けるようになって…私は市のたんびに幾度となくそのまえを行きつ戻りつして涙をためて…ある晩…葡萄餅の行燈のそばに立ちよった。婆さんはお客だとおもって「いらっしゃい」といって紙袋をとりあげた。私はなんといってよいかわからず無我夢中に二銭銅貨をほうりだし…胸がどきどきして顔が火の出るように上気していた。…八幡様の馬鹿囃子へはちっとも行こうとしなかった。…ひつっこい野鄙な道化が胸を悪くさせたから…家の者は…それを逃げ口上とばかりおもって権柄ずくで押し出すのが常であった。」

26 「ひつじのことだけど、背丈の低い木なら…じゃ、花なんかも…」「…出っくわした花はなんだって…」 ——Un mouton, s'il mange les arbustes, il mange aussi les fleurs ? ——Un mouton mange tout ce qu'il rencontre. 総称の不定冠詞〔(あるひとつをそのグループ全体の代表と見なして)…というものは〕が主語 il になる。総称の定冠詞〔グループ全体を一括して扱う〕が直接補語にある。⇒新朝倉 P.67 article indéfini II .4⁰ /IBIDEM P.64 article défini II .3⁰総称的意味【 un mouton について】文頭に主語を転位させて、考え詰めた質問を感情的に表現する。⇒新朝倉 P.177 dislocation 1⁰〔「出っくわした花はなんだって口にする」について〕《背丈の低い木ならなんだって口にする》⇒《花であれば口にする》⇒《出っくわした花はなんだって口にする》という流れを想定し『花』に特化する。⇒ IBIDEM P.532 左 (6.) tout ce + 関係節 // これにたいして勿論《出遭ったものは花に限らず何でも口にする》という展開もあるが文脈は棘のある花に絞り込むと見た。このあと《棘立ってる花でも口にする》という会話に接続する。

26 棘って、何の役に立つわけ les épines, à quoi servent-elles ?
⇒新朝倉 P.177 dislocation// この子が旅の道中、折に触れて口にする言葉《servir à+qn/qc》のひとつ。求道者の気配がする。が、やがてこの問いを超越してゆく。// パイロットはこの子の質問に答えられない。「ひつじは函の中」と誤魔化したように、ここでも「棘は何の役にも立っていない」と、大人の返事で切り抜ける姿が描かれる。パイロットの大人の一面が強く出されている。

26 わたくしはこれまでに、…いぶかしいと気付いてみる事などなかった je ne le savais pas. 【 savoir について 】⇒ P.ROBERT P.1623 I.(appréhender par l'esprit) Ⓐ ◆3° Avoir dans l'esprit (un ensemble d'idées et d'images constituant des connaissances sur tel ou tel objet de pensé)《 Les gens de qualité savent tout sans avoir jamais rien appris 》(MOL.) La seule chose que je sais, c'est que je sais rien : mot de Socrate.——Que sais-je ? devise de Montaigne.【 imparfait について 】⇒新朝倉 P.255 imparfait II. A. 過去時制として1° 継続 始まりも終わりも考えず、継続相でのみとらえた過去の行為を表す。Il passait devant et je le suivais.(SAGAN)// この子に言われるまで認識したことがなかった事柄に、ここでパイロットは向き合わされる。パイロットは、かわいい仲間との一方的ではあるが会話を続ける中で、「おとな」になりつつある自身の中に、子供の感

性をすこしずつ知らず知らずに再現化させてゆく。その気づきが《 Je ne le savais pas 》である。この章後段に繋がる内容である。これより前は、P.20-LL.13-14 :《 Je ne compris pas pourquoi il était si important que les moutons mangeassent les arbustes. 》であった。

26　　一瞬のあいだ、黙ったままになった　　Mais **aprés** un silence　　⇒新朝 倉 P.49　Aprés 1. ②◆ aprés un temps は aprés avoir marqué un temps「ちょっ と間をおいて」これを応用した。両者はここで黙り込み、各自が自分の思いを深める間 合いが取られる。

26　　恨みがましくにらむと…わたくしに言葉の矛先を向けた　　il me **lança**, avec une sorte de rancune :　　両者は五日目に入ってなにやら、ますます乱暴な言葉を 投げあう状態になったと窺える。売り言葉に買い言葉である。この後 apprivoisement を無視する者へのかわいい仲間の義憤に急進展する。「**おとぎばなし**の国から来た」 こどもとはとても思えない。

26　　あんたが言ってることはおかしいよ　　Je ne te **crois** pas !　　花につ いてこの子が反論する場面が以下にあるから、それに合わせた言葉使いで訳す。⇒新朝 倉　P.429　pronom personnel Ⅲ .1º間接目的語代名詞の用法④ croire などと共に 用いる場合 /IBIDEM P.4　à Ⅰ .6º croire などの後ろでは、認知・判断の結果として の帰属関係を示す。/IBIDEM P.421 présent de l'indicatif B. Ⅰ . 4º超時的現在形◆ 経験的真実は婉曲な命令の表現となる。

26　　花ってのはやわな無抵抗だよ　　Les fleurs sont faibles.　　定冠 詞複数形は文脈から「棘を持つバラ」に話題を絞って来ている。この複数形は「特定の 花」を敢えて複数形で表現したいための用法のようにも見えるが、「強意複数」(新朝倉 P .392右3º)からは解明できない。この作品では星には刺を持つ花が咲いているという 前提があると解釈し、その無数の架空の花を総称的に表すと修正する。P.89では、こ れが特定化した単数表現になる。//「やわな」を補完する抽象語「無抵抗」を語調から添付 した。/ この三行の faible ; naïf ; se rassurer ; se croire は、地球上の生きとし生け るものの在り様を、**特に幼きものの在り様**を想起させる。日本語訳もそれを前提に 作る。/ ところで「人間の大人」は、「地球上の生き者」だがこの四点とは相当かけ離れた ものに変化してゆく。//avoir des épines は護身の「棘立てる」、抑制の「身に帯びる」、 中立の「生やしてる」に訳し分ける。// P.146「26　それをやっと…」/ P.159「30　四つ の棘を…」/ P.254「89　それに第一…」を参照ください。

26　　目いっぱい、怖いもの知らずに生きている。　　Elles **se rassurent comme elles peuvent.**　　【comme elles peuvent について】⇒新スタ P.352 comme¹ A (様態・程度などの比較) 1. (従属節を導く)◆ (動詞を修飾) Je descendis comme je pus. 私はやっとのことで降りた。⇒ IBIDEM P.1402 pouvoir¹ A .2.(不 定詞を受ける中性代名詞 le とともに。ただし文脈から推量できるときはしばしば le を 省略)comme on (le)peut できるだけ J'ai fait tous les efforts que j'ai pu. 私は できる限りの努力をした。//⇒大白水　P.1922　pouvoir Ⅱ◆(文脈から想像できる ため、不定形が省略されたと考えられる場合)Je la rassurai comme je pus. 私は精 一杯彼女を安心させた。

26　自分ってすっごいんだと、信じきっている…　Elles se croient **terribles** avec leurs épines...　⇒ P.ROBERT P.1769　terrible：　◆3⁰(1664) Extraordinaire, grand. V.**Formidable**. «C'est un terrible avantage de n'avoir rien fait, mais il ne faut pas en abuser»(RIVAROL)Une envie, un appêtit terrible. Ce film n'a rien de terrible—(D'une personne)Fam. C'est un type terrible, très fort.V.étonnant.

27　このままちっとも緩まないとなったら　Si ce boulon **résiste** encore, フランス語動詞の表現する中身は文脈からの圧力に可塑的である。この résister(v.i.) も主語 ce boulon、文の筋などから聞き手・読者によって「このボルトが**相変わらず動かないならば**」と大雑把に動詞の内容が囲い込まれてくる。人によってその意味にずれがあるかもしれないが、「主たる意味」の部分は共通すると考える。ところで、これを日本語に翻訳する場合は、résister の可能性ある意味の中から、「一つだけ」を決めなくてはならない作業をすることになる。『ボルトが相変わらず動かないなら⇒締まったままなら⇒ちょっとも緩まないなら』と決めていったのは、前頁でパイロットが固く締まったボルトを緩めようときりきり舞いする作業内容・故障が手に余るのではという不安・最悪のことも心によぎり焦ってしまっている心理などを背景にして決めた。

27　それなのにあんたなんか思い込んじゃってる、花はいじわるで…　…Et tu crois, **toi**, que les fleurs...　【Et について】新朝倉 P.203　et：5⁰ Et+感嘆文 驚き・怒りなどの強調　/次に来るパイロットの言葉が、この子が言わんとしてる言葉を遮った形と見て「..., que les fleurs sont purement et simplement méchantes.」と考える。【中断符について】前述したがパイロットがあわてて言葉を割り込ませてきたと考え、パイロットの言葉に「あっと」を付足した。⇒新朝倉 P.406右▼話相手による中断。

27　…を睨み、あきれ返り…　Il me regarda **stupéfait**.　ここの stupéfait は形容詞であるが、主語の動作の様子を表現する。この子がパイロットの「まともなこと」という言葉に拒否反応する場面と解する。⇒新朝倉　P.25　adjectif qualificatif Ⅴ. 機能 3⁰同格　動作の行われる際の主語、目的語などの様態、性質を表す。間接属詞とも言う。(1)主語の同格　Il la regarde **satisfait**.(ANOUILH)「彼は満足して彼女を眺める」

27　この子は、わたくしのこんな姿を見ていた　Il me **voyait**, mon marteau à la main, et les doigts noirs...　構文は Il me voyait + パイロットの様態を表現する語句群である。様態表現がいくつも続く。原文を二つにして日本語訳する。⇒新朝倉　P.557　voir：4⁰ ③ voir + 名詞 + 様態の補語。//Il me regarda... ; Il me voyait... と語り手(me)がこの子の方から見られる立場に変化している。今度はパイロットの方がこれから先のことで、もう自分の事以外は、この子の事さえも考えられなくなってる様子に変わっている。

27　この言葉に、わたくしはちょっとばかし恥ずかしさを覚えた　Ça me fit **un peu** honte.　日本語翻訳文の主語は人に変える。　⇒新朝倉 P.386 peu：2⁰ un peu ①　un peu + 形容詞　おおく négatif な語の前に用いられる。un peu timide / ここは二人の間に暗黙の了解があると解釈する。それこそ(何の前置きもなしに)「高飛車

で、自惚れ屋の大人の口調にはうんざりする」という前提が両者間の共通の気持ちにあるはずとする。この子はパイロットを「大人」とは見ず、仲間としている口調が感じられる。もっとも読者は第Ⅳ章で子供から見た大人の caricatures を読んでいるので推測ができる。「大人のような口調」と言われて「自分を恥ずかしいと思う」、それも「軽く un peu 」思うところが、この作品の「面白さ」である。嘗て子供だったパイロットは大人への変化を承知し、すでに「かなりの程度」大人になっているけれど、まだ子供の価値観が少しだけ「解せる」ので恥ずかしさを少しだけ身に感ずる。そのことに触れた箇所でもある。// かわいい仲間は「大人の考え方」に反発の度合いを上げだす。一方、パイロットは「自身の大人の思考法」にもどかしさを感じ出し、その葛藤が行間に埋め込まれていく。

27　何もかもを一緒くたにしている……（ほかの人がする心配ごとなんか十把一絡げ、自分の気懸りこそ大事とばかり…）　Tu confonds tout...tu mélanges tout !
⇒新朝倉 P.391　pléonasme 修辞的・文体的冗語法は強調的効果をねらう。// 内容をはっきりさせるため補足訳をつける。/ 文脈から「今、自分がしている仕事以外には無関心だ」の考えにこの子が突然怒り出すが、パイロットは状況がつかめない、この子の口調の方はひとつの価値観を明言する存在者になって行く。「まともなこと＝ de choses sérieurs」というパイロットの発言がその切っかけになる。両者でこの言葉の示す方向が違うのである。言葉の意味がかみ合わないことに頓着ないままで、事柄を取り違えるなと一方的におとぎ話の国の子が明言するのがこの部分である。（原書 P.22-L.5 Il faut s'astreindre régulièrement à arracher les baobabs dès qu'on les **distingue** d'avec les rosiers... の distinguer が mélanger の対表現であったことが思い返されてくる。⇒ SYN P.102 **Confondre : ANT. Distinguer**）// さらに「よい種・悪い種」までにも遡る。自分以外の存在にまで意を働かせられるかどうかを問うている。これは大人にこそ備わっていると考えるが、この物語では「大人の自己中心主義」を子供の目から批判する。// ところでパイロットには「まともなこと」とは「飛行機の修理」のはずである。しかし、おとぎ話の国の子には「ひつじがバラの花を口にする事を考える」が他と区別して大事だという。パイロット同様読者も、このあたりの論理展開はさっぱり分からないままに物語りは進行する。「かわいい仲間」の意識ではⅩⅩⅠ章で自己の中に住み始めた他者［花］の存在を個人的に体験したので、その後このⅦ章で自己中心だけで他者の存在に気付けなくなった大人の在り様に激しく反発したと解する。覚え書 P.146「26　それをやっと」、P.186「47　遊びの楽しさ」、P.213「65　泣き出した」、P.259「91（90）見ず知らずの…」、P.264「読書の渦」を参照ください。

27　真剣に腹を立てて　Il était **vraiment très irrité.**　⇒大白水 P.2592 vraiment ◆ [強調]（語り手にもその理由が分からないが）この子がひどく腹を立てていることだけは間違いないという。【作者はこの irriter をどのように使っているか】　第Ⅲ章（原書 P.13-L.28）ではおとぎ話の国から来た子に対し墜落を笑われてパイロットは苛立った。今度はパイロットに対し「花についての考え方」を理解しないとこの子は一方的に苛立つ。しかも、この子の苛立ちの中には一般化した、non-apprivoisement に対しての苛立ちもある。しかしパイロットも読者もかわいい仲間の怒りと悲しみの背景を知る術がない。そのままでこの場面は過ぎてゆく。

27　鮮やかな金色をした髪の毛を風の中で振り乱しておりました。

Il secouait au vent des cheveux tout dorés.　　パイロットがこの子の
ただならぬ気配に気付き始める場面と解す。//⇒プチ P.262 右「髪の毛の色」金髪：
blond / IBIDEM P.164 blé : blond comme les blés あざやかな金髪の //⇒大白
水 P.833 doré : cheveux（d'un）blond doré　金色の髪の毛 // ⇒新朝倉 P.535 tout
V. 副詞　tout＋形容詞（＝tout à fait，entièrement）le mur est tout blanc［tout
lézardé］. //des cheveux tout dorés がフランス語で「金髪」を言う慣用的表現で
はないので、原文の語句に忠実に日本語訳した。//⇒ 大白水　P.2548　vent : au
vent（1）風の吹いて来る方へ marcher au vent 風に向かって（風上の方へ）進む（2）風
に吹かれて（吹かれた）:comme une plume au vent　風に吹かれる羽のように（3）空
中に　IBIDEM P.464 cheveu :les cheveu au vent 髪の毛を風に吹かせて　⇒P.
ROBERT　P.1884　vent : I,ⓐ,3（dans quelques express.）L'atmosphère,l'air
（généralement agité par des courants）.Flotter au vent. //⇒ 新朝倉 P.2　à:I.1°
場所③ à/dans,en（2）au（x）＝dans le（s）. 以上から「**風の中に**」（砂漠に吹く風について
私は全く知識がない。第ⅩⅩⅤ　P.78-L.12 では無風状態の砂漠である。サハラ砂漠
の大砂嵐は有名であるけれど…）/ secouer des cheveux が苛立ちのしぐさのように
も推測できるが、身振り表現としては確認できない。ただし、「苛立ちのしぐさ」で翻訳
される方もいることと思います。{参考 類語（2911-a-03）嫌嫌（いやいや）をする。子供
が何かをしたくないとき首を横に振ってその意志を示す}⇒大白水 P.2256　secouer :
◆（体の部分を）振る：secouer la tête［普通は］（左右に）首を振る；（前後に）頭を振る
（hocher）{参考『フランス人の身振り辞典』P.157 :36−3　「いいえ」動作：頭を左右
に振る（hocher la tête）} // secouer がこの子の動作・しぐさというのが原文の意味
だが、翻訳では風も髪の毛を乱している有り様の描写にして、その場の緊迫感を出そう
とした。/ 作者がこの場所に金髪の話題を強く出している意図は、再読者に、この場面
から金髪の少年を印象付け、終わりの93ページの「金髪」に繋げるためだろうか、前後
の色彩表現の一環なのだろうか不明です。

27　　　赤ら顔をてからせた人が　　　**un Monsieur** cramoisi　　cramoisi 紅潮し
た顔の色。次のページにも un gros Monsieur rouge として登場する。第ⅩⅢ章の「独
り占め男」のことである。ここで、お伽話が現実話に紛れ込む。それは一層、この作品
を非現実世界へと傾かせて行く事になる。

27　　　花の香りだって…嗅いだりしたことがないよ　　　**Il n'a jamais respiré**
une fleur.　　　【une について】⇒新朝倉 P.57article Ⅳ.③文全体の否定　【avoir
respiré について】IBIDEM P.374 passé composé Ⅱ.B.1° ①話者の記憶に残る事
実として述べる　// 　かわいい仲間がこの計算男について見聞したことを体験談してい
る。この男は花の香りを嗅いだこともないし、星だって見たことがない様子を見聞した
と言っている内容である。ただし、初読の者には何のことやら見当がつかない構造を作
者はあえて採っていると解する。この後も「星の光…」、「人と一緒に住むこと」動詞が複
合過去形なので感覚的になるよう写実の表現とした。

27　　　踏ん反り返ってる　　　ça le fait gonfler d'orgueil.　　次の［きのこ］
と関連させてしぐさ表現のようにし踏ん反り返ってるとした。日本文の主語はこの
男とした。

27　反つくり返っ茸　C'est un champignon !　裏の主題「踏ん反り返った」
を「きのこ＝たけ」に合成する。⇒小学館ロベール P.418　champignon d'une nuit 古
語 (早い成長) 一夜大尽【un quoi について】聞き取れぬ部分を問い返す。⇒新朝倉 P.469
Quoi² 4º④

27　青筋立てて　　tout pâle de colère　　この子が一方的に怒りをま
くし立てる。感情を言葉で描写するのを省略して「顔の色」を使っていると考える。
//colère の内容は初読の人には全く見当がつかない。un Monsieur cramoisi が
apprivoisement とあまりにも無縁な、所有することが生きる喜びだけの人生に、この
子がやりきれなさを感じたと解する。この〔手描き絵二号〕は第ⅩⅢ章に出る。本書 P.186
「47【c'est utile…】」を参照ください。

28　鍔迫り合いを始めても　　la guerre des moutons et des fleurs
la guerre は象徴的に解した。善意を内に護持しようと闘う花が、それを外部に言葉に
せんとやって来るひつじに抵抗する、反復する争いと想定する。P.146「26 それをやっ
と…」を参照ください。

28　ぷっくり太って赤ら顔したおじさん　　un gros Monsieur rouge
「まともなこと⇒偉いと己惚れてるやつ⇒きのこ⇒批判の対象」の流れを重視した。
gros をきのこ体型表現とする。/「赤ら顔の金持ち」とすれば文脈から逸れた意味を添加
してしまうことになる。

**28　ぶちまけて言うと、…かけがえのない大切な花とおいらは知り合い
の仲になっている。ところが、…そんなのたいした心配事じゃないと…**　　Et si je
connais, moi, une fleur unique au monde, qui n'existe nulle part, sauf
dans ma planète , et qu'un petit mouton peut anéantir […] , ce n'est pas
important ça !　【Et について】⇒新朝倉 P.203　右5º Et ＋感嘆文　驚き・怒りなどの
強調。//Et 以下の文は期せずして告白する内容なので、「ぶちまけて言うと…」を加筆す
る。この作品に散見する「文頭の Et」の特徴的な使い方の例になる。【si je connais…,
et qu(=si)'un petit mouton… ce n'est pas important… 構文について】⇒新朝倉
P.496　Si¹ Ⅱ .4º ②対立・譲歩　Je ne le crois plus, si je l'ai jamais cru.　【先
行詞 une fleur unique au monde について】これを先行詞として qui n'existe
nulle part… と qu'un petit mouton peut anéantir… の二つの関係節がつく。日
本語訳ではこの先行詞を、第一関係節の中で訳し、第二関係節の文では「その花」に置き
換えた。//unique で形容された先行詞を持つ関係節の二つの動詞が接続法でなく直説
法・現在形であるのは確実さを優先するためと解する。⇒新朝倉 P.508　左、直説法
の使用(Ⅴ)から応用する。【une fleur unique au monde　について】筋からは XXI 章
の体験後なので、unique は内から見た「かけがえのない」価値観となる。⇒プチ P.1560
unique ❷他にない c'est une occasion unique. 本書 P.264「読書の渦」、P.212「65
どこにもない…」の後半、P.104「5 かけがえのない…」を参照ください。

28　無頓着に　　un petit mouton … sans se rendre compte de ce
qu'il fait,…　　⇒プチ P.1304　remarquer: 類語「気づく」の項から se rendre
compte ＝頭で考えて気づく事に限られる / 類語 (2900- d -32) 無頓着　普通の人が
気にするようなことを、少しも気にかけず平気でいる様子【「やって来て」について】

P.91-L.26 un mouton que nous ne connaissons pas...の「顔見知りでないひつじ」から連想して加筆した。【petit ＝無作法 について】新スタ P.1322 petit で言えば C-2

28　　この子は、ぱっと顔を赤らめた　　Il **rougit**, puis reprit :　　ある花と知り合いなのを勢いで告白した瞬間、この子が思わず顔を赤らめる。本書 P.102の「かほはゆし」の語源１「はずかしい」から、「顔をぱっと赤らめる子」がどこかゆかしく見えて来る。【参考】「真砂なす　数なき星の其中に　吾に向ひて　光る星あり」正岡 子規 吟

28　　…いつも起きることがある　　…Si quelqu'un aime une fleur..., ça suffit pour ...　　⇒プチ P.1406 si B 事実の提示 ❸…するときはいつも〔類似の表現〕本書 P.251「85　あなたがとある惑星に…」を参照ください。/ この部分から主語は Je から quelqu'un に変わり告白表現の主が暈されるが、le petit prince 当人に変わりない。この quelqu'un を「どっかの誰かさん」と読者に印象強く訳した。【une fleur qui n'existe qu'à un exemplaire について】(1)　exister à + 名詞は à = comme と考え、exister を「そういう存在と見做す」とした。//(2) qui... = quoiqu'elle n'existe que...⇒新朝倉 P.436 proposition relative Ⅱ.2º.③ 対立・譲歩 // (3) un exemplaire = une fleur// この話には大きな前提が伏せられている。ありふれた同類中のひとつの花に、ほかに替えがたい価値を見出すと言う apprivoiser 手順の解説が必要となるが、それは第ⅩⅩと第ⅩⅩⅠ章を背景にする。再読の後で意味が把握できる仕掛けで、この内容は初読者には辛いけど最初は意味が取れない。// 誰にも星がありその星には花が咲いている。これも再読を重ね表現の端々から想像で読み取るしかない。

28　　口にするんではなんてあきらめだしたら　　Mais **si** le mouton mange la fleur, **c'est pour lui comme si**, brusquement, toutes les étoiles s'éteignaient !　　【ひつじが花を口にする事について】第ⅩⅩ章で、この子は自分の星の花が無数の他の花と同じだと思えてきて自分に絶望して涙するが、この章ではひつじが花をぱくついたと思う事が花への深い哀惜の念を呼び覚まして涙する。// 第ⅩⅩⅦ章末尾でこの描写が再び現れる。P.90《 … le mouton oui ou non a-t-il mangé la rose ?》/[si + 直・現] + [c'est pour lui] + [comme si + 直・半] の構文は、〔⇒新朝倉 P.492 Si¹ Ⅰ.1º③(1)現在の仮定〕と〔⇒ IBIDEM P.127 Comme¹ Ⅰ.2º仮定的事実との比較①.(1)同時性 〕が要である。この子が si 節と comme si 節のふたつの表現で、止めようのない妄想の世界を語る。意味の筋道を示すため「あきらめだしたら」を加筆する。

28　　不意に、泣きじゃくりだした。…もうとっくに更けていた。…工具をいつの間にやら手から取り落とし…もう気になんかしなくなって　　Il **éclata** brusquement...La nuit **était tombée**. J'**avais lâché** mes outils. Je me **moquais**...　　フランス語の直説法単純過去・大過去・半過去が時の経過の遠近関係を作る。この子が泣き出した時(単純過去)に、語り手は気付くともうとっくに夜になっており(大過去)、手から工具を気付かぬまに取り落としていたし(大過去)、心配事はもう重大な事に思えなくなっている(半過去)と言う描写が動詞活用形だけで示される。単純過去の時点から見てそれに先行している事象を完了相の大過去形を使って場面説明する部分と、その時にパイロットの胸の内にあるものを語る継続相の半過去形の部分とが時制の相を並べる。// 日本語訳では時の副詞を補う。【brusquement に

ついて)「不意に」思いがけない事態に驚く心理⇒『日本語語感の辞典』中村 明著 岩波書店 P.908「いきなり」の前触れなし、「急に」の事態の急変などと比較する。【参考　プチ P.1512 tomber より】この作品の中で tomber がよく使われる。この子が地球に「舞い降りる」、うぬぼれ屋が帽子を「降ろす」＝落下系。この子が最後に砂漠に「倒れる」の tomber ＝転倒系。このほか tomber には、前置詞と結合することで多彩な語義を産む。Tomber + sur **人に偶然出遭う・物を偶然見つける・人を非難する** ;+dans/ sur **道路がある場所に通じる** ;+ dans/en **状況に陥る**…）など「落ちる／倒れる」からは想像できない実にたくさんの語義があります。◇【Tomber についての参考記事】落下系「舞い降りる」・未完了動詞・La neige **tombe**。⇒転倒系「倒れる」・完了動詞・Attention…René, l'armoire **tombe** …⇒新朝倉 P.549 右（文脈で両用が有り得る）【sur une étoile, une planète, la mienne, la Terre について】これにより、宇宙から見た私達の地球という思いがけない視点が設けられた。改めて読者にこの地球の「肖像」を喚起することとなる。

28　　　　慰めてあげないといけない気持ちの細やかなこどもがいた

un petit prince à consoler ! 【un について】le petit prince のことには違いないが、読者には不案内であるこの子の一面を取り上げるため、不定冠詞単数が使われた。⇒新朝倉 P.54　article Ⅲ . A .3° ②人名＋形容詞(補語)(1)形容詞・補語は**人物の様相の一つを示し**、それが話者・聴者間あるいは一般的に了解あるか否かに従い、定冠詞または不定冠詞を用いる。【un **petit** prince **à consoler** について】⇒ IBIDEM PP.26-27 adjectif qualificatif Ⅳ . 付加形容詞の語順 3° 形容詞＋名詞 ② épithète de nature◆名詞の性質が補語によって予想される場合 ce rouge soleil au déclin (LOTI) (**まさに沈もうとするあの赤い夕日**)/ces froides *pluies d'hiver* / une claire *nuit d'étoiles* ⇒⇒この方法で日本語翻訳を試みる。〔 ①形容詞＋②名詞＋③名詞補語 〕の構文とする。③ à consoler から導き出される心情（やさしさのある）が、②prince の中の優しさを導き、① petit(繊細な精神)の内容をより鮮かにする。そこで petit ＝気持ちのこまやかなと訳した。作者の意図は知る由もないけれども、また読者からはそこまでするのは逸脱してると言われるかもしれないけれど（その場合には「慰めてあげないといけないおとぎ話の国の子がいた」となる）、しかしまた、読者の中には、この翻訳法をとる方もいるのではないかとゆったり考える。⇒ P.ROBERT P.1285 petit：Ⅱ . ◆4°.Qui a un caractère de minutie, de recherche attentive du détail(avec une valeur majorative= この単語は辞書に載らない); //　Ⅰ . Ⓐ . 3° ◆ Par ext.(《 qui évoque l'enfance 》) *Petit* qualifie ce qu'on trouve aimable, charmant, attendrissant.—(Hypocoristique) 《 Découvre-moi ton petit cœur…dis tes petites pensées à ton petit papa mignon》(MOL.)

29　　　　君の花のために口覆いの絵を描いてあげるよ、君のひつじに着けて

おくれ　　**Je lui dessinerai** une muselière, à ton mouton… 【lui について】 lui は本来「人」をうけるがこの場面に該当する「人」はいない。⇒新朝倉 P.293 lui¹①(ただし人が想定されないとき、動詞によっては人以外にも使える…)// **考察** Ⓐ文法家の指導する処。文末転位の構造。⇒ IBIDEM P.177 dislocation 2° および⇒プチ P.1679 文末遊離構文 (4)の「注意」…必要な前置詞を添付…☞文末転位とし lui を「ひつじ」と考

える。// **考察Ⓑ** 文脈から lui は「花」と考え、lui = pour ta fleur とし、「その花のため
に」⇒新朝倉 P.429　pronom personnel Ⅲ . 間接目的語代名詞の用法 ②pour ＋名
詞に相当◆◆翻訳家は文脈からの印象に拘るようでして、私も考察Ⓑとします。ただし
仮訳とする。【à ton mouton について】変則だが「そのひつじに着けてくれ」と命令口
調の前置詞句に訳す。【参考】新朝倉 P.4 右Ⅰ .6⁰. 帰属の補語 ⇒ à table などの à を
応用する。(これは第ⅩⅩⅦ章 P.90 j'ai oublié d'y ajouter la courroie de cuir！
に関わることであり、この点からも訳文を考えた。はるか離れた箇所と結びつく表現法
が時々見られ、この作品の特徴かと思う。)　◇パイロットは直接絵に描いてない
羊に、ここで更に口覆いを描いてやると口を滑らせる。パイロットの中で
既に現実が非現実の世界と境目をなくしつつあるが、この後言い損ないだっ
たとすぐに気付く。【単純未来形について】話者の強い意思を表す。⇒新朝倉 P.228
futur simple Ⅱ .B. 叙法的用法 1⁰意思 話者の意思によって行われるであろう行為
【une muselière について】新スタ P.1173(動物の口にかける)口籠(くつこ)、口輪、口
網、鼻網 / 優しさの思念を、言語化によって思いの場から消去させないぞと言う意味合
いも込めて «口覆い» と訳す。覚え書 P.146「26 それをやっと…」参照ください。

29　　ねえ君いいかい、君の花に似合う花囲いの絵を　　Je te dessinerai **une
armure pour ta fleur...**　　【te について】新朝倉 P.429 pronom personnel
Ⅲ .1⁰ 間接目的語代名詞の用法③1,2人称代名詞は話主が行為に関心を抱くことを示
し、あるいは聴主、読者の関心を誘うためにも用いられる。/ この子の関心を誘うため
の te とする。【une armure について】新スタ P.104 armure 5. (園芸)(木肌を痛め
ないように樹木の幹に巻く)被覆 / 辞書からは奈良公園などに見られる樹木の幹に巻き
つける金網状の防護網が想像される。/ この「花囲いを描く」も非現実の世界に現実世界
を持ち込もうとするパイロットの妄想的産物で、すぐに破綻する。

29　　どう伝えたらいいんだ…どこで胸の内が解かり合えるんだ…
Je ne savais comment l'atteindre, où le rejoindre...
⇒新朝倉 P.484 savoir　4⁰②❖ ne savoir ＋疑問詞 ＋ 不定詞 // 少し前、かわいい仲
間が自分の星に咲く花を偲んで独り泣きしたが、パイロットには(初読者も)その架空世
界の事なので事情がさっぱり、見当もつかない。「でも…はた目からではどうにも分かっ
て来ない。」を加筆して、第ⅩⅩⅠ章(本文 P.71)贐(はなむけ)の言葉に繋げる。

29　　人の哀しみの在り処とは　　C'est tellement mystérieux, **le pays des
larmes.**　　【le pays について】⇒新スタ　P.1295 pays 4.[形容詞(句)つき](文化
などの特徴から見た)地域/⇒比喩表現とし、「哀しみが生まれ、湧き出て来る処」とした。
【des larmes について】⇒ P.ROBERT P.975 ◆ Fig.(au plur.) chagrin.« ce qui lui
a coûté tant de larmes » 複数形：哀しみ：パイロットがこの子の胸中を推し量る言
葉である。// かわいい仲間とあの花との apprivoisement がある事については、部外
者であるパイロットにも読者にも窺い知れない世界の事であり、この子に哀しみがある
ことすら理解できない。最初の読書では、**この子の非現実世界の中にまで、言葉
でどうもがこうと届くわけがない。われわれはここに来てジレンマに嵌まり
込む。** そうではあっても、パイロットはかわいい仲間の存在をここでしっかりと意識
する。理解をしようと、心の中に、この子を住まわせる。

　パイロットはここから第ⅩⅩⅢ章までこの子の旅の語り手役に徹する。章後段になると、物語の時間軸からは自由に、この子は花への縺れた感情を、胸の内を開いてパイロットに語る。

29　…身近に知る術を、程もなく、わたくしは会得し　J'appris bien vite à mieux connaître cette fleur.　⇒P.ROBERT P.77 APPRENDRE I. ◆ 4⁰ devenir capable de (par le travail de l'esprit, l'expérience).« il apprit à connaître tout enfant la brutalité de la vie. »(R.ROLLAND)［彼は人生に潜む残酷な一面を幼くしてもう体得した］//// 本章には直説法の大過去形、半過去形が多用される。⇒新朝倉 P.256 imparfait d'indicatif Ⅱ.A.3. 描写の半過去形(継続相) ⇒ IBIDEM P.403 Plus-que-parfait de l'indicatif Ⅱ.3. ④描写　物語の状況を描く(完了相)// 章末部には devoir の条件法・過去 が主に使われる。⇒プチ P.458 devoir 条件法過去形で　…するべきだったのに(非難・後悔を表す) ⇒新朝倉 P.509 subjonctif 3°大過去形 ①条件文の帰結節で過去における非現実な事柄を表す。(ただし、ここでは条件文を欠く)【かわいい仲間を使うことについて】前章末でパイロットはこの子に深い思い入れがある。また［apprendre à connaître］の中身には一切触れていないが、読者には第Ⅶ章からⅧ章にかけて、両者はより親密になったと推察できる。本項末尾の告白がそのことを示す。// そこで、この章の始るまでの**余白の時**に親しく会話が弾み、この花についても語られたと仮定した。これ以降、対話形式から物語形式に切り替わる。パイロットから見た le petit prince を「かわいい仲間」として使う。【cette fleur について】前章 P.28-L.6で une fleur unique au monde「このなんともかけがえのない大切な花」とこの子が告白したのを繋ぎに「星に咲く」と加筆する。

29　気さくな花が　　des fleurs très simples　　脇役に使われた花である。他にも、砂漠の花(第ⅩⅧ章)、5千本のバラ(第ⅩⅩ章)が出てくる。ありふれた気さくな花であったり、人とのかかわりを持たない一人よがりな野生の花であったり、群集心理で動く無数の栽培されている花であったりと、いろいろ配置される。寓意性は未調査です。

29　朝方…ぱっと咲くと、もうその日の夕方にしぼんでおりました　　Elles apparaissaient un matin …, et puis elles s'éteignaient le soir. 【apparaître について】直前に花の形状についての細かな描写があるから「突然現れる」のは花の開花の仕方と解する。⇒大白水 P.125 apparaître 姿を現す(多くは、不意に現れる、または予期しないものが現れる //de gros poissons apparuent à la surface de l'eau. 大きな魚が水面にぬっと頭を出した。⇒ P.ROBERT P.72 APPARAÎTRE ◆1. devenir visible,distinct ; se montrer tout à coup aux yeux.« Il la revit telle qu'elle lui était apparue un matain »(DAUD.)　　【s'éteindre について】上記とは「対」をなす様子として「しぼむ」とする。⇒ P.ROBERT P.630 ÉTEINDRE 2.v.pron. 2.Fig. Perdre son éclat, sa vivasité.(sons, bruits) V.disparaître « L'enfant les écoute longuement(les sons)un à un, diminuer et s'éteindre » (R.ROLLAND) // Les fleurs s'éteignent. は SAIT-EX の創作ではと思われる。

29　　今一度お話ししようとするあの花は　　Mais　　⇒プチ mais 接続詞 ❹
（文頭で、話題の転換を示す）「気さくな花たち」を4行で説明したようにこの花について
も4行に及ぶ長い説明をする。【brindille について】une graine から育つ途中を une
brindille とし話の展開でこの後 l'arbuste に切り替わる。この過程を「背たけがいくぶ
ん高くなった頃合いで」を加筆して明示する。【d'une graine apportée d'on ne sait
où について】パイロットがかわいい仲間と出会って物語が始まるように、この子が惑星
外から来たものに興味を持つことで物語は展開する。こんな詩がある。吉野　弘　作『生
命_{いの}は』「生命は／自分自身だけでは完結できないように／作られているらしい…生命は／
その中に欠如を抱き／それを他者から満たしてもらうのだ…」と。

29　　いままでにない種類のバオバブの若芽かとさえ見えたんです
Ça **pouvait** être **un nouveau genre** de baobab.　　⇒小学館ロベール P.1661
nouveau 右段 [比較] 名詞に対し前置されると代替の観念が前面に出て、「前とは異な
る別の」の意を表す。後置されると質的な新しさが強調される。[時間的にはより新しい
方を言う] ⇒新朝倉 P.258 imparfait de l'indicatif II.C. 3⁰ pouvoir の半過去形　古
典時代には義務・可能事の実現されなかったことを示し、条・過の価値を持った。この
用法は今日も可能。Je pouvais le perdre.「なくしたかもしれなかったのだ」

29　　蕾が桁外れにだんだん膨らんで…一緒になった気持ちで見つめていた
為か、…と胸が次第にときめいて来るのを感じていました、　　Le petit prince,
qui assistait　à l'installation d'un bouton énorme, **sentait** bien qu'il en
sortirait une apparition…　　【 qui について】⇒新朝倉 P.436　proposition
relative II.2⁰ 説明的関係節 ② 原因・理由【 installation について】蕾の膨らむ様子を
動作で表す。【 asistait ; sentait について】⇒新朝倉 P.256 imparfait de l'indicatif
II.A.1.②漸進　À mesure qu'il s'approchait, le bruit des vagues grandissait.「近
づくにつれて、**波の音は次第に大きくなっていった**」//「桁外れに**だんだん膨らんで**」
は半過去形の漸進する表情を énorme に取り込む。【 sa chambre verte について】熟
語としての意味が在りそうだが不明です。文脈から試着室にした。

29　　すばらしい姿の花が…現れ出る　　une **apparition** miraculeuse　大白
水 P.1577　miraculeux ◆ apparition miraculeuse 奇跡による（神・マリヤ・天使
などの）出現⇒世にも不思議なものが出現／おとぎ話の国の子が花の身支度を待つ様子
が面白い。桃太郎やかぐや姫のような御伽噺の様相はこの場面にはなくなっている。蕾
であるから花に特定して訳す。花が開くまで何日も蕾が準備する様子は初夏の頃の百合
・牡丹・芍薬の花のようです。

29　　この花…お洒落にものすごく気を使って　　Elle était très **coquette !**
旅に出てこの子はいろいろな人物と出会うがこの花は社交を重視している事になる。

30　　…その瞬間にぴったり合わせて　　　　Et puis voici qu'**un matin,**
justement **à l'heure** du lever du soleil　【voici que について】⇒新朝倉 P.556
voici 1⁰ voir の直・目④◆ voilà que（voici que は文学的）突発的な出来事を表す。

30　　直前までおおわらわだったはず　　Et elle, qui avait travaillé…
大過去時制を時の副詞で補う。travailler は avec tant de précision 句と一体で訳す。
【qui について】⇒新朝倉 P.436　proposition relative II .2₀ 説明的関係節③対立・譲

歩　L'hirondelle, qui n'a pour outil que son bec, construit un nid admirable.
「燕は嘴しか道具がないのに、見事な巣を作る」/IBIDEM P.403　plus-que-parait de
l'indicatif II .3⁰ ④描写

30　　お美しかったんですね。やっぱり、こんなにも。　　Que vous êtes belle !
予想を超えた美しさに驚く。⇒新朝倉　P.446 Que³ 副詞1.◆感嘆の que は程度の差
を予想し得ることが必要 // 続く doucement は花の優越感を表したと考え en douce
とした。

30　　太陽が昇って来る、その瞬間に咲き出して来た　　…Et je suis née
en même temps que le soleil…　　Saint-Exupéry は soleil の続きを省い
ている。すでに justement à l'heure du lever du soleil, elle s'était montrée. と
明示したからでしょう。翻訳では加筆し、二つの進行状態の重なる動きを明示する。/
SYN Naître I . venir au monde, voir le jour.—croître, éclore, germer. II .(s')
éveiller à, (s')ouvrir à. III . apparaître, commencer, etc.…(I —sens propre
d'un mot II—sens par extension ou par analogie　III—sens figuré) フランス語
《naître》が植物に使われると「つぼみが開花する」となる点が日本語にない面白さです。
(日本語の中では「産む / 生まれる」が植物と結びつく用法も、動物に関して「咲く」を使
う用法も見かけない。) [参考] 花笑う、山笑う；　練習が実る、気が散る、しゃがれ声、
さびた声 // フランス語の動詞が〈動物と植物〉、〈人間と動物〉、〈人間と物体〉などとの「用
法の垣根」を低くしている点は日本語と比較して面白いところです。これとは逆に、フ
ランス語には paître のように家畜専用動詞があり，apprivoiser も通常は人間から動
物への働きかけにしか使わない。この作品ではかわいい仲間から狐への通常の他に、
バラからこの子へ Apprivoiser が特異的にある。// なおこの件の研究書は数あると思
いますが未調査です。◇英語にも「bear 花が咲く」という用例があります。⇒新英和
大辞典 第六版・研究社2002年 P.215 Bear –vt.7b〈花を〉つける、〈実を〉結ぶ / Apple
trees **bear** blossoms in early spring./-vi. 6a This tree **bears** well./ 英語版も «
And I **was born** the same time as the sun… » です。//「棘を持つ花」の言葉とし
て見直すと、味わい深いものがある。表面上は花の媚態になるが、かわいい仲間のた
めに美しく咲こうとした努力を包み隠して置こうとする「棘の哲学」のように読める。//
前頁末尾の Sa toilette mystérieuse はこの想定から訳し、次頁中段の Là d'où
je viens… は「咲く」の考察から「育つ」と訳す。

30　　つつしみがそれ程ない　　Le petit prince devina bien qu'elle n'était **pas
trop** modeste, mais elle était si émouvante !　　間接話法の構文の中にある、
mais elle était si émouvante ! の感嘆文を「内的独白」とした。⇒新朝倉 P.177 自由
間接話法の変種…作中人物の考えをそのまま記す…/　⇒新朝倉 P.540 trop 4. ① trop
の意味は弱まり。/ この子はここでは的確に見定めるがこの後では花に目が眩み、水を「朝
食」、野の風を「立て付けの悪い家の隙間風」に擬える花の話術に翻弄されてゆく。

30　　待つ間を惜しんで　…, avait-elle bientôt ajouté　　⇒プチ P.158
bientôt ❷《文》すぐに / ⇒小学館ロベール P. 262 bientôt ❷ 古風 / 文章 直ちに、素
早く travail ～ fait 瞬く間に仕上がった仕事 // 大過去形でも後続動作を表現する⇒新
朝倉 P.403 plus-que- parfait II .2. ②(2) // この子が「慎みがない、でも美しいな」と

しばしの間ぽかんと観察している間合いに、怒りっぽい花から「朝食は」と催促されたので、この子の慌てる様子が行間から見える。

30 　　あたふたしてしまい　　tout confus　　絵を見ると左足が浮き如雨露を持つ右手は逆手になって、慌てる様子が窺える。原書では絵巻物風に文章が手描き絵に入り込む。

30 　　新しく水を汲んで来ると　　Et le petit prince, tout confus, **ayant été chercher** un arrosoir d'eau fraîche, avait servi la fleur　　ayant été chercher は étant allé chercher に相当する / être（= aller）の複過は口語的な用法とされる⇒新朝倉 P. 206右 Ⅵ「書くときは je suis allé、話すときは j'ai été / ⇒ IBIDEMP.365 participe présent Ⅱ. 時制的価値2° 複合形 主動詞の表す時から見て、すでに行われた動作/「水を汲みに行き、**戻ってきて、花にかける**」/⇒ IBIDEM P.39左 4° aller ＋不定詞◆不定詞は aller という動作の終着点と感じられ、次例では不定詞は où に応じる：Où vas-tu? --- Voir la lune.// 第Ⅶ章辺りまで古風な語調も覗かせたがこの辺りは口語調が入る。

30 　　ちょっと怒りっぽい気取り屋さんだったので　　par sa vanité un peu ombrageuse.　　⇒新朝倉　P.356 par 6. 原因・動機// 抽象名詞を擬人化して童話風効果をだす。

30 　　四つの棘を自慢話に持ち出すと　　Un jour, **parlant** de ses quatre épines, elle avait dit au petit prince :　　⇒ 新朝倉 P.365 participe présent Ⅱ.1.③継起的動作　　主動詞の前に置かれると、直前の動作を表す / 花が意図的に棘を話題にし、「優しい思いやりを言葉で蒸発させないぞ」と解した。parlant を強調し「自慢話」と加筆する。棘・鉤爪の話題によって、花が「わが信念＝棘の哲学」を気取りやさん風に言わんとしたところへ、それを解さぬかわいい仲間が虎はいない、草は食べないと腹を立ててしまう場面と『謎解き』を作ってみた。原書P.26末の文　Elles se croient terribles avec leurs épines… の terribles 解釈（棘が生えてるから花は自身をすごいと思っている…）とも関連付けた。

30 　　だから来るなら来れば…　　Ils peuvent venir, les tigres, …!　　⇒プチ P.1190 pouvoir ❼ 譲歩// 花が強気を示す。原書第Ⅸ章（P.35-L.2）では J'（= la fleur）ai mes griffes と、quatre épines とを混同して見せ、ses pauvres ruses の例を示す。

31 　　逆捩じを食わしてしまった　　…avait objecté le petit prince, ⇒P.ROBERT P.1171 OBJECTER ◆2. Opposer (une objection à une opinion, une affirmation) pour la réfuter. V.Répondre, rétorquer　/ ⇒ 新朝倉 P.403 plus-que-parfait Ⅱ.3°④描写/⇒類語　[1918-h-45]【逆捩じ】ほかからの非難・抗議に対し、負けずに攻撃し返すこと。

31 　　草のたぐいを口にしたりしませんよ　　les tigres ne mangent pas l'herbe. 1983年版以外は les tigres ne mangent pas d'herbe.（否定冠詞 ＋ 部分冠詞）であるが、定冠詞単数で翻訳を進める。これについては『フランス語の冠詞』松原秀治著（白水社1979年刊）をご覧頂きたい。その中で第Ⅲ章　部分冠詞 PP.111-145「…(boire,manger)この二つの動詞の後で一般的総称の定冠詞は…出てくることがある。

…単純な《飲む》、《食べる》という行為とすこし離れる…」(PP.130-132)// manger とその目的語名詞に付く冠詞の問題である。草食(肉食)動物のえさとなる草一般の表現とした。草の属性のみを考えた抽象的概念と解する。⇒新朝倉 P.53　article II .1º ①// IBIDEM P.64 article défini II .3º 総称的意味

31　　　そんな…えさ用の草　　Je ne suis pas **une** herbe　　前述の「l'herbe 草の類」の意を受け継ぐ。⇒新朝倉 P.66 article indéfini II .2º ◆このように…形容詞を伴わない場合

31　　　気持ちをどうにか抑えながら　　, avait **doucement** répondu la fleur ⇒ P.ROBERT P.511 DOUCEMENT ◆3. Médiocrement : assez mal.V. Couci-couça ここは原書第III章(P.13-L.25)の Oui,fis-je **modestement**. パイロットの返事の描写と対比される。/ さて、前頁《「そうでしょう。」とこの花はすまし顔で答えた。》の doucement は⇒ IBIDEM P.511 doucement ◆2. Sans heurter, sans faire de peine である。Doucement には、日本語「おだやかな」と、その裏返しから見た「抑制した」とまで、表現の幅が広い。原文の筋、主語・動詞・補語などから doucement に類推が働き、その言葉の可能性の中から最適な意味表情に、焦点を絞ってゆく。

31　　　虎なんか怖くありませんわ。それより体調をこわす隙間風が大嫌いなんですっ。屏風のひとつぐらい用意すればいいのに。　　Je ne crains rien **des** tigres, mais j'ai horreur des courants d'air. vous **n'auriez pas un** paravent ?　　【des tigres について】直接目的語「虎」を怖がってるのではないと、否定冠詞 de を使わず、別の怖い対象を暗示する否定の仕方。対立を表現するため通常はその別の対象がすぐ示されるところ、ここではそれが(花のちょっと怒りっぽい気取り屋さん気質によって)はぐらかされていると言う言葉遣いを感じる。すり替わりに「嫌いなもの」が示される。⇒新朝倉 P.57 article IV.2º pas un ＋名詞①対立を表す文 je ne demande pas du pain, **mais** du gâteau.【vous n'auriez pas **un** paravent ？について】⇒新朝倉 P.57 左 3º 文全体の否定 /⇒新朝倉 P.141 conditionnel II .B.9º 情意的用法　当然に、対立した答えを予想させる。Auriez-vous la prétention de me donner une leçon ？ // この花の話す内容が支離滅裂のおかしさを醸し出す。虎と隙間風が妙に並べられる。野天なのに「隙間風」が問題になる。植物なのに「風」を嫌う可笑しさ。しかし、生真面目なこの子は花の話術にいちいち翻弄されてゆく場面である。「隙間風」だけではここに意味する嫌悪感が伝わらないので解説を加えて訳す。⇒白水社ラルース仏和辞典 P.254 courant 1. ▲ courant d'air は部屋の中を通り抜ける隙間風、一般に体によくないとして嫌われる。// この courant d'air はこの後、il fait **très froid chez vous**. C'est **mal installé**. へと縁語を引き出し繋がって行く。

31　　　気の毒なことだ、若い木なのに…こんな風に受け止めてしまった。(今にして思えば本当はそういうことじゃなかったんだけど…)　　《 Horreur des courants d'air... ce n'est pas de chance, pour **une plante, avait remarqué** le petit prince. Cette fleur est bien compliquée...》　　直前の花の ---Je ne suis pas **une herbe**, avait doucement répondu la fleur. を、かわいい仲間が **une plante** と言い換えているのは、花への感情が薄らいで「木」となったとする。更に「隙間風を嫌う」老人臭さを指摘するため、「若い木」とする。// この章から星の物語が本格化する、地の

文の中で直説法大過去形が「描写」で、すでにいくつも使われている。かわいい仲間の
かつての暮らしぶりが次々とあからさまに、されてゆく場面である。しかし、この箇
所の大過去形だけは guillemets の中で使われている。この点について考えてみる。つ
まり、次のページから始まるこのかわいい仲間の回想の語り口が先行してここに出て
いると解釈してみた。⇒新朝倉 P.403 plus-que-parfait de l'indicatif Ⅱ .4º. **現在
と関係して用いられる大過去**　現在との隔たりを強調し、直・大の行為が現在の事
実と対立する。用例：Je n'avais jamais remarqué que vous étiez presque de la
même taille. (AMIEL)「君たちがほとんど同じ背丈だということは今まで一度も気がつ
かなかったよ」(今、気がついた)【参考】『新フランス文法事典』大過去の文法解説(P.403)
には、上記のほかにもいくつか事例が解説されているので、紹介します。◆**過去に完
了していた事実(直・大)が現在の状況とのつながりがある**ことを示す。用例：Je
vous demande pardon, dit-il, je ne vous avais pas vue. (SAGAN,Brahms,24)
「失礼しました、と彼は言った。あなたが見えなかったもので」▼**予想の実現を表
す**　用例：Je l'avais deviné.「ちゃんとわかっていました。」/ Je l'avais prédit.
(GREEN,Epaves,67)「私 の 言 っ た 通 り で す」/Qu'est–ce que je t'avais dit ?
(Sartre,Nekr.,23)「言わないこっちゃないよ」

　さて、ちょうど前ページで「慎みがない」と状況を的確に感じ取った事と好対照であ
る。かわいい仲間は花のはぐらかしの言葉を額面どうりに受け止めて、ますます花の恋
心を誤解してゆくことになる。

　おとぎ話の国の子はこうして感激して開いた心をやがて自分でも意識することなく
段々と閉じてゆく。ここに至るまでの様子を原書で少し遡って跡付けてみる。
① P.29 -L.26 (il) sentait bien qu'il en sortirait une apparition miraculeuse
② P.30-LL.13-14 Que vous êtes belle !
③ P.30-LL.17-18 …qu'elle n'était pas trop modeste, mais elle était si
　　émouvente !
④ P.31-L.13-15 ce n'est pas de chance, … , Cette fleur est bien compliquée…

31　　ガラスの蓋いを掛けてこの私のこと護ってくださいね　　vous me mettrez
sous globe　　⇒P.ROBERT P.788 GLOBE　Fig. mettre sous globe
(une personne,une chose) : tenir à l'abri de tout danger. C'est à mettre
sous globe : à conserver soigneusement(iron.). 有害なものから身を護ってあげ
る。// 日本語では「ガラス蓋いを掛ける」ことと「身の安全を図ってあげる」こととを同
時に表現出来ないので両義を並べて出す。ここで一歩踏み込んで花が「身を護ってくれ」
と内心の声を伝えている、が、おとぎ話の国の子には花のしゃべった事柄以上の事(危
険からこの身を護ってくれ)が理解できず受け止められない。// 直前にあえて courant
d'air を使い、それを受けて《le soir vous me mettez sous globe.》「だから私を護っ
てくれ」であるが、言い方が遠まわしでこの子に伝わらない。花もはぐらかしの方向に
おしゃべりを持ってく。

31　　恥をかかされたと思ってしまい　　Humiliée de s'être laissé
surprendre à préparer un mensonge… , elle avait toussé …　　⇒新朝倉 P.362
participe passé Ⅳ .4º ②原因 //IBIDEM P.281 laisser Ⅱ .2º ① se ＝不定詞の直・目

31　なすり付けようと、二度も三度も咳払いを　elle avait toussé deux ou trois fois, **pour mettre** le petit prince **dans son tort** :　花の思い違いで口が滑った事をこの子にそっくり転嫁しようとする花の、慌てぶり。pour ＋不定詞⇒目的表現とし、tousser「けちをつける」の意味を考慮し「なすり付ける」とした。⇒大白水 P.2452 tousser ◆(俗)非難する、けちを付ける(récriminer)＝俗語として tousser に非難する意味合いのあることを載せている。/ [tousser , pour mettre qqn dans son tort] は創作的に、花の慌てる姿勢を示す。// 辞書では tousser pour avertir qqn〈Petit Litré P.2286 tousser : Faire ce même bruit à dessein.〉と、合図を送る仕草ぐらいなので、作者の創作するしぐさと言う事なのであろう。

31　屏風、まだですの、早くしていただけますかしら　Ce paravent ? ... FOLIO 1999年から points de suspension を追加する。⇒新朝倉 P.406　points de suspension 1º 相手に催促を察知させる効果。/ un paravent の絵が畳の部屋にふさわしい、妙に日本風の枕屏風に見える。この本の他の手描き画も物語に合わせた作者の創作画なので、偶然のことかもしれないが、「フランス」には実際どのような類似の家具があり、どう使われてるか未調査です。

31　行きかけましたよ、でもですよ…話しかけて来られたんですよ、ですから J'allais le chercher mais vous me **parliez** !　これ以前の会話も vouvoiement のはずである。かわいい仲間に、次頁に展開する、気持ちの隔たりが生じたとみて、敬譲表現の中に、反発する語気を、けんか腰に、やや強く出す。【前の半過去】⇒新朝倉 P.257　imparfait II. A. 5º未完了　派生的用法　②企てた行為の中断 / Ma mère se réveilla brusquement comme je **partais**. [SAGAN]「出かけようとしていたとき、母が突然目を覚ました」【後の半過去】IBIDEM II. A. 2º同時性 / La mère se **mourait**, les enfants **jouaient** dans la cour.// P.61の「…花の方から…」と呼応。

31　わざと咳込みをし　Alors elle avait **forcé** sa toux...　⇒プチ P.662 forcer ❹(数量・速度など)を(正常値以上に)増す

32　そっとあるがままの気持ちを話して　me **confia-t-il** un jour, ⇒ P.ROBERT P.326 CONFIER ◆2.Communiquer(qqch. de personnel) sous le sceau du secret. Confier ses secrets à un ami.// 第II章冒頭の文に繋がってゆく会話がここに始まる。// un jour については未解明の点がありますが、P.140「21 その惑星を…」を参照ください。

32　…言葉を丸呑みにしちゃって馬鹿だった、言われた言葉をそっくり鵜呑みにするなんて絶対しちゃいけない　J'aurais dû ne pas l'**écouter**,... ⇒ P.ROBERT P.536 Écouter　◆1. S'appliquer à entendre, prêter son attention à (des bruits, des paroles...) «L'abbé avait fait asseoir le jeune homme près de lui et l'écoutait avec recueillement »(MART.du G.)　◆2.Accueillir avec faveur (ce que dit qqn), **jusqu'à apporter son adhésion**, sa confiance. Écouter les conseils d'un ami.　//　⇒ SYN P.171 Écouter syn. Ⅰ. Entendre, ouïr, **prêter** ou tendre l'oreille(耳を欹てる) Ⅱ. accueillir, obéir à, suivre.(Ⅰ － le sens propre　Ⅱ － le sens par extension ou par analogie)//⇒類語◆1.「耳を傾ける / 欹てる」(0410－a－10/ －16)熱心に話を

聞く＝もっぱら聞くだけに終わる◆2.「耳を貸す」(4208− a −48)相手の話や言い分を聞き入れる＝相手の言葉を尊重し、それに従って行動する。// このように écouter には聴覚動詞というだけに収まらない、同意するという行動に向かう道があった。たとえば écouter sa colère. などと。本項では écouter cette fleur 花に心酔する：花に盲従するなどを見ることができる。【Écouter 2. ＝ jusqu'à apporter son adhésion について】« Écouter cette fleur » に込めた作者の意図を、「相手の言葉をただ鵜呑みするだけで、相手の事をさらに深く思いやってみる、今一歩相手に近づく気持ちが湧き出ない、そういう在り様の己に気づかない怖さ」と解した。// 告白の内容はそのことを悔やんでいる。// 第ⅩⅩⅠ章 P.71-LL.27-29 では、« Puisque c'est elle que j'ai écoutée se plaindre, ou se vanter, ou même quelquefois se taire. » と、écouter が apprivoisement の一つの過程で使われる場合は « rechercher avec le cœur » と同じような意味に使われる。参考❶ regarder も視覚表現以外に ⇒ SYN P.469 Ⅲ.considérer, envisager, rechercher, etc. と抽象世界へ通じる。本書 P.127「13　ひらめいた」を参照ください。この意味傾向は Voir にも見られる。同様に toucher → impressionner 感情へ展開；goûter → expérimenter 行動へ展開；など // 参考❷ obéir：ラテン語 obœdire ← ob- 対応＋ audire 聴く（→ ouïr）

32　　　そういうことをうれしいって受け取ることなんて無理だった　　　mais je ne savais pas m'en réjouir.　　　書き換えると « je ne savais pas que je m'en réjouisse » ⇒ « je n'étais pas sertain que je m'en réjouisse » ⇒新朝倉 P.484 savoir 4° ne pas savoir ①⇒同書5°①不定詞の動作主は主語（être certain に近い意味）//同書 P.116右 certain¹

32　　　その話を聞いたんだからおいらの方に労わる気持ちが湧いて来てればよかったんだ…　　　Cette histoire de griffes, qui m'avait tellement agacé, eût dû m'attendrir... 【qui 節について】⇒新朝倉　P.435 proposition relatif Ⅱ.関係節の表す意味　2° 説明[同格]的関係節　③ 対立・譲歩　【(cette histoire) eût dû m'attendrir について】条件法過去第二形⇒新朝倉 P.509 subjonctif (mode) Ⅲ.3° 大過去形①条件文の帰結節で過去における非現実な事柄を表す（◆過去についてのみ用いられる）/ ⇒ IBIDEM P.510　⑤感情的用法　感嘆文・疑問文で、遺憾・驚愕を表す。// 原文の主語は cette　histoire であるが、日本文は人の動作主に置き換える。【devoir を使う背景について】バラの花は棘が自身を護るのに役立たないと知りながら虎の鉤爪なんか怖くないと，強がりをかわいい仲間に言ってる。世間には鉤爪もあることだし、私はとても弱いのだ、とそういうバラの花の心理を思いやれば労わるべきであったと後になってこの子が悔やむ。devoir の条件法過去第二形で後悔の念が加算される。【この後に続く段落で使われる条件法過去形について】　おとぎ話の国の子が自己非難に近い後悔の気持ちを告白する。⇒プチ P.458 devoir ❶条件法過去形で…するべきだったのに（非難・後悔を表す）//⇒新朝倉 P.172 devoir 1. 義務・必然・必要・妥当：J'aurais dû vous prévenir. (SAGAN)「あなたに前もって知らせておけばよかったけど」（後悔）

　　◇　物語の時間の流れで見ると、後悔を最初にするのは第ⅩⅤ章末尾である。ところが作品構成ではこちらを先行させている。**後悔の内容だけがまず際立つことに**

なる。その結果、①　次の第Ⅸ章「花との別れ・星からの脱出」の印象が読者には《 昔の出来事 》となる。言い換えれば第Ⅹ章から第ⅩⅩⅢ章までのかわいい仲間の一人旅があり、そこから得た体験の結果が、今ここに読んでいる第Ⅷ章末尾のパイロットを相手にした「花への愛惜の情の告白」として纏められる。②　そしてさらに、この第Ⅷ章末尾の感情の流れは、物語の時間の流れが《 今の出来事 》現時点へと戻る第ⅩⅩⅣ章からのパイロットとの二人旅に合流して続いてゆく。地球を離脱する瞬間もこの子の胸の中を流れ続ける。本書 P.264「作品の順序…読書の渦」を参照ください。

　◇　ところで、第ⅩⅤ章末尾に読み進んだ時、初読者は「かわいい仲間が束の間の命を思い知って強い後悔に至り、悲しみに落ち込む場面」と出会う事になる。このように、場面展開を逆に配置した事から、特に再読者はこの第Ⅷ章末尾に来て、こんな印象が生れる。≪今を遡ること一年間に及ぶ地球の旅の間ずっと、この「後悔の念」を、この子が心に持ち続け、こころ傷めていたとは何という思いの深い事かと≫。行間からしか読み取れない仕掛けにしてある。やがて、かわいい仲間が星への帰還をするのに「立ち会わされる」パイロットと読者には、その動機が既に相当前から知らされている状態にあった事になる。このようにして、物語は自ら旋回する運動エネルギーを、この物語構成から得る事になる。再読者は何れかの時に、安心して再再読できるようになる。

32　あの花の気持ちを思いやって考えてみるなんて、その当時さっぱり無理だった

Je n'ai alors rien **su comprendre** !　　　書き換えると《Alors, je n'ai rien été certain que je comprisse !》⇒前前項を参照ください。// 文の筋から「あの花の気持ちを」と加筆した。// この段落は複合過去および半過去と条件法過去との混合文の構造になっている。現在に繋がる回想と強い後悔の気持ちとが告白される。⇒新朝倉 P.374 passé composé Ⅱ.B.1. ③「孤立した過去の事実」// 花の「はぐらかし」は、この子の記憶の中に棘がささったように残って、やがて花を思い返す下地を作ったようです。

32　裏腹の芝居をするものなんだ。　　Les fleurs sont si **contradictoires** !

ここの contradictoires という花論は、この場面で展開する回顧談から出た相対論的・描写的なものなので意味を鮮明にするため客観描写として「芝居」を加筆した。前章でも言ってた『なんともかけがえのない大切な花』と気づく状態になってしまった後からの、回想できるようになった心境の発言である。第ⅩⅤ章末尾の後悔、第ⅩⅩⅠ章の自覚を経て、これまで一年近く悩んで来た自己のことを振り返って、相当に分析できるまでになったことが示される。この子の第Ⅷ章現在の告白の心境は、第Ⅶ章(P.26)前半で言ってた幼な子の純真無垢(faible ; naïf ; se rassurer ; se croire)という花論に到達している。// 第ⅩⅩⅥ章でこの純真無垢という花論が再演出されるが、達観しており、悲劇に脚色されている。

32　人生経験が浅かった　　Mais j'étais **trop jeune** pour savoir l'aimer

⇒ P.ROBERT P.948 JEUNE 10.-Fam. Être jeune dans le métier : l'exercer depuis peu de temps. V. inexpérimenté, novice. /// 本章末尾部で **confier** が使われ「あるがままに話そう」とする場面がかわいい仲間とパイロットとの間にできている。また第Ⅱ章と第Ⅹ章の冒頭部分とも関連する。

　花との縺れから心に空洞を生じた、それを埋め合わせるものを求めてこの子は自分の星を飛び立つ。出発の朝、ふたり（この花とこの子）は胸のうちに無自覚の感情があることを気付く。

32　　星を飛び出すのに　　pour **son** évasion　　この子はもう戻らない事に決めて自分の星から飛び出して行く、後に残される花の事は一切考慮する余裕もなく。星の旅、地球の旅の体験を積むことで、花を一人にしてきた事に後悔し、やがて花の「心遣い」に気付き、自分の星へ戻る決心をし、その準備をし、帰ってゆく。『おとぎ話の国から来た子』の心満たすもの探しの物語は、同時に『おとぎ話の国へ帰って行く子』の心満たすもの再発見の物語になっている。これは読者の心の旅・「失ったこども時代を再認識する旅」の例えともなる。

32　　大空を飛んでいる…の渡りの群れを使い…とわたくしは思いを巡らしているんですよ。　　Je **crois** qu'il profita…**d'une** migration d'oiseaux sauvages　この章の冒頭の所で「語り手の現在形」が顔を出す。この物語を読書中の「あなた =vous」に向かって直に話す口調にする。//「渡り」には野鳥の意味が含まれる。惑星の宇宙空間に「渡り鳥」は、すぐ後に出る「火山の噴火」同様おかしいけれど、「大空」を加えてあえて空間の広がりを出す。/ ⇒新朝倉 P.66 article indéfini II .2. 抽象名詞の前に◆あるひとつの様態を言う。/ ⇒『新・冠詞抜きでフランス語はわからない』PP.89-90一川　周史著：駿河台出版社1996年[不定冠詞 + 名詞① +de+ 無冠詞名詞②]の構造で名詞②は名詞①を [質的に、材料的にあるいは用途的に修飾するのがその役割]。/ 野鳥からは予測不可の連想が発ち、降って涌いたような偶然の鳥の渡りを連想する。/ ここの文章が、本の扉の絵になっている。本を開く始めに、こどもの読者はまことに詩情を誘われ、再び、この第IX章冒頭箇所で童話的詩情が甦る。童話的矛盾も微笑ましい。// 山崎 庸一郎氏の註によると、Saint- E Xには、王子が地球に tomber する深い意味を伏せてある事が伝わってくる。作者のタイプ原稿によると「(王子がこの飛翔の絵を見て)…ぼくが旅したのは…こんな風じゃない…それはぼくの秘密なんだ…」とある。読み手としては、Le Petit Prince が旅の最後に地球に現れる意義をもっと考えるべきと改めて思った。⇒『小さな王子さま』P.112 註37　山崎 庸一郎訳　みすず書房 2005年

32　　朝のあたたかい食事を作る　　pour faire chauffer le petit déjeuner **du matin**　《P.30-L.19》C'est l'heure… du petit déjeuner は比喩》。この物語には「現実的」食事は出て来ない。「出発の**朝、朝の朝食**を温める」は迷宮入り。二つの火山で、煤払いと調理と交互に出来るので、bien commode だとし、火山利用の諧謔と解く。// ⇒小学館ロベール P.1356 à jeun 朝の断食 / jeûner 絶食する // 同書 P.695 déjeuner ❹(注)古くは朝食を déjeuner, 昼食を dîner, 夕食を souper といった。//「朝起き抜けの食事」には、古代と現代でかなりの変遷があったことを窺わせる。古代日本・ラテン語世界の朝餉、昼餉、夕餉の歴史は未調査です。

32　　一寸先は闇　　On ne sait jamais　　この先休火山の噴火が無いとは言えない、予測つかないという辺りで意味を定め、休火山の話題に付随して頻出するので諺風にした。

32　煙突の煤火災　　comme des feux de cheminée
⇒大白水 P.459 feu de cheminée (煙突にたまった煤に火がついて起る) 煙突火事 // 煙突掃除 (ramoner une cheminée) の発想から「火山の煤払い」という童話世界が創作されたと種明かしされ、気抜けした感がある。微小火山の煤払いと巨大火山の煤払いの間に「煙突火事」は顔を出さない方が面白いのではないか。言うまでもなく「火山の噴火」は煙突火事とは原理も違う。//「人間のおとなが持つ野獣姓」をこれに重ねて考えると、「火山の煤払い」とは「野獣性の制御＝moutonが花をぱくつくこと」に読めて面白い。

33　【手描き絵に付けられた説明文について】　「活火山の手入れ」と絵に添え書きがあるが、絵の方は休火山を掃除しているので、添え書きが間違っている。作者はもともと手描き絵に添え文は付けなかったのではとの憶測が立つ。手描き絵にそれこそ「大人のための解説」はいらない。手描き絵を本文の会話の一部に取り込むという筆法からも、この翻訳では絵に付いた添え文は取り除くこととしました。

34　どこか沈んだ気持ちで　　avec un peu de **mélancolie**　　自分に抱え込んだ悲しみ（花とのいざこざ→心の空白感→別れ…）、この感情はこの後にもこの子の胸にわだかまる。// Les dernières pousses と名詞に前置するので、文脈からの視点で訳す。

34　もう戻って来ちゃいけない…自分に言い聞かせていた　　Il croyait ne jamais **devoir revenir.**　⇒新朝倉 P.152 croire 2. ① Mathias crut entendre une plainte.M はうめき声を聞いたように思った。▼ croire+inf. = être près de, manquer de (+ 不定詞)「危うく…しそうになる」に近い意味 //⇒プチ P.373 croire の項から作成　Je crois l'avoir rencontré quelque part. (この男とどこかで出会ってるに違いない＝強い思い込みの調子) > Je crois que je l'ai rencontré quelque part. (どこかであの男と出会ったように思う＝断定を避けて、控えめな自己主張となる。)

34　その慣れ親しんだ家事を…なんかものすごく気持ちが温くまってくるなあとこの子は感づき　　Mais **tous ces travaux familiers** lui **parurent**, ce matin-là, extrêmement **doux.**　【doux について】別れの朝、avec un peu de mélancolie に続いて、この子に起きた愛惜の感情である。慣れ親しんだものと別れる時になってはじめて生まれたこの感情は、後に第ⅩⅩⅠ章で «apprivoiser»、«créer des liens…» と呼ばれる関係であるが、そうとは知らずに心に育まれていた事を表す。まだ自分の気持ちを整理できないものだから「精神的な優しい気持ち」よりも「生理的な温まる気持ち」を描写していると考える。この箇所は語り手風の口調の閾を越える一体化 (participation) の口調とした。この (tous ces travaux) **familiers** は **apprivoisement** として統一した「慣れ親しむ」と言う言葉に置き換える。【paraître について】⇒P.ROBERT P.1229 Ⅲ.1. ◇ Donner (à qqn) l'impression d'être. (内面に浮かんだ印象) Je vais vous paraître vieux jeu. (古いやつと思われる…) / 主語を人間に置き換える。/ 類語 感付く (1805−a−07) 表面に現れていない事柄に気づく。「何か変だと感付く」

34　ほかにも、…水をあげ、ガラスの覆いをかけ、その身を護ってあげようと取りかかる段に　　Et, quand il arrosa…, et se prépara à la mettre à l'abri sous son globe, il se découvrit…　⇒DSF フランス語法辞典 P.176 白水社1988年：et の項 [強調] おまけに //IBIDEM P.175 ⑨〈動詞＋動詞〉// ここは

extrêmement doux に加えて l'envie de pleurer がこの子の感情としてあからさまにされる場面です。第ⅩⅩⅠ章 P.66-L.13　Il y a une fleur... je crois qu'elle m'a apprivoisé... へと繋がってゆく。（人間が主語となる動詞 apprivoiser だが、この文ではバラの花が主語という Saint-EX がこの作品中に使う変則用法）

34　　熱い泪が思わず湧いて来て泣きたくなってる自分に**気づき**　　　　　...,il se **découvrit** l'envie de pleurer　　花に対する好感情と不快感との感情のバランスが崩れ、別れの悲しみとして一気に意識に表面化する。apprivoiser の感情描写です。// 第Ⅶ章終わり（P.29）にはパイロットが同じように、相手を思いやって訳が分からないままに胸を詰まらせていた事が、ここで、二重写しに思い返されてくる。

34　　あんたにあやまるわ。　　Je **te** demande pardon.　　花はここから tutoyer をする。Tu へ切り替えたが表面上は親密よりも反発を目立たせる。人称代名詞 Vous と tu の切り替え場面は両者に認識の変化があるのに、ここは花が一方的に tu でしゃべり、かわいい仲間はただ聞くだけ。本書 P.117「9　ひつじを一匹…」を参照ください。

34　　うれしい気持ちになれるもの、見つけに　　Tâche d'être heureux.　二回謎をかけ、この子に apprivoiser 自覚への予言をする。⇒新スタ P.1745 tâcher Tâche de ne pas être en retard !〔命令形で、命令の緩和〕おくれないようにしなさいよ。//P.223「68 このうれしい気持ちに…」、P.226「71 …だんまりにだって」を、そして、一連の「うれしい気持ち」に見られる「飛び地的表現法」は P.154「29　君の花のために…」を参照ください。

34　　このなんか懐っこい気配に　　par **cette douceur calme**.　　今までの花の口ぶりが影を潜め、しおらしさが出て、この子はすっかり調子を狂わされた様子である。【cette について】⇒新朝倉 P.110　Ce² I .7. ①驚き // この子の二度の Adieu に、「別れの言葉」では答えないという花の気持ちが無言に語られる。再読者に狐との別れの挨拶場面とは違う事、いつかこの子と花が再開するであろうと気づかせる。// 花の心遣いをこの子はこの段階では感じても、理解できずに通過する。//「刺立って」（咎める）を加筆して、この場面で、花が棘で「内心のやさしさ」を包み隠していたことを読者に想起できるようにした。P.146　「２６　それをやっと…」を参照ください。

34　　今、きちんと言います、好きです　　Mais oui, je t'aime, lui dit la fleur.　朝からの行動を観察して別離の覚悟をつくっている花が、自分の中の愛に気付き、無言の優しい姿を示す。その変化にも分からずにいるこの子に虚心になった花が阿吽の返事をしたと解する。

34　　わたしのせいだわ、馬鹿なはぐらかしばっかし言ってて　　Tu n'en as rien su, par ma faute.　　en = de mon amour pour toi とした。⇒新朝倉 P.191 en² I.1º③ de + 名詞に代わる動詞の補語 / IBIDEM P.477 右 3º rien de + 名詞 /IBIDEM P.356 Par 左7º. 動作主②能動態とともに⇒独り言口調でこれを示す // この第Ⅷ、Ⅸ章は savoir の否定形（能力の不足）が多く使われて過去の清算をするかのようである。

34　　あんただって、馬鹿正直過ぎてたし　　Mais tu as été aussi **sot** que moi.　　この花は見栄を張って、この子の気持ちを受け留めなかったことの sotte（この部分は先行して訳す⇒前項）、おとぎ話の国の子は花の言葉を額面どおり受け止める

だけで相手のことを忖度しなかったことの sot。// これら二つの sot は相手のことへ考えを及ぼそうと、みずからの心を働かすことをしなかった「おのれ」を自己批判している。この花がこんな風に事訳けして話すので、お互いが相手に思いを致さない、「つながっていない関係」が文脈上に冷静に浮き出て来て、次の場面展開を準備する。【Mais について】⇒新朝倉 P.296　Mais II．▼否定の後に用いられ、対立の強調

34　これからは、かぶせて護られているのがいやになるから　　Je n'en veux plus.　⇒新朝倉 P.560　右　V．2⁰ vouloir de qch [= rechercher; accepter de le prendre, de le recevoir] 多くは否定文・疑問文 Laissez-moi ! Je ne veux pas de vous !(LE CLÉZIO)「ほっといてよ。あんたなんぞに用はないわ」// en= ce globe ←P.31-L.16 Le soir vous me mettez sous globe. として、解凍した。globe に籠められていたこの子の愛がなくなった以上、それは単なるガラスの蓋で、嫌いなものになる。旅立つ者への花の感情がしぐさの返事で示された。

34　どんなにしたって風邪なんぞ引かないから　　Je ne suis pas si enrhumée que ça... 　[que ça … = que ça se laisse tomber] ⇒新朝倉 P.498 Si² II．**強度の副詞**4⁰《Angelouse n'est pas si éloignée que Jean et moi ne puissions nous rejoindre.》

35　あんたはあんたで、心にぽっかり穴が空いたみたいだし　　Tu seras loin, toi.　⇒P.ROBERT P.1005 LOIN ◆ II．◇(abstrait)Être loin : être loin par la pansée du lieu où l'on se trouve.« Tous deux vivaient en bon accord. Mais il la sentait loin »(ZOLA).//⇒プチ P.887　être loin うわのそらである / なおこの心の loin は第X章冒頭の une occupation と関連してゆく。4項後「35 ここでこころ満たす…」を参照ください。【être の単未について】⇒新朝倉 P.229 futur simple II．B.6．予想・推測《参考：IBIDEM P.206 être VI．être = aller を意味する場合は、複合過去、単過、接・半に限られる。複過はことに口語的。// したがって être の単純未来形に aller の意味を持せる事は出来ない。》【toi について】IBIDEM P.427 pronom personnel II．3．主語となる強勢形 ①無強勢形の強調▲主語の強調は多く対立を表す。

35　太っちょの　　Quant aux grosses bêtes　丸々太った幼虫とあるので、papillon 蝶々を machaon 揚羽蝶に擬えた。揚羽蝶の華麗な美しさを想像した。ここでも、作者は宇宙空間に強引に地球の昆虫を持ち込み、読者を戸惑わす。

35　鉤爪だってこのとおり　　J'ai mes griffes.　花が les épines を mes griffes と言い換える特殊な心理状況下を示す。⇒新朝倉　P.20　adjectif possessif VI．所有形容詞と定冠詞　2⁰所属関係が明らかでも使う所有形容詞(2)…特殊な動作

35　みさかいをなくしてしまい…振りかざして　　Et elle montrait naïvement ses quatre épines.　　四本の棘を振りかざすという特殊な動作 [参考] プチ P.727 montrer les griffes ; sortir ses griffes[敵意をむき出しにする。] // 花に「Adieu さよなら」の挨拶をついにさせず、代わりの言葉として「Tâche d'être heureux だからおねがい、うれしい気持ちになれるものを見つけに出かけて」と言わせる。作者が花の口を借りて旅立ちの筋立てを語る見立てにする。

　この子は惑星を訪れる度に期待してそこに住む大人に接近して行くが、すぐに幻滅させられる。また第Ⅴ章にあれ程語られた「バオバブの発芽」はどの惑星にもあるはずなのに、なぜか以後の話では「絶ち消え」となる。「立ち消え」にある種の解釈［バオバブは大人の実態として表象化され、惑星それぞれに大人の醜態が住み着くことで、省略される］ができるのか。迷宮入りです。かわいい仲間とバラの花とが「接点がありそうでなかなか見出せない会話」をした後、ここから六つの章にわたり子供と大人の対話が始まる。大人を観察する旅の最後に、この子は自分自身の中に、生命体・花への後悔の念を痛烈に気付く。その気持ちを抱いて、さらに地球への旅に向かう。

35　　ここでこころ満たす、何かうれしい気持ちに成れるもの…　　　pour y chercher **une occupation et pour s'instruire**　　une occupation の内容は具体的なものではないと考える。それは pour s'instruire と並置される精神的なことであると考える。それは出発の動機とも関係すると考える。作品中にその動機を直接表現した部分はないけれど、前章後半部の花の言葉《 Tâche d'être heureux. 》《 Tu seras loin, toi. 》も手がかりにすると、**心にできた空虚感を抱えて、**自分の星を脱出したのだろうと読み解き、そうした une occupation ＝**こころ満たす、何かうれしい気持ちに成れるもの**…を探しに出たと解した。⇒P．ROBERT　P.1177 OCCUPATION ◆1⁰ Ce à quoi on consacre son activité, son temps. « Les jeux des enfants sont de graves occupations. »

35　　最初の惑星は王の住み処でした。　　**La première était habitée** par un roi.　　⇒新朝倉 P.379　passive(voix) 1⁰ 受動構文では話者の関心は動作を受けたものに向けられ、動作主は二義的役割を演ずるに過ぎない…// このように原文は「一番目のもの(星)」に光を当てて描写してある。物語の関心は住人へ向かっているのにと思いつつ、その住人をよくよく観察すると、まるで置物のようにその場を一歩も動かない描写になっている。この作品ではひとつの星にひとりのおとぎ話上の「おとな」が憑依しており、一切の生活感が消されている。これら怪物的住人はバオバブ化した大人と解す。これに先立つ第Ⅷ章、Ⅸ章の、かわいい仲間の星での暮らしぶりの描写が読者の記憶に残るため、その星に生活があるかのように錯覚を起こしてしまう。

35　　王は玉座にどっしりと構えていました。　　**Le roi siégeait**, …, sur un trône　　⇒SYN P.523 Siéger Ⅰ.Occuper une place, présider, tenir séance, trôner などから訳語を考えた。これからこの子が六つの小惑星を訪ねるが、玉座：帽子：食卓：事務机：街路灯：書斎机に密着して、おとぎ話の星の住人たちは自分の星と一体化して、歩き回ることなど一切ない(点灯夫も歩くことを拒む)。作者は意図的に登場人物をまるで置物人形のように扱う。歩かないことを siéger sur un trône によって、この辺りを象徴しているのかもしれない。

35　　身を包む儀式服は、緋色飾りの付いた白貂の毛皮仕立て
habillé de pourpre et de l'hermine　　⇒新スタ P.866 habillé 1. habillé de … の服を着た〔色・生地など〕dame habillée de bleu (de velours) 青い服(ビロードの服)を着た婦人 2.正装した　⇒プチ P.853 laine ❶ porter de la laine ウール(の

169

服)を着る // habillé de pourpre と habillé de l'hermine の作り出す服装が判然としないため、上記二辞書を参考に、手描き絵を見て訳す。「白貂の毛皮仕立ての儀式服」はフランス宮廷画にあります。

35　姿を目にするや　　le roi quand il **aperçut** le petit prince
⇒大白水 P.121 apercevoir a- + percevoir / IBIDEM P.1809 percevoir ← lat. percipere saisir par les sens// ⇒ P.ROBERT P.70 APERCEVOIR Voir, en un acte de vision généralement bref (qqch. qui apparaît)//⇒プチ P.69 apercevoir(瞬間的・部分的に見えたり、遠くのものや不明瞭なものが見えること…) J'ai aperçu Pierre au concert.

35　　なんで。おいらに見覚えがあるみたいだけど、びっくりしたなぁ
Et le petit prince se demanda:──**Comment peut-il** me reconnaître puisqu'il ne m'a encore jamais vu !　⇒プチ　P.1190 pouvoir ❻(感嘆文で驚きを表す) / 人生経験のないおとぎ話の国の子の単純素朴さが先ず表現される。【se demander の導く節が直接話法文の «comment… !» という感嘆文である点について】⇒新朝倉　P.131　comment 7. 副詞(感嘆)① comment = pourquoi, comment se fait-il que の意味の疑問文を感嘆的に発音し、驚き・非難・遺憾などを表す。/ 驚きの表情を明示するため、過去形にし、「びっくりした」を加筆した。

35　　世間の人間はある種家来なのです　　Tous les hommes sont **des** sujets
des は類似のほかの種類との対比を示す。⇒新朝倉 P.67　article indéfini II .6⁰ des とその特殊用法　①　des は1または全体に対する不特定な数を表す。

35　　ちこう寄れ、面をよく見せい　　**Approche-toi** que je te voie mieux, lui dit le roi qui était tout fier d'**être enfin roi** pour quelqu'un.　命令文 + que + 接続法の構文⇒新朝倉 P.450 左 que⁴ 2⁰=pour que, afin que に相当【être enfin roi(名詞の形容詞的用法) pour quelqu'un について】⇒新朝倉 P.408 pour Ⅰ.3⁰ 人に対する関係①形 + pour + qn : Il est gentil pour moi.(Thib. Ⅰ)/ être+ 無冠詞名詞⇒IBIDEM P.204　être Ⅱ.3⁰②.(2).【enfin について】1983年版には enfin がない。初版、FOLIO 1999年版から校訂した。この後多用される répondre が「相手の歓心を買う」意味であること、底本 P.39-LL.4-5には、Ne pars pas, répondit le roi qui **était si fier d'avoir un sujet.** とあり **enfin** と内容が呼応する。

35　　座れそうな場所を　où s'asseoir　　⇒新朝倉 P.350 où¹ Ⅱ. 先行詞なしで2⁰. 名詞的補語　où + 不定詞:Il cherche des yeux où s'asseoir(BECKETT) (= où il puisse s'asseoir)

36　　眠っておりません　et je n'ai pas dormi…　【あくびの言い訳について】この子は直立姿勢に退屈して正直に「あくび」した。王様の威嚇に大慌て、「長旅」を言い訳に作る。いかにもフランス人気質。⇒『読む事典フランス』P.610～三省堂1990年

36　　なかなかの出し物になるわい　　Les bâillements sont **pour moi des curiosités. Allons ! bâille encore.**　　「王にとって興味あるもの」⇒出し物(répertoire) 文の筋から訳語を創作する。【allons ! について】⇒白水社ラルース仏和辞典 P.46 allons !　**間投詞**[多く命令法の前で]さあさあ▼弱気になってる人を優しく励ましたり、相手をたしなめる。Allons, ne sois pas timide !「さあ、そんなに引っ込

み思案にならないで、ね。」⇒新朝倉 P.269 interjection 3⁰ **間投詞的に用いられる語**…Allons ! Tiens ! Voyons ! [参考]　IBIDEM P.259 impératif II. 1⁰②◆命令の<u>強調</u>:va, allons, allez, donc, hein ! などの添加 // allons の添加が命令調を緩和するのか、強めるのか、文脈で考えると「出し物」に興味を寄せているので、「命令調を緩和する」として訳す。言うまでもなく作者の sarcasme である。

36　後込みしてしまって…すっかり火照らせた　　Ça m'intimide……

fit le petit prince **tout rougissant**.　　四行目の **tout** confus そしてこの Ça m'intimide… と王の前でのかわいい仲間の慌てぶりから、世間知らずぶりを身振り表現している。⇒日本国語大辞典　⑪ P.64【しりごみがち】…とかくおじけてひっこみやすいさま　『銀の匙』後四　「…あわれな弟を救いあげるには…なんでも釣りをしこむにかぎるとおもいついたものか、学校の休みとさえいえばとかく尻込みがちな私を無理やりひっぱりだして…」⇒類語(1404-a-17)【後足を踏む】「今さら水泳を習うなんて、と後足を踏む」【fit について】⇒新朝倉 P.213 faire Ⅶ. 挿入節で (= dire, répondre) 身振りを伴うかその場の光景がまざまざと心に浮かぶ状況で用いられる。//　ここで、faire の「身振りを伴う」使用例を少し見てみます。(原書のページ数で示す)

①X．P.36－LL.10－11　…fit le petit prince tout rougissant.
　　　　　　　　　　　かわいい仲間は**口をもごもご**、顔を**すっかり火照らせた**。

②ⅩⅤ．　　P.53－L.9　Pourquoi ca ? fit le petit prince.
　　　　　　　　　　　「えっ。またどうして。」とかわいい仲間は**小首をかしげて**聞いた。

③ⅩⅦ．　P.57－L.29　——Bonne nuit, fit le petit prince à tout hasard.
　　　　　　　　　　　「ねんねんころり」**腰をかがめて**、かわいい仲間が…**声をかけた**。

④(同)　　　　－L.30　——Bonne nuit, fit le serpent.
　　　　　　　　　　　「ねんころり」**身をくねらせて**…

⑤(同)　P.58－L.17　Ah ! fit le serpent.
　　　　　　　　　　　「ああ、労しや」蛇が**身を捩って声を絞った**。

⑥(同)　　P.60－L.8　—— Oh ! J'ai très bien compris, fit le petit prince, …
　　　　　　　　　　　「…分かったよ」とかわいい仲間は**大きくうなずいた**。

⑦ⅩⅧ．　P.60－L.25　Adieu, fit le petit prince.
　　　　　　　　　　　「…さようなら」とかわいい仲間は**会釈した**。
　　　　　　　　　－L.30　Adieu, *dit* la fleur.　…とその花が答えた。

⑧ⅩⅩ．　P.64－L.8　—— Ah ! fit le petit prince…
　　　　　　　　　　　「そんなぁ」　かわいい仲間は**うなだれた**…

⑨ⅩⅩⅠ．P.65－L.19　—— Ah ! pardon, fit le petit prince.
　　　　　　　　　　　「あ、ごめん」とかわいい仲間は**控えた**

⑩(同)　P.72－LL.5－6　—— C'est le temps que j'ai perdu pour ma rose…fit le petit
　　　　　　　　　　　prince, afin de se souvenir.
　　　　　　　　　　　…かわいい仲間は…**口にとなえて覚えた**。

⑪(同)　P.74-LL.10-11　—— Les enfants seuls savent ce qu'ils cherchent, le pent
　　　　　　　　　　　prince.
　　　　　　　　　　　「こども達だけは，…いま何を…。」とかわいい仲間は**うなずいた**。

36　「おっほん、おっほん。」 王は調子を合わせた　　Hum！Hum！répondit le roi.　　⇒ P.ROBERT P.855　HUM　（XVIIIᵉ ; onomat）. Interjection qui exprime généralement le doute, **la réticence**.« Hum！qu'est-ce que je te disais ? »//tantôt de bâiller が、なんと図らずも38ᵖ終わりに来て［生あくび］を呼ぶ仕掛けとなる。// あくびを禁止→止めれない。あくびを命令→出てこない。おとぎ話の国の子はすっかりどぎまぎしてしまい、王の方も命令がひとつも実行されないことに憤慨して「言うべき言葉を探した」様子と解した。// 花の toux といい、王の hum といい感情の高まりを身振り語で表現している。// この後に出る Sire（P.36）: Vous（P.37）: Votre Majesté（P.39）すべてを「王さま」と訳し、代わりに述部を尊敬表現とする。この物語で敬語表現するのは王の章と地理学者の章ぐらいである。Le petit prince の敬語使用はよく分からない。【répondre について】この章で répondre がほかの章より突出して多く使われている。王は威厳を保ちたいけれど、そうすればかわいい仲間は離れてゆく。そこで〈心根の優しい王〉はこの子に調子を合わせる。この歓心を買う心理を出すため、「調子を合わせる répondre」はさまざまに訳し分けた。

36　ちょっと苦虫を嚙んで吐き出すように　　Il **bredouillait** un peu et paraissait vexé.　　⇒ 大白水 P.334　bredouiller〔a.fr. *bredeler* の変形 / ? ← *bretter*, bretonner　parler comme un Breton ← lat. brittus breton〕早口で分かりにくく言う。// 日本語訳では王の心理を想像し、苦虫を嚙み潰したような表情を加味する。

36　ふだんから　　disait-il **couramment**　　guillemets（⇒ 新朝倉 P.242）を変則的に独言の挿入に使う。tiret（同書 P.530左1º）は正則に使う。// 出版社ごとに違う程、直接話法の導入記号は編集者の手で多様に変えられている。//物分りのいい事しか「命令」しないのは単なる会話と皮肉る。// これは原本 P.38の dans ma science du gouvernement の別表現となる。// 威張る大人も内に優しさを残すと暗示する。

36　海鳥に変身しろ　　…de se changer en oiseau de mer　　無理難題を吹っかける言い回しとも見たが、辞書には見当たらない。38ᵖの「蝶になれ・悲劇を書け…」と考え合わせると ST-Exupéry の創作した言い回しと思う。なぜ海鳥か不明ですが、この童話の宇宙にあって海に関連するものが意外性を持って見えてくる。何でもありの童話の世界に「変身」は不可能事とする「常識」が写実味を出す。

36　かわいい仲間はこれでおやっと思った　　Mais le petit prince s'étonnait.　　〈P.35-L.19 Et le petit prince se demanda：〉の所でも敏感に大人への疑問反応を出すが、総じて作者はこども目線を半分行間に埋めて表現する。王（おとな）を観察するかわいい仲間は、小惑星を離れる毎に大人の独善的行動に嫌悪反応するが、王（おとな）の説明を聞く途中では、それを信じきっていて、この後の王の妙な手振りにも気付かない。

36　また小さく、こぢんまりとしていた　　La planète était **minuscule**.　　これは P.35-LL.27-28　La planète était tout encombrée par le magnifique manteau d'hermine. を前置きにした表現となる。この「極小の惑星」は物語の始めでは伏せて置かれる設定のようだ。この場面で星の小球体が示され、後半で四輪馬車が置けない云々の話におかし味を継ぐ。/ ⇒ 小学館ロベール P．1559　minuscule ❶ jardin ～　猫

172

の額ほどの庭。 maison ～マッチ箱のような家 / 球体の minuscule を表現するため様態の副詞を加筆する。

36 この点ですが Sur quoi le roi pouvait-il bien régner ?
次に続くこの子の質問に先立て、語り手が持ち出した一種の語り口とした。⇒新朝倉 P.271 interrogative (phrase, …) II .2º② . 予期される問いに先立って用いる。▲直接疑問も可能 [参考] forme délibérative 自問形 (⇒プチ P.418左)

37 【王の手描き絵について】①左頬に黄色い線が目尻から口元に掛けて走るが意味が取れない。②あたり一面がマントで覆われているという章始めの文章とこの絵とは少し違う。マントを引き戻した様子か。

37 …事もなげに答えた répondit le roi, avec une grande simplicité
この後の王の直接話法を挿入する時 répondre がしばらく使われる。répondre : dire : faire : 直接話法のみ、の四様がしぐさを伴う返事以外では、如何なる使い分けであるか明瞭にできないが当事者の心理を表現していると解する。【avec une grande simplicité について】sur tout と avec une grande simplicité との言葉の落差が humour を生み出している。

37 そらっとぼけた顔で、さらりと示した…指の先でこっそりと d'un jeste discret 王には似つかわしくない物腰である。自然を支配する事など出来ないのを承知でこの王は「全宇宙を支配する」と明言し自分を誇示する。仕種(行動)では気後れが露出してしまう。「内弁慶」の印象が残る。「人間が全部家来に思えてしまう」王なので全宇宙を支配していると無理を承知で宣言する。この場面では、王のこうした考え方は伏せてあり、故意の言い落とし (Réticence) の一種で、この作品が持つ文体上の特徴である。

37 自分の住む惑星、…の惑星、…星空全体を sa planète, les autres planètes et les étoiles 物語の住人達は小惑星 astéroïdes に棲む。// フランス語は étoile 恒星の , astre 天体の ; planète さまよう , astéroïde ; comète 長い髪の、など数語に及び、作品中使い分けもある。planète 惑星(地動説) : étoile 恒星(天動説?)。恒星に « きらめく » を加筆する。日本語にも星を表す語はいくつかあるが、天体よりも地上の星形に多用される特徴がある。日本語シソーラス(0984.01—0984.23)から引用する。白星・勝ち星・星取り・職場の星・星仏・目星をつける・星をあげる・星目・星斑牛・星白・星鰈・星鴉・星鹿の子・星額・星月・星縫い・星斜子・星明り・星月夜・星宝・星印・星下り・シラタマホシクサ・三ツ星…。情景を加味した語なら新星・明星・星の国・星影・星雲・銀河・天の川・星団・群れ星・星屑・流れ星・星雨…。

38 ほとほと感じ入った Un tel pouvoir émerveilla le petit prince.
度肝を抜かれるほどの驚きと感服をするおとぎ話の国の子には、この王がこっそりやった手ぶりの意味に気付かないままである。それで王に日没を頼むことまでする。原文の主語は人に換える。

38 将軍か、それともこのわしか qui, de lui ou de moi, serait dans son tort ? ⇒新朝倉 P.465 qui² 7º qui de ＋補語 Je me demandai un instant qui de ma mère ou de moi avait perdu le sens. (GREEN) 「母と私と、どちらが正気を失ったのか、ちらっと考えた」// 物語の筋から言えば、ここで王は太陽に命じると

ころを、王は全然別の話にすり替えるが、かわいい仲間は黙認する。【日没の44回について】第Ⅳ章末尾で言う「たくさんの描き損ない」の一例としておく。

38　　そのとおり　Exact.　　形容詞だけの省略文である。⇒新朝倉 PP.188-189 ellipse ⑦／簡潔な答え方。／⇒プチ P.345には類語 (correct, juste, exact, précis) の比較表がある。// 仮定の話とはいえ、なぜ王はおとぎ話の国の子に「(間違ってるのは) ce serait vous. 王様だ」と言わせているのか。それはこういうことと解した。この子から太陽に命令してくれと頼まれ、それはできないことだとは言えない (前頁末文：Elles obéissent aussitôt. Je ne tolère pas l'indiscipline. と言ってしまっているので) 王は、無理難題を命令すれば、命令を出した者が間違っていると先手を打つためである。この後、王は極当たり前のことしか言わないのだと、(日没の) その時が来たら命令を出すのだと、堂々と平凡なことが言える準備をしたようだ。

38　　当たり障りない命令　　…mes ordres sont **raisonnables**.
《il faut exiger de chacun ce que chacun peut donner》 といってる内容を再説する。　文字面を追いかける子供の読者には、作者が王の言葉に潜ませた皮肉がなかなか掴み辛いところであるが、極当たり前の命令は命令ではない、単なるおしゃべりになる。// 主語は人に替えた。

38　　おいらが頼んどいた…という命令は　　Alors **mon** coucher de soleil ?
第Ⅵ章で地動説のこの子がここで天動説の語感を残す。/ 王の言葉の中の ton coucher de soleil と対応関係になる。⇒新朝倉 P.17 adjectif possessif Ⅱ.4.// 王の惑星の回転を早めてくれと地動説で言えば、王にすれば命令が自身に向かい味気ないが、同じ言い訳をするしかない。

38　　このわしは全宇宙に采配を振るう事が出来るぞ　　J'attendrai, **dans ma science du gouvernement**,　　「この宇宙を操作する (gouverner) 技術 (science) は身に付けて (ma) いるけれども (dans)、時を待つことにする (attendre)」と言う構造で考える。【dans について】⇒大白水 P.674 2. 状況を示す dans を用いた前置詞句は文の前後関係に従って、〈原因 (理由)〉〈対立〉〈譲歩〉を示すことがある。例：dans sa généreuse résolution… 彼女は健気な決意をしていたので…[していたけれども…、していたにしても…]// ⇒新スタ P.456　C.2. 原因・対立　Il a osé dire la vérité **dans** la situation difficile où il se trouvait. 彼は難しい立場にあったのに、あえて真実を語った。// ⇒新朝倉 P.155 dans Ⅱ. 状態など 文意により様態・原因・対立などの意を帯びる。③対立【ma science について】⇒大白水 P.2249　science 3. sa science des couleurs[彼の色彩の手法] ⇒彼の不断の研鑽によって**被所有物になぞらえ得るもの** (新朝倉 PP.16-17 adjectif possessif Ⅱ. 2.) 王ゆえの「統治上の技術」とは「采配を振るう技」と童話化した。【du gouvernement について】前頁で …c'était un monarque universel. と言われているので 全宇宙の統治のこととなる。

38　　渡りに船と…待ってることに決めたんだわ　　Mais j'attendrai,…, **que les conditions soient favorables**.　　王が言っていた「海鳥に変身しろ、海に身を投げよ」などの用語例に添い童話的に面白くさせるため《 Tout vient à point, qui sait attendre. 》も参考に、大きく変える。一頁ほど後の場面に、おとぎ話の国の子は出発という行動を起こすために同じこの言葉を使う。この時は二度目の言葉なので

王に対する皮肉とも聞こえる。ただし、この子は最後まで王に対する vouvoyer を崩さない。// この別れの場面には、「渡りに船」の躍動的表現も加味した。宇宙にあって、海の連想は、直接的には唐突になるが海の果てし無い彼方＝彼岸の連想も考えた。

38 えっへん、おっほん　　Hem！Hem！　　⇒P.ROBERT P.833 Hem！à exprimer certains sous-entendus // 王が自説の天動説から地動説へ変換？【野暮天】日本で夏至の日入はおよそ札幌で19時20分、東京19時00分、福岡19時30分である。⇒『理科年表』暦部 国立天文台編 丸善㈱

38 暦の本をぱらぱらとめくった　　qui consulta d'abord un gros **calendrier** Calendrier より Almanach が相応しいと思うが実物を見ずにこれ以上は言えない。/暦を取り出してくる写実感におかしみがある。

38 …其の方に言わせてみせようぞ。　　Et tu **verras** comme je suis bien obéi.　　⇒新朝倉 P.228 future simple Ⅱ.B. 叙法の用法 未来の出来事は予想されるだけで、過去のように客観性を持たないから、未来形は話者の主観に従ってさまざまな陰影を帯びる。2º 脅迫

38 ふぁーっと、…なまあくびを　　Le petit prince **bâilla.**　　最初のあくびは王から脅されたのに、ここではその王の面前で堂堂とあくびをする。王をただの人と看做しているあり様を、同じ仕種(bâiller)で表現して、それを言葉にしない心理描写が面白い。一方王は家来を失いたくないためそれをもはや咎めだてもできず、急に弱気になったと解す。// フランス語は生理的欠伸・生欠伸・空欠伸・作り欠伸の言語的区分けをしないが、未調査です。

39 捜しても　　…Je n'ai plus rien à **faire**　　章はじめの pour y chercher une occupation を生かし「捜す」とした。// この判断が出来たことが、「かわいい仲間」のひとつの成長を暗に示す。

39 また旅に出ます　　Je vais **repartir** !——Ne **pars** pas,…partir に接頭辞 re－を付け「王の星にやって来たこの子が再び旅立つ」ことを示す。王の側から言う時は partir になる。[参考] **lire** だと《Je vais relire ta lettre.》「お手紙，(確認のため)読み直してみます。」Re＋動詞は使い込まれるに連れ「動作の再現」から「再現の意図」の意味が強まる。⇒小学館ロベール P.2040 Re-,Ré- の項にその多彩な姿の解説がある。// 王が語る宇宙支配の王国をかわいい仲間は虚構と見破っているが、心優しさ故に「星の裏側を覗っ」ても、「あっちの方 la-bas」と暈す。【原文 P.39-L.13 dit le **petit** prince qui… の petit の脱落を FOLIO 1999年版で加筆】

39 …自身を裁いてみたらどうかね　　Tu te **jugeras** donc toi-même ⇒新朝倉　P.228　futur simple Ⅱ.B.3º ①命令の語気を緩和 // 日没不成功に気落ちする王の気分を出す。

39 他人を裁くこと…　　…que de juger **autrui.**　　⇒新朝倉 P.87 autrui －un autre；tous les autres hommes の意味の不定代名詞。文語調。日常語では les autres を用いる。/「生来人間というは自我の虜」だから自己審判は無理という sarcasme と読んでも、文脈上はそれを許さないほどひどく真面目である。「自分のやった事を改めて問う」のは、第Ⅸ章の、花を見捨てて自分の星を脱出したことを前提に作る。

39 大事に飼っておる　　pour l'économiser　　　　⇒大白水 P.870

économe〔gr.oikonomos /oikos maison ＋ -nomos（← nemein administrer）〕〔余談〕ラテン語源が家単位から、「経済」は経世済民からが語源である。⇒『講座日本語の語彙』⑩語誌Ⅱ．P.1 明治書院1983年 /⇒『日本語は映像的である』熊谷 高幸著 新曜社 2011年 P.105「図から地へ」の説明

40　　まるで厳めしさを備えているかのように、堂々と見えた。　　Il avait un **grand air** d'autorité.　　⇒新朝倉 P.38 air 2° avoir un air de ＋ 無冠詞名詞 / 外見上の様子を言い、中身には触れていない表現法と考える。念のため「まるで」を加筆する。/un grand air ＝もったいぶった様子 /avoir un air d'autorité ＝支配する力がありそうな様子

40　　大人の人の正体なんて理解できない、なんとも変なものだ　　« Les grandes personnes sont bien **étranges** »　　他の原本から guillemet を加筆する。おとぎ話の国から来た子が「大人とはじめて出会い」、用意したように大人批判をするあたり、御伽噺らしい。【étranges の内容について】全宇宙を支配する権力を持ってると言ってた「王」は極当たり前の人であった事をこの子は見破って étranges と言う。精密に言えば、大人自身は「バオバブ」のように辺りを払う巨大な存在と思い込み、そうした姿勢の自分には全然疑念を持っていない、そこがこの子には「étranges ＝理解ができない」のだとした。/ ⇒ P.ROBERT P.636 étrange ◆1°（XIIᵉ）Vx. Incompréhensible; hors du commun. «J'aperçois bien qu'amour est de nature étrange»（MAROT).// ⅩⅤ章までの星の旅で大人が持つ「頑なさ」とは対照的に、かわいい仲間が「感受性の柔らかさ」を行間から垣間見せる。人が生来持つ『優しさ』が行間に埋めてある。これを羅列すると、[王の威厳⇔老人への気遣い]、[うぬぼれ屋の見栄っ張り⇔あそび]、[酒飲みの繰り言⇔同情]、[一人占め男の所有欲⇔所有の仕方への疑念]、[点灯夫の勤勉さ⇔素直に感心する]、[地理学者の視野の狭さ⇔花の命の発見]

XI

40　　いらっしゃい　　Voici la visite...　　FOLIO 1999年版その他は **Voilà** であるが、底本の voici の語感を活かすため校訂しない。⇒大白水 p.2580 voici 時間的に近く起きる事柄 voici la pluie ほら雨だ /voici を拡大し、以下の歓迎する文脈につなげた。

40　　ほめ上手　　un **admirateur**　　un vaniteux 自惚れ人間の頭が考えた人物像。取合わせの妙がある、社交を知らぬかわいい仲間と、社交が生きがいの人物。//【○○屋について】この手の言い回しはいくつも有る。[例]気取り屋・皮肉屋・わからず屋・へそ曲がり屋・恥ずかしがり屋・やきもち屋・いやみ屋・ひがみ屋・がんばり屋・寂しがり屋・泣き虫屋・ふてくさり屋・欲張り屋・しみったれ屋・がみがみ屋など。//les vaniteux は「そういう気性の人間」一般を言う。。

40　　声を高々と張り上げ…　　...s'écria de loin le vaniteux...
⇒大白水 P.642　crier － Syn. crier 比較的簡単なことを力を込めて言う。s'écrier は比較的複雑なことを声高に言う。前章から s'écrier が使われるが、広い宇宙空間を

想起させるためだろうか。// Ah！〈…〉admirateur に応じて、ほぅ… ほめ上手とした。

40　　なにやらわけありげな帽子　　Vous avez **un drôle de** chapeau.
例によっておとぎ話の国の子の会話には説明が一切省かれていると理解して訳す。どうやら読者向けに「この人の帽子」にまず注目させようとしたとみる。ここで「へんてこりんな帽子」と言葉で強調したなら帽子自体が奇妙でよさそうだが、手書きの絵でみれば変とも思えない帽子である。そこで「曰く因縁の有りそうな・わけ有り気な」「どこか怪しげな」というもうひとつの drôle の意味を考える。⇒ P.ROBERT P.518 **DRÔLE** 2.—(personne)　Je l'ai trouvé drôle : il doit avoir quelque souci caché. ◇ Drôle de …«J'ai une drôle d'idée dans ma tête». Un drôle d'instrument. Une drôle d'odeur.　ただし、白水社ラルース仏和辞典（2001年版）には、P.364　drôle 2.[事・人]（様子が）おかしい、変な[付加形容詞としては用いず、属詞としてのみ用いるもの]との注意が付く。だが、Tu fais une drôle de tête aujourd'hui, quelque chose ne va pas ? 今日は浮かない顔してるね。何かうまくいかないことでもあるのかい？ の用例も掲げてある。/「un(e) drôle de ＋ 無冠詞名詞」の drôle は、小学館ロベール P.812 ❸では「名詞的」な扱い、新朝倉 P.183左では形容詞扱い（限定辞・冠詞は名詞に一致するから）とされている。//　本項では、属詞の場合に持つ語義の方を優先させて訳すこととする。

　ところでこの『un chapeau の動きそのもの』が言葉以上に「わけ有り気」を雄弁に示す。両手の手たたきが、うぬぼれ屋を満足させる。帽子が上下してかわいい仲間を遊びに興じさせる。手たたきが止むと、帽子が止まり、うぬぼれ屋をほめ言葉の禁断症状に陥れる。かわいい仲間に、そして読者に、わけ有り有りの大人の背面を、行間に半分埋めた形で気付かせる。Saint-Exupéry は『帽子・un chapeau』を言葉と同次元に使う。非言語素材を文芸に取り込む斬新な手法を見せる。（第Ⅰ章冒頭を参照ください。そこでは『帽子の絵』によって「気付けない世界」を言葉を使わずに語った。）　なお、「ことば」と非言語・非文字素材（手描き絵・童謡・楽曲…朗読劇・パントマイム…映画・漫画…遊園地・景勝地の看板…）との一体化の芸術運動・創作活動に私は不案内です。直接には関係はありませんが：Identification , Participation ; Simultanéisme などを関連分野として掲げます。

40　　…と声をかけてくれるたんびに　　　　　　…quand on m'acclame.
⇒大白水 P.18　acclamer—SYN acclamer 大勢で歓呼しながらある人を迎える。applaudir は一人または大勢で**拍手を送る**（とりわけ劇場や集会などで）/ ⇒ P.ROBERT P.11 (1504) **ACCLAMER** : Saluer **par des cris de joie**,/ IBIDEM P.75 APPLAUDIR (1375) **Battre des mains** en signe d'approbation,【quand について】⇒新朝倉 P.438 quand¹ Ⅰ.1. ②二つの反復動作（=chaque fois que）

40　　そうなんですか…たたき合わせてみなってば　　　　　**Ah oui ?**…
Frappe **tes mains** l'une contre l'autre　【Ah oui ? について】この子は状況把握はできるが、その背景を、この段階ではまだ推測できないことが示される。旅を重ねて、状況の背後にあるものを推し量る思考法をこの子は段々に身に着けてゆく。// 拍手を指示して、形だけ賞賛してる姿をとらせる。うぬぼれ屋は感情を押し殺した態度だが、後段になると露骨に褒めてくれと訴えだす。なお、「拍手」はかわいい仲間には遊びの所

作でしかない。作者は解説を省いて「拍手」という動作に、賞賛と遊戯の二重の意味を持たせる。非文字表現の異種で文字の半分を隠した表現(Réticence)である。P.173「37 そらっとぼけた顔で…」を参照ください。

40　　独り合点した　　…, se dit **en lui-même** le petit prince.
⇒プチ P.893　en lui-même　それ自体で　Ce plan en lui-meme n'a rien de surprenant. // この en lui-même は星巡りの旅の中で、章末のこの子の独白に多用されていく言葉となる。この子、そして特に読者がおとな的既成概念から自由に成って行くことを感じさせる響きがある。

40　　答礼をやり始めた。　　Le vaniteux **recommença** de saluer…
直前の文でこの子がまた手をぱちぱち「**やり始めた**」とあるその同じ動詞 recommencer をここでくり返し使う事で動作の状況が目に浮かぶように読み取れる。日本語訳も同じ言い回しを使う。

41　　退屈して**手を止めた**。　　(il) se fatigua　　飽きが来たその先に「(ぱちぱちの) 手を止めた」を加筆して、次の会話へ繋げた。飽きたのは「やりとりが単純に思えて来た」ので、次の「遊び」jeu を求めた。同じやりとりの単純さでも第ⅩⅣ章、点燈夫の仕事は他人の役に立っているからすばらしい(joli)とこの子は見抜いている。

41　　…帽子ですが、のっかったままになっちゃった…焦れて聞いた
Et, pour que le chapeau tombe, demanda-t-il, que faut-il faire ?
《この子が手をたたく→うぬぼれ屋が帽子を持ち上げる→手を止める→帽子が頭に戻る》。この繰り返しに飽きて手をとめる→帽子は頭に載ったままになる。【et について】⇒ P.ROBERT　P.625　ET　Ⅱ. au début d'une phrase, avec une valeur emphatique./ この子にとっては拍手と帽子の答礼との間の因果関係など全く知らない。手をとめてみて、帽子が頭にかぶさって動かない事は遊びの中断にすぎない。【pour que le chapeau tombe について】⇒新朝倉 P.411 pour Ⅲ .pour que + 接続法 2° 結果　　問いの動機 : Qu'a-t-il bien pu arriver à ma sœur pour qu'on me convoque ici par dépêche ?「わたしを電報でここに呼び寄せるなんて妹に何かあったんだろう。」/ tomber は en soulevant son chapeau と反対の動きと見て「(帽子が頭の上に) 倒れる⇒降りる⇒乗っかったままになる」。Tomber の次に起きることの方に、話の関心が移っているので、日本語訳は完了相にした。⇒『フランス語ハンドブック』著者 新倉俊一始め7氏　研究社1978 P.221 1.1.1. 瞬間的現在を表す現在形　　—Ah ! voilà que ça commence ! murmura-t-elle. [FLAUBERT]「ああ！いよいよ**始まる**わ！」と彼女はつぶやいた。…「いよいよ**始まった**わ！」とすべきかもしれない。【demander について】遊びが中断して、間を持て余す心理描写に替える。

42　　だって…あんただけじゃん、あんたの星に居るのは　　Mais **tu** es seul sur ta planète…　　ここでこの子は tutoiement へと切り替えている。⇒新朝倉 P.541 tu ④軽蔑を表す。日本語訳もくだけた語調にする。この後、うぬぼれ屋は気取りも捨てて admirer すなわち acclamer を要求するに至る。それに応じる、この子の仕種 [P.42-LL.10-11　…,en haussant un peu les épaules,…] が「乗り気でない」と言う身ぶりの意味を、説明のため加筆した。⇒『フランス人の身ぶり辞典』大木 充・Jean-Claude Rossigneux 著　くろしお出版1985年　P.111/⇒『しぐさで伝えるフランス語』にむら

じゅんこ著 三修社2004年 P.127// うぬぼれ屋の身振り語「帽子を**ちょこっと**持ち あげる」を、この子の身振り語「肩を**ちょこっと**すくめる」に連動させて加筆し、可笑 しさを増幅した。⇒新明解国語辞典「すくめる」P.730//「肩をつぼめる」は委縮、「首をす くめる」は照れ隠し。⇒日本国語大辞典⑥ P.568「くびを縮める」【Fais-moi ce plaisir について】「……うれしい気持ちにさせてくれっ」とする。第Ⅸ章の花の言葉《Tâche d'être heureux.》「うれしい気持ちを見つけに出かけて」とは似て非なるものとして、 持て囃され、くすぐられてるような、そういう種類の「うれしい気持ち」もあることを読 者に想起してもらうためです。P.223「68 このうれしい気持ちに…」を参照ください。

42 あんたにゃ感心するよ Je t'admire ⇒日本語新辞典 P.378 [感心 には逆説的にあきれる意味と両方ある。] ⇒プチ P.23 admirer 皮肉に用いることも ある J'admire vraiment son égoïsme. / この言葉には日仏両語に皮肉を込める傾 向が見られるが、「人に感心した結果」の心理分析からこの両義性に説明が付くものが出 て来るものか未調査です。// うぬぼれ屋の「しぐさ」を追加して、おかしさを出す。

42 …どこがあんたの事だってちゃんと言えるの mais en quoi cela peut-il bien t'intéresser ? cela = « Je t'admire と言わせたこと » とした。大人 の性癖をからかう作者の sarcasme がある。この子は大人を批判的に観察できるよう になった。⇒新朝倉 P.468 QUOI² 1º ① En quoi cela me regarde-t-il ?「それがぼ くと何の関係があるのだ」

42 その次に、かわいい仲間は飛び去った。 Et le petit prince s'en fut. 新朝倉 P.207 être Ⅵ.être(=aller) s'en être(= s'en aller)(単過と接・半だ け)/「飛び去る」と非日常化した。【et について】かわいい仲間が《 mais en quoi... ?》と 少し考え込む時間の経過があったと解する。この子は大人との別れ際で、ためらったり (Ⅹ、Ⅻ、ⅩⅣ、ⅩⅤ)、決然としたり(Ⅺ、ⅩⅢ)して、成長の姿を示す。

42 誰はばかること無く simplement ⇒P.ROBERT P.1652 SIMPLEMENT ◆1º D'une manière simple, sans complication, sans affectation. «Le dire simplement et sans aucune prétention» ◆2º (Sens faible),Seulement.«Nous voulions simplement démontrer...» 大人への辛口批 評をためらいなく言うことと考えた。人間をさがし求める旅をしているが、こおい う人間は探し求める相手ではないと、この子は旅を重ねて知っていくことになる。 simplement はそう言う過程の中と解し、pur et simple の意味とする。

XII

酒飲みの手描き絵が前章にずれ込むので修正する。この第ⅩⅡ章の中間位置まで 絵を繰り下げ(P.42→ P.43)、本章の文章前半部を、絵のあった位置に繰り上げる (P.43→ P.42)。

42 ここに立ち寄ったのは…、ここに立ち寄ったことで Cette visite…, mais elle plongea… フランス語の elle は cette visite のみを指しているが、日本語に した「その立ち寄り」は「ほんのちょっとの間」まで取り込んでしまうので、明瞭にするた

め、日本語訳としては元に戻って「cette visite＝ここに立ち寄ったことで」とし、主語は人に換える。

42　　やり場のない重苦しい気分にしょんぼりして　　mais elle **plongea** le petit prince dans **une grande mélancolie**　　mélancolieの内容がないまま言葉だけが現れたので考えて訳すしかない。この子の追求に酒飲みは左下の図の、循環する返事しかせず、俯いてしまう。一方おとぎ話の国の子は何とか助けたいと気を揉む

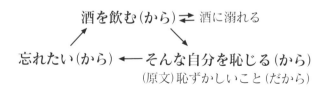

が最後は酒飲みが殻に閉じこもってしまったので手が出せなくなる、という構図の中で生まれた感情と考える。酒飲みの様子がにべもしゃしゃりもなく、取り付く島もない事に、この子は助けたい気持ちのやり場を失い、ひどく疎外されたような、さびしい気持ちに落ち込む。それが une grande mélancolie とした。⇒ P.ROBERT P.1065 **MÉLANCOLIE** 3⁰ Cour.(XIIᵉ) État d'abattement, de tristesse, accompagné de rêverie. V.Spleen. // IBIDEM P.1327 **PLONGER** I.V.tr. ◆5⁰ Mettre qqn d'une manière brusque et complète(dans une situation). V.Précipiter. Vous me plongez dans l'embarras ! ⇒類語 《1103—f—02》しょんぼり　元気がなく、寂しそうな様子 // この星でかわいい仲間は人間関係を遮断してしまった生き方をする人に出会う。この子の気持ちに自然に湧き出た同情心が思いがけず拒絶され、感情が不安定に、ショックを受けた様子とした。// 章末の perplexe と連動する。// アルコール中毒を大人の特徴とし、作者は当時の世相を濃く出したようだ。

42　　…酒飲みに声をかけた 。…無言の行をしているように…　　Que fais-tu là ？　le petit prince **dit** au buveur, **qu'il trouva installé en silence**…
最初から tutoiement で始まる。同情する気持ちが初めからあった事を表現していると見る。⇒新朝倉 P.541 tu ① // 前2章は出会いの時、声をかけられていたが、ここから続く三章はこの子の方から（酒飲み・独り占め男・街路灯点灯夫を）見つけ興味を起こして声を掛けている。はっきりと世界に好奇心を持ち出したと見る。// この子は酒飲みの様子が妙に気になった処で声を掛けている。関係節が長いので二文にする。関係節は声を掛ける動機を説明している。⇒新朝倉　P.436 proposition relative Ⅱ . ◆説明[同格]的関係節は先行詞との間に休止を置いてやや低い音調で発音される　2.②原因・理由【無言の行について】この子の星めぐりでは始めに大人に期待を寄せ、すぐ見事に裏切られる構造を取る。（第Ⅰ章 P.8-LL.23〜 P.9-L.8　語り手が六歳の時に周りの大人を試す行動と重なって見える。）ここでも〔installé en silence〕はまず、座禅を組んでるかのように敬意をこめて見たとする。すぐ、酒飲みの繰言で裏切られる。【この後おとぎ話の国の子が質問し、酒飲みが答える一問一答が続くが、対話の調子はこの子が心の中で酒飲みに同情を深め、聞き方が柔らかくなって行くのに反比例して、酒飲みはどんどん身を引き、態度を小さくしていって、とうとう沈黙に閉じこもる。このあたりの Saint-Ex の表現法を見る】
　…声をかけた・・・・・・・・・il **dit** au buveur

--- 声を吐き出した。------- *le buveur **répondit**, d'un air lugubre*

…わけを知りたくなった。・・・・le petit prince lui **demanda**

--- と答えた。----------- *le buveur **répondit***

…立ち入って聞いたが・・・・, s'enquit le petit prince qui déjà le plaignait

--- 顔を伏せつつうちあけた。---- *le buveur **avoua** en baisant la tête*

…わけを聞かせてくれ・・・s'informa le petit prince qui désirait le secourir

--- 言い終わるや…むっつりぽつねんとした世界に戻ってしまった ---*acheva*

*le buveur qui **s'enferma** définitivement dans le silence*

【大白水から】P.728 –SYN demander はっきりと、しかし丁寧に尋ねること IBIDEM P.939 –SYN s'enquérir ある事柄について多少は分かっていても、さらにその原因や状況を詳しく調べること（例えば新聞記者の取材など）。s'informer はそれより意味が弱く、知らないことを知ろうとする意（例えばある事件に対して一般市民が取る態度など）// この子の尋ねる口調が段階的に弱まる一方で同情する気持ちが強くなって行き、酒飲みはわが身を引くように表現してある。【en baissant la tête について】新朝倉　P.239　gérondif 5.①. 同時性

42　　　一杯一杯また一杯やっとる　　　Je bois　李白の「山中對酌」から引用する。李白の詩が持つ「世俗を排除し、酒友のありのままを受け入れる、『忘形の交わり』の趣きを持つ飲酒」とは詩情からして違う。言葉が持つ背景の違いから、飲酒の楽しみ方の相違までがうかがえる。李白の詩句を、この場面のひたすら酒を飲む状況描写に使ったが、言葉の背景を尊ぶ人には寛大なる鑑賞を乞う。

42　　　恥じ入っちゃってる吾輩の、この体たらくを、おれは忘れたいんだ Pour oublier que j'ai honte, …　　　「恥じ入ってる**ということ**(羞恥心)を忘れたい」が原文の意味。つぎの《 Honte de quoi ?「どういう事を…」》《 Honte de boire !「飲酒癖を…」》からも、原文は「事柄」を追って話の筋が整って作られている。さて、現実に戻って、飲酒の場合、「忘れる＝酔わす」事が出来るのは何かと考えれば、自己の正常意識であろうから、結局、自分が自分である事を忘れる事に行き着く。**Pour oublier que j'ai honte** は言葉のあやとして、成り立っても実態とはずれている点があると言える。// なにも「言葉のあや」で通用する事なのに目くじら立てる事はないのかもしれない。日本語でも「(酒で)憂さを忘れる，羞恥心をごまかす」と飲酒の表現はある。フランス語では事柄を抽象して繋げれるが、そのままに日本語にすると実在感のないままで軽くなりすぎる。「自分を忘れたい」と「人間味を加えた修整」を試みた。

43　　　気持ちのやり場にどうにもまごついた挙句の果てだった　　　perplexe ⇒大白水 p.1817 perplexe　　per-(préf. sens superlatif) + plectere (tisser) [過度に組み合わされた]主語 le petit prince の同格形容詞と考える。⇒新朝倉 P.25 adjectif qualificatif V .3° 同格形容詞の表す意味(2)原因：Après *l'immoraliste*, Gide, découragé, ne veut plus écrire. (CHAIGNE)// この章始めの une grande mélancolie と対応させ加筆する。

43　　　思いを引きずるのでした　　　se disait-il en lui-même durant le voyage これまでの二つの星を飛び立つときは　il se dit と単純過去形であったので、ここの半過去形は「過去における継続相」を出す。このショックがしばらく尾を引いた様子であ

る。⇒新朝倉　P.255　imparfait de l'indicatif Ⅱ.A.1.継続

ⅩⅢ

　独り占め男との出会いから、かわいい仲間は「物を持つ」ことの自覚を深める。「持つことになったものと、apprivoisement したものとの付き合い方」をめぐり、独り占め男のやり方に不審感を持つ。この反感が実は第Ⅶ章の「感情爆発」の原因だった。

43　　　四番目の惑星は例の赤ら顔の **独り占め男が住み処にしてる**星でした
La quatrième planète était **celle du businessman**　　⇒新朝倉 P.113
celui,celle　celui de ＋名詞　いつも補語を伴い(定冠詞＋名詞)の代理をする。//「独り占め男の惑星でした」と訳すと「所有する星(être à qqn)」とも読めるので、これを避けた。// この後に出る possséder はこの男とこの子との間で、所有に対する認識の違いがあるので「所有 // 持ち物」に訳し分けた。【赤ら顔の独り占め男について】定冠詞が付くのは第Ⅶ章に扱われた人物(P.27-LL.20-21 Je connais une planète où il y a **un Monsieur cramoisi.**〈…〉Il n'a jamais rien fait d'autre que des additions. であるから。// **businessman** は P.ROBERT 1972年版にはまだ登載がない。(同書P.204 business : 1884 ; mot angl. Fam. ◆Ⅱ.Mod.Affaires embrouillée.)//大白水、新スタ、小学館ロベールには [businessman] の見出しがあり「実業家(homme d'affaires)」とある。//SAINT-EX の意図を考えると、第Ⅶ章から想像すれば、算盤勘定ばかりをやっている人物像として**創作したと考える**。本章でもいきなり足し算に忙殺されている businessman の姿が出てきて busy+ness+man(忙しい + 状態の + ひと)を想起させる。星の所有にばかり忙殺される、いささか典型化した人物像を出すため「独り占め男」とした。第Ⅶ章からの繋がりをつくるため「赤ら顔の」を加筆する。

43　　どうなされました…惑星に着くなり…お口元のタバコの火が…
Bonjour, lui dit **celui-ci. Votre** cigarette…　　　　　「標準的な」Bonjour, Monsiuer ! でない。子供の挨拶言葉という表現なのか。第ⅩⅠ章、第ⅩⅢ章、第ⅩⅣ章にこの子からの挨拶言葉として使われる。/ celui-ci を解凍する。人物をその動作を使って指定する⇒新朝倉　P.115　celui-ci ;celui-là など　2⁰ celui-ci は最後に述べたもの：Le radio toucha l'épaule de Fabien, mais **celui-ci** ne bougea pas. (ST-EXUP.,Vol,)「無線技師はFの肩に手を触れたが、Fは身じろぎもしなかった」// この子は前半だけ vouvoiement なので、それらしさを出す。所有形容詞 votre から「お口元の」とし、口調に丁寧さを出す。

44　　さいならっと　　**Bonjour.**　　⇒P.ROBERT P.178—Fam. Bien le bonjour ⇒大白水 P.305 Bien le bonjour !…(人を去らせる時に言う)⇒ SYN P.60 bonjour **syn** Adieu, au revoir, salut, salutation. この後、Hein ? Tu es toujours là ? とまだ居る事で驚くのに符合させ、数字読み上げの途中なので簡略にする。

44　　点ける暇なしっと　　Pas **le temps** de la rallumer.　　⇒新朝倉 P.527 temps 1⁰ 前置詞なしで副詞相当句を作る　◆le ＋ temps de ＋不定詞：**ぼやき**と解した。この後、ne pas s'amuser à des balivers/pas le temps de flâner/de rêvasser

と顔を出す、「大人の考えからは無駄と見做す**時間**」の表現に使う。//5、12、15、22…作者の実人生の節目年齢と関連性は見つけにくいが、意味ありげな数字ではある。

44　…二十八…二十六たす五で三十一…　…vingt-huit.〈…〉Vingt-six et cinq trente et un.　計算式が直前を受ける形で続くが、この二つの式の間だけ数の繋がりをなくし計算結果に間違いのあることを暗示する。

44　えっ、あれ、まんだおったか　Hein ?　Tu es toujours là ?　独り占め男は Bonjour. で別れたつもりだったので、この子が目の前に居ることに改めて驚きと疑問の声を上げる。⇒プチ P.1519　toujours の 類語 に、encore との相違の説明がある。p.185「46　さらに突っ込んで質問した」を参照ください。

44　五億百万のあれだよ　Cinq cent un millions de…　おとぎ話の国の子が質問した数字を「五億百万の(何か)」と御丁寧に訂正しながら、しかし次に、物の名前が出ない。独り占め男は un millions de [quoi] を説明する「星」という言葉に辿り着くまで、おかしな会話をする。[参考] (Ⅷ.P.27-LL.21-22) Il n'a jamais regardé une étoile.

44　あれれ、何かだ、何だったかな　je ne sais plus…　合計数には気を配るが、何の合計かに関心をもたない。ここに「人間の行う事業に自分自身の存在意義を参加させることが困難」な、人間が作り出した現代社会の非人間的な一面を暗示する。この例では星を勘定し所有する事に無上の価値を置く人間が、その「星集め事業」から自らを疎外していることが暗示されている。SAINT-EX. はここで特に何も語らないが、「身を挺して働くその渦中に見い出す事のできる自己の人間としての価値」はこの作家の追い求める価値であったと思う。

44　わしはまとも人間だ　Je suis sérieux, moi,…　SAINT-EX. は意図的に sérieux をこの章で集中的に使う。まずその用例を挙げる。
Ⓑを Busenessman、Ⓟを le petit prince、Ⓝを Narrateur とする。

P.44-L.10　　　Ⓑ　Je suis **sérieux**, moi,
P.45-LL.8-9　　Ⓑ　Je suis **sérieux**, moi !
P.45-L.20　　　Ⓑ　Mais je suis **sérieux**, moi !
P.45-L.26　　　Ⓑ　je suis **sérieux**, …
P.46-LL.27-28　Ⓑ　Mais je suis un homme **sérieux** !
P.47-L.8　　　　Ⓟ　Mais ce n'est pas très **sérieux**.
P.47-L.9　　　　Ⓝ　Le petit prince avait sur les choses **sérieuses** des idées très
　　　　　　　　　　différentes des idées des grandes personnes.

「独り占め男」が連発する sérieux は当人を除外した世界：　自分の外にある価値基準に整合する「まともなこと」である。かわいい仲間が言う sérieux は本人と他者とが相互に有意義な結びつきを作る、当人の内側に根を持つ価値基準＝渦中の基準を指している。

44　なんだかんだと、こんな無駄口　je ne m'amuse pas à des baliverns !
⇒新朝倉 P.68 article indéfini Ⅱ.6.②情意的用法 //　この「時間を無駄に使う」という考え方で、第ⅩⅩⅠ章には好対照をしている部分がある。原本　P.72-LL.3-4 C'est le temps que tu as perdu… および覚え書　P.228「72　…時を度外視して…」を参照ください。

44 五億と百万の、いったい何ですか　Cinq cent **un** millions de quoi ？
原本に疑問符が無いので校定した。最初の質問に un を添えた変化球で微妙におかしい。//11年周期で不調が発生する太陽が「衛星」を所有してる様を思わせる。

45【リウマチと運動不足の関係について】この箇所からは、サンテグジュペリの時代に rhumatisme の原因が運動不足にあると読み取れますが、それが当時の原因説かは未調査です。今日でもリウマチの原因は解明されておらず、遺伝、リンパ球、レトロウイルスなど身体組織の免疫異常の研究がされています。「痛風」から来る激痛 [une attaque de goutte] に近いのかもしれないぐらいで、この物語だけでは何も分かって来ません。// 作者の歳(54-22=32歳、54-11=43歳)前後に、身に起きた出来事を重ねて考えるのは、第Ⅵ章と異なり作品鑑賞とは無縁の事でしょう。

45　いったい、なにが、なにが何百万なんでしょうか　Millions **de quoi** ？
独り占め男の数字読み上げに、「なにが」を反復して途中でさえぎった様子を出す。

45　これはおちおちやってられないぞと状況が読めた。それで、声を荒げた
Le businessman comprit qu'il n'était point d'espoir de paix :　男は何の数字かと聞かれて je ne sait plus... なので改めて「星の数字だ」と、言葉が出ないわが身の現実に直面し、自分の仕事の説明ができないことに苛立つ。comprendre はこうした状況を思い知ったと言う意味にして deux points の後に乱暴な説明を始めると解し、つなぎのことばを入れる。/⇒新朝倉 comprendre P.136 左 2º comprendre que + 直接法〈状況を把握する〉 [参考]comprendre que + 接続法〈状況を納得する〉

45　…あいつ、あいつ、つぶ、つぶのやつ、…に見かけるやつ　Millions de ces petites choses que l'on voit dans le ciel ！　⇒新朝倉 ce² P.109 Ⅰ. 6º 限定を伴う ②ce + 名 + 関係節 // ces で強調し、「星」という言葉が口から出ない姿を出す。【底本の ! [point d'exclamation] どおりとする】独り占め男がここで[空に見かけるつぶつぶのやつ]を言おうと怒鳴ったとして [!] を使ったとする。直前でも « la voici ! » と怒鳴ったと解す。実はFOLIO 1999年版ほかなどでは [. point] になっているので、仮訳とする。// 宇宙に野鳥や昆虫(芋虫・黄金虫・蠅・蜜蜂…)、草木(バオバブ、二十日大根、一日花、バラ…)を繰り出す作者の意図は…不明であるが、読者は完全に地球上と錯覚する。

45　つぶ、つぶのやつ…　…des petites choses qui brillent.　⇒ 新 朝 倉 article indéfini P.66 2º ② (2)その他 de に代る慣用の des/ Il lui semblait entendre **des** petits cris de rats. [CAMUS,Peste,29]// かみ合わない会話場面のおかしさを「つぶ・きら・キンキラ」などの反復で誇張する。

45　あっ、そうか。星の群れでしょう。　Ah ! **Des étoiles** ？　【des について】⇒『フランス語の冠詞』PP.98-103　松原　秀治著　白水社1979年 「les ではなく des を使えば、いろいろなものを含むが、必ずしも全部に及ばなくてもよい」

45　星の群れから**何を仕立てるの**　Et **que fais-tu** de cinq cents millions d'étoiles ？　この子が男に「星から何を拵えるのか」としつこく訊ねるのは次の「所有」との対照を作るため。// この「星の群れ」はやがて第ⅩⅩⅥ章後段(P.86)で、かわいい仲間とパイロットとの慣れ親しい間柄(apprivoiser)の縁により「玉鈴」となり「水瓶」となることが、再読者に微かに伝わる。// ここから tutoiement に切り替わるのは「軽蔑」のため⇒新朝倉P.541 右④。// この後、独り占め男は、また概数表現を訂正しており、

「数字のとりこ」振りを見せる。

45 　　星を持ち物に　　Et à quoi cela te sert-il de posséder les étoiles ?　　⇒新朝倉 P.488 servir : servir à qn à qch / À quoi cela me sert-il (SARTRE, Mouches)「それが私に何の役に立ちましょう」//cela は de 不定詞 に先立つ非人称主語⇒ IBIDEM P.PP.112-113、13° 非人称的主語、15° cela を主語とする疑問文

46 　　それのおかげで、財産家になれるぞ　　Ça me sert à être riche.　　次に星を買い取り、銀行預けの話があるから riche を「財産家」とした。「星」が貨幣になるのは唐突だが原書に P.86-L.10-11　Pour mon businessman elles(étoiles) étaient de l'or. とある。

46 　　別の星を買い付けるのに使える、…星を見つけるたびに、わしはそれを買い取る　　À acheter d'autres étoiles, si quelqu'un en trouve.　　新発見の星を買うために「所有する星」を減らす話となるので「所有する星」は増えない。/ [La richesse me sert] à acheter d'autres étoiles. 省略箇所を推定加味して訳す。/ 作者にとって servir(役立つ / 使える) は後に出る utile(役に立つ) 同様重視している言葉と見る。【si について】新スタ P.1659 si Ⅱ. 事実の提示4. = chaque fois que

46 　　どっか似たへ理屈を並べてるなぁ　　il raisonne un peu comme mon ivrogne　　buveur から ivrogne に変わる。酒飲みの屁理屈は循環するが、星の売買は循環するとは言えない。星を所有する⇒金持ちになる⇒新星を手持ちの星で買う⇒星は増加するとは限らない。【 mon ivrogne について】⇒新朝倉 P.17 adjectif possessif Ⅱ.4. **すでに記述され語られたもの**(どちらかといえば「経験したことを想起している」状態を示している)

46 　　さらに突っ込んで質問した　　Cependant il posa encore des questions　　所有することの効用(servir à quoi?)から所有の仕方(comment posséder?)へと話柄が変わる。この切り替えのことが分かる様に少し翻訳を補強した。//ひとり占め男がここに展開する「所有論」を経済史の知見から考えるとどうなるか。

46 　　星を自分の所有物にするなんて言ってたけど、そもそもどうやったらそんなことができるものなの　　Comment peut-on posséder les étoiles ?　　所有した後の事をいくら訊ねても独り占め男からは**所有する話**しか出てこない。Et que fais-tu de ces étoiles? [...] Rien. Je les possède. が繰り返される。所有とは**身近に持つこと＝有意義な関係ができること**という考えが、ひとり占め男に反発してゆく中で、次第にこの子の中で築かれる過程が示される。

46 　　所有してるっていくら言ったって、星たちを手元に集められない　　Mais tu ne peux pas cueillir les étoiles !　　posséder とは持つ者と持たれる物の直接の係わり合いと考えるこの子は cueillir les étoiles「星を手元に集める」に着目する。このあと男が語る銀行預けの《所有関係》はこの子には**まともな事**と思えない。cueillir les étoiles ⇒ emporter les étoiles ⇒ faire des étoiles quelque chose ⇒ être utile aux étoiles が成り立たないから。// この男の posséder を「所有する」、かわいい仲間の posséder を「持ち物にする」と訳し分ける。両者で posséder の観念が違うから。// foulard は薄手の感じを出して軽い＋襟巻き＝「かるえりまき / かるえり / かるまき / えりかるまき」と造語しても、釈然としない。

47　そこいらのてきとうな紙きれに　　que j'écris sur un **petit** papier
証券が上質紙で作られている常識をひっくり返した un petit papier と考え、この独り
占め男が物自体の中にある価値を認識していない、ある意味幻想を持たないと解して
「(粗末な)紙切れ」としない。⇒新スタ　P.1322　petit　A(数量的)、B(質的)、C(感
情的) の分類で言えば B.1. 取るに足らぬ。

47　そうしておいて　　Ça veut dire que j'écris sur un petit papier le
nombre de mes étoiles, **et puis** j'enferme à clef ce papier-là dans un tiroir.
閲覧できた原本ではこの1983年版と同じであった。つまり «Ça veux dire que
j'écris … . Et puis j'enferme …» のように二つの文になっていた。この翻
訳では Ça veut dire que 以下を一続きの文として扱う。「銀行に預けること」の説明を
しているので、紙切れに数字を書くだけではなく、引き出しに閉まって鍵を掛けること
まで説明の範囲の中にあるはずだと考えるからです。

47　しまい込む、えっ、それでおしまい　　Et c'est tout ?　　独り占め男が所有
した後、どうするのか何度もこの子は聞きたがる。が、結局うるさがられて謎のまま。
/Ça suffit ?（dit le petit prince P.46)/Ça suffit !（dit le businessman p.47）の対比
も面白い。//「しまう」の言葉遊びにする。[収納する⇒終りにする]

47　遊びの楽しさ…謎めいて気持ちもわくわく…まともなことではない。　　C'est
amusant, pensa le petit prince. C'est assez **poétique**. Mais ce n'est pas
très sérieux.　　銀行を知らないこの子も、銀行に預けるとは紙切れを小引き出しに
鍵を掛けてしまっておくだけという説明には、落差が大きくて笑う。おかしさに気持ち
も舞い上がるが、その笑いもやがて収束する。何も生まれてこない「所有の関係」にむな
しくなる。【poétique について】辞書のままに「詩情がある」と翻訳しても誤解を生む表
現となると考え訳語を加工する。// 結果として一年不在の B612番は…物語の綻びか。

47　　【C'est utile à mes volcans, et c'est utile à ma fleur, **que je les possède**.
Mais **tu** n'es pas utile aux étoiles…について】C'est + utile + à qc. + que の構文と
Tu es + utile + à qc. の構文が並列する。**主語に抽象概念**(que…)と**人物**(tu)とが
等価で並ぶことに違和感がある。人称代名詞 Tu は「抽象概念」を表現しない。「あんた
自身が星に役立っていない」では文脈上不鮮明。/「あんたの所有しているやり方」と tu
を変則的に抽象表現に変え、「おいらが持ってること」と同等にした。私の翻訳は仮訳と
する。これを文脈上(主語)の混交(contamination)と捉えられるかは未調査です。/ か
わいい仲間にとっては「持ってること」が apprivoisement に通じるやり方なので、第
Ⅶ章の un Monsieur cramoisi への感情爆発の背景が、この「所有のやり方の違い」に
あったと、ここまで来てようやく、遥かに分かって来る。//【**現在形を日記風または
独白の過去回想で訳す**】⇒新朝倉 P.422 présent de l'indicatif I.5⁰ 叙述的現在形
◆過去の副詞(tous les jours) + 現在形を応用する。⇒『フランス語ハンドブック』新
倉 俊一他共著 PP.220-227 白水社1978年 特に1.1.8. 時制的価値の希薄な現在形 / 備
考2 // フランス語のここに使われる「現在形」は、物語の中だけに使われる形である。
この子の会話の言葉であるが、現実を描写していない。翻訳では回想風にした。

47　　これまでの中で　　C'était la plus petite **de toutes.**　　⇒新朝倉 P.534
tout Ⅲ.2.②.すでに話題にのぼった人・物の全体

47　　一人の街路灯点灯夫　　un allumeur de réverbère**s**　　【この場面の
街路灯は一本しかないが複数形であることについて】⇒新朝倉　P.334 nombre des
noms ⅩⅣ.補語名詞1.à, de に先立たれた無冠詞の補語名詞（単数は普遍的で種属
名を、複数は個体を表す）/ IBIDEM P.392 pluriel augmentatif[強意複数]（**数の概
念から離れる**）①.物質名詞　きわめて多量に存在する物質は、その多量の観念が複数
形で表される。//un allumeur de réverbères の複数形もこの二点から単数形で表現
できない概念として複数化する。/ ⇒大白水 P.78　allumeur de chandelle**s**（昔劇
場で）ろうそくをともす役 / ⇒ P.ROBERT P.46 ALLUMEUR（1540）1.　ancienn.
Personne chargée de l'allumage et l'extinction <u>des appareils</u> d'éclairage
public.

47　　【半過去形について】冒頭から七行ほどに使われる半過去形は「描写の半過去形」
とし、説明口調にする。⇒新朝倉　P.256　imparfait de l'indicatif Ⅱ.A.3.描写
の半過去形◆物語冒頭の半過　描写の半過の一種で、読者をして次の物語に好奇心を
抱かせ、読者を事件のさなかに投じる手段となる：Il étoit（= était）une fois un
bûcheron et une bûcheronne.（PERRAULT, Petit Poucet）「昔々、ある所にきこ
りの夫婦がありました」// これに続く guillemets（加筆）段落はこの子が思い巡らした事
を叙述的現在形で表す。⇒新朝倉 P.422 左

47　　ひと気のない星にあって　　**sans maison ni population**　　原本の
maison と ni の間の virgule は削除する。閲覧した外の3種の原本は全て « sans
virgule » でした。/ 仏和辞書に熟語としての用例は見つかりませんでした。文脈か
らして、この箇所を文字どうりに訳すことはできませんので、作者が創作した熟語と
解して訳しました。[小学館ロベール P.2183 sans ❹ Il est parti sans chapeau ni
manteau.]⇒新朝倉 P.482 sans Ⅳ.1º Il était sans pardessus ni chapeau（Thib.
Ⅰ）▼成句：sans feu ni lieu「住む家もない」などを参考にした。

48　　この男の人は辻褄合せなんて…考えちゃいない　　Peut-être bien que
cet homme est **absurde.**　　広い宇宙空間の片隅で街路灯を点滅する仕事が何かの
役に立っているのか、absurde と言うことかどうか、と点灯夫の働く意味をこの子は
考える。【absurde の意味について】⇒ P.ROBERT P.8 ABSURDE ◆1.Contraire
à la raison, au sens commun. «Il est dans la nature humaine de penser
sagement et d'agir d'une façon absurde»（FRANCE）. «C'est absurde» veut
dire «c'est impossible», mais aussi «c'est contradictoire»（CAMUS）./ ここで
1942年に CAMUS が言う absurde の意味は諸論文を見られたい。/『常識人間から見
れば「おかしい」言動』で、理解できない人物と出会った時、この子はまずその姿をきち
んと観察し、思いをめぐらせる事ができるまでになっている事が示されている。作者は
何も説明をしない。星を飛び出した頃よりは相当考えを深めてゆく人間になってきた
ことが窺える。この点灯夫のシシュポス [Sisyphe：Sisuphos] 的行動を、作者は説

187

明を省いているが、作品から考える。この箇所では点灯行為が「星」と「花」を結びつけると説明する。原本（第ⅩⅩⅣ章）P.76 LL.21-22　Les étoires sont belles, à cause d'une fleur que l'on ne voit pas…の箇所から「花」が象徴する《invisible》の背後には点灯夫の行為である《la roche de Sisyphe》《無償の行為》がある事を暗示する。// この箇所で、「星」には「花」があると見なす語り手の「観念」が突然顔を覗かせるが、星に花が咲いてる事がinvisibleの象徴として、特に第ⅩⅩⅣ章から末尾まで満ちている。こうした箇所を印象付けるため、「きらきら星／花がひとつぽっかり咲いた」を加筆する。P.203「58　☆…自分の星を…」参照ください。[参考]⇒校本宮澤賢治全集第10巻　筑摩書房　1984年『ひのきとひなげし』P.217「…あめなる花をほしと云いこの世の星をはなといふ。」　PP.480-481「地上の星を花と云いあめなる花をほしといふ」最終手入時期・昭和八年夏(1933年)と推定。星と花を、天空と地上で相応ずるものとの表現がある。他に土井晩翠『天地有情』(1899年)の「星と花」がある。

48　　こころの籠った仕事なんだ。こころが籠っているから　　C'est une occupation très **jolie**.　C'est véritablement utile **puisque c'est joli**.
【joli について】⇒大白水　P.1398　joli[?・a.fr. jolif ← a.scand. jôl]真冬に行われる祭典(キリスト教化以降の Noël に当たる。)(古・文)愛想のよい faire le joli cœur/ IBIDEM P.260 beau SYN—beau　色彩・形に調和がとれて人の魂に賛美の念を起こさせるような美しさに言う。例えばミロのビーナスのような美しさ。joli はむしろ感覚・心情に訴える繊細微妙な美しさに言う。

　　⇒P.ROBERT P.950 joli(XIIIᵉ ; jolif, jolive, 1175 ; probabl. de l'a.scand. jôl, nom d'une grande fête du milieu de l'hiver). ◆1⁰ Vx. Qui est agréable **par sa gentillesse,** son enjouement. ◆2⁰ (v.1400)Mod. Qui est très agréable à voir. ◆3⁰ Fam. Digne de retenir l'attention, qui mérite d'être considéré. ◆4⁰ Amusant, plaisant. ◆5⁰ (par antiphr.) « Quelque joli petit crime conduisant droit en cour d'assises»(STENDHAL).

　　⇒ P.LITTRÉ　P.1183 joli Qui marque la vivacité, l'esprit, la gaieté. ◇ gentil, agréable ; ne se dit guère que de ce qui est petit en son espèce, et qui plaît par la gentillesse plutôt que par la beauté.
◇　**joli の使用例**　　→の後の数字は上記 P.ROBERT 引用中の番号です。
Ⅲ.P.13-L.27　Et le petit prince eut un très **joli** éclat de rire qui m'irrita beaucoup.
　　やけに朗らかに、はじけるような笑い声を…→1(agréable par son enjouement)
Ⅳ.P.18-L.21　alors elles s'écrient «Comme c'est joli !»
　　なあんだ、そんなの、たいしたことないぞ…→5
ⅩⅣ.P.48-LL.6-7　C'est une occupation très **jolie.**
　　これは相当こころの籠った仕事なんだ…→1(agréable par sa gentillesse)
　　P.48-LL. 7　C'est véritablement utile puisque c'est joli.
　　こころが籠ってるからこれは実際に役立ってる…→1(agréable par sa gentillesse)
ⅩⅤ.P.54-L.5　—Pourquoi ça ! c'est le plus joli !
　　だって、見惚れるほど美しいんですよ…→2(胸の内に保たれた美の意識)

ⅩⅪ.P.65-L.26　—Qui es-tu ? dit le petit prince. Tu es bien joli...

　　見惚れてしまって……→2, 3, 4（目に心地よい）

ⅩⅩⅣ.P.75-L.20　—Ah ! dis-je au petit prince, ils sont bien jolis, tes souvenirs,
　　旅の話しがおもしろくつい**聞き惚れて**……→3, 4（耳に心地よい・主語を転換）

【余白の言】joli の語源古ノルド語 jól（原義は「陽気な」）。スカンディナヴィア半島辺りで冬至の頃に行われた祭りらしい。キリスト教化後の noël と言う。愛知県奥三河の冬には「花祭り」という湯たて神事がある。快活な踊り（鬼面と鬼の装束）と飛び交う掛け声（てーほへてほへ）と jól の祭りの様子と比べてみたいものである。『花祭』P.268　早川　孝太郎著　講談社学術文庫2009年。秋田県男鹿半島の正月十五日の晩方の行事「なまはげ・なむはぎ」と比べてもみたい。冬至をめぐる祭りのようであるから。

◇　**beau：belle：beauté** の使用例

Ⅳ.P.18-L.15-16　《J'ai vu une **belle** maison en briques roses,...》**きれいな家を**

Ⅴ.P.22-LL.9-10　Et un jour il me conseilla de m'appliquer à réussir un **beau** dessin,
　　………………………………………………**本格的な絵にしあがるよう**

Ⅷ.P.29-LL.27-28　mais la fleur n'en finissait pas de se préparer à être **belle**,
　　………………………………………………**みばえよく咲く身支度を**

Ⅷ.P.29-LL.31-32　Elle ne voulait apparaître que dans le plein rayonnement de sa beauté.
　　………………………………………………**自分の美しさが輝き溢れてから**

Ⅷ.P.30-LL.13-14　— Que vous êtes **belle** !………………**お美しかったんですね**

Ⅸ.P.34-LL.33-34　Il paraît que c'est tellement **beau**.……**ものすごくきれいらしい**

Ⅺ.P.42-LL.4-5　...que je suis l'homme le plus **beau**,…………**誰よりも男前だ**

ⅩⅤ P.52-L.3　— Elle est bien **belle**,votre planète. …**とても見応えありますね**

ⅩⅦ.P.58-13　— Elle est **belle**, dit le serpent. ………**君の話す星、美しいですね**

ⅩⅪ.P.71-L.19　Vous êtes **belles**, mais vous êtes vides, …**美しく咲いている**

ⅩⅩⅣ.P.76-L.21　— Les étoiles sont **belles**,…………**天空の星ぼしは美しくなって**

ⅩⅩⅣ.P.76-L.25　— Le désert est **beau**, ajouta-t-il…**砂漠の眺めは美しさを増して**

ⅩⅩⅣ.P.76-L.30　Ce qui embellit le désert, …………**砂漠が美しく引き立ち出す**

ⅩⅩⅣ.P.77-LL.6-7　...ce qui fait leur **beauté** est invisible !………………
　　………………………………**それらを美しく引き立てているものがある**

POSTFACE P.93-L.1　Ça s'est, pour moi, le plus **beau** et le plus triste paysage du monde.
　　……**見れども飽きない**、それでいて、とめどなく寂しさの込み上げ

　beau には調和を伴う美意識が一貫して見られる。第Ⅷ章 Que vous êtes belle !と第ⅩⅪ章 Vous êtes belles,... の「うつくしい」は話し手の主観の入り様で同じ言葉でも表情が違ってくる。第ⅩⅩⅣ章以降の beau にはむしろ**見る者の側が繰り出す強い美意識**を対象の持つ美しさとして重ね合わせ、昇華した、理念化した美意識になっているようである。[参考]◇この作品に pittoresque の使用例はない。　⇒大白水 P.1854 —SYN pittoresque は（絵画的）の意から（絵のように美しい）意に解されやすいが、必ずしもそうではなく、むしろ（起伏・特徴に富み風変わりな）の意味を持つ、その点 beau とは異なることに注意。beau paysage は（絶景）であるが paysage pittoresque は（起伏・変化に富む景色）。belles rues は（美しい通り）で vieilles rues pittoresque は（趣

のある古い通り）; bel homme は（美男子）で homme pittoresque は（一風変わった人物）; beau style は（美文）で style pittoresque は（精彩に富む文体）

『新明解国語辞典』三省堂2002年 P.120 **うつくしい**＝①いつまでも見て（聞いて）いたいと思うほど物の色・形や声・音などが、接する人に快く感じられる様子だ。②〔誰もがそうし（あり）たいと思うほど〕その場の様子や行い・性質が好ましくていい感じだ。/P.130 **うるわしい**＝①美しさの中に、人の心を引きつける気品が感じられる様子だ。②気分などが晴れやかで、くったくがない様子だ。③〔見たり聞いたりして〕心のあたたまる状態だ。/P.364 **きれい**＝①美しい（整った）状態にあるものが、接する人に充足感や満足感を感じさせる様子。②乱雑な所や不潔感が無くて気持ちがいい様子。③不十分だという所がない程度に何事かをする様子。

『**基礎日本語(1)**』森田良行著 角川書店1978年 PP.106～108（抜粋） **うつくしい**＝視覚、聴覚の面で人の心を打つ状態のものか、人の心を揺り動かす行為や、言葉、気持など…「美しい」は人の心を動かし感動させる状態なので、いくら清澄でも「美しい空気」などとは言えない。…この点が「きれい」と異なる。 **うるわしい**＝対象全体が一つの場面としてわれわれを包み、その対象に対しわれわれが好感を覚え、よい気分になる…体全体で感じ取る美感… **きれい**＝不純なのも、調和を乱すもの、余計なものが混じってなくて，全体が完全で，はっきり整っている状態…視覚的に…色合いが中間的でなく、明るく際立っている、対応の調和がとれている、といった状態で、「美しい」のように、人の心を打つような芸術性はなくてもよい。「美しい」が人の心に訴える面を主とするのに対し、「きれい」は対象の状態を主とする。/// 人の美意識はその人の言語の中で共通化、体系化された姿で保たれる、と考えるとある個人が文章で創作する美意識などは更にそれの変則した言葉の姿で現れるのであろう。そして、言語ごとにその体系があることを考えれば、翻訳が紆余曲折の上に暗中模索の作業であることを改めて思う。

【「心の籠った仕事」について】 C'est une occupation très jolie. ⇒新朝倉 P.26 adjectif qualificatif Ⅵ. 付加形容詞の語順 3º **形容詞＋名詞** ①簡単な印象評価を表わして名詞と密接に結びつき、いわば対象の呼称の一部をなすもの。…この分類に属する形容詞の仲間として…joli がある。▲この種の形容詞も識別の印として…**名詞の後に接続し得る**（名詞の表す観念に第2の観念を加える）。通常は名詞に先立つ形容詞 joli が名詞の後に置かれて（IBIDEM 2. 名詞＋形容詞）個別的性質を表し、対象を同種の他のものと区別する印となる。//occupation に新たな価値を添加する形容のしかたとなる。具体的にみると街路灯点灯夫が一時も気を抜かずに街路灯を点滅させている仕事振りを、この子が Joli（心の籠った）と感想を持つことを指す。/まず、その様子を外から観察した「おとぎ話の国の子」は熱心な働きっぷりにすっかり感嘆する。ところが、点灯夫と話してみると案に相違して「指令に忠実」なだけであった。この子が前もって想像していた、心を込めて働いているというのとは違っているという大人への落胆となる。第Ⅹ章冒頭の pour y chercher une occupation は一応実現したが、星があまりにも小さすぎるという理由で儚く消える。// ところで、**心が籠っている仕事**として文化活動がある。このあたりを彷彿させる俳句がある。「**かすみゐる湖のさゞ波 掌にすくふ**」鳥山 美水 吟（豊川市文化協会元会長）句集『栗の花』より。この句は本来、鳥山氏が三月下旬上諏訪温泉へ家族旅行した折の、幸せな、楽しかった

情景を詠んだものです。

48 　点灯夫にうやうやしく挨拶した　　Lorsqu'il aborda la planète, il salua **respectueusement** l'allumeur :　　尊敬する心境になった理由は「ほかの人に役立っていることをしているとこの子が判断したから」と考える。「職業が社会に役立ってる」とこの子が発見するのは相当高い職業観を示している。//FOLIO 1999年版に基づいて Lorsque で改行、la planète の後に読点を補正する。

48 　はじめまして。…街路灯…今どうして消しちゃった…　　　　Bonjour. Pourquoi **viens-tu d'éteindre** ton réverbère ?　　この子が「pourquoi」と訊ねている。この星の「朝方」ときちんと認識していない。点灯夫は自分の星の昼夜を認識して「Bonjour＝おはよう」:「Bonsoir＝こんばんは」を使い分ける。// 敬意を込めた言い回しとし、最初の挨拶となるので、Bonjour を Énchanté と解した。⇒フランス語会話表現辞典 福井芳男 他 編旺文社1986年 P.543《紹介》// 敬意を持ちながらこの子は会話の最初から tutoiement である。⇒新朝倉 P.541 Tu ①親密⑥高度の崇拝【rallumer ; rééteindre について】この場面だけを考えると [ré-…] 動詞が相応しいが、作者は「繰り返し消す」動詞は創作しない。rééteindre は、この世にはない行為なのでしょう。// 宇宙の点滅作業を具象化するため「火」を加筆する。

48 　わけを知ったところで…　　Il n'y a rien à comprendre　　⇒新朝倉 P.253　il y a Ⅰ .1º ⑧　à+ 不定詞　il n'y a pas à dire「言うまでもないことだ」⇒新スタ　P.1579 rien 右 A 1.Il n'y a rien à faire「手の施しようがない」

48 　それじゃあ、その当時からすでに、指図に変更があった　　Et, **depuis cette époque**, la consigne a changé ?　　⇒新朝倉　P.167　depuis 1º depuis+ 時点　過去の時間的出発点から現在までの継続 // 複合過去は過去の行為の結果としての現在の状態を表す ⇒ IBIDEM P.373　passé composé Ⅱ.A.1º現在完了 // この星は急速に変化し、ついには住人の人間性が宇宙に呑み込まれると暗示する。

50 　おかしいなぁ、変わってる　　Ça c'est drôle !　　一分という地球上の時間感覚を持ち込むという強引さが目に付く。// drôle に奇妙な（属詞）と滑稽な（形容）の語義があるように、「おかしい」にも両義がある。⇒古語辞典 / 旺文社 P.1359「をかし」❶趣がある❹滑稽だ（共に笑う気持ちからか？）/ ⇒小学館ロベール P.813名詞 [中世オランダ語：drolle 妖精]

50 　一日というんは…一分間なんだ　　Les jours chez toi durent une minute !　　第Ⅹ章は小天体でも天動説、第Ⅵ、ⅩⅣ章では小さい天体ゆえに地動説を前提とする。// 地球が巨大な天体ゆえに古代人は天動説で言葉を作る。この宇宙空間物語の中の言葉があちこちで綻びる。地球中心の時間単位（一日が24時間）が宇宙にもあっさりと当て嵌めて使われ、説明できない違和感を作品の随所に醸し出す。// 点灯夫が30日が1か月という、極めて地球的発想をさりげなく挟み込む。

50 　…と思う時はいつでも　　…je connais un moyen de te reposer **quand tu voudras...**　　⇒新朝倉 P.438 quand¹ Ⅰ. ②2つの継続[反復]動作

50 　…十分長く続くことになる　　…et le jour durera **aussi longtemps que tu voudras.**　　極自然に surnaturel な言葉がでてくる。大人になると「時間の不可逆性」が常識になるから大人の読者には妙なおかしみが出る。/ 回転する球体と逆

方向に椅子を引きずったり、または歩いたりする話なのでまさに童話である。街路灯は点いたままか消えたままで星と一緒に回転を続けてしまう。地球の自転より1440倍速く回転する惑星の話の裏に作者は皮肉を残す。現代人は睡眠時間を減らして「自転」を早めているぞと。ちょうど、地球を温暖化したように……。「面白うてやがて悲しき鵜舟哉　芭蕉」である。

51　このおじさんみたいだったら　celui-là serait méprisé par tous les autres　仮定的主語の役割をさせる語法である。⇒新朝倉P.140 conditionnel II.B.3º② 主節の条件法が主語名詞に仮定的な性質を与える /celui-là は代名詞だが応用する。

51　おじさん自身のことは勘定に入れず　il s'occupe d'autre chose que de soi-même　「勘定に入れず…」は宮沢 賢治 作『雨ニモマケズ』第11行目から借用する。【autre chose について】動詞の目的語は事柄に関する内容であるから、soi-même を「事柄」に関する事と扱うが、**比較の que が「もの」と「ひと」とを並列できるか**という文法問題として残る。// この文法問題の類例は覚え書 P.186「47 【c'est utile à mes volcanes...】」を参照されたい。//「自分を顧みない」で行う仕事とは、たとえば海外青年協力隊の活動、災害時のボランティア活動などを思い浮べるが、この章の点灯夫の場合、「ひたすら人のため働く」という認識は持っていないけれど、この章の文脈から「職務に忠実」とする。かわいい仲間はこのことに感動したと解釈する。

51　あのおじさんだったらいい、友だちになってもらいたいと思った、たったひとりなんだ　Celui-là est le seul dont j'eusse pu faire mon ami.【est について】この現在形は、独白の文体に近い。⇒新朝倉 P.421 présent de l'indicatif B.I.5º 叙述的現在形【le seul について】直前の le seul と同じに「たったひとり」と訳す。【j'eusse pu faire について】先行詞が関係節に接続法を導く。過去時に設定した仮定的事柄。受身表現に変える。⇒新朝倉 P.509 subjonctif III.3º ④仮定的事実(2).// この子が点灯夫を好きになる (P.50-L.12...il aima cet allumeur...) 理由が職務に忠実だからと説明されるが、他にも前半で語られる星と花を点滅させる仕事が有る。//un soupir de regret は愛惜、qu'il regrettait は後悔・未練の意味。regretter の語意はこのように広い。⇒小学館ロベール P.2073 regretter の語源 re-+ ?; 古ノルド語 gráta 泣く、嘆く

XV

51　厚く嵩張つた記録台帳に何やら書き込んでいる　un vieux Monsieur qui écrivait d'énormes livres.　des（不定冠詞複数）＋形容詞＋名詞 ⇒ de ＋形容詞＋名詞　この複数形は「嵩の大きさ」を誇張する表現と解した。巨大な本と出てきても、後で、その中身がないという落差が設定されている。⇒新朝倉　P.392 pluriel augmentatif //地球の山、川の相関を扱う地理学を天体にまで拡張している。← P.53 － L.25 Tu vas me décrire ta planètte ! //動作の突発性を示し一文に纏める。

51　わしの目の前に座って　Tiens ! Voilà un explorateur !
この子が机の前に座ったから、地理学者が「**探険家が来た**」と早とちりする。(P.52-

LL.33-34に Il ne quitte pas **son bureau**. Mais **il y reçoit les explorateurs.**
とある)// 底本の voilà は頭を大文字にする。⇒新朝倉 P.208 左 I.1º ②

51　　書物机に向かって座り…おおきく息を弾ませて　　Le petit prince
s'assit sur la table et souffla un peu.　　文脈に馴染まないので改訂版の「机に
目を向けるでもなく」を訂正する。table は座る場所ではなく、辞書が言う s'asseoir à
table と考える。⇒新朝倉 P.518左 sur　1º場所②方向 // まず疲れていたので一息入れ
たかったとみて、un peu は反語とした。地理学者の惑星の地表を落ち着いて眺めるの
もこの後。半ば放心状態と設定し、次の会話は学者から呼びかけたと変える。

51　　何が書いてある　　**Quel** est ce gros **livre** ?　　⇒プチ P.1245 quel
語法 属詞…として用い、…ものの性質…などを問う。/ ⇒P.ROBERT　P.1436
QUEL　I . Ⓐ1º(attribut)《 Quelle est cette fièvre d'écrire qui me prend ? 》書
き留めんと気が急く、このもの狂おしさは何だ」(MAURIAC)(徒然草の序と逆方向)

51　　所在地をちゃんと頭に溜めている物知り　　　　　C'est un savant
qui **connaît où se trouvent** les mers, …　　　　**connaître** で「海、山…の所在
地を知識として集積している」人間の型として《un savant》を示す。これは、P.52－L.5
Je ne puis pas le savoir の savoir と対比してある。が、作者は地理学者と探検家の
対比だけを見せてその他を行間に埋め、何かがありそうだという気配しか残さない。
後は読者が考えるしかない。//　動詞 connaître と **savoir** とを並べて出してあると
ころに、解き明かすひとつの鍵が置いてあるようです。⇒プチ P.1380　右欄「類語」
Je **connais** cette chanson.(この歌に聞き覚えがある) / Je sais cette chanson.
(この歌を歌える)　⇒P.ROBERT P.331 CONNAÎTRE ◆2º Avoir dans l'esprit
en tant qu'objet de pensée analysée　⇒IBIDEM P.1613 SAVOIR ◆1º Avoir
présent à l'esprit (un objet de pensée qu'on identifie et qu'on tient pour
réel) ; pouvoir affirmer l'existence de. // 万巻の書物から知識を積もうと頑張る
大人達の思考法とは何か、たった一つの物事からでも、森羅万象の事象に思いを致そ
うとする「人間」の努力の意味は何か、ここには解けない謎のようなものが置かれてい
る。【余談】⇒小学館ロベール　P.95　Analyser　Il n'essaie pas d'analyser ses
impressions et encore moins de les traduire en mots.

51　　修業が要る本物の職業　　Ça c'est **une véritable métier** !
⇒小学館ロベール P.1542 métier(特に) (経験を要する)職人仕事 / 同書 P.1955右欄
頭脳労働者の仕事 / 前章同様に立派な職業と言うこの子の思い込みは、会話を始めると
すぐに裏切られる。

52　　在るかだと、ちゃんと確かめにゃ…在ると言えん…このわしの与り知
る所ではないぞ　　**Je ne puis pas le savoir**　　le ＝中性の代名詞＝ qu'il
y a des océans 【il y a について】⇒P.ROBERT P.131 AVOIR Ⅳ .(ⅩⅥ e)IL
Y A Expression impersonnelle servant à présenter **une chose comme**
existant　P.ROBERT の語釈に添って強めに訳す。〔ちゃんと確かめにゃ…〕を《 le 》
の説明語として加筆する。【 三つの中性代名詞 Le について】⇒新朝倉 P.284 le neutre
I . 1º節の代理 ①前節中の語、または前節の代理【pouvoir について】⇒プチ P.1190
pouvoir Ⓐ ～＋不定詞 ❸(可能性・推測) 否定表現 Cela ne peut être vrai.// ここで

pouvoir が担ってる「条件」を「確かめにゃ」で表面化する。

52 わしは現地を探検する人間ではない　mais je ne suis pas explorateur.
⇒新朝倉 P.322 nom Ⅲ. 名詞の形容詞化 //IBIDEM P.204 être Ⅱ.être+ 属詞3⁰.
être + 名 ②無冠詞名詞及び③(1)主語が1人称代名詞…un+ 名詞は誇りなどの情熱的
価値を帯びる ---Je suis une actrice.(COCTEAU)//IBIDEM P.60 article Ⅴ. 無
冠詞14⁰. 属詞(その属性を抽象的に表す) // P.ROBERT P.637 ÊTRE Ⅱ.Verbe
copulatif«Je ne vous reconnais plus : vous n'êtes plus vous-même»
explorateur が属性だけを抽象的に取り出して使われている点に注目した。

52 探検家のやり口ってのがどうにもわしの性に合わんのだ　Je manque
absolument d'explorateurs.　⇒ P.ROBERT P.1039 MANQUER Ⅱ.V.tr.
indir. ◆1⁰ (1635) MANQUER DE ◇ Être dépourvu(d'une qualité)　Manquer
d'imagination //⇒ 新朝倉 P.299 manquer 2⁰ [manquer de qch =「何を欠く」ne
pas avoir suffisamment de + qch] //⇒プチ P.917 manquer de + 無冠詞名詞 Elle
manque de patience.【「やり口は…性に合わない」について】explorateurs は人物(探
検家)とせず、探検家気質(抽象名詞)と解した。つまり、前文で使われた explorateur
(⇒新朝倉 P.204 右 ②無冠詞名詞(1))が職業を示しており、さらに、ここで抽象名詞複
数形として使われたと解した。// ⇒新朝倉 P.331　nombre des noms Ⅲ. 抽象名詞
1⁰ 種々の様態を考えるとき(探険家の種々のやり口を想定する) // この学者は探検家を
素行調査するという。探検家とは肌が合わないようなので、その口調を出して[やり口]
とした。[自分は探検家気質を欠く]とは[探検家のやり方が自分の性格に合わない]
とした。//物語設定は各惑星に住人一人。而も置物の様に移動しない。

52 砂漠なんぞまで出かけて…調べ回る者なんぞを　Ce n'est pas
le géographe qui va faire le compte des villes,…　⇒ P.ROBERT P.318
COMPTE Ⅰ.A.(sens propre)　◆1⁰ action d'évaluer une quantité ; Faire le
compte des suffrages exprimés.V.Recensement, statistique,total //《aller faire
le compte des villes...》を探険家の活動とみなし、内容を加味した訳語を作る。後出
の「山が二つ…」とも関連する。// 作者が生きた二十世紀前半は国家の威信をかけて極地
探検競争が過熱気味となり、多くの犠牲者が続出している。1911年に、南極探検をア
ムンゼン(Roald Amundsen 1872-1928 ノルウェー)は成功する。その成功1月後、
スコット(Sir Walter Scott 1868-1912 イギリス)も極点に達するが帰路、遭難する。
スヴェン・ヘディンの塔克拉馬干砂漠探検、河口慧海のチベット探検など当時も耳目を集
めたでしょう。ダーウィンの『ビーグル号航海記』(1845年刊)など、この当時にも広く
読まれたのではないでしょうか。巨大飛行船、巨大客船もこの時期で、地球の巨大さが
感覚的にも人々に知られる時代であったのでしょう。

52 自分の仕事机を離れない　Il ne quitte pas son bureau.　最初に出
た la table より地理学者の書斎・研究所まで暗示し、星自体を「建物」と同化させる。

53 探検家が法螺吹きであってみなさい…ひどい暇をつけかねない
Parce qu'un explorateur qui mentirait entraînerait des catastrophes…
「探検家のうそ」とは「法螺話」と決め付けて訳した。⇒新朝倉 P.140 conditionnel Ⅱ.
B.3⁰③条件法を用いた関係節⇒IBIDEM　P.141 Ⅱ.B.7⁰ 推測・疑惑(conditionnel

de probabilité) ◆ことに報道の真実性について断言を控えて /// 聞き取り記録・素行調査云々は学者風の文飾と解する。

53　現地確認に行くんですか　**On va voir ?**　voir は前後の文から「確認する」の意味とした。/ voir は動詞本来の意味を示すだけなので目的語を採らない。⇒新朝倉 P.553　verbe transitif Ⅱ.①// on = Vous である。この子が le géographe に使う言葉。// 直前の文 …, on fais une enquête sur sa découverte では on = le géographe=je= **地理学者**である。この on =地理学者自身の使い方は、explorateur を見下し、尊大な態度をとったからと解してこの翻訳では「こちらとしては」とした。⇒新朝倉　P.345　on Ⅱ.2°文体的用法　特定のものを不特定のものとして表すので、多くはいろいろの情意的陰影を帯びる。(2).尊大

53　どでっかい山の発見をしたという…　de la découverte **d'une grosse montagne,**　山を grande でも haute でもない grosse を使うところに ST-EXUPÉRY の sarcasme と見て「どでっかい」とした。巨大な星、分厚い書物でこの章は始まり、海・川・町などの所在地を知る学者なんだから「本物の職業」と喜んだ途端に「そんなこと知る立場にない」と落胆させ、「物的証拠」の話でさらに「大人のむなしさ」を目の当たりにしてゆく。この子が思いを込めて捜し求めれば求めるほど、「現実」は裏腹になっていく。作者はかわいい仲間に毎度この種の落胆を味合わせてきた。でも、この子は思いを込めて探し続け、やがて自身が探しているものが何かを知ることとなる。

53　お前って、やっぱり探検家だったんだ。さあさ、…言ってみてくれ　**Tu es explorateur ! Tu vas me décrire** ta planète　章はじめの Tiens ! Voilà en explorateur !　の再認識がここにきて始まる。この子は机を挟んで地理学者と向き合って座っている。⇒新朝倉 P.40 aller 7.① Tu vas +inf. 命令　直ちに服従することを要求する強い命令

53　鉛筆を削り出した　Et le géographe, ayant ouvert son registre, **tailla** son cryon.　tailler には日本語の「(鉛筆)を削る、(垣根)を刈り込む、(服地)を裁断する」が入ってしまう程に表現する動作が一般化している。P.ROBERT P.1741 TAILLER ◆3° Couper, travailler (une matière, un objet) avec un instrument tranchant, **de manière à lui donner une forme déterminée.** Tailler en pointe, en biseau./tailleur, tailleur de pierre

53　分かっとる事ばかり、とは行かんからのう　**On ne sait jamais**　学者は万物に関して言うがこの子は火山に限って言うとした。自分の花さえいつか無くなるとまでは、この段階ではっきり認識していなかったので、この後、大きな展開がこの子に起きる。// この地理学者の「変わらぬものを記録」という特異な主張を際立たせ、会話に「分かっとる…」を加筆した。

54　束の間の命と分かっとる　**éphémère**　⇒P.ROBERT P.600 ÉPHÉMÈRE 1560, méd.; effimère, 1256 ; gr.méd. ephêmeros «qui dure un jour », de *epi* «pendant », et *hémera* «jour» Ⅰ.◆1° qui ne dure ou ne vit qu'un jour. ◆ 2° qui est de courte durée , qui n'a qu'un temps.「命の瞬く間に消える」を強調すると解した。16行ほど後に出てくる Ça signifie «qui est menacé de disparition prochaine». から決める。これはまた第ⅩⅩⅣ章末部の Il faut bien protéger les lampes : un coup de vent peut les éteindre… とも関連する作者の思いであると考える。// これは地理学者の主張である « Nous écrivons des choses éternelles. 》と明確に対立するように、ここに置かれている。// 植物なので次の春の芽吹きを考えて当然だが、一切排除して進行するのがこの幻想物語たる所以です。フランス語では花の萎れると植物が枯れるとの境界が曖昧とは言え、作者は花の終りと植物の死をここでは故意に混同する。P．211「63　しおれた振り…」を参照ください。

54　でも消えた火山は…　Mais les volcans éteints peuvent se réveiller　le volcan actif 活火山；le volcan dormant 休火山；le volcan éteint 死火山。この三区分は、大自然の火山の動きを、人間の行動に擬える言語活動の一例である。

54　今わのきわにさらされておる　　　《 qui est menacé de disparition prochaine 》　⇒プチ P.1216 prochain（類語の欄）今を基準として時間的に次に来るものをさす／⇒新スタ P.1430 prochain　Ⓐ　時間　間近の mort prochaine 間近い死 // disparition を、文脈から慣れ親しい者の死とする。

54　あの花、浮き世の小競り合いからわが身を懸命に護っていた
elle n'a que quatre épines pour se défendre contre le monde.　　第Ⅶ章 P.26-L.14　Alos les épines, à quoi servent-elles ? 以下の解釈（棘はバラにとって誇らしいものである）、第Ⅸ章 P.35-L.3 Et elle montrait naïvement ses quatre épines. の解釈（対外的にも威嚇の道具として使う）が読者に思い浮かぶことでしょう。バラの棘の第一義は外界から身を護るためのもの、第二義は内心を言語表白しない矜持とこの翻訳では解釈している。ここで作者は敢て pour se défendre contre le monde　を使い、棘の意味を韜晦的にしていると解釈する。かわいい仲間に言わせているこの告白の言葉からは、花が持つ棘の第一の意味（外界から身を護る道具）を知っても、第二の意味（相手への思いやりの気持ちをバラは胸に秘めて言語化しない）は、この場面では、そして最後まで（P.89 - LL.15-16などでは、バラの棘は対外的な防具であるのに、護身効果はないとまで言われる。）、かわいい仲間には気付かせないままにしていると解釈しました。//《 le monde 》を浮世とし、「浮世の言いがかり・ちょっかい・いちゃもん⇒小競り合い」とした。本書 P.146「26　それをやっと…」を参照ください。

54　この事だった…運命に、今が今、この子は苦しみ始めた。花に悪い事をして来たんだと、後ろ目痛く、考える事といえば悪い事悪い事に傾き、もがいた。　Ce fut là son premier mouvement de regret.　　【là について】⇒旧朝倉 P.199右 là …C'est là（＝ cela est）. → ce¹ II, 2⁰. ⇒新朝倉 P.103 左 Ce¹ II .2⁰. c'est ici(là) C'est là ce que je voulais dire.「わたしの言おうとしたのはそれなのです」⇒新朝倉 PP.112-113 ceci 14⁰. ③. (cela ＋ être ＋名詞の属詞の場合)…cela はその構成要素に別れ、c'est là… となる。【 son premier mouvement de regret について】⇒小学館ロベール P.1604 中列　mouvement ❺(感情の) 衝動 ◆ mouvement de ＋ 無冠詞名詞 mouvement de joie 沸きあがる喜び⇒新スタ P.1167 mouvement ⓐ1.mon premier mouvement a été de m'enfuir. 私の咄嗟の反応は逃げ出すことだった。【regret について】この子の頭の中で、自責の念が自己増殖を始め、第ⅩⅩ章末尾の「おとな」的思考法からくる絶望を準備するとした。

54 その挙句のはて、この子は覚悟をかためた。　Mais il repris courage :　reprendre courage を、ここでは「絶望から立ち上がる」と特殊化する。【Mais について】⇒新スタ P.1068 mais 1.〔前文を説明して〕On le déteste, mais il y a de quoi.　彼はひどく嫌われているが、それも当然だ。// 六つの星を巡って最後にここで得たものは、星に残してきた花の命のはかなさを身を持って気付くことだった。かわいい仲間がここで自分の星に戻るという選択の心の余裕はない、この時点では、死すべき花を悲しむばかりである。それである以上、**旅を続けて心に広がる空白を満たすものを探す選択**しかない。// 第Ⅶ章末尾のこの子の悲しみ、第Ⅷ章末尾のこの子の告白はどこから来たか。実は、ここの第ⅩⅤ章《son premier mouvement de regret》から高まる「おとな」感覚が、第ⅩⅩⅠ章の「気づきの体験」で反転するという経験を経て来た心境である。覚え書P.264 読書の渦 を参照ください。

54　答えを探して訪れるべき星を、どうか、このおいらに教えてください　Que me conseillez-vous d'aller visiter ? …　⇒新朝倉 P.445 Que² 2. ①◆主動詞に従属する不定詞 aller visiter の直・目 //que の内容は文脈から「惑星」とした。// visiter は視察とした。

55　胸の奥に咲くあの花をなつかしく忍んで。　Et le petit prince s'en fut [pour la Terre], songeant à sa fleur [pendent son voyage]　これ以後、花を偲ぶ想いが各章末に「沈黙の表現」で続く。なお、P.203「58　☆…自分の星を…」、P.237「77　…を熱くふるわす」を参照ください。【 songer について】⇒新朝倉 participe présent P.366左（Ⅲ .3º. 主語の同格）　◆主動詞の内容の敷衍説明 // この翻訳では、すでに**別れて失った花を旅の道中ずっと偲ぶ心境**とする。//「胸中には花が咲く」と、P.77の「花の面影」へ繋げる。⇒ P.ROBERT P.1668 SONGER 3.(Sens affaibli) Avoir dans l'esprit, en tête.V.Considérer.« Je songe à une formule vieille comme mon pays »(ST-EXUP.)　[参考]『萬葉集釋注 二』伊藤 博著 集英社1999年 P.80 第266番「近江の海　夕波千鳥　汝が鳴けば 心もしのに　いにしへ思ほゆ(柿本 人麻呂)」(近江の海の夕波千鳥よ、お前がそんなに鳴くと、心も撓み萎えて、(今は無い)いにしえのことが偲ばれる。)⇒『古典基礎語辞典』大野 晋 編 P.601 しのぶ(偲ぶ)角川学芸出版2011年 ①故人や遠く離れた人、昔のことなどを思い慕う。【原書P.55の絵は P.76-L.4…cherchons un puis に合わせ75㌻へ移動。】

XVI

55(56)　もちろん黒人の王を数え漏らしたりしておりません　(en n'oubliant pas, bien sûr, **les rois nègres**)　1940年代の時代状況から、植民地主義に脅かされていたアフリカ、アジアの王たちを指すのであろう。第Ⅷ・Ⅸ章で小惑星B612を描写した後、第Ⅹ章から第ⅩⅤ章にかけての六つの小惑星ごとに一人の人物像が描かれる。ところが、七番目の惑星・地球に来ると、それまでの小惑星の住人と同じ人種が大量の数字で表される。しかも、パイロット・語り手によってその数字が示される。かわいい仲間が、地球上でこの人種達と会ったかは語られない。六つの小惑星の住民六人

は結局のところ、地球の**大人**住民の戯画として作者が描いていた事がようやく種明かしされると考える。地球20億人の中に**子供**を数えない理由は、どこかにヒントがありそうだが不明です。(第Ⅴ章では、逆に子供の事しか話題にしていない。)ここ地球での、かわいい仲間が物語った出会いは、砂漠の蛇、砂漠の花、山岳の木霊、花園に咲くバラの花、りんごの木の下の狐、(数千人の乗客を扱う大きな駅の) 転轍手、(町の) 薬店主。そしてかわいい仲間は遭難中のパイロットと語り合う。それぞれが、地球の旅でこの子にきっかけを作る。

55(56)　　　七百五十万人の酔っ払い連中　　…d'ivrognes　　この箇所は初出の「酒飲み」buveur の方がよいと思うが変更理由は不明ですが、すでに、P.46-L.9で …comme mon ivrogne と言い換えがされている。// この章は物語の時間系からは独立している。「語り手」が読者 **vous**(単数の二人称)のために直説法現在形で語りかける。// 物語の後半は宇宙飛行士よろしく地球を眺める例え話に切り替わるので、条件法に相当する半過去形となり、一昔前のガス灯時代を題材に創作した架空話で、「光の波が地球表面を伝わってゆく」事を幻想的に描く。⇒新朝倉 P.258 imparfait de l'indicatif Ⅱ.C.2. 条件に支配される主節で(詳細は二項後に)// どこかで翻訳者である私が筋を読み違えているかもと思いつつも、こどもが大人になれば、それぞれの人に一つの惑星があるという想定をしたことと矛盾が出る。P.140「21　その惑星を丁寧に…」を参照ください。// 新美南吉 著『おじいさんのランプ』には日本の家庭が灯油ランプ時代から電燈へと切換えられていく様子(1900年代始め頃か)がおじいさんの哀愁を通じて語られる。// ⇒新スタ P.1010　**Des lampions！**「あーかーりー」〔1827年、街灯を要求した群集が3拍子のスローガン〕パリの街のガス灯普及は1855年のパリ万博記念に設けられたガス灯以降のようです。それから数十年後、ガス灯も電燈に切り替わる。今やLED電灯も普及し、地球上で人の住む所、「あかり」を照らしっぱなしである。

55(56)　　　…例え話を作ってみます…ガス点灯夫を配置しておく事になったのかもしれない…　　　Pour vous donner une idée des dimensions de **la terre** je vous **dirai** que…on y **devait entretenir** …une véritable armée…
【主節の未来形＋従属節の半過去形について】主節・単純未来形 je vous dirai は語り手の意志を示すとした。⇒新朝倉 P.228 **futur simple** Ⅱ.B. **叙法的用法** 1° 話者の意志によって行われるであろう行為：Nous ne nous verrons plus, Lidia. Il ne faut plus.(CASTILLOU)「もう会うのはやめよう、リジア。もう会っちゃいけないんだ」// 従属節・直説法半過去形 devait は条件法過去(aurait dû)に相当するとした。⇒ IBIDEM PP.258-259 imparfait de l'indicatif Ⅱ. 用法 C. **条件法に代わる半過去形** 3° devoir, falloir, pouvoir の半過去形　古典時代には義務・可能事の実現されなかったことを示し、条・過の価値を持った。この用法は今日でも可能：Je devais bien m'y attendre.「当然そうなるものと思っていなければいけなかったのに」// 仮定のことを明示するため「例え話」を加筆する。◇ ところで、点灯夫の人数の算出根拠は不明であるが、陸地面積から考えれば圧倒的に少ない。[野暮天] 赤道上空から南北両半球を両睨みの構想らしいが、今の人工衛星から地球俯瞰して、この点滅ダンスは見えるのだろうか。見えるように思うが、空想の事だから見えるとしておけばよいのか。【terre について】原本、FOLIO 1999 は大文字 Terre. 規模が問題なので小文字とす

る。P.205「58　私がこんな風に絡みついた…」を参照ください。この後に街路灯の点滅（ダンス）を幻想物語に仕立ててあるので底本には無いが一行空ける。

55(56)　　地球から少し離れて眺めるならば　　　Vu d'un peu **loin** ça **faisait un effet** splendide.　　【vu d'un peu loin の過去分詞について】主文の主語 ça と同格に見て、条件文 [Si on avait] vu un peu loin [de la Terre] と解する。⇒新朝倉 P.362 **participe passé** Ⅳ.用法4º 主語の同格として用いられた過分は副詞節で置き換え得る種々の意味を帯びる。③条件：Mieux entraînés, nous aurions gagné la partie.(= Si nous avions été mieux entraînés)「もっと訓練されていたなら、試合に勝ったのに」=⇒ この条件設定の過去分詞節は、章末まで、各文述部の半過去形に作用し、非現実の事例という表現をさせてゆく。【ça faisait... について】⇒新朝倉 P.258 imparfait de l'indicatif Ⅱ.用法 C.条件法に代わる半過去形 2º.条件に支配される主節で、実現さるべくして実現されなかった過去における行為を示す。条・過の代わりに現実の法である直説法を用いることにより、行為の実現が確実であったことが強調される。// ただし、翻訳文では現在形を使い架空の現在に展開する様子であり「過去の事実」でない事を示す。【un effet splendide について】光がまたたいてる様子を印象強くした。⇒新スタ P.598 effet 3.人に与える印象・効果・影響【 puis について 】この言葉が alors を交えて連続使用され、舞台展開のすばやさを印象付けるので、副詞を添加して明示する。【loin について】地上に住む人間の感覚からは loin が「上空への高さ」だという発想が出ないけれど、loin を地表からの高さに使っているのがこの作品の特徴である。他にも第ⅩⅦ章 P.58-L.12...Mais comme elle est loin !(elle =頭上の星)など、**高さに心理的な隔たりさえ加味する**用例もある。

⇒ P.ROBERT P.1005 LOIN (XIᵉ ; lat. longe). Adverbe marquant l'éloignement, la grande distance. I.adv. ◆1º À une distance (d'un observateur ou d'un point d'origine) considérée comme grande. *Être loin* (V. éloigné, lointain), *très loin* (Cf. Aux antipodes, au bout du monde, au diable), un peu loin. V. distance (à distance), écart (à l 'écart). ◇(abstrait) *Être Loin* : être loin par la pensée du lieu où l'on se trouve (Cf.être absent, ailleurs, à cent lieues). (左側の頁数—行数は原本の loin の箇所で示す。)

【loin の日本語訳について】　　　P = le petit prince　　N = narrateur = pilote

Ⅲ.P.14-L.3 C'est vrai que, là-desus, tu ne peux pas venir de bien **loin**...
　　　　　　はるかかなたの向こうの方から・・・・・・・・P〖宇宙感覚〗
Ⅲ.P.16-L.6 Droit devant soi on ne peut pas aller bien **loin**...
　　　　　　はるかかなたの天空へたどり着くこと・・・・・・P〖宇宙感覚〗
Ⅵ.P.25-L.11　Malheureusement la France est bien trop **éloignée**.
　　　　　　フランスはものすごく**離れて遠い**・・・・・・・N〖地上感覚〗
Ⅳ.P.35-L.1 Tu seras **loin**, toi.こころに**ぽっかり穴が空いた**・・花〖心理的放心〗
Ⅺ.P.40-L.14　...s'écria de **loin** le vaniteux dès qu'il aperçut le petit prince.
　　　　　　うぬぼれ屋は**だいぶ離れたところから**・・・・・N〖宇宙感覚〗
ⅩⅣ.P.50-L.33　...tandis qu'il poursuivait plus loin son voyage,
　　　　　　自分の旅を**もっと先まで**続ける道中で思った。・・・・・N〖宇宙感覚〗

XⅤ.P.53-L.24　Mais toi,tu viens de **lion** !
　　　　　　星空**遠く**からやって来たんだ。・・・・・・・・・学者〖宇宙感覚〗

XⅥ.P.56-L.17　Vu d'un peu **loin** ça faisait un effet splendide.
　　　　　　地球から少し**離れて**眺める・・・・・・・・・・N〖宇宙感覚〗

XⅦ.P.58-L.12　Mais comme elle est **loin** !
　　　　　　…ほんとうにずっと**遥かかなた**の向こう・・・・・・P〖宇宙感覚〗

XⅦ.P.58-L.31　Je puis t'emporter plus **loin** qu'un navire,dit le serpent.
　　　　　　ずうっと**遥かかなた**のこの世のほかへ・・・・・・蛇〖死後の世界〗

XXI P.68-L.21　Tu t'assoiras d'abord un peu loin de moi,
　　　　　　俺からすこし**距離**をとって座っとっておくれ。・・・・狐〖地上感覚〗

XXⅥ.P.81-L.32　…j'aperçus de **loin** mon petit prince assis là-haut,
　　　　　　遠くからも…目に入ってきました・・・・・・・N〖地上感覚〗

XXⅥ.P.84-L.19　C'est bien plus **loin**...**はるかに上空なんだ**・・P〖宇宙感覚〗

XXⅥ.p.84-L.26　Il avait le regard sérieux, perdu très **loin** :
　　　　　　遥かに高く吸い込まれるようにしながら・・・・・・N〖宇宙感覚〗

XXⅥ.P.88-L.26　Tu comprends. C'est trop **loin**.・
　　　　　　ものすごく**遥かかなた**なんです。・・・・・・・P〖宇宙感覚〗

　この物語が星を巡る話なので le petit prince が使う loin に地上感覚はない。ところが、物語の語り手・パイロットの使う loin（特にXXⅥ.p.84-L.27　Il avait le regard sérieux, perdu très loin）という言葉にも宇宙感覚があることに注目する。

XⅦ

　この章で「かわいい仲間」が地球に登場する。それだけに非現実なことと地球の現実とが乱暴に混ざり合う場面が数箇所に現れる。その観点から読む。非現実の項目に☆印をつける。「人間がおとぎ話の世界に入って行く＝空想」という従来からの、こなれた感覚に対し、「おとぎ話の人物が現実世界にやって来る」ことを感覚させるのが、従来にない、この作品の際立つ点である。

56(57)　　　まっすぐな気持ちでいられなくなりました　　Je n'**ai pas été** très honnête en vous parlant des allumeurs de réverbères.　　前章を訂正するための複合過去形の他は、この章の出だしは「語り手の時間系」から読者(Vous)に直接語りかける現在形へと変わる。⇒新朝倉　P.240 gérondif 5° 意味②原因 Il se tut (...) en voyant que sa femme pleurait.(MAUPASS.,*Parure*)「妻が泣いてるのを見て、彼は黙ってしまった」

56(57)　　　大人がこの地球を足で踏み占めている面積　　Les hommes occupent très peu de **place sur la terre**.　　現実世界では、人類はこの地球上にあちこちに散らばって住んでいます。文明人がこの地球に占有する建築、交通などの公共施設、農林水産施設などが陸地を広く覆っています。文明人はこの地球を我が物顔に使っています。しかし、この物語では「人類」の占有面積を極端に限定し

ているので、その点を「足で踏み占めている地面」と誇張した。⇒ P.ROBERT P.855
Humanité　◆3⁰(1485、rare av.XVIIᵉ)les hommes en général. V.Civilisation.
《 L'humanité s'est émancipée 》(RENAN).//les hommes ; l'humanité ; les
grandes personnes には「こども」が入っていない。

56(57)　　奥行き四十キロメートル、横幅四十キロメートルの　　…sur une
place publique de **vingt milles** de long sur **vingt milles** de large.
メートル法に書き直す。**1海里＝1852m**…⇒ 20海里 ＝ 37,040m ≒**40km**// 大人
20億人が広場を埋めた時の一人当たり面積を検証する。

[広場の面積]20milles 四方＝(37,040m)²＝ 1,371,961,600m²≒**1,371km²**

[一人当たり]1,371,961,600m² ÷ 20億人＝ 0.6859808m²/ 人

√0.6859808m²=0.82823957886m四方 ≒**82cm 四方**

一人当たり82cm四方の空間が算出できる。20milles四方はまともな数値といえる。
なお、mille anglais(＝1,609m)で計算すると [一人当たり] ≒72cm 四方、40km 四方
だと≒89cm 四方となる。

56(57)　　☆太平洋に浮かぶ、小っさな、小っちゃな、小っこい島に
sur **le moindre petit** îlot du Pacifique.　　⇒新朝倉 P.308 moindre 2⁰の項で
これが文法問題として取り上げられる。⇒『翻訳仏文法』(下) 鷲見 洋一著　ちくま学
芸文庫2003年 P.267 ⑮ …la moindre petite allusion pouvant être prise pour
raillerie…「ひやかしめいたことひとつ言わず」安部 公房 作『砂の女』の仏訳
【参考】太平洋の島々の面積を調べたが1,000ｋm²から1,400ｋm²に相当する島は該当
なし。

ナウル：	20ｋm²	1万人	ツバル：	30ｋm²	1万人
パラオ：	460ｋm²	2万人	トンガ：	650ｋm²	10万人
キリバス：	730ｋm²	8万人	サモア：	3,000ｋm²	17万人
バヌアッツ：	12,000ｋm²	20万人	フィジー諸島：	18,000ｋm²	81万人

大人20億人がいつの間にか「人類」の話しで、「地球上のこども」の扱いは迷宮入りです。
これは淡路島593ｋm²の3つ分、又は香川県1,863ｋm²の面積に相当する。

56(57)　　こういう話を本気にしないものです　　Les grandes personnes, bien
sûr, ne **vous** croiront pas. 【vous について】《vous》を直前文の主語《 on 》の代名
詞と解し、その言葉 [on pourrait entasser l'humanité sur le moindre petit îlot
du Pacifique] を指す。⇒新朝倉 P.346　on Ⅳ.2.…on が話し手を含まず、不特定
の意味を持つとき。 ce bruit d'eau, qu'on entend de partout, qui vous entoure.
「至るところ聞こえ、人を包み込むその水音」【croire qn について】⇒ IBIDEM P.152
croire 1⁰ croire qn (＝ajouter foi à ses paroles) : Il ne croit pas les médecins.//
単純未来形の表現は , これからもずっと変わらないであろうことを言う。⇒ IBIDEM
P.228 futur simple Ⅱ.A.5⁰ 一般的真理を表す。過去・現在において真実であったこ
とは、未来においても真実であろうという結論の表現　[参考：　この後に出る Vous
leur **conseillerez** donc de faire le calcul. では、vous は読者(二人称・単数)を
意味する。未来形が語気緩和した勧告の表現となる。⇒ IBIDEM P.228 右Ⅱ．B．叙
法的用法 3⁰命令①勧告などで命令の語気を緩和する

56 (57)　　☆まるでおとぎ話の惑星に生え出すあのバオバブの樹さながら
importantes **comme des baobabs**　　アフリカ大陸に自生するバオバブの樹は
この際別物と扱う。現実の大人と非現実のバオバブとの間に類似性を表現する事に意味
が出る。両者には自分の星を破壊する暴力性、独占欲…などが擬えられる。//本書P.141
「24　いずれ行き逢う…」を参照ください。

56 (57)　　何にもならないから　　C'est inutile.　　これをどう読み解けばよい
のか迷う。前章の誇張しすぎた表現を大きく直して地球上に人間が占める面積が如何に
僅かかを語るので、読者としてはこの数字を検証したくなるところであるから。

56 (57)　　☆この世に姿を現したとたん　　une fois sur terre　　⇒プチ
P.657 fois：une fois + 場所の副詞句　…したら（すぐに）/⇒白水社ラルース仏和辞
典　白水社　2001年　P.1123　terre：sur (la) terre 地上に▲（空想的世界に対
して）現実のこの世で；（天国・地獄に対して）現世で。Je cherche le bonheur sur
(la) terre.（この世で幸になりたい）◇revenir sur terre（夢の世界から）現実にも
どる。/⇒大白水 p.2411 terre：être sur (la, cette) terre（比喩的に）足が地に付
いている、物の考え方が現実的である。terre について P.205「58　私がこんな風に
絡みついた…」を参照ください。//le petit prince がこの地球に姿を現す場面です。
Le petit prince , (quand il fut apparu / quand il fut tombé) une
fois sur terre, fut donc bien surpris de ne voir personne.「架空の人物が
現実の世界に舞い降りた瞬間です。P.93「読者の皆さんへ」で語り手が C'est ici
que le petit prince a apparu sur terre, puis disparu. と語っている所か
ら、作者が quand il fut apparu を省略したと考え加筆する。// また一方〔第ⅩⅦ章
P.58− L.1〕Sur quelle planète suis-je tombé ?〔第ⅩⅩⅤ章 P.81 〕Tu sait, ma
chute sur la Terre... c'en sera demain l'anniversaire... ——J'étais tombé
tout près d'ici... と言わせている所から quand il fut tombé を省略したとも考えら
れる。SAINT-EX は語り手には apparaître を le petit prince には tomber を使う
点から、ここでは apparaître の省略として訳す。// 省略の意図は、地球の姿を充分に
語ったその後に le petit prince を登場させるので、非現実世界の始まりを目立たせず
滑らかにさせるためと解す。【複合形の助動詞について】⇒新朝倉 P.45 apparaître
1. **助動詞は、動作・状態の意にかかわりなく、現在では Être が普通。**le
spectre qui lui avait[était] apparu 彼に現れた幽霊 // ⇒プチ P.71 apparaître：
Ma grand-mère m'est apparue en rêve. 祖母が夢に出てきた // ⇒新朝倉 P.177
disparaître — apparaître とは異なり、**助動詞は動作・状態の区別なく
avoir が普通。**状態は être で示すこともある。//SAIT-EX は P.93で apparaître
と disparaître の過去分詞に、共用させる助動詞として Avoir を使う。

56 (57)　　…不意を衝き、月光を浴びて金色にきらめく輪っかが砂の中
から、のの字を書いて出て来た　　Il avait déjà peur de s'être trompé de
planète, quand **un anneau couleur de lune remua dans le sable.**
「不意を衝き」と加筆する。⇒新朝倉 P.439 quand¹ 2° ①{主節＝継続的動作：直・半}
＋{quand 節＝瞬間的動作：単過}/ 文の主要な内容は、従属節が突発的な事実を表す
ならば、その従属節に移り、quand は et alors に近づく。【un **anneau** couleur de

lune について】⇒新朝倉　P.149　couleur：couleur de ＋ 名詞＝形容詞的用法。couleur は無変化。）//couleur de lune は真夜中を暗示させる訳語が必要と考える。anneau の輪形に加え、蛇のくねる動きを「のの字」に表す。／　古代のエジプト、ローマの遺跡から anneau d'or は蛇のデザインでも出土する。【remua dans le sabe について】⇒新朝倉 P.155　dans　1.場所◆抽出　boire dans un verre「コップから飲む」/ ⇒プチ P.387 dans A.場所❸(起点)…の中から puiser de l'eau dans une rivière「川から水をくむ」// 砂漠に住む蛇が夜中に何かに気付いて砂の中から出てくる場面ですが、想像はできるが実際にもこうした爬虫類が棲息するのか知らない。

56(57)　　ねんねんころり　　Bonne nuit　　「おとぎ話の国の子」が地球に舞い降りた (tomber) のが真夜中の零時ごろと想像される。そして一年後、蛇に咬まれて倒れる (tomber) のも、またパイロットが墜落 (tomber) して砂漠に眠ったのも同時刻という作者の設定が窺える。三つの tomber はお伽噺の入り口と出口。【fit について】かわいい仲間も蛇も動作を伴う言葉とする。次章 P.60-LL.25-26では、かわいい仲間のしぐさ言葉 faire に対する、動作を伴わない砂漠の花の言葉には dire を使って対照的に示す。

58　　　☆・・・自分の星を、(そしてそこに咲いてる花を)…想い起こすことが出来るようにとでも…でもどうもよく解らない。」とこの子はつぶやいた。Je me demande, dit-il, si les étoiles sont éclairées afin que chacun puisse un jour **retrouver la sienne**.　　第ⅩⅤ章で地理学者から「その花」がはかない存在と知らされて、それ以後一年余り地球に下り立ってもこの子の念頭にいつもその花があると考えるべきでしょう。ここで語り手の地球談義(第ⅩⅥ章)を物語の次元から外せば、P.55－L.3 …songeant à **sa fleur** と、この …que chacun puisse un jour retrouver **la sienne**. とは繋がると見ることも出来る。la sienne は読者には「星」を代理すると読めるが、この子の気持ちの中では、ずっと偲んでいる「あの花」が重なっていると解釈する。すでに第Ⅶ章 P.28 では Il se dit：《**Ma fleur** est là quelque part...》と使われている。P.187「48　この男の人は…」の項目末尾を参照ください。// 花への思いはあっても星には帰らないとこの子はこの段階では考えていると解して訳す。【retrouver la sienne について】P.ROBERT P.1552 RETROUVER I. Ⓑ1⁰ —*Spécialt*. trouver, rappeler (un souvenir) Je ne peux retrouver son nom.《Le Temps retrouvé》,de Proust.// 想い起こす [retrouver] 対象を la sienne ＝ sa fleur dans son étoile でもあると解釈をすると、この物語の **les étoiles** には「再び各人が想い起こした花達」という象徴の意味もある。

　ところでこの部分はいくつかの前提を設けないと理解が通らない。Le petit prince に「自分の惑星」があることは認められるが、chacun にもそれぞれ星があることを、しかもかわいい仲間同様に星からの脱出を前提にしている。こうなると、天空の星を見上げて「自分の星」を眺める事は、地球という現実界からおとぎ話の非現実世界を想うことになりはしないか。作品の持つ思想から考えると、「大人が自分の子供時代を想い起す」とも解釈できるのではないかと思います。【Je me demande, … , si... について】星の瞬きに、ある特別の意味を見出すべきか否かと、この子はいぶかる気持ちを持っている事が示される。翻訳上の仮説として、狐との会話以前のため、花への想いが自覚できなかった状態の気持ちとしておく。

58　…おいらの星は…ほんとうにずっと遥かかなたの向こう　…Mais **comme elle est loin !**　loin を使って天空に伸びる宇宙的距離感を言ってる場面と解するが、第IX章の花が言った言葉《Tu seras loin, toi ! PP.34-35》も何やら一気に甦る。／comme 節で示されるこの落胆した様子は何を意味しているのか。自分の星に帰りたいけど、もう花と間ができていて帰れないと嘆くようにも聞こえる。この子は一年後にこの地点に再び立つが、蛇と会話し、狐と会話した後なので、そのとき、またこの **loin** を使うけれど、嘆くことはなくなっている。(⇒第XXVI章　P.88-LL.6-7　**C'est trop loin.**)// ところでこの子の星がいま頭上にあるという。一年後にも頭上にこの星が現れる (XXVI P.85-LL.9-11 Cette nuit, ça fera un an. Mon étoile se trouvera juste au-dessus de l'endroit où je suis tombé l'année dernière…) 地球が一年・公転軌道一周したとき、星座の配置が一年前と同じに見えるのか、未調査です。

58　なるほどな、君の話す星、美しい　**Elle est belle**　無数の輝く星の中から他と変わりない星のひとつを取り上げ、それを「美しい」と蛇が感動する。それはこの子がしっかり想い起こしている (retourver **la sienne**)、かけがえのない星(⇒第VII章 P.28-LL.6-7 …je connais, moi, une fleur unique au monde, qui n'existe nulle part, sauf dans ma planète,)、花の咲いてる特別の ma planéte だからという意味に解す。一年後にパイロットがこの星を見上げてもパイロットには見えない。(⇒第XXVI章　P.85-LL.28-29　C'est trop petit chez moi pour que je te montre où …) 大人には見えないかけがえのない花があるこの子の星に共感できた蛇には美しい星と見えたと解す。// 伝統的物語の蛇や狐はこの作品で一変し、人格を持つ存在となる。

58　こちらには何しに来たのですか　**Que viens-tu faire ici ?**　この質問にはいきなり核心を突く唐突感がある。この子が星(と花)の話をした直後に旅の目的を問う意図は何か。この蛇には「星で何かあったのか」という尋ねる動機が働いたと考える。／かわいい仲間が旅の道中で出会う人・動物と交わす会話は一様でない点を纏めて置く。

　◇第VII章まで(五日目まで)　le petit prince とパイロットの関係が展開する。
　・この子は質問するが、質問されると、絶対に答をしない
　・この子の星に特別の花が咲いてることが暗示される
　◇第VIII章から第XXIII章まで　(おとぎ話の展開＝パイロットは語り手に徹する)
　・花との会話と脱出・星の住人との会話と大人への絶望・地球の見聞(大人の姿の虚しさ)

第XVII章(蛇はこの子を)　　　　　　　第XXI章(狐はこの子を)
・何処から来たかを知っている　　　　・じっと見つめて apprivoiser を申し込む
・何をしに来たかを探ろうとする　　　・何を探してるかを知ろうとする
▫見えないことから何かを察知する神秘　▫見えないことから何かを察知しない
▫見えることから何かを察知しない　　　▫見えることから見えない何かを察知する知恵
(この子は蛇に)　　　　　　　　　　　　(この子は狐に)
・ある花との不仲を告白する　　　　　・その花との関係に絶望してるとさとられる
(蛇はこの子に)　　　　　　　　　　　　(狐はこの子に)
・ある花のいる星へもどる方法を暗示する　・その花との関係が意味深いことを明示する
　◇第XXIV章から第XXVI章まで(八日目から九日目の深夜まで)le petit prince とパイロッ

トとの関係（お互いに心のつながりが出て来たことを知る）

・le petit prince は自分の花の咲く星に、パイロットは大人の仲間達がいるところに戻る。

58 「ああ、労しや。」蛇が身を捩って、声を絞った。　Ah ! fit le serpent.
le petit prince から親しい花（une fleur）との仲がこじれていると聞かされた蛇は、この子が美しい星から脱出してきた理由を推測する。ふたりのこの後の沈黙はまるで両者の間に共通の考えがあることを窺わせる。これを「手描き絵一号」にして考える。先にこの覚え書 P.203「58　☆…自分の星を…」で考えた retrouver la sienne を基礎にすれば、≪不仲になって星から脱出したことは、自分の星と再会するまでの間は、この子が自分自身の事も今は見失っている≫のだと蛇が察知し驚愕したと考えてみた。この先、バラ園の体験でこの子が絶望して泣き出す（自分の存在を無価値なものと見る）事にも繋がると考えた。なお P.60－ L.5 Tu me fais pitié… は「花」を見失った者の運命と解釈するが、P.237「77　この世で…」を参照下さい。⇒類語 [0900-c-12] 労しい　気の毒で、同情しないではいられない様子

58　砂漠に…人は文字通り独りぽっちだね　On est **un peu** seul dans **le** désert…　次の文 on est seul aussi … との関係から un peu を強調と解する。⇒新朝倉 P.387 peu 2º un peu ③特殊用法(3)強調 /⇒新スタ P.1324 peu Ⅱ. A 肯定的 3. 強調 Viens donc un peu, si tu l'oses. 来られるのもなら来てみろ。// 一方的な会話のやり取りの後、かわいい仲間が蛇に面と向かって話す場面が lui で明示される。

58　かわいい仲間はこれに、にやりとした　Le petit prince **eut un sourire**
蛇を長いこと見詰めても、この子は蛇の神秘的な力を見抜けなかったことを表している。狐との対話以前のこの子の状態を見ることができる。

58　大型客船でもたどり着けんような、ずうっと、ずうっと遥かかなたのこの世のほかへ　Je puis t'emporter plus loin qu'**un navire**,　二十世紀はじめの大型客船は TITANIC（1912年）、また ZEPPELIN 飛行船（1900年）など。この極小の蛇との対比がおかしい。// emporter に死の旅立ちが重なる。

58　足首に巻きついた、身をぬの字にして、まるで金色をした飾り足輪のよう
Il s'enroula autour de **la cheville** du petit prince, comme **un bracelet d'or**.　フランス語 cheville では踝と足首の区分けが明瞭にできないが、autour de la cheville で「巻きつく」ので足首と解する。// ⇒プチ P.826 jambe の図解では cheville をくるぶしと指し示す。/⇒新スタ P.218 右 bracelet（腕・足首にはめる）飾り輪 // un anneau couleur de lune（P.57-LL.21-22）の印象に連動させる狙いがあって [d'or] としたと解し、今度は巻きつくので「ぬの字」を使う。// 原書 P.89-LL.22-23では ≪Il n'y eut rien qu'un éclair jaune près de sa cheville.≫ と進行する。ここでは、一年後に起きる事態を、「儀式」として演じたことになる。// 前項「大型客船…」から次項「私がこんな風に…」までは密接に繋った内容であり、翻訳の本文は一団にして58ページに集めた。

58　私がこんな風に絡みついた人間を、人間の出自の地球の土へと戻してやるという意味だ　Celui que je **touche**, je le rends à la terre dont il est sorti, dit-il encore.　Celui que je touche を文頭転位して強調する。やや不気味にするため、ここだけ「だ体」とする。// encore は大型船の話の続きの意味と受けとる。// 蛇が

この子に土の気配がないと知るため「触る」必要があると解する。⇒旧約聖書物語　P.
94 犬養 道子著　新潮社1995年 旧約聖書『創世記』に由来する背景も考え合わせる。「そ
して一片の土(アダーマ)を取った。それが練られて形をなしたとき、神は呼吸を吹き込
んだ。人(アダム)が生れた。」// ただ、**je le rends à la terre dont il est sorti**
は重要と思われるが《 Rendre l'homme à la terre 》と言う言い回しが辞書に見当たら
ないのが不思議ではあるが、未調査です。⇒小学館ロベール P.2089 中列 rendre ❸
〈rendre qn à qc〉(本来あるべき状態に戻す)rendre qn à la liberté

【terre, Terre について】新朝倉　P.297　majuscule 2.④神話の神、星、星座名：la
lune, la terre 天文用語では大文字でつづる。// プチ P.1497およびP.ROBERT P.1768
TERRE から纏める。①-1　**この地球** globe, notre planète «Pythagore disait
que la terre　était ronde»/ faire le tour **de la terre** 地球を一巡りする / ①-2 **地
球**(天体の意味のとき大文字) (1543) Planète appartenant au système solaire,
animée d'un mouvement de rotation sur elle-mème et de révolution autour
du Soleil. La Lune, satellite **de la Terre**　②（**現実の**)**世界、人間の住む環境**
Le milieu où vit l'humanité, considéré d'une manière abstraite et générale.
《 Terre des hommes》(ST−Exup.) —LA TERRE : lieu et symbole de la vie.
Être sur terre V.exister, vivre.　③　**陸、陸地、大陸** la terre, les terres
«Homme qui court la terre et les mers»　continent　④　**地面** sol «Il saluait…
Il s'inclinait jusqu'à terre». ⑤**地所、所有地、領地** domaine, propriété　⑥　**土、
陶土；土塊(土壌)；粘土** boue、mottes de terre、**glaise**、⑦**農地、農耕生活**(1252).
L'élément où poussent les végétaux ; étendue de cet élément. La terre et
la roche, et le sous-sol(**心土**). ⑧　**地上、現世、この世** relig.Le lieu où l'homme
passe sa vie matérielle, charnelle(opposé à ciel, à vie éternelle) V.Terrestre.
la terre et le ciel. «Paix **sur la terre** aux hommes de bonne volonté» ⑨ **地方、
地域** ⑩(**電気器具の**)**接地**　　　　(ページ数は原本で示しました)

・Ⅱ.P.9-L.18　　Le premier soir …à mille milles de toute **terre** habitée.
　　　　　　　　ここはどんな**人里**からも・・・・・・・・・・・・・・②
・Ⅳ.P.16-L.12　　…des grosses planètes comme **la Terre**,Jupiter,
　　　　　　　　というのも巨大な惑星である**地球**、木星、・・・・・① 2
・Ⅴ.P.21-L.20　　Elles dorment dans le secret de **la terre**
　　　　　　　　種は**土**くれの奥の方にひっそり・・・・・・・・・⑥
・Ⅶ.P.28-L.29　　Il y avait, sur une étoile, une planète, la mienne, **la Terre**,
　　　　　　　　ひとつの小惑星に、わたくしの住む星に、この**地球という天体に**・・・①-2
・Ⅸ.P.34-L.4　　Évidemment sur notre terre nous sommes beaucoup trop petits
　　　　　　　この私達の地球上で火山の煤払いをするには・・・・・①-1
・ⅩⅤ.P.56-L.1　**La planète** Terre, lui répondit le géographe
　　　　　　　「地球という惑星じゃろうなぁ。」と地理学者は・・・・・・①-2
・ⅩⅥ.P.56-L.5　La septième planète fut donc **la Terre**.
　　　　　　　七番目の惑星はそういうことで**地球**でした。・・・・・・①-2
・ⅩⅥ.P.56-L.6　La Terre n'est pas une planète quelconque !

　作者 SAINT-EXUPÉRY は Terre : terre（sur la terre : sur terre）を使い分けて
いたと考える。ところが出版されているフランス語版の幾種類かを見ると小文字・大文
字の表記が何箇所かで一致しない。編集上の改稿もあったと判断して翻訳者として適正
と考える表記を選択した。（原本＝ H.,B.&W. 1943年版 /GALLIMARD　1983年版；
FOLIO=1999 ;2004年版）

58（60）　　なんと君には地球の土の混じりっ気が全然ないぞ、…よその星か
らやってきたことだし…　　Mais tu es **pur** et tu viens **d'une étoile**...⇒大白
水 P.2002 pur 2. ◆[pur de qc]…のない（exempt de）// 直前の蛇の言葉　Celui que
je touche, je le rends à la terre dont il est sorti. の《la terre dont il est sorti》を
受けて être pur（de la terre）と解し「地球の土」を加筆する。SAINT-EX が省略し、
非現実性を明示する表現をあえて伏せ、「なぞとして」示したと解す。翻訳は説明的に
した。/ ⇒ P.ROBERT P.1426 **pur** Ⅱ.(concret)◆1°（XIIe）Qui n'est pas mêlé
avec autre chose,【 mais...et... について】mais A mais B の表現に相当⇒新朝倉

P.296 mais II ./ 蛇はこの子に触れての観察でこの子が生身の人間でないと判断する。// 地球外から来た存在と見抜いているけれど、1940年代でも「地球外生物」は極普通に架空の話と扱われたと考える。参考：JULES VERNE（1828〜1905）の諸作品。

59（60） 君が痛ましく思えて仕方ない。君がこんなにもひ弱だというのに、がさつなこの世に姿を現したんだ　Tu me fais pitié, toi si faible, sur cette terre de granit.［原本 Terre］　蛇がこの子に同情する背景を考える。「花との不仲に心を痛める心優しい存在」のこの子が「非情のこの世」にやって来れば子供の純な気持ちが大人に否定される如く、この世にいればその心はもっと傷つく事に同情したと解釈する。蛇は [ah !] と叫ぶ辺りから同情し出している。【sur cette terre de granit について】この子がこの「世に現れる P.57―L.25 une fois sur terre ⇒ apparaître」事が始めにあるので蛇から見て「おとぎ話の国から来た者」は、地球というよりも「現世」と相容れない状況に入り込むと見越し《terre》を悲劇的な場所と解釈する。地上の生活がこの子に過酷なものになると読み取ったと解して terre de granit を物質的にしなかった。/ 蛇は少し前に On est seul aussi chez les hommes とも言っている。//faible について P.148「26　花ってのは…」を参照ください。

59（60） 言ってることがずしりと分かった　J'ai très bien compris　一年後にこの子は現実世界から「おとぎ話の国（架空の世界）」へ旅立つ、その覚悟を示したと考える。この後、蛇の言葉で「謎解き」が死を暗示すると解し訳す。// この前後の「無言」は「承認」のしぐさである。// なお、1940年代に現世・死後の往来を扱った surréalisme 作品があるのか未調査です。

ⅩⅧ

59（60） …たった一本の花だけでした、…　Le petit prince traversa le désert et ne rencontra qu'une fleur. Une fleur à trois pétales, une fleur de rien du tout...　et によって一つの主語に二つの動詞。目的語には同格名詞句が二つ続く。いかにも簡略化した文。砂漠に何年も咲き続ける花はないが、何年かに一度咲く花はあるのかもしれない。やや地球的・現実的に考えて、何年ぶりかに開花した時に、砂漠を行く隊商を見かけたと解しておく。// 第ⅩⅤ章末から続く花への思念は、形を変えて次々と継承される。心中に「あの花」を感じるこの子は、砂漠で出会う初めての花に敬意を感じ、Bonjour は非日常的色合いになると解しておく。// この絵の花は文章と一致しない。de rien du tout も反語的で訳し難い。幻想的。花の絵の意味は迷宮入りです。// この砂漠の花がかわいい仲間と会話する様子からは、この子を「人間」と認識していたのか量かされて、「おとぎ話の国の子」と見ているようにも思える。物語絵の「足跡だけある」様子も、幻想の話と見れば、何やら意味ありげに変わる。// この子の鄭重な物腰に、花も心のこもった言葉遣いで応えると設定し、方言の持つ温もりを活用する。P.251「85　はじめから…」を参照ください。

61 (62) 　高くそびえる山岳の頂上をめざしてよじ登った。 　Le petit prince **fit** l'ascension d'une haute montagne. 　この後の独り言から考えると、あの高い頂上へ登って、そこから眺めて確かめたいという登山の動機がある。頂上目指して平地から登っていく過程を意識していると解するので、**頂上を目指して**登ったとする。⇒基礎日本語(2) 森田良行著 　角川書店1980年「に」P.373及び「を」PP.531-539より // Le petit prince traversa le désert の続きとして、山を越えこの子の地球の旅が続く途中である事を意識する。また期待をして頂上へ向かったけれど、そこからの眺めが意に反していたことを言うためにも、期待を込めた登山の道中に視点をおくことでその対比である落胆が鮮やかになる。「…の峰に登りました」だと登山途中が欠けるので読者もこれらの「期待と落胆」に共同参加し難くなる。

61 (62) 　岩の鋭くとんがった、とんがってる、とんがりとげとげの峰みねを眺め 　Mais il **n'aperçut rien que** des **aiguilles** de roc bien **aiguisées**. ⇒新朝倉 P.47 右 Rien 5° ne…rien que は ne…que の強調《 Il n'ont rien que leur salaire (ROB)》「給料のほかには何もない」 // aiguilles (de roc) aiguisées と音が美しく響く、次に出てくるこだまのように…(そして aiguille は第XXII章の aiguilleur へと《 こだま 》する。)

61 (62) 　なんて変てこりんな惑星なんだ…その上人間って、自分が思い描くことをしないで、言われた言葉をまる呑みしたら…その花の方から話しかけて来てくれた 　Quelle drôle de planète ! pensa-t-il alors. … Et les hommes **manquent d'imagination**. Ils répètent ce qu'on leur dit… かわいい仲間が木霊の反復を複数者と取り違えて Qui êtes **vous** ? → Je suis **seul**. の単複のずれの会話がおかしさを誘う。複数を明示し《 あんたらの仲間に入れてよ 》とする。// 現代生活する私達は、メディアからの言葉を受売りし「こだま」のように話しているのかも知れない。生身の人間との交流がそこに生まれる余地はない。【 Et les hommes manquent d'imagination. について】Ils répètent ce qu'on leur dit… と一緒に訳す。「自分で思いを膨らます」ところに人間的魅力があると暗示してる。それを、やや戯画的に「言われた言葉を鵜呑み」する大人をからかう。// 自分の星に咲く花がこの子の脳裏に常にある事は次のように伝達されてきた。Ch.15 songeant à sa fleur → Ch.17 afin que chacun puisse retourver **la sienne** // Ch.19 Chez moi j'avais **une fleur** : elle parlait toujours la première… こうして、それぞれの章末で次ぎの章へと、花を繋げる準備がされていた。そしてひとつの山場に達した時、Ch.20 **Sa fleur** lui avait raconté … と、或る事態を導くことになる。

61 (62) 　おいらが飛び出したあの惑星には、 　chez moi 　この子が、花はもう消えたと偲ぶ様子を強く出すため加筆する。次章でバラ園の無数のバラとの出会いから絶望の淵に飛び込む伏線となる。// 本書 P.31「…次次話しかけ」と照応。

61（62） …砂丘の連なりを、岩のがれ場を、雪の積もる地帯を踏み越えて ayant longtemps marché **à travers les sables, les rocs et les neiges,** désert, montagne, glacier などの地理用語が使われていないので、材質感を出すようにした。

61（62） …思いがけなくも、ようやく、一本の街道に出っくわした Mais **il arriva que** le petit prince〈…〉**découvrit** enfin une route. ⇒新朝倉 P.52 右 arriver 5º ② ▶単過のあとでは直説法《 il arriva que ＋ 直説法》「・・・ということがたまたまあった」［参考］《 il arrivait que ＋ 接続法》「・・・ということがたびたびあった」【découvrir について】⇒ P.ROBERT P.417 **DÉCOUVRIR** Ⓑ(abstrait) ◆ 2º(XVIᵉ) Du haut de la colline, on découvre la mer. « Bonheur de découvrir soudain ce visage si cher parmi les inconnus qui descendaient du train» (MAUROIS)／白水社ラルース仏和辞典 P.288 découvrir 2. Arrivés au sommet, nous avons découvert la mer de l'autre côté de la forêt. ▲「思いがけず視野が開けた」という意図しない結果を表す。// il arriva que ＋ 直説法：découvrir：enfin と重ね重ねに「思いがけなさ」が表現されるのは、「…を踏み越え」の帰結である。

61（62） …人の集い合うところに行き着ける… **Et les routes vont toutes chez les hommrs** SAIT-EX の作品《 Terre des hommes 》に準えて訳した。

63（64） どれもこれもみんな、…バラの花とすがた様子が Elles ressemblaient **toutes à sa fleur** **不定代名詞** toutes は主語 Elles と同格。(類例＝前頁末尾 Et les routes vont **toutes** chez les hommes.)〔参考〕新朝倉 P.31 adverbe Ⅱ.1º 副詞 tout は動詞を修飾しない【 P.64-L.11 il en était cinq mille, **toutes** semblables、について】**副詞** toutes ＋ **形容詞** semblables は virgule を使い、属詞 cinq mille の説明句として挿入。⇒新朝倉 P.554 virgule 3º④同格形容詞【 sa fleur について】この所有形容詞も第ⅩⅤ章末の songeant à **sa fleur** を受継ぐ。// この辺りに連続する tout がある気分を作り出す＝〔地球には無数のものが存在する。〕〔 tout からやがて unique への大転換がある。〕など。

63（64） にじり寄って問うたが、もう驚きが止まらない Qui êtes vous ? **leur demenda-t-il, stupéfait.** ⇒新朝倉 P.25 右 adjectif qalifcatif V.3º 同格 (1) 主語の同格 Je partis inquiet.(MAUROIS)「不安にかられながら出発した」 同格形容詞の表す意味 (2)原因 Après l'Immoraliste, Gide, *découragé*, ne veut plus écrire.【nous sommes **des** roses について】不定冠詞複数形の多数表現を強調する。⇒同書 P.68 article indéfini Ⅱ .6º②(2) 多数の強調 // 本書 P.214「65 誰なんだ、あんたって」を参照ください。// 原文 des roses には5千本の無表情が出るが、翻訳では相互に孤立している存在を強く出す。

63（64） なんとも言えぬ、いたたまれない気持ち Et il se sentit très **malheureux** あの花が機嫌を損ねる (Elle serait bien vexée,…si elle voyait ça...)、花とのギクシャクした生活がこの子の脳裏にまっさきに蘇って来て最初に思

い浮かべた言葉がこの malheureux。そこで落ち着かない気持ちになったと解釈した（狐との会話の前で、まだ花の深い意味が分からずにいる）。【malheureux について】⇒ P.ROBERT P.1032 MALHEUREUX 1. ◇ Contrarié, mal à l'aise. Il est très malheureux, parce qu'il ne peut pas fumer.

63（64） ……以前、…私のような花は…たったひとつきりなのですよ…　Sa fleur lui **avait raconté** qu'elle était **seule de son espèce** dans l'**univers**. 【「以前に」について】「時の副詞」を加え、大過去表現の意味を明瞭にした。// 花は seule を内心からの思いで表現する。それをこの子は外見からの価値付けの意味として受け取る。花の言葉を鵜呑みにしている状態である。**seul で両者の認識に表裏の相違のあることを読者は読み解くしかない。**やがて第ⅩⅩⅠ章で読者は花が言ってた seule の意味に気付く。//Et voici que… は突発的な出来事を表す。⇒新朝倉 P.556 VOICI 1°④ //univers は本書 P.259「91（90）　この広い世間は…」を参照ください。

63（64） …とこの子は思い描いた　　Elle serait bien vexée,　**se dit-il**, 内容が想像（妄想）であるから「…と思う」では収まらなくなる。この後の、P.65-L.1 Puis **il se dit encore** も同様である。⇒プチ P.1344 Le ridicule tue. (諺)

63（64） しおれた振りをするかも　　et (sa fleur) **ferait semblant de mourir** 五千本のそっくりのバラの花に圧倒されて妄想を始める場面である。この庭の五千本のバラの花というのが、第Ⅶ章、第Ⅷ章に出てくるバラの花の絵とは、花びらの付き方がちがう。手描き絵にはあきらかに不一致がある。//「萎れた振りをする」とこの子が「勝手に想像・妄想する」場面である。あの花への思いが急速に冷めていくことを示す。Mourir の多義性は〈振りをする〉では「萎れる」、〈本当に〉では「枯れる」とする。【ferait semblant de mourir について】⇒ P.ROBERT P.1632　　SEMBLANT ◆ 2° cour.loc.verb.FAIRE SEMBLANT DE… : se donner l'apparence de, faire comme si. V./ Feindre. « On a **la complaisance**…d'avoir l'air de s'amuser et de faire semblant de rire »(MAUPASS.)　一般に、本当の姿を隠すため「偽りの姿を演じる＝だます」という語法になるけれど、そのほかに、相手への思いやりから出た「素顔をかくすしぐさが、社会的に評価されている（嘘も方便）語感」も場合によってはある。【「振りをする」について】類語 3601-a-33 人の行動や気持ち・性質などが、実際はそうではないのに、そうであるように見せかける。/ 素の気持ち、直情的な醜い感情を包み隠すことはわれわれの社会では、思わず出た感情爆発の自己反省として、また相手への思いやりの産物として必要とされている。社会生活の中で我々の喜怒哀楽をどう処理するかについて本書 P.146「26　それをやっと…」を参照ください。作者はここでかわいい仲間に「大人としての心理」を疑似体験させ、大人目線からの「ただの花」への絶望を導く。【類似表現】⇒大白水 P.2242　sauver ◇ **sauver les apparances** ([古]garder(sauver)les dehors)(1)体裁を繕う。(2)(相手を不快にするような感情を面に出さないように)顔をつくる《= sauver la face》/**sauver le premier coup d'œil** 一目見ての印象を隠す（一目見て相手が…いやなやつであったりした場合…不快の感情を顔色に出さない）//⇒ SYN P.512 **savoir-vivre** Bienséance, civilité, convenance, courtoisie, décorum, délicatesse, doigté, éducation, égard, élégance, entregent, politesse, tact, urbanité, usage [余白] **savoir-vivre** は

直情性の中で生きる「こども」には無理である。感情を包み込む事が出来る「おとな」になって身につける事の出来る有意義な生き方である。pieux mensonge である。

63（64）　…ふるまい続けて…　Et je serais bien obligé de faire semblant de la soigner　花との関係を悲観的に想像を膨らませてしまう様子が読み取れる。ここには élégances（気品ある振る舞）、bienséances（たしなみ）のフランス的感覚も垣間見られる。// 本書 P.31 では、この子との静けから花がするわざとの咳込みに、この子は苛立っていた。それを回想しているこの場面では、そのことを相対化して考えられるまでに成長もしている。

65　もっとこんなことにまで思い募らせた　Puis il se dit encore :
前頁の《…,se dit-il, si…》を puis…encore でより追い詰めた内容にしている。⇒新朝倉 P.195 encore 3⁰ 添加（= en outre）/ « PUIS il se dit ENCORE »（この子が大人風の価値判断をする⇒思いを募らせる）作者は se dire という前に使った動詞に副詞 « puis…encore » を添加するだけの表現で、この子の悲観的に妄想する心情を増幅表現していると考える。

65　どこにもないたったひとつきりの花だと言うから、だから自分は恵まれているとうれしかった　Je me croyais riche d'une fleur unique,
【riche について】「自分を豊かだと感じる」その気持ちを充実感として訳した。se croire + 属詞（riche）⇒新朝倉 P.74　attribut Ⅲ. 直接目的語の属詞を導く動詞・**認知**（se croire なども該当する）【d'une fleur unique について】de は riche の動機を導くとした。/ une は「どこにもないという価値の付いた花」を示す。⇒新朝倉 P.67 article indéfini II. 5⁰ 誇張的用法②

　この場面で［ひとつしかない花］だから貴重なのだとかわいい仲間は思う。**だから気持ちに張り合いが出るのだ**と思う。しかしこの「希少性から来る価値観」は子供の持つ「絶対の価値観」（いいと思えるものは無条件にいいとする価値観＝ありふれた玩具もその子には無条件に宝となる）のとは違うぞと読者は気になりだす。しかしながら、最初の読書ではよく分からないままに過ぎる。なにやら Saint-EX は une fleur unique を読者に対して「衝立の詞」に使い、外から見る価値観と内から見る価値観との違いを、それとなしに（ambiguïté）に示しているようだ。さらに初読の大人の読者向けには、外見上の価値観の方へ関心を高く惹きつけておいて、次章から始まる Apprivoiser の大転換の落差を準備したとも考える。次章では無数の中の一人、どこにでもいる存在から「慣れ親しんだ」結果として「ただひとりの、かけがえのない存在」に思えて来るものが誕生することが示される。これがバラの花が言ってた「この広い世間でたった一つきり」の本当の意味だったと導く。

65　…どこにでもある、ありきたりの花　une rose ordinaire　⇒SYN P.584 《unique（ant）ordinaire》の取り合わせである。作者はこれ以上を語らない。読者が読み解くしかない。une fleur unique に希少ゆえの高価値、une rose ordinaire に平凡ゆえの無価値という、両方に大人基準を、大人の読者向けに、次章の大転回・頓證菩提の準備に配置したと解す。

65　おとぎ話の国のひとかどの殿さまに　ça ne fait pas de moi un bien grand prince…　【un bien grand prince について】この子が大人感

覚で物思う場面なので grand は「大人」とする。/le petit prince がやがて le grand prince になると読める。 prince は公国の主である。ここでは童話風に「殿さま」（領主）とした。大人のパイロット目線から prince を『かわいい仲間』と命名したがこれを使って「おとな」を連想させる語が作れない。もうひとつの名前「おとぎ話の国の子」から関連付ける。⇒新スタ P.726 Ⅲ.4. Ça faire+A+de+B Ce filme fera de toi une grande vedette.【直説法現在 fait について】⇒新朝倉 P.422 présent de l'indicatif B.Ⅱ.2° 近い未来（話者の意志）【dans l'herbe「叢に身をうずめて」について】手描き絵とは異なるが、後にでる(P.68 comme ça, dans l'herbe)場面と関連付けるため加筆する。

65　　泣き出した　**il pleura**　　この宇宙に一つしかないと思ってた花が、五千本のそっくりのバラを前にして自分の花が価値のないものになったと感じ取り、輝きをなくしてつまらないものとなり、自分を支えていた価値を見失い、自分のためだけに泣きだす《il pleura.》。一年後の第Ⅶ章では、あの花のためだけに泣く《Il éclata brusquement en sanglots.》。第ⅩⅩⅦ章で「ひつじが花を口にしたと思うか、いや口にしなかったと思うか、どっちを思うか」と語り手が読み手に問いかける。一読者・翻訳者としての私の出した解釈は次のとおりです。世界にひとつしかないからすごい価値があると思えば、つまり大人社会の作った価値基準から見れば、さらに言えば比較の価値基準をいくつでも作れる、自分の外に作った「客観的価値基準」からすれば、「ひつじ」は「その花」を食します。自分を自分以外の「客観的基準」で裁断するからです。ところが、慣れ親しんだことから、かけがえのない大切なものと思えることからはどんなに天地がひっくり返っても［ひつじ］は［あの花］を食さないと信じる力が出て来ます。はじめから、こどもには「子供の心」があるからといって幼いときから自然に分かるという性質のものではありません。大人になった時に「子供の心・内面的な基準」を再発見するところに、ある意味で深い本当の価値があるのです。Saint-Exupéry はこの作品で大人にその再発見の意義を呼びかけていると思います。内面的にする判断、あるいは客観的にする判断の「基準」を人類はどう考えてきたのでしょう。哲学の森を歩きたくなりますね。

XXI

65　　その時です、狐がそっと現れました。　　C'est **alors** qu'apparut le renard. ⇒新朝倉 P.102〜105 Ce¹ Ⅱ. être の主語となる ce　7° c'est …que ③その他の要素の強調 (3)状況補語 C'est à ce moment que j'entrai.「私が入ったのはその時であった」⇒同所8° c'est…que における c'est の時制　後続する動詞の時制とは無関係に現在形に置くことができる。C'est Marthe qui vint m'ouvrir.「ドアを開けにきたのは M である」⇒同書 P.41 alors Ⅰ.1時の副詞（＝à ce moment-là）過去・未来について用いられ現在はこの意味では「史的現在」（歴史的現在形・説話的現在形）に限られる。⇒新スタ P.58 alors 1 その時［過去・未来］// 野生動物の狐の出現の動作を、さ行音のallitération で狐のこの子に気付かれないように、そっと出現する姿を暗示する。

65　　「どうかしたかね。」　狐が声をかけた。　　**Bonjour, dit** le renard.

dire を動作として訳す。定冠詞の狐のほうから最初に挨拶言葉をかけている。泣き伏してる子供に向かって、やや優しみのある田舎風語感とする。// この章は tutoiement で始まる。物語伝統の抜け目ない狐像はかわいい仲間と話す内に賢者風に変わる。

65　　挨拶し、そちらにくるりと身体を捻った、が、それらしい気配を一向に気づけない répondit poliment le petit prince, **qui se retourna mais ne vit rien.**
〔すぐ素直に挨拶する→身を捻る→目に入らない〕という一連の動作が単過の連続ですばやく展開する。⇒新朝倉 P.436　proposition relative　Ⅱ.2° 説明[同格]的関係節 ①時の関係(後続性)【se retourna について】大人がすれば〔まず身を捻る→誰も目に留まらないがとりあえず挨拶する→…〕と成るであろうから、ここはより幼いしぐさとなる。// 背骨を軸とする回転と考えた。声の方角に関心を向けた動作が想像される様に、動作の副詞を添加する // ⇒プチ P.1313右の表には「裏表を」逆にすると説明がある。P.64(73)の挿絵が顔を向けてるのとは違う。【qui…ne vit **rien** について】この章では特に「ひと」と「もの」との混交が起きている。rien ; chose などが、「ひと」を含めて使われる。

65　　狐の声がした。「りんごの木の下だけど ……」　　　　　　　Je suis là, dit la voix, **sous le pommier...**　　【定冠詞について】le renard, la voix, le pommier の定冠詞を「絵画的描写」として解釈する。声が届くので狐はこの子の近くに居ると言外にある。// この子が最初の《 Bonjour 》を聞いてその声の方に体を向け、声の主を探す間合いに合わせて、この狐が次の声《 Je suis là 》を出す。狐の姿を捉えたこの子が、« qui es-tu ?» « Tu es bien joli...» とじっと見詰めて言うと考る。【 sous le pommier... について】狐の話し声の一部とする。改訂版で de sous le pommier と無理に読んだ点を訂正する。作者が sous le pommier... に賢者の寓意をしたかもしれない。⇒新朝倉 P.406 point de suspension　　1°…躊躇で中断…◆…相手が容易に察知し得る文末の省略

65　　誰なんだ、あんたって　　qui es-tu ?　　ⅩⅨ章「不思議がる問い」、ⅩⅩ章「花へ問う」に使う qui êtes-vous ? が、ここでは、approviser を導入する語句として、joli と見惚れる相手を知りたくて出した声と考える。問い質す文よりも、Bonjour 交換後なので疑念は強くないと見て、〔賛嘆〕を帯びるとした。⇒新朝倉 P.271左 6°疑問文の意味 ③⇒ exclamativue P.208 左 Ⅰ.2°//『フランス語ハンドブック』P.138 § 感嘆文2.3.2 疑問文との関係 // 等を参考にするが、疑問文による感歎表現の解説は詳しくないので仮訳とします。

65　　見惚れてしまって　　Tu es bien **joli...**　　これは作者が27〜28歳ごろ南方郵便航空路のサハラ砂漠中継基地に勤務時に、野生の狐を飼っていたことを想起させるが、想像上の「joli 狐」である。本書 P.231「74(75)　聞き惚れて」を参照ください。

65　　悲しくて…　　**Je suis tellement triste...**　　　　　　⇒『古典基礎語辞典』P.355「かな・し」大野 晋・編 角川学芸出版2011年　解説　…愛着するものを、死や別れなどで喪失するときのなすすべのない気持ち。

65　　慣れ親しい間柄って言えるまでになってない　　Je ne suis pas **approivoisé** Approivoiser がここから登場する。「人間が動物を手懐ける」他動詞であり狐も自らを受動態で表現する。人間が動物を一方的に「飼い馴らす」であるが、この後、

apprivoiser が《créer des liens》と説明されるように、**相互的に働く動詞として訳**すことにし「慣れ親しい間柄をつくる」とした。《一方的である》この言葉の基本は保つ。⇒小学館ロベール P.1948 -priv(i)- 語基 占有の　apprivoiser（自分のものにする→）飼いならす // 全件17の内16がこの章に集中している。作者はこの言葉に**ある特定の価値**を付したと解し訳語を統一した。// 自然界と直接深く係わって来た故に、我々の言葉に堆積された発想は古代人の人間臭さとして、こうした痕跡を秘蔵する。

【用例を分けると次の五型になる】❶この子が狐を Apprivoiser する具体的な内容が語られる。「主語→目的語」の組み合わせだけは動詞本来の用法に近い。**❷**植物が人間を apprivoiser するという用法で、動詞本来からは意味も拡大し「主語→目的語」が逆の関係になる。**❸**第ⅩⅩⅤ章 P.81 - LL.27-28 « On risque de pleurer un peu si l'on s'est lassé apprivoiser...» で一言触れてある。子供が大人を apprivoiser したと推測される用法で、これも逆転の用法である。**❹**一般論の apprivoiser がある。主語が人でも目的語は野生動物とは限らない。事物一般の事もあり、これも本来から外れる。さらに言外に「この作品」が読者を apprivoiser することも想定される。**❺** apprivoiser を拒む人もいる。（5千本のバラの花などもその一例）

参考 Ⅶ.P.28-L.12　Si quelqu'un **aime** une fleur qui n'existe qu'à un exemplaire.　❹

参考 Ⅸ.P.34-L.9 Mais tous ces travaux **familiers** lui parurent,.. extrêmement doux.　❹

・ⅩⅩⅠ.P.65—LL.17—18　Je ne suis pas **apprivoisé**.・・・・・・・・・・・・❶

・ⅩⅩⅠ.P.65-L.21 Qu'est-ce que signifie «**apprivoiser**» ?・・・・・・・❹

・ⅩⅩⅠ.P.65-L.25 Qu'est-ce que signifie «**apprivoiser**» ?・・・・・・・❹

・ⅩⅩⅠ.P.65-L.31 Qu'est-ce que signifie «**apprivoiser**» ?・・・・・・・❹

・ⅩⅩⅠ.P.66-LL.8-9 Mais, si tu **m'apprivoises**, nous aurons besoin l'un de l'autre.
　　　　　　　　　　　　　　　　　　　・・・・・・・・・・❶

・ⅩⅩⅠ.P.66-L.13 il y a une fleur...je crois qu'elle **m'a apprivoisé**...・・・・・❷

・ⅩⅩⅠ.P.66-LL.29-30 Mais si tu **m'apprivoises**, ma vie sera comme ensoleillée.・・❶

・ⅩⅩⅠ.P.68-LL.3-4 Alors ce sera merveilleux quand tu **m'auras apprivoisé** !・・❶

・ⅩⅩⅠ.P.68-L.9 S'il te plaît...**apprivoise-moi** ! dit-il.・・・・・・・・・・❶

・ⅩⅩⅠ.P.68-LL.13-14 On ne connaît que les choses que l'on **apprivoise**...・・・❹

・ⅩⅩⅠ.P.68-LL.17-18 Si tu veux un ami, **apprivoise-moi** !・・・・・・・❶

・ⅩⅩⅠ.P.70-L.11 Ainsi le petit prince **apprivoisa le renard**.・・・・・・・❶

・ⅩⅩⅠ.P.70-LL.15-16 ...mais tu as voulu que je **t'apprivoise**...・・・・・・❶

・ⅩⅩⅠ.P.71-LL.13-14 Personne ne **vous a apprivoisées**..,・・・・・・・❺

・ⅩⅩⅠ.P.71-L.14 ...et vous n'avez **apprivoisé personne**.・・・・・・・❺

・ⅩⅩⅠ.P.72-LL.8-9 Tu deviens responsable...de ce que tu **as apprivoisé**.・・・・❶

・ⅩⅩⅣ.P.77-LL.10-25 かわいい仲間はバラ園で落胆し、狐の話から気づきの体験をする。
　　　　やがて、星に咲くバラの花を地球から遥かに Apprivoiser し返す。・・・・・❶

・ⅩⅩⅤ.P.81-LL.27-28 On risque de pleurer ... si l'on s'est laissé **apprivoiser**・・❸

参考　ⅩⅩⅦ.P.90-LL.23-24 ...Pour vous qui **aimez** aussi le petit prince,..・・・❹

SYN　P.35 apprivoisé Ⅰ. domestique, domestiqué, dompté, dressé
　　　　　Ⅲ.accoutumé, familiarisé, sociable, soumis.

P.163 dompter Ⅰ. apprivoiser, assujettir, domestiquer, dresser.— asservir, dominer, mater, réduire, soumettre, subjuguer, terrasser, vaincre.
Ⅲ. briser, discipliner, juguler, surmonter.

P.165 dresser Ⅰ. arborer, édifier, élever, ériger, lever, monter, planter, redresser.
Ⅱ. apprêter, disposer, installer, mettre, préparer.
— tendre (un piège) — calculer, établir, étudier, exécuter.
— **apprivoiser, domestiquer, dompter**, mater.
— éduquer, façonner, former, instruire, styler.
Ⅲ. exciter, mettre en opposition, monter.

P.215 familiariser Ⅰ. accoutumer, apprivoiser, dresser, entraîner, former, habituer

P.ROBERT P.78 APPRIVOISER v.tr. (1558 ; aprivéiser, fin. ⅩⅡe ; lat.pop. apprivitiare, du lat. class. privatus « personnel, privé » ◆1° Rendre moins craintif ou moins dangereux (un animal farouche, sauvage), rendre famillier, domestique. Apprivoiser un oiseau de proie. Dompter n'est pas apprivoiser, mais assujettir. Un animal est domestiqué, quand ses petits naissent eux-mêmes apprivoisés. ◆2° Fig. et littér. Rendre plus docile, plus sociable.V. Adousir, amadouer.—(Abstrait) « Je tiens bon, je tâche d'apprivoiser le vertige » (GIDE)

IBIDEM P.506 dompter v.tr.1° réduire à l'obéissance (un animal sauvage et dangereux).

P.504 domestique adj.et n. (1398 ;lat.domesticus, de domus [maison] /domestiquer v.tr. (ⅩⅤe ; de domestique) rendre domestique (une espèce animale sauvage).

P.516 dresser v.tr. (drecier, fin. ⅩⅡe. ; lat. pop. directiare, de directus «droit» ©. ◆2° (animaux) Dresser un chien à rapporter le gibier.

P.681 familiariser v.tr. (1551 ;lat.familiaris» Ⅰ. rendre familier (avec qqch)
Ⅱ. se familiariser ◆1° devenir familier avec qqn, avec les gens.

⇒**大白水** P.133 apprivoiser ◆(…に) 慣れ親しませる、なじませる (avec) (familiariser).
⇒**白水社ラルース仏和辞典** P.64 apprivoiser (野生のものを) 馴らす。apprivoiser は野生のままでも人に慣らすだけで使える。調教・訓練する意味は含まず、また家畜にするわけでもない。類：dompter (野獣を) 調教する。dresser (動物を) しつける。domestiquer 家畜にする。/IBIDEM P.475 familiariser ＋(人) ＋ avec ＋(人／物事) …に慣れ親しませる

SAINT-EXUPÉRY が使う [apprivoiser] には、「人間が野生動物を手懐ける」というフランス語動詞の本来の意味は伏せられて、この作品に特化した用法になる。それは「(お互いの心の中で) つながりが出て来る」ことであり、「お互いが相手をかけがいのない存在に思える」ことの、その先には相手の存在を経由して、この世の森羅万象への畏敬の念へと発展的に気付いてゆく意味が潜めてある。狐がいう「慣れ親しい間柄でない」はこの狐にまだかわいい仲間に対する「親しい気持ちが生まれてない」ことを言う。第Ⅹ章から le petit prince は旅の道中で人や花・動物と出会うが apprivoiser はない。そういう場合には、片方だけが「慣れ親しくなろう」としても成立しないということである。この子は「酒飲み」には同情を寄せたけれど、酒飲みはこの子を無視し、無視さ

れたこの子は気持ちの遣り場に一時困る。点灯夫には人を受け止める余裕がなかった。Apprivoiser がいつでもできるとは限らないことを作者は言ってる。【参考】原書 P.19-LL.11-12　Tout le monde n'a　pas eu un ami.「皆が皆、親友と言える人が有った訳ではないのですから。」

65　　何を嗅ぎ回っているんだい　　que cherches-tu ?　　　　　狐からchercher の目的物を繰り返し問われたこの子は、les hommes から des amis へと、友を求めるという意識を明確にしてゆく。一方この子から apprivoiser の意味を繰り返し問われた狐は、むき出しの野性を治め、この作品特有の apprivoisement をこの子に説明をする中で、やがて自らをこの子との慣れ親しむ関係造りへ向かわせる。この場面の会話は、このように両者に意識の大きな変化を促す契機となっていた。// この子は地球に舞い降りたときから「人間」を訪ね歩いてきた。蛇に尋ね、砂漠を横切って花に尋ね、高い山の頂上からも探した。自分の星から旅に出たときは une occupation (P.35) 心にできた空洞を埋めるものを探そうとしていたが、ここで狐の再質問にはっきりと「友人」であると答える。狐がいわばこの子の探す対象を明確にする手伝いをする。// 実は第Ⅳ章で星を旅立つ挿入物語が、友だち探しを暗にこのあたりを仄めかしていた。// そしてこの後、「友人を探すこと＝ chercher des amis」がどこか遠い土地へ探しにでかけることでも、友達になると言ってくれる人と行き会うことでもなく「慣れ親しい間柄を築くこと＝ apprivoiser des gens」なのだと言う展開に向かう。その序奏がここから続く Chercher―Apprivoiser の二語の連打である。念のため引用する。

[原書65ページ17行目〜66ページ2行目まで]　　　P : le petit prince　R :Renard

R : Je ne suis pas apprivoisé.

P : Qu'est-ce que signifie « apprivoiser » ?

R : Tu n'es pas d'ici, dit le renard, que *cherches-tu* ?

P : *Je cherche* les hommes, dit le petit prince. Qu'est-ce que signifie « apprivoiser » ?

R : Les hommes, dit le renard, ils ont des fusils et ils chassent. C'est bien gênant ! Ils élèvent aussi des poules. C'est leur seul intérêt. **Tu cherches des poules ?**

P : Non, dit le petit prince. *Je cherche* des amis. Qu'est-ce que signifie « apprivoiser » ?

R : C'est une chose trop oubliée, dit le renard. Ça signifie « **créer des liens…**»

⇒ NHK・2004年放送　秋田県西木村の「雪蛍」行事で「つながる」の意味が深く伝わる。

66　　このこと、人間からは…ほったらかしに…　　c'est une chose trop oubliée 背後に人がある。⇒ P.72-L.7　Les hommes ont oublié cette vérité ; P.70-L.2 C'est aussi quelque chose de trop oublié　この解釈の延長に P.71-LL.19-20 Vous êtes belles, mais vous êtes vides. [**vides**=sans amis]

66　　大勢の子供となんも変らないありふれた子供にすぎない　　Tu n'es encore pour moi qu'un petit garçon tout semblable à **cent mille** petits garçons. 物事の度合いを表現するのに、数値を使う方法がフランス語にもある。faire les cent pas(行きつ戻りつ)，　Il　m'a donné **mille** soucis(散々心配をかける)

217

66 　君はかけがえのないたったひとりの人　　Tu seras pour moi unique au monde.　　本書 P.104「5　かけがえのない」の項を参照ください。／第ⅩⅩ章末尾の « Je me croyais riche d'une fleur unique, et je ne possède qu'une rose ordinaire....» の箇所が、この狐の Apprivoiser の説明と表裏の組み合わせになっていたことがここで改めてわかる。　　第ⅩⅩ章 原書 P.64-LL.9-11（表の意味）の Sa fleur lui avait raconté qu'elle était seule de son espèce dans l'univers「私のような花は、この広い世間にたったひとつきりなのです」との違いを明示するため、この第ⅩⅩI章 原書 P.66-L.10（裏の意味）の Tu seras pour moi unique au monde「私からすると君はかけがえのないたったひとりの人」として、表と裏の違いを示す。勿論、この場面は狐とこの子との関係の話しですが、この子と花とに転用して考えたものです。本文中にも、かわいい仲間が狐の話をヒントに、自分と花との関係に引き当てた考えを述べている点があり、ひとつの転回点です。かわいい仲間は前章で「たったひとつきりのものだから尊い」と思い込んでしまい、無数の花を目にした時は価値観をひっくりされた思いになり、行き詰まって泣き出していた。今、まったく違う見方を狐から教えられて、ここから改めて花との関係を見つめなおす作業をこの子が始める。【nous aurons ;　Tu sera について】avoir, être の単純未来形が予想を表現している場合になる。⇒新朝倉　P.229　futur simple B.6°/「君」の行頭並べは半ば偶然ですが、apprivoiser の「相手」を強調する効果を持たせた。「君」という同一語が並ぶさまが、目に付くような効果となる。この図形詩風の試みは他に数箇所あります。

66 　言ってる意味が分かって来たぞ…その花がおいらをかわいく思って慣れ親しい間柄を作ろうと、もうやっていた・・・/思いもしないこと、
Je commence à comprendre... il y a une fleur... je crois qu'elle m'a apprivoisé... ／ On voit sur la terre toutes sortes de choses...
「たったひとつの存在の花」をこの子は内側から考え始める。／ 花が咲いてる点を明瞭にし、人格的な意識があるように示した。／　花が人間を apprivoiser する事は現実にも、フランス語の語法としてもない。原文では apprivoiser の主語と目的語の組み合わせでその非日常を表現する。これを日本語翻訳では「かわいく思って」を補い、その破格を出す。過去完了には時の副詞「もう」を補う。/ voir toutes sortes de choses では、「思いもしないこと」にして、非日常性を出した。／　原本も FOLIO 1999年版も sur la Terre だが、話の内容がこの世に起きる事を扱うので sur la terre で翻訳を進める。//狐はこの後「よその惑星であったことを言ってるのか」と改めて聞き返すので、ここまでは地球上の事しか念頭になかったと解した。//apprivoiser の始まりは、当人が気付かないけれど確実に進行すると文脈は表現している。

66 　…こっちの地球であったことを言ったんじゃない　　Oh ! ce n'est pas sur la Terre　　原本第ⅩⅦ章 P.57-L.29に Le petit prince, une fois sur terre, fut donc bien surpris de ne voir personne. とあり、「語り手」のパイロットは、この子が「現実世界」に舞い降りた存在なんだと認識している。「かわいい仲間」の方は自身の存在は架空であると踏まえてるけど地理学者との会話からも「地球という天体＝ sur la Terre」として捉えている。狐はこの時点ではかわいい仲間を「宇宙人」ではなく地球人

と捉えている。以上から、この会話で狐に対して、かわいい仲間は「この地球以外の者、宇宙人あるいは架空の存在」だと自己紹介していると解する。ST-EXUP. が « terre : Terre » の使い分けを接近した文章の中でしたと解釈する結果になるが、普通は文字の大小よりは明示的に別語を使うと思えて、この解釈には割り切れてない余地が残る。// terre の同義語として「この世の中」と「地球」に訳し分ける。

66　狐はかなり気になるという気配を見せ　Le renard parut très **intrigué**
原本第Ⅲ章 P.14-LL.9-10に Vous imaginez combien j'avais pu être **intrigué** par cette demi-confidence sur « les autres planètes ». パイロットの「気がかりな点」が地球以外の星からの「訪問者」を知りたい事だったのに、この狐の「気がかりなこと」は猟師はいなくて雌鶏がいる星への「食物的興味」という対比がおかしさを誘う。狐にとって「地球以外の星⇒この現実世界とは別の非現実世界⇒物語の世界」という把握は自然なことと解しておく。この狐の「宇宙観」は人間がやる解釈ではないけれど、どうやら狐はこの地上的な事柄に結び付けた関心の仕方をする。人間パイロットほどには地球外訪問者にびっくりしていない。狐の態度から、文学世界にのみ棲むと分かる。

66　あの小麦畑を懐かしがる気が起きない　Les champs de blé ne **me rappellent rien**.　「小麦畑」に特殊な印象をつけるため、まず小麦畑を、いったん連続する否定表現で白紙にしてから、この後「金色」が彩色されて行く。

68　そんなの、味気なさすぎて見る気が起きない　Et ça, c'est triste !
⇒大白水　P.2492　triste ◆(物が)悲しみの印象を与える Le ciel est triste. …曇っている。/ ⇒白水社ラルース仏和辞典　P.1152 Que ce quartier est triste ! …なんと殺風景なんだ // 対句に見立て「見る気」を❷と❹に加筆する。対句構造は次のとおり。

① Les champs de blé ne me rappellent rien. 小麦畑を懐かしがる気が起きない

❷ Et, ça, c'est triste ! 味気なさ過ぎて見る気が起きない

③ Mais tu as des cheveux couleur d'or.　　君の髪の毛は金色だ

❹ Alors ce sera merveilleux quand tu m'auras apprivoisé !
　　　　　小麦畑が目に染みるように見たくなって来る
　　　　　　　　　君と俺が慣れ親しい間柄になったそのあとは

⑤ Le blé, qui est doré, me fera souvenir de toi.　小麦が金色に
　　　色づいて来るたびに、君を懐かしく偲ぶのさ

〈6〉 Et j'aimerai le bruit du vent dans le blé…
　　　　　　風が吹くたびに、…ささやき声も聴きたくなる

【懐かしさの対句構造】　　①⇔⑤後半 、〈6〉の後半

【見たい気持ちの対句構造】❷⇔❹前半

【金色の髪の毛の意味】③ 対句構造の支点になる。

【懐かしさが繰り返す】小麦が金色の季節になるたび⇒⇒この子の髪の金色を偲び
　　　　　　　　　　⇒⇒【慣れ親しい間柄】❹後半が復活する

【慣れ親しい間柄の後、作り出されるもの】❹後半を起点に次の変化が起きる

【いろづくたびに】⑤前半 →→→ ⑤後半　懐かしく偲ぶのさ

【風吹くたびに】〈6〉前半→→→〈6〉後半　ささやき声も聴きたくなる

68　　小麦が金色に色づいて来るたびに、君を懐かしく偲ぶのさ…

Le blé, qui est doré, me fera souvenir de toi.　　日本語文の主語は「ひと」で出来ているので翻訳文をそのように作る。原文の主語 le blé を、ひと（ここでは狐とするが、省略する。）に替える。偲ぶ主体(狐)＝主語を言外に置くことで、狐の気持ちの中にこの子の思い出が自然に湧き起こるようにする。// qui est doré は確実な近未来を言う現在形で話し手の意志が出る。⇒新朝倉　PP.422-423 présent de l'indicatif B. II. 2º 未来 ①近い未来、意図、計画など。(中略)実現の確実性をおび、話者の意志が表される。/ この確実性を「たびに」の反復相として加筆した。/Faire の単末も話者の意志が出る。⇒ IBIDEM P.228 futur simple II. B.1º // 第ⅩⅤ章でこの子が花を songer (偲ぶ) ことが、この章にあっては、狐がこの子を souvenir(懐かしく偲ぶ)のなかに再現される。// 本書 P.197「55　胸の奥に咲く…」を参照ください。

68　　風が吹くたびに、その小麦の波から涌き起こるささやき声も聴きたくなる…　　Et j'aimerai le bruit du vent dans le blé…　　「特別の足音」を慣れ親しくなった狐が聞き分けるように、群立ち起きる擦れる音も狐が聞き成す。//「(風が奏でる、)金色の小麦から涌き起こる音色」を「狐の耳」が聞く。読書のたびに「読者の耳」にも想像で聞こえて来る。//le bruit du vent は「小麦が金色に色づく**たびに**」の句と共鳴効果をなすようにし、反復の相を加えた。/ 波の音・川の音・雨の音が情景描写に効果があるように「麦秋に麦風が起こす麦浪の**音**」が新たな興味を読者に呼び覚ますことになった。初夏に小麦畑に佇んで「麦の音」を聞かれてはいかがでしょうか。[参考]『千曲川のスケッチ』島崎 藤村 著 岩波文庫2002年 P.34「…水蒸気を含んだ風が吹いて来ると、麦の穂と穂が擦れ合って、私語くような音をさせる。…」

68　　狐が口をつぐんだ、じぃっと長いことかわいい仲間を見詰めた　　Le renard se tut et **regarda longtemps** le petit prince　　じっと見詰めるしぐさは、この作品の随所に出てくる。le petit prince が自分の星で花の咲き出すのを見詰めた、夕日を見詰めた、現実の世界に舞い降りて自分の星を地上から思いを込めて見詰めた、蛇を見詰めた、不時着の翌朝のパイロットを見詰めた、両手を油で黒くしたパイロットを見詰めた、…、この子とパイロットは朝焼けの砂漠を見詰めた…。この作品は登場人物の内面心理を大部分の場面で省略する、« 見詰めるしぐさ »が、その箇所で無言の説明をする。一種の「しぐさ表現」と言える。つまり、SAINT-EXUPÉRY は読者にそれだけ沈黙部分を読み取れと言っている。今回の「無言の説明」は「じぃっと」長い。狐はこの後、野生動物からなにやら賢者の風貌を持ち始める。

68　　時間の事だけど、あり余るほどおいら持ってないんだ　　Je veux bien, répondit le petit prince, **mais** je n'ai pas beaucoup **de temps**.　　進んで引き受ける。その後、所要時間の見当がつかないところから、時間がたっぷりあるわけではないと伝える。ここで、地球に舞下りてから一周年後になる「その日」には、戻るという計画が蛇との間にあった事を読み取る。今からその日までの「残された時間」しかないと暗示する。また、この後「友人・経験」を作りたいとの理由を述べているので、「残された時間」があり余るほどはないと言う。

68　　…捜し出さなくては、そしたら、体験を…　　J'ai des amis à découvrir et beaucoup de choses à connaître.　　友達作りという結果と、体験を積んでいくという過程とが、この子の中で順序が逆になっている。「親友になってもいいよ」でそれを

示す。かわいい仲間が「慣れ親しい間柄」を把握していない様子が示されている。et を強めに訳す。// 狐の「時間」観念は体験と一体になった観念である。

68　お互いをよく知る体験ができる…慣れ親しむ場数を踏むしかない…人間が物事をより深く知る経験だって…時を度外視して経験や体験を積む…もうとっくの昔にやれなくなってる　On ne **connaît** que **les choses** que l'on apprivoise〈…〉Les hommes n'ont plus le temps de rien connaître　狐はこのあたりで一段と「賢者ぶり」が増してくる。フランス語 connaître には経験なり見聞なりして獲得してゆく**知識**と、人との交際を体験して生れる**人間関係**をさす意味とが渾然とある。原文も「人と物との関係」と「人と人との関係」とが混合して見られる。日本語への翻訳に当って、「人がお互いをよく知り合う体験」と「物事を深く知る経験」と併記した。P.214「65　挨拶し…」の中の【qui...ne vit rien…】を参照ください。⇒新スタ P.1580 rien Ｃ〔暗に否定のニュアンスをこめて〕Je n'ai plus le temps de vous rien dire.// この文脈に出る「時間＝ temps」は、「経験＝ connaître」という計測不可能な事をする時の流れの過程の中で使われるとした。時間計測が大人社会の常識中の常識だが人間本来からは度外視すべきものとなる。// 直訳は「何かを経験すると言う時間を人はもはや持っていない。」//les choses ⇒プチ P.269 ❹（主に複数形で）事態

68　人間はもはや友達と言うものが持てなくなってる　les hommes **n'ont plus d'amis**　異論はあるはずだが、言うまでも無くこれは Monsieur RENARD の見解である。この作品中には同趣旨の発言が他にいくつかあるので拾ってみる。
○ Le pilote : P.9 J'ai ainsi vécu seul, sans personne avec qui parler véritablement.
○ Le pilote : P.19　Tout le monde n'a pas eu un ami.
○ Le serpent : P.58　On est seul aussi chez les hommes.
　「現代社会で個人生活時間が喪失された姿」を SAIT-EXUPÉRY は悲しげに読者に垣間見せているのだろうか。この第ＸＸⅠ章では友人を求め、経験を積みたいなら、慣れ親しむために時間をかけなくてはいけないという。ところが人間はもはやそれに使える時間を持っていない。だから人間はもう友人とか、経験知とかが持てなくなっていると狐に語らせる。いささか浮きすぎた論であるが、物語の中だから成り立つ。// ⇒新明解国語時辞典　三省堂2002年　P.409　**経験知**（学校や書物で得た知識と違って）日常生活でのさまざまな経験や社会の種種の見聞〔社会勉強〕を通して、直接に体得した知識や知恵。//つぎの第ＸＸⅡ章では地球上の大人たちがあわただしく生活している様子、つまりいかに時間が失われた生活をしているかが描かれて、人類の時間喪失を、ひいては人類の孤独、疎外を簡潔に描く。第ＸＸⅢ章では**「時間を節約する（時間を実在する物質の如く「蓄積」出来ると、操作できるとでも思ってる）」**事がどういう事か、虚空の時間を費やすくらいなら現実的な空想をという皮肉な挿話とも読める。/ この後も狐は le petit prince をまるで「地球人」と見立てて会話を続ける。
SYN　　P.27　Ami　Ⅰ. Camarade, compagnon, connaissance, copain (fam.),
　　　　　　　familier, intime, Ⅲ. Adepte, allié, partisan
　プチ・ロワイヤル仏和辞典で日本語訳を振付けると　[Ami] 友達、友人 ; 　仲間
Paul est un ami à moi.　[Camarade] 仲間、友達　〜 de chambrée　[Compagnon] 連れ、仲間、相棒 〜　de voyage [Connaissance] 知人、知り合い C'est une simple

221

connaissance. : 知り合うこと、面識《顔見知り》、visage[figure] de connaissance 見知った顔(人)、personne de (ma) connaissance (私の知り合い) ｜Copain｜ 友達、仲間、仲良し(ami よりくだけた言い方) copain de classe ｜Familier｜ 親交のある人；なじみ(客)、常連 ｜Intime｜: 親友；側近、腹心の者

類語 ｜友｜(2802－S－02)【文】互いに心を許しあい、親しく交わりたいと思っている間柄にある、同性の人 ｜友達｜(2802—S—03) 同じ集団に属していたり、何かをいっしょにしたりする人で、互いに友好な関係を保ちたいと思ってる間柄にある人 ｜友人｜(2802-S-04)「友達」の、ややかたい言い方 ｜親友｜(2802-S-08) 非常に親しく交わってる友人 ｜仲間｜(4404—S—05) 物事をいっしょに行う(気の合う)人
[友・友達・友人・親友・仲間]を商う商人 ⇒ 語の印象でしかないが「友達」とした。
[友・友達・友人・親友・仲間]を持ちたいと望むなら ⇒語の印象でしかないが「親友」とした。

68　　時を忘れてうまずたゆまず　Il faut être très **patient**　　本章末で C'est le temps que tu as perdu pour ta rose qui fait ta rose si importante. とある事を踏まえ、「時の流れを計量化しない」と強く訳しておく。「時間をかけて」は、「時を忘れて」とは似て非なり。// 後出の「採り決めた時」で、時の流れ (初めと終わり) が生じる。

68　　　…何かを探り出そう…しゃべると、その言葉でどこかに誤解を作って
Le **language** est source de malentendus.　　　**language** 言語活動は黙考するにも、会話するにも要る。ここで M.Lenard が言う「言語活動」とは「慣れ親しい関係」を妨げる言葉〔自分の中で相手の事を思いやる前に、一方的に詰問するだけのコトバ〕あるいは〔内心を秘する胆力をなくし、すぐコトバに置き換えて出す〕と解し、加筆した。P.146「26 それをやっと…」を参照ください。//「その言葉が」ではなく、「その言葉で」によって、翻訳調を避ける。//Tu t'assoiras… の話し口調の活用を活かす。

68　　　前の日よりもちょっとずつ、近づいて座れるようになって来ておくれ…
tu **pourras** t'asseoir un peu plus près　　　⇒新朝倉P.228 futur simple II.B.叙法的用法3. 命令・要求などで語気を緩和する

68　　　良かったという話になるけど　　Il eût mieux valu revenir à la même heure　　　ここから数行に及ぶ狐の語りは、人間同士ではこんな風にあからさまには語れないけれど、Rendez-vous の待つ者の側の赤裸な心理状態を**ありのまま**に時間を追って狐が語ると不思議にも耳を傾けてしまう。このあたり第Ⅱ章(P.9)冒頭に話題として出た、あるがままの語らい合いを暗示する。【 il eût mieux valu revenir について】⇒新朝倉　P.546 **valoir**　3º il vaut mieux + 不定詞　▶複合時におけるmieux の語順　Il aurait mieux valu prendre l'autobus. (BUTOR)「バスに乗ったほうがよかった」⇒新朝倉 P.506 **subjonctif**(mode) A. 独立節1ºque に先立たれない接続法①遺憾　〔参考まで〕《 Si j'avais te donné un conseil 》の省略として考えれば　⇒新朝倉 P.509 subjonctif(mode) Ⅲ. 仮定・可能を表す接続法3º大過去形①条件文の帰結節で過去における非現実な事柄を表す。

68　　　それだけで、いよいよ　　À quatre heures, **déjà**, je m'**agiterai**
⇒ P.ROBERT P.429 déjà *adv*. de temps(de *des ja*, 1265； de *des*(dé-),et a.fr. *ja* «tout de suite».3.*fam*. Renforçant une constatation.　　直前の未来

222

形を引き受けて「いよいよ」⇒新朝倉 P.227 futur simple II .A.1º ①◆漸進的行為 // heure[œ:r] と heureurx[œ-rɟ] の音の響きを「時(とき)」と「(うれしい気持ちに)ときめく」に再生する。

68 そしてとうとう、 : je découvrirai … 原書は ; point-virgule であったが、FOLIO 1999年の : deux-points に訂正する。deux-points に導かれた文でその結果が述べられるとした⇒新朝倉 P.171 deux-points 3. 説明的な節・語句を導く①. 結果

68 このうれしい気持ちの有難さを胸に畳んでおけなくなって俺は毎回跳び出す : je découvrirai le prix du bonheur ! ◆かわいい仲間のたびたびの訪問で狐が飼い馴らされて行く特訓を狐の「赤裸な気持ち」に添って時間の経過を追えば次のようになる。【3時】うれしい気持ちになりだす ⇒ はっきりとうれしい気持ちになってくる ⇒【4時】約束の4時になった事だけで気持ちが浮き足立つ ⇒【4時を少し過ぎる】狐がかわいい仲間の姿を見つけに(足音を聞き分けて)巣穴から跳び出す→狐がうれしい(幸せな)気持ちを「贈呈」する→この子が狐のうれしい気持ちを受け留める。＝狐がかわいい仲間から Apprivoiser を受ける特訓中毎日反復される。【je découvrirai について】{ Si 節＝直・現 }＋{ 主節＝単未 }、＋{ 主節＝単未 }、＋{ 主節＝単未 } という構文で、未来仮定の話が繰り出された後に〈 : 〉の区切りが入り、結論の行動を示す。⇒新朝倉 P.227 futur simple II .A.1º①❖反復的行為 / IBIDEM P.228 II .B.1º話者の意志。// 原本 P.66末の「君の足音なら…巣穴の外へと飛び出して行く Le tien m'appellera **hors du terrier**.」との関連がある。また感嘆符も付くので、話者の強い意志を出すよう「毎回跳び出す」を加筆する。// apprivoiser が « **créer** des liens » と説明されている。この狐がかわいい仲間との間合いを縮めながら横目で見詰めて**関係を築いてゆく場面である**。【 : je découvrirai le prix du bonheur について】初版・改訂版とも le prix を受賞者と見立てたが、これを訂正する。狐が je commencerai d'être heureux → je me sentirai heureux → je m'agiterai et m'inquiéterai と情動の高まりから、告白へと向かい、この「見出し」を挟んで 〈 (je)…m'habiller le cœur 〉と内面を語ってゆく文脈として捉え直す。これにより 〈découvrir〉 は⇒新スタ P.477 3.(隠していたことを) 知らせる . 〜 son intention à un ami 意図を友人に洩らす . 〜 son cœur 胸中を打ち明ける」、〈le prix〉は⇒同書 P.1428 A 3. 価値・値打に直す。On connaît le prix de la santé quand on l'a perdue. 健康の価値は失ってから知れる。【du bonheur について】狐は時間とともに「このうれしい気持ち・heureux」を高めて le bonheur に結実すると解した。日本語訳では「heureux ＝ bonheur ⇒ このうれしい気持ち」で統一して、狐の気持ちとして一貫させる。le bonheur を具象語に扱う。// 狐の言葉を含めて、これらすべては、第Ⅸ章の花の言葉《Tâche d'être heurheux 》につながる様に、翻訳では統一した。

68 だけど、君がいつと決めずに…いいかい、この俺はいつからうれしい気持ちにときめき出して行けばいいんだか Mais si tu viens **n'importe quand**, je ne saurai jamais à quelle heure **m'habiller le cœur**... FOLIO 1999年から mais は Mais とする。「si ＋直・現 , 単・未」未来に関わる仮定の構文 ⇒新朝倉 P.492 si I. 1º① // この段落の始めに il eût mieux valu revenir à **la même heure**.

（同じ時に）とあることに対応させる。ここの文脈に合わせて「n'importe quand ＝いつと決めずに」とする。　【m'habiller le cœur について】⇒大白水 P.1220 habiller ◆（使用目的に従って » 準備する habiller du poisson　魚を調理する　habiller une montre　時計を組み立てる habiller mon cœur ⇒ m'habiller le cœur［気持ちの調整をする］とは「…気持ちを段階を踏んで引き出す」こととする。⇒新朝倉　P.19 adjectif possessif Ⅵ. 所有形容詞と定冠詞　1. 被所有物が体の一部を表し、所有関係が明らかならば、所有形容詞の代わりに定冠詞を用いる④. 所有者の明示　一般には所有者を間接目的の代名詞で示す。【le cœur について】heureux ＝ bonheur に続けて le cœur も一貫させて「このうれしい気持ち」とした。本書 P.167「34　うれしい気持ちになれるもの…」を参照ください。【 Il faut des rits. について 】場面から時間に関する「しきたり→定刻」とした。heure が持つ瞬間相を選ぶ。à l'heure dite とする。// 葡萄と狐の取り合わせは昔物語の定番ですね。

70　　或るいっ時がほかの時より格別のものになる　　 …un jour est différent des autres jours, une heure , des autres heures　1943年版、FOLIO 1999年などで une heure の後に virgule を補った。動詞句の反復［être　différent］を virgule が代用する。⇒新朝倉 P.555　virgule 10º省略動詞に代わる // 翻訳では省略された動詞句を起こす。【いっ時の一例】午後3時から4時にかけて狐にとっては apprivoiser 特訓中の、気持ちがそわそわする時間など。//「 一時 」はお互いが採り決めて価値を生む。

70　　狐の方を慣れ親しい気持ちにさせてしまった　　…le petit prince apprivoisa le renard.　　狐だけが別れの涙をする場面が続くので、apprivoiser という動詞の第一義「人から動物へ」の片方向作用をこの場面では際立たせておく必要があった。

70　　「胸がじいんとする。」狐は独りごちた…「俺、泣きだしちゃうなあ。」 Ah ! dit le renard…Je pleurerai.　【 ah ! について 】この場合、感嘆詞の中身が、続く文から推測できるので解釈した内容を加筆して訳す。// apprivoisé された方の狐は泣き出す。【 中断符 について】暫しの沈黙を表す。⇒新朝倉　P.406　points de suspension 1. 感動で言葉が中断したようすを表す。// 狐を apprivoiser するこの子は狐に対して涙を見せない。(第ⅩⅩⅥ章でこの子はパイロットに対して涙しているが。) apprivoisement から来る別れの悲しさ、慣れ親しくなった者に訪れる別離の悲しみの実感が無く狐の涙顔を見て、「慣れ親しむ」ことへ疑問さえ言い出す。この点は P.66の狐が言った「相互に慣れ親しむ」説明と食い違う。《 C'est ta faute. 》とまで言う。この子から狐に「遊ぼう」と声をかけた事は不問になる。ところが、この直後、作者はバラ園で無数のバラと再会させて、かわいい仲間に自分の星に咲く《かけがえのない花》を気付かせる。この子は、自分の花から時間を置いた apprivoisé をされる。作者はかわいい仲間が花に「慣れ親しくなる」過程を特別に設定したが、これは読者への布石ともなる。

70-71　　あんな事したけど、何にも手に入れてなくて損したじゃん。…それのおかげで、俺の手元にあるんだよ。小麦の色が手がかりさ。「……」　 Alors tu n'y gagnes rien !　—J'y gagne…à cause de la couleur du blé.　原作の言葉遣いには、gagner の「利得する / 取得する」という多義性の技法が窺える。// 翻訳では gagner の否定形を「損する」と別語を添えて意味を鮮明にする。// 慣れ親しい関係を築いた狐はこの子との別れの悲しさに涙する。狐は別れた後にも慣れ親しみの繋がりは続

くことを à cause de la couleur du blé の一言で穏やかに語る。Apprivioser
は両者が別れた後も続くことをさり気無く示す。あまりにも簡潔すぎ、読書の仕方によっ
ては捉えにくい箇所となる。SAINT-EXUPÉRY は Apprivioser の神髄（つながりが
出て来る）を la couleur du blé の一言でさりげなく示す。// かわいい仲間がここで
考え込む。その沈黙を「……」で示す。

71 花たちにもう一度会いに…たったひとつということの意味が、君に
とっても… Va revoir **les roses**… 狐氏は「バラ園事件」を遠くから見てい
たと読者に解釈させる。狐は、五千本のバラに話しかけさせる形でこの子の内部に「花
への慣れ親しみの気持ち」を呼び覚まさせる。「君にとっても」を加筆して、別れの場面
でこの子が涙しなかった様子を補う説明とする。

71 君に知恵のひとつをはなむけに贈ろう Tu reviendras me dire adieu,
et je te **ferai cadeau d'un secret**. フランス社会にはなむけをする（贐・
faire cadeau d'adieu）の「しきたり」があるかどうかは知らないが、日本語訳では使
う。 【un secret について】⇒ SYN P.516 Secret (N.) / ⇒ 類語 (9808-d-09 /-h-
24,-25) Ⅰ. arcane, arrière-pensée, cachotterie, coulisses, dédale, dessous,
détour, énigme, fond mystère, repli, tréfonds./ 秘密、 秘 中 の 秘 Ⅱ. clef,
formule, méthode, moyen, procédé, recette, truc./ 秘訣、コツ、奥の手 （もち
ろん贈り物にできるのはⅡである、Ⅰを贈れば…）Secret の内容は知恵である。なぜ
sagesse,sapience… ではないのかを考えると、**日常の実践の中でこそ意味があるこ
とだから**と解しておく。// ここで必要な「**実践的な叡智**」という意味内容を、具象的なこ
とを連想させるように「知恵のひとつ」とした。

71 似てるって思ったけど…まだなんでもないバラの花だ Vous n'êtes rien
encore ⇒新スタ P.1579 rien Ⓐ ◆【成句】〔être とともに〕n'être rien 取るに足
りない。Ce n'est rien. なんでもない。//「慣れ親しい関係が生まれていない」状態を
補強して、「似てるって思ったけど」を前に置き、バラ園で当初味わった絶望感からはも
うはっきりと立ち直っていることを示す。// こうした場合、名を知らない関係、例えば、
雑踏する駅の一人一人のように周りからは無関心な状態が想像できる。この孤独感は、
近代西欧文明の影響の下で人々の心に芽生えたものと考える。なお第Ⅳ章冒頭の小さ
くて名前の無い無数の星の話しも、ここに来て「地上の星」となって連想させる。

71 おいらも誰もお前たちと慣れ親しい間柄を作らずにやって来た Personne
ne vous a apprivoisées ⇒新朝倉 PP.384-385 personne (pronom indéfini)
2° 否定的意味 (= aucun homme) ① Seulement je n'osais parler à personne, et
personne ne me parlait.[BEAUV.]「ただ私は誰にも話しかねていたし、誰も私に話
しかけてはくれなかった」この例文の様に je ⇔ personne の対立であれば personne
（誰も⇒私以外⇒一人称以外）となる。本項のような vous ⇔ personne の対立の場合、
personne（誰も⇒あなた達以外⇒二人称以外⇒一人称と三人称のどんな人間も）につい
て考える必要が出る。ここでは personne の中に「je」を入れて明示すれば「おいらも他
のどんな人間も」となる。この第ⅩⅩⅠ章では、狐と「おとぎ話の国から来た子」との会
話をたどると、どうやら「人間世界に限定」した展開をしている。personne のなかに「le
petit prince」が含まれている。// 二番目の apprivoiser の使い方にも、人間以外のバ

ラ園の花を主語とする、この作品の中でしか通用しない動詞として汎用される。

71 　　そんな風にいわれて、バラ園の花達はずいぶん気まずい思いをしました
Et les roses **étaient bien gênées** 　　⇒新朝倉 P.97 bien 1. bien と beaucoup
: bien は量を表す場合でも感嘆・驚きなど話者の関心が含まれる点で、客観的な
beaucoup とは異なる。/あえて「gênées」と表現された non-apprivoisé とは何か。
慣れ親しく「したくてもできない人」、「したくない人」などのことか、ほかに何があるの
か、さまざまなことが出て来ることになる。

71 　　…でもお前達の胸の内にはだれも居ない　　Vous êtes belles, mais vous
êtes **vides** 　　文脈から vides d'apprivoisement と考え、背景にある「誰も居な
い (personne)」を補う。//自分の花との交際の思い出を、反復句 puisque c'est elle
que… の言葉に助けられて、かけがえのない花という思いがこの子の胸中に段々と鮮
明になってくる。なお、この反復句はパイロットがかわいい仲間を心に思いやる場面、
第ⅩⅩⅣ章の終わりで呼応するように出現する。P.237「77　…を熱くふるわすもの
…」を参照ください。【On ne peut pas mourir pour vous. について】Mais on peut
mourir pour sa rose. が伏せてあり、この子がいずれ昇天することを暗示する。【
J'ai tué les chenilles sauf…について】この作品を特徴付ける「文体」の一つ。初出の文
P.34-LL.32-33[…je supporte deux ou trois chenilles…] が Je ＝花だった。この
花の行為がここで je= かわいい仲間の行為 j'ai tué les cheninlles (sauf les deux ou
rois pour les papillons). で表現され、このため読者に、この両者の関係性を強く把
握させ、より内面化して行く。

71 　　…だんまりにだって、おいらが耳を貸した　　Puisque c'est elle que j'ai
écoutée se plaindre, ou se vanter, ou même quelquefois **se taire**
⇒ P.ROBERT P.536 ÉCOUTER(XIIᵉ; escolter, Xᵉ; bas lat. ascultare,
class. auscultare. V.Ausculter)◆2° accueillir avec faveur (ce que dit qqn),
jusqu'à apporter son adhésion, sa confiance. Écouter les conseils d'un ami.
V.suivre. 　かわいい仲間は、耳を貸した結果、自分自身が混乱して自分の星を飛び出
したが、それら全部を、慣れ親しくなる過程として、今この場面に来て、大切に振り返っ
ている。《それは…バラの花だから》の反復句(REFRAIN)が気持ちをしっかり、強くす
るのに使われる。かわいい仲間が、自分の星に残してきたバラの花と « Apprivoiser
＝ créer des liens » を自覚した場面と解する。

　　狐先生はこのことを実感させるため、この子を花園のバラたちに再会させたわけで
ある。// arroser ; mettre sous globe ; le paravent ; les chenilles ;
écouter se plaindre etc. この子は花とのかつてのくらしをこのように回想する
事で、星にいた頃の活動を反復句の告白で自らに追体験し、こうして、「しのぶ花」から
Apprivoisé されてゆく。その過程で、心でしか分からないものの存在を実体験してゆ
く。P.80-LL.8-9 Il faut chercher avec le cœr. に凝縮されていく。// 　このあ
と旅を続けるこの子は、パイロットに出会った時には、花の言葉に耳を貸して混乱して
いた「嘗ての自分」を次の様に告白するまでに成長していた。第Ⅷ章(P.32—LL.7−13)
« J'aurais dû ne pas l'écouter, me confia-t-il un jour, il ne faut jamais écouter
les fleurs. il faut les regarder et les respirer. » écouter の目的語は「話された言葉」

から「だんまり」へと推移し、この動詞を一層内面化する。

71　　さようなら　Adieu　　⇒小学館ロベール P.34　adieu（永別の際の）
さようなら［←（ Je vous recommande ）à Dieu 神のお恵みがありますように]かわ
いい仲間と狐が別れの挨拶をきちんと交わす。再び会うことがないと明示する。かわい
い仲間と花の別れの場面では、花は別れの挨拶をしない。花の複雑な心境を示す。かわ
いい仲間とパイロットとの別れの場面では、両者が涙にくれてしまい、挨拶言葉を交わ
さない。むしろ P.93末尾で《 …qu'il est revenu…》と、再開を暗示さえしている。こ
のことが「失われた子供時代への思考上の回帰」を意味させているのかもしれない。再読
者には、発見の尽きない作品である。// 日本語「さようなら」については、『日本人はなぜ
「さようなら」と分かれるのか』竹内 整一著　ちくま新書674　をご覧ください。

71　　心に懸けているから、それは君にちゃんと解ってくる。
　　　傍目で見ているなら、それの大切なところは心に伝わらない。
: on ne voit bien qu'avec le cœur. L'essentiel est invisible pour
les yeux.　　　[前文について]心に懸ける点の重要性が簡潔にフランス語特有の否
定構文で肯定的に強調される。⇒新朝倉 P.316　ne…que 1º. ⑥副詞相当句 //試し
に肯定文では Il faut chercher avec le cœur pour que l'on puisse comprendre
bien.（君がひとをよく分かるためには、いつも心に掛けて考える必要がある。）これだ
と、強調したい《 avec le cœur 》があまり際立たない。// 直訳「心に懸けることでし
かひとはしっかり見えて来ない」日本語訳としては否定構文が遠回りの印象を与え、
あまり日常語として使われない。【avec について】⇒ P.ROBERT P.127　AVEC II.
(Marque la SIMULTANÉITÉ)-concomitance. Ces symptôme apparaissent
avec telle maladie. III .(Marque le MOYEN)《 C'est avec son couteau qu'il
coupait le pain dur 》(FRANCE) // この箇所の avec le cœur の意味には、II .「ここ
ろに掛ける」とIII .「こころ遣いする」の両義が要る。⇒類語 (4000- a -29)[心に懸ける]
相手のことを忘れないで気づかう「子供のことをいつも心に掛ける」//(1808- a -13)[心
遣いする] 相手のために、相手の気持ちになってあれこれ考えること。「いろいろとお
心遣いを賜り感謝しております」　⇒ P.ROBERT P.297　CŒUR II .◆3º Le siège
de l'affectivité / porter qqn dans son cœur 《 Le cœur a ses raisons que la
raison ne connaît point》(PASC). ⇒新スタ P.1483 Raison 3.「心情には理性では
分からぬそれなりの理由がある」// 他動詞 voir に目的語「それ」を補う。かわいい仲間か
らは「花」、読者からは「人」になると解してもらえるかどうか。

　　[後文について]essentiel を一般化しない。前文から自ずと生じる「この心の世
界」を言外に置き、後文はこれを「大切なところ」で引き継ぐ。//　人は心も目も両方そ
なえているけれど目を閉じて心を開く事は少ない。古き時代はともかく、ＴＶ時代のこ
の今の時勢では視覚から反射的に、習慣的な、既存の価値観に頼って判断をすること
が、まず常態になってしまった。approivoiser の相手を見出した時、ようやく外的、
因習的、無自覚的惰性に依存していた自分に気づき始める。個としての自分に気付く。
【 essentiel について】引用箇所を直訳すると「本質的なことは目には見えぬ存在なの
である」。これだとデカルト的「bon sens」の存在までを想起させてしまいかねず、混乱
を起こすことを恐れる。ここは、個人の Approivoiser の営みから心に誕生する、**時間**

を掛けて育って来るきわめて個人的な事象を表現に出す文に変える。体験から得る認識なので、きわめて個人的だが、誰でもが為し得る認識でもある。// 二つの文は相互に意味を補って一つの内容を成すと解釈した。// 感覚動詞と思考活動については本書P.126「13　ひらめいた」、P.136「19　荷函越しに…」、P.162「32　…言葉を丸呑み」を、invisible の深化形については P.236「77　壊れやすい…」/P.237「77　…を熱くふるわす…」を参照ください。

72　…時を度外視してやったときがあるから…あのバラの花が　C'est le temps que tu as perdu pour ta rose qui fait ta rose si importante…que j'ai perdu pour ma rose…　「時を忘れる」ことが基調である。【c'est le temps que tu as perdu … qui… 構文について】動作主 le temps… を強調する表現⇒新朝倉 P.104 左 ce¹ II.6°② // 強調する語順を尊重して原文の順序に訳す。【le temps que tu as perdu pour ta rose… < かきかえ > le temps que j'ai perdu pour ma rose… について】フランス語文の書き換え文で、主語人称代名詞、目的語の所有形容詞などを取替えるのに呼応して、述語動詞 perdre の訳し方も変える。狐の目から見て「時を度外視してやったとき」は、かわいい仲間の身からは「身も心も注ぎ込んだとき」となる。【あのバラの花…あの時間…について】⇒新朝倉 P.16 adjectif possessif II.2° 類語 (9900-d-18) あの③「公園の近くにあったあの店を…」【le petit prince répéta afin de se souvenir の翻訳について】se souvenir を強めるため、afin de の「目的」を「結果」に変える。【qui 節の現在形について】この子は第IX章でバラの花との別れに無意識に胸を熱くしたが狐との会話から、この子の今の心中にあのバラの花が大切なものという思いがここで明瞭となる。⇒新朝倉 P.421 présent de l'indicatif B.I. 2° 継続的現在 // Tu perds le temps pour ta rose. は自然と Ta rose occupe tout ton temps. を導き、第X章冒頭の pour y chercher une occupation に覚醒し、かわいい仲間は (ta ⇒ ma) rose へ戻る自覚をする。

72　君が慣れ親しい間柄を築いた相手だからこそ、君しか居ないんだ、ずうっと本気で引き受けて行くんだよ…引き受けなさい　Tu deviens responsable pour toujours de ce que tu as apprivoisé. Tu es responsable de ta rose…　慣れ親しい相手は常にひとりである。【responsable de ce que + 従属節について】⇒新朝倉 P.162 de IV.1°◆起源・出発点の補語として（特にこの形の locution を使う）【Tu deviens について】⇒新朝倉 P.423　présent de l'indicatif B.II.2°◆話し相手の行為は話者の意志による【…ce que tu as apprivoisé の ce que について】⇒新朝倉 P.107 ce¹III. 関係代名詞の先行詞として　2° 時に人を表す（=celui,celle）: Il est plus facile de tuer ce qu'on ne connaît pas. (CAMUS.Malent. I, 1)【Tu deviens responsable pour toujours de ce que…/ Tu es responsable de ta rose… の responsable を「引き受ける」としたことについて】⇒大白水 P.2143 répondre 5. ◆ [répondre de qc] (garantir) répondre (de la vie) d'un malade　◆ [répondre de qn] je réponds de ma famme.⇒P.ROBERT P.1538 RESPONSABLE (…1304 ; du lat. responsus,p. p. de respondere (→ répondre) Qui doit accepter et subir les conséquances de ses acts, en répondre【73ページの手描き絵を64ページに移しました。】

72　こんにちは / やぁ、いらっしゃい　　Bonjour　　夜と思しき時間帯に昼間の挨拶言葉を使う事情が不明で仮訳です。// 転轍手は会話に積極的である。かわいい仲間の言葉に、理解すら示す。// この子は慣れ親しみの直後で特にのんびり口調とする。// 特急列車に震える転轍小屋が象徴するように転轍手は現代社会の自己疎外を指摘する代弁者にみえる。

72　こちらでは今何の仕事している　　Que fait-tu ici ?
第Ⅱ章、第ⅩⅡ章の（P.10- L.15 : P.43-L.5 ）là と違い、質問は今やっている職業に向かう。//　人間の個人的意向を分断してゆく社会的権力が、個人に強い力で作用する様子が「千人ごと」などの表現から垣間見させる。apprivoisement 直後のこの子が、相互に関連しない列車のうごき [indifférence] にさえも相互関連があるとのめり込んでしまう [participation] 態度が見られ、好対比である。// この後、幾度か出てくる《…le petit prince demanda…》を「つながりを知りたくて…」と強めに補強訳した。

72　鉄道事業に携わる人間として言わせてもらえば…そういう事に私達自身関わり合いを持たぬようにしてる　　L'homme de la locomotive l'ignore lui-même,　　⇒小学館ロベール P.1227 homme ❺ ＜ 〜 de ＋定冠詞 ＋ 名詞 ＞ 階級、時代などに ＞ に属する人　l'homme de la rue〔集合的に〕平均的市民、ありふれた人などを参考にする。// 中性代名詞 le は《 Que cherchent-ils ? 》を受ける。【ignorer について】日本語から見ればずいぶん幅のある語義を持つ。⇒プチ P.769 ignorer❶ J'ignore tout de cette affaire.「…を知らない」　❷ Il m'ignore.「…会っても知らん顔をしている」　❸ génération qui ignore la faim.「…を経験したことがない」// ここは現代の疎外感を出し❷で訳した。/ 現代の巨大組織は親和的でない。人間社会に深く根を下ろしておきながら、人の感情を極力排斥する姿勢を貫く。人間一人一人の生活から局外中立に立つ様を「事業に携わってる人間」で暗示する。/chercher ; poursuivre が落ち着きを失った現代人の姿を暗示する。// lui-même は名詞主語を強調としたが、文法書にこの文例に添う事例は無い。 参考 ⇒新朝倉 P.302 même I.3º ① 無強勢形人称代名詞の強調 Tu me l'as dit toi-même.「あなた自身でそう言いましたよ」// かわいい仲間が言う「探し物」は content : heureux「うれしい気持ち」に訳語を統一した。P.223「68　このうれしい気持ちに…」を参照ください。// 第ⅩⅩⅤ章冒頭の表現からも作者が鉄道にある種の見解を持っていた事が窺えるが未調査です。観光事業の一翼を担う現代の鉄道は人との関わりを大切なことと考えている。

73（74）　こういう人達って　　On n'est jamais content là…　　ils で示された voyageurs がここだけ、on である。やや気持ちに距離を置いた物言いとする。⇒新朝倉 P.345 Ⅱ .on の意味 2º 文体的用法③(1)誰のことかわかると話し手が考える場合

73（74）　ぬいぐるみ人形　　une poupée de chiffons　　⇒小学館ロベール P.1911 poupée de chiffon 布人形　具体的なことが分からず、子供のおもちゃとして「ぬいぐるみ人形」とした。ぬいぐるみ動物は une peluche と言う様です。⇒『絵で見る暮らしのフランス語』P.137 小林 茂・井村 治樹 大修館書店 2003年

73（74）　こども達のそういうところ、いじらしいですねえ　　Ils sont de

la chance　　社会の一員として働く転轍手が見れば、規則に縛られ、わが身の事などどっかに置き忘れてきてしまった自分と、こどもの無心の世界との違いの大きさに思わず考え込むのも無理はない。子供の世界を垣間見ればこそ、大人の今の自分が、人として如何なのかと頭をよぎった瞬間です。//　かわいい仲間の考える事にまるで「以心伝心」する如く、転轍手はこども世界を垣間見る。この後、第ⅩⅩⅣ章でかわいい仲間の考える事が、同じようにパイロットに以心伝心する。

ⅩⅩⅢ

74（75）　時間を懸けずに済ませる　　C'est une grosse économie de temps　　「時間を切詰める→時間をかけずに済ます」と、強く訳す。時間をかけない分、機械化し非人間化する現代社会の矛盾が、第ⅩⅩⅠ章末尾の「時間論」から推論できる。「水飲み場へ歩く」という時間の使い方が好対照。

74（75）　こんな風につぶやいた　« Moi, se dit le petit prince, si j'avais …, je marcherais…　　かわいい仲間が呟いた内容は、この後パイロットが思う内容と「図らずも」一致する。//一種の「脇台詞」とする。パイロットには聞こえない。しかし、読者には伝えなければいけないという役割を負った「せりふ」である。//バオバブの実は咽の渇きを一時癒す効能があるらしい。

74（75）　　本物の水飲み場へ向かって、そろりそろりと時を味わって…
je marcherais **tout doucement** vers **une** fontaine　　◇単数不定冠詞が強調として使用される。⇒新朝倉　P.67　article indéfini II.5º ①総称の用法から転じて種族の典型を表す。/ P.73の手描き絵から水飲み場とする。◇ この doucement は特急列車との対照と、「時」を身体化する意味〔時を味わい、実体験を積み、本物の水飲み場を、本当に知って行く〕とを持たせ、ゆっくり語感にする。⇒新朝倉 P.492 si¹I.3º ①si+ 直・半、条・現 ⑴**現在の非現実の仮定。**//「水飲み場へ向かい…」の一節は、少し冷静に読めば、「かわいい仲間」は咽の渇きを覚えない子なので、物語りの筋立てとしては脱線しているけれども、次の第ⅩⅩⅣ章の砂漠を放浪という意外な展開を予告していた事になる。

ⅩⅩⅣ

74（75）　　あの飛行機エンジンの故障から到頭一週間　　Nous en étions au huitième jour de **ma** panne dans le désert　　【nous について】不定代名詞だが文脈的内容も加味した。パイロットが Le Petit Prince と一緒に物語世界へ入ることを暗示する。この後、P.76-LL.7-8《Cependant **nous** nous mîmes en marche. Quand **nous** eûmes marché,…》と nous が連発して使われ出す。やがて第ⅩⅩⅤ章 P.78-LL.13-14 « Tu entends, dit le petit prince, **nous** réveillons ce puits et…》と、かわいい仲間からも nous が使われ仲間意識が明示される。// 主語 nous に

対し所有形容詞がパイロットを特定する ma である。飛行機のエンジン故障と特定し「あの」と冠した。⇒新朝倉 P.17 adjectif possessif II.4º【en être について】⇒小学館ロベール P.971 中段 être III .(en、y とともに) 1. en être ① 進度「…まで達している」【en buvant la dernière goutte de ma provision d'eau. について】水を飲ながら、渇き止め薬の話を聞く。パイロットの絶望的心中を対立構文で強調。⇒新朝倉 P.240 gérondif 5º ⑥対立 // パイロットは「物語る人」から作中人物へと、口調も変える。

74(75) 聞き惚れて ils sont bien jolis, tes souvenirs
第XXI章 P.65-L.13 Tu es bien joli… との言葉の共鳴を見る。この子が落胆の悲しみに打ち伏す時に狐を joli と見惚れたように、パイロットは砂漠脱出に絶望してる時にこの子の話す物語を joli と聞き惚れる。作者は Joli を意図的に使うと見た。

74(75) …本物の水飲み場を目指し…歩んで行けると…うれしい気持ちに成れることがあるんだろうか…もはや成れない… …et je serais heureux, moi aussi, si je pouvais marcher tout doucement vers une fontaine… 使用した原書には《…une fontaine !…》と感嘆符と中断符の順に併記してある。数種類の原書を調べた限りでは〈！〉であった。編集意図が働いてるようだ。// この前後から中断符の使用が増えてくる。「言い残し」の文体と見て中断符とする。《構文》[si 節＝ 直接法・半]＋[主節＝条件法・現]⇒新朝倉 P.492 Si¹ I.3º ① .(2) **未来の実現不確実の仮定。**// 広大な砂漠の中へ泉を探して歩くと言うことの実現不可能を嘆く文となり、あとの絶望している文脈へもつながる。三項前「74(75) 本物の水飲み場へ…」を参照ください。【heureux の訳語について】絶望してゆく者が幸運：heureux を願う状況である。第IX章の Tâche d'être heureux と関連付けた。// 前章末のかわいい仲間の《感想・呟き》は、パイロットの耳には届かない。しかしパイロットへ以心伝心する。《moi aussi》の言葉の表面の内容は、薬店主の言葉「浮いた53分はその人がやりたいと思うことに使え」とした。そこから導いた空想が、はからずも、かわいい仲間の考えと同一であったと解した。// この章始めの翻訳設定はパイロットが絶望的に成っているとした。かわいい仲間は対照的に明るい。この後しばらく AUSSI という言葉が使われるたびにその言葉の意味とは裏腹に両者の違いを際立たせると同時に、この辺りから、相手の言葉が当人の頭の中でしっかりと意味を持ち始めるようにも成る。以心伝心がこの後なんども起きる事となる。// 本書 P.233「76 …声がわたくしの耳の奥で…」を参照ください。

74(75) おいらの友人の狐さんのことだけど… Mon ami le renard, me dit-il この後、「慣れ親しくなったもの」としての狐を、この子が回想してゆくことで、パイロットの気持ちにも apprivoiser への方向が動き始める。P.75-LL.30-31 Moi, Je suis bien content d'avoir eu un ami renard… P.77-LL.8-9 Je suis content, dit-il, que tu sois d'accord avec mon renard.

74(75) …にこう言い返した。 Il ne comprit pas mon raisonnement, il me répondit : 【répondre について〈その1〉】⇒ P.ROBERT P.1524 RÉPONDRE I. Ⓐ . 1º RÉPONDRE À QQN. faire connaître en retour sa pensée, son sentiment（à celui qui s'adresse à vous）… // 挿入節を導く動詞（ajouter, continuer, crier, dire, s'écrier, écrire, répondre, etc.）の中で、「挿入

節を導く動詞が地の文中で見せる表情」に着目した時、特に répondre の見せる表情には心理的な面が多彩に現れ出ていると思います。意味内容は「同調から反駁まで」相当広い。その微妙な表情を日本語訳に反映させてみようとしました。répondre のこの作品中の52例の訳文は場面に合わせました。検証のためその一部を例示します。

❶　Ⅰ P.7-LL.16-18 …et je leur ai demandé si mon dessin leur faisait peur. **Elles m'ont répondu** :《Pourquoi un chapeau ferait-il peur ?》**物言いを付けられた**⇒反論しているとした。子供の期待を斟酌しない大人の無理解を明示する場面である。⇒ P.ROBERT P.1524 I.A. ◆1° ◇Spécialt. Se défendre verbalement, s'opposer en retour (V.Riposter). Je saurai lui répondre. Par ext. Raisonner, se justifier lorsque le respect commande le silence. V.Récriminer. Enfant qui répond à son père. (年少者からの強い自己弁護の例文)

❷　Ⅷ P.30-L.15 ——N'est-ce pas, **répondit doucement** la fleur. 「ねぇ、そうでしょう。」とこの花はすまし顔で**答えた**。　Ⅷ P.31-LL.5-6 Je ne suis pas une herbe, **avait doucement répondu** la fleur. 「私はそんなえさ用の草じゃないです。」とその花は気持ちをどうにか抑えながら**言い返す**のでした。　⇒挿入節が肯定的内容か否かの相違から répondre を訳し分けた。これらは 社交的な応対と解釈した。⇒ P.ROBERT P.1524 Ⅱ.Fig.(trans.ind.).A. ◆2°(ⅩⅦe) Dans les relation d'échange ou d'opposition, Se dit de la personne dont le comportement se règle sur le comportement de l'autre et lui succède.

❸　Ⅹ P.36-L.10 ——Ça m'intimide…Je ne peux plus…fit le petit prince tout rougissant. ——Hum ! Hum ! **répondit** le roi. Alors je…je t'ordonne tantôt de bâiller et tantôt de…「おっほん、おっほん」と王は**調子を合わせた**⇒かわいい仲間の恐縮しきった態度に心根の優しい王が同情したと解する。

【 répondre について 〈その2〉】「反駁する」内容で使われる répondre には、両者がお互いに理解できない状態のときに使われる。第Ⅰ章「大人から子供(パイロット)へ」、第Ⅱ章・第Ⅴ章「かわいい仲間からパイロットへ」、第Ⅷ章「あの花からかわいい仲間へ」などは riposter 同然である。この作品の前三分の一段階で多く使われていたと言えます。この時でも対立関係を明確に強調するには Lancer(Ⅱ.Ⅶ)、objecter(Ⅷ)など、より明確に対決を示す動詞が別に使われておりました。

【 répondre について 〈その3〉】第Ⅹ章の特異点は répondre が10例とほかの章に比べ異様なまでに多く使われます。このうち riposter に区分できるのが3例(王からかわいい仲間へが2例、かわいい仲間から王へが1例)。そのほかの7例は上記❸に類するものです。王がかわいい仲間と良い関係を作ろうとした事がこれからも想像できます。// 第ⅩⅩⅠ章の特異点は répondre が同調する内容ばかり3例で、その上 dire が33例とこれは他の章にはない大量な使われ方です。狐との対話で両者に心理的緊張が少ないことを示します。répondre や dire の使い方を見ると SAINT-EX の意図が働いていることが、このように想像できます。なお、挿入節を導く動詞の研究書は未調査です。⇒新朝倉 P.261 右 incise(proposition)

74(75)　…を汲んでなのか、わたくしをこんな風に心遣いしてくれた

Mais il me regarda et **répondit à ma pensée**： 　この子がパイロットを「じっくり見つめる」のは、狐がこの子に Apprivoiser を申し込むしぐさ（P.68 LL.7-9）を思い起こさせる。⇒ P.ROBERT P.1524 RÉPONDRE Ⅱ.Fig.(trans. ind.) Ⓐ.répondre à ◆1°（Fin.XⅡ\ :superscript:`e`） Étre en accord avec, conforme à（une chose）« Sa voix répondait exactement à sa physionomie» V.correspondre【相手の言葉を受取り合う会話について】第ⅩⅩⅢ章末のかわいい仲間の感想→ 第ⅩⅩⅣ章始めでパイロットが期せずしてよく似た空想話をする→パイロットが膨らませる、この子への勝手な想像に合わせた、この子の思い遣り→パイロットの耳元に甦るこの子の「さっきの返事」⇒両者が相手の言葉を受け取り進める会話がこの辺りから出るが、やがて、この子から何かを聞き出そうとする、言葉だけのやり取りがよくないとパイロットが気付き始める。// この子の方は既にパイロットを恕している。

74（75） 　　おいらも咽が渇いてる　 J'ai soif **aussi**... 　この aussi で**両者の気持ちの明暗がもういちど示される。同時に以心伝心が起きてることも表現している。**かわいい仲間は「砂漠の井戸」が象徴するものを掴んでいるのでうれしさが予感できている。その一方、パイロット（語り手）は井戸を探しにいくなんて無茶苦茶だと思う、ちょうど砂漠の直中でひつじの絵を描いてくれと言われた時のように。そしてそのとき同様に、その無茶苦茶なことを聞き入れる。その無理難題を引き受けた後、つぎの意外な展開が開けて来るのも同様である。本書 P.120 「10 つじつまが合わない…」を参照ください。// パイロットはこの子を人間離れした存在とみている。

75 　【P.55の絵を P.75へ移動。絵は砂漠に井戸を捜しに行く場面に相応しい。】

76 　だってあなた、いいですか、　 J'eus un geste de lassitude : il est absurde de... 　deux point が導く原因説明を、読者への呼びかけを加味して加筆する。⇒新朝倉 P.171 deux points 3°説明的な語句を導く　①原因 Mais Jacques n'était jamais pressé : il était avoué, il avait le temps.（SARTRE, *Age*）「…代訴士で暇があったからだ」

76 　…歩き続け、**歩き続けた。そこに夜が来た、そこに満天の星が輝き出した** Quand nous **eûmes marché**, des heures, en silence, la nuit **tomba**, et les étoiles commencèrent de s'éclairer. 　【[quand 節＝前過去]＋[主節＝単純過去]の構文について】時況節の行為が完了状態になって、主節の行為が始まるとする以下の文法規約からは外れる翻訳をする。⇒新朝倉 P.373 passé antérieur Ⅱ.行為の完了状態の開始 2°従属節（quand ＋前過去形などの形で）普通は主節の単過で表される行為の直前に完了した一回限りの瞬間的行為を表す。①〈quand ＋未完了動詞 marcher など〉が主節の単過の行為の始まるまで継続する文脈ならば、時況節に前過は不可。// 或は、⇒ IBIDEM P.439 quand¹ 3°継起Ⅱ② quand ＋複合時制（完了相）Quand il eut disparu, elle joignit nerveuvement les mains.（Thib. Ⅳ.170)「彼の姿が見えなくなると、彼女は神経質に手を合わせた」// この三訂版訳では、文脈から次のような想定をせざるを得なかった。《二人は歩き続ける。夜となり、星も瞬き始め、なお歩く。やがて、かわいい仲間が歩き疲れ、座り込み、パイロットも傍らに座る。》// les étoiles は夜空一面に広がる星、「満天の星」がこの舞台にふさわしいと加筆した。

76 　…声がわたくしの耳の奥で浮かんでは消えていた　 Les mots du

petit prince **dansaient dans ma mémoire**　①P.76-L.3《(Il) répondit à ma pensée. 》に呼応した ②P.76-LL.11-12《 Les mots du petit prince dansaient dans ma **mémoire**. 》によって、お互いの心の内に相手の言葉が息づき始めた事を示す。この後の ③P.76-LL.17-18《 Je savais bien qu'il ne fallait pas l'interroger.》も ④P.80-LL.8-9《 Il faut chercher avec le cœur. 》から、「外よりも吾がうちに相手を思いやれば分かってくる」となる。①から④へと見えない水脈で繋がる。

76　咽が渇いている、君も、そうだよね　　Tu as donc soif, **toi aussi** ?
主語 tu の強調⇒新朝倉 P.427 pronom personnel Ⅱ.3º ②. / 砂漠を何時間も歩いた後で、ようやく「君もわたくしも」と言ってもすれ違うことのない AUSSI に到達できる。/P.66 の狐の「君」との共振を出す。P.81 に纏まって出る《 tu 》も同様です。/ この辺りから二人にとって「水」が大切な意味を帯びる。(原書 P.85-L.18 / P.85-L.23) 翻訳を振り返ってみて、作者は AUSSI を Le Petit Prince と語り手、および読者とを結び付ける役割に意図的に使っているのではと言う思いが出てきたので、いくつか掲げます。

参考　・Ⅸ.　P.34-L.26　　　　Mais tu as été **aussi** sot que moi.
　　・ⅩⅩⅣ.　P.76-L.4　　　　J'ai soif **aussi**…cherchons un puits…
　　・ⅩⅩⅣ.　P.76-L.13　　　Tu as donc soif, toi **aussi** ?
　　・ⅩⅩⅥ.　P.84-L.17　　　Moi **aussi**, aujourd'hui, je rentre chez moi…
　　・ⅩⅩⅥ.　P.89-LL.1-2　　Moi **aussi** je regarderai les étoiles.
　　・ⅩⅩⅦ.　P.90-LL.23-24 Pour vous qui aimez **aussi** le petit prince, comme
　　　　　　　　　　　　　　pour moi, …

76　水にも…心にうれしく働きかける力は…　　　　　　L'eau peut aussi être **bonne pour** le cœur… 【pouvoir être bon pour le cœur について】⇒P.ROBERT P.176 **BON** ⓐ◆3. BON POUR. qui convient bien, est utile à (telle chose). Un remède bon pour la gorge.

76　この子から何かを聞きだしてやろうとするこれまでのわたくしのやり方はやめるべきだと　　Je savais bien qu'**il ne fallait pas l'interroger**.　　相手にたずねることから、相手のことを考える姿勢へと変わってゆく様子が窺える。本書 P.232「74 …を汲んで…」を参照ください。

76　星ぼしは美しくなって来てる　　　　　Les étoires sont belles
⇒P.ROBERT　P.637 1. ÊTRE Ⅱ.Verbe copulatif, reliant l'attribut au sujet. 《(Corneille) peint les hommes comme ils devraient être…(Racine) peint tels qu'ils sont 》(La Bruy.) 文脈で être = se trouver とする。⇒プチ P.1550 se trouver ❶ Si tu te trouves libre, préviens-moi.

76　胸に感ずる何かが伝わり《そのとおりだね》と頷いたきり　　Je répondis 《 bien sur 》 et regardai, sans parler,…　　⇒新朝倉 P.177 左 自由間接話法の変種と解釈する。内心の言葉とした。

76　そう、そのとおりだったのです。　　Et c'était vrai.　　ここから始まる三行ほどの文の動詞について考える。　1 【c'était vrai について】(J'ai pensé que) c'était vrai. 自由間接話法と解する。⇒新朝倉 discours indirect libre PP.176-177 2 【J'**ai** toujours **aimé** le désert. について】toujours が示すような、過去から現

234

在まで継続する行為が語られる。⇒ IBIDEM P.373 passé composé Ⅱ.A.1° [3]
【On s'assoit sur une dune de sable. On ne voit rien. On n'entend rien. Et
cependant quelque chose rayonne en silence... について】パイロット (語り手)
の感想の言葉が直接的に記録されていると解する。⇒ IBIDEM P.177 左 (自由間接話
法の変種) / この三行の読書が超時的な時間を作ることになる。時間が止まる。むしろ、
時間が逆行して過去が「現在」になる。しかし、やがて物語の過去形の時間軸に復元する。
神秘的な砂漠の夜景が「現在形という額縁」に切り取られて印象に残ることになる。直説
法の半過去形⇒複合過去形⇒現在形と続くこの箇所は Saint-Ex が文学的表現で星の美
しさに匹敵する砂漠の永遠性のある美しさを印象付け、この後の井戸の話へと繋げたの
だと思います。

76　　なにかが、ひそやかに底光りを始めて…　　　…quelque chose rayonne
en silence　　それと気付かなかった幽かなものを感知出来だすと解釈する。それは月
光とは違う趣を持つ光のはずである。「月光に照らされる砂丘の襞」と「何かがひそやか
に底光りする様子」との光の微妙な表現になる。実在の光と象徴的な(架空の)光の混合。
この光は読書で想像をしてもらうしかないけれど…⇒**類語**(8700－a－03)表面だけで
なく、奥底から光ってる感じを受けること。「底光りのする作品」のように、奥深くにか
くれている実力や価値についてもいう。

76　　砂漠が美しく引き立ち出すのは…砂漠のどこかに井戸が埋まってるから
Ce qui embellit le désert, dit le petit prince, c'est qu'il cashe un puits
queleque part...　　　⇒新朝倉 P.105 Ce[1] Ⅱ.9° ①属詞となる補足節を導く。//　　翻
訳にはこの前後に補助動詞「(こころ惹かれて) 来ておりました。」、「(…底光りを) 初めて
おる…」などを加筆して、パイロットが或る境地に近づいていることを示す。// 原文の「
砂漠が井戸を隠してる」では、日本文に直し難いので、casher は、「…が埋まってる」と
した。

76　　・・・思いつきさえしなかった　　　..., ni peut-être même ne l'a
cherché.　　【ne + 動詞 + pas, ni ne + 動詞の構文について】⇒新朝倉 P.320 ni
Ⅱ.節の等位　1° 同じ主語を持つ数個の節 ②.//Saint-Ex は子供にとっての「家」が果
たす役割(夢見心地にする)を語る。【une maison ancienne について】「子供の頃から
の家」は文脈を無視し、この子との会話からは遊離し、読者との間では成り立つ。[作者
＝語り手＝この子] が一体の**破格の表現法**で、この作品の特異な文体の一つである。

76　　その宝物が有ると思えることで、家族のみんなは夢見心地に成って居れた。…
「かけがえのないもの」が、言い伝えることで、…　　　Mais il enchantait toute
cette maison. Ma maison cachait un secret au fond de son cœur...　　　un
secret = un trésor que personne n'a jamais su découvrir.// La légende
racontait que... の文構造を日本語の「主語が基本的に人である」訳文構造にする。
⇒ P.ROBERT P.568 ENCHANTER Fig. Soumettre à un charme
inexplicable.//IBIDEM P. 1026 MAISON Ⅲ.◆1° les personnes qui vivent
ensemble, habitent la même maison. V.maisonnée, famille. « Je
voudrais pouvoir vous dépeindre la joie de ma maison » 「家族みんなが喜んで
ることを…」// 多義語 maison は「家族」から「家」へと瞬間で切り替わる。⇒新朝

倉 P.120 changement de sens/ IBIDEM P.305 métonymie 2° ① 容器 [場所] ＞内容：toute la maison 家全体＞家じゅうの人々 ⇒ /IBIDEM P.519 synecdoque / 本書 P.122「12 こんな様に描いた」を参照ください。

77　　家なんかでも…それらを美しく引き立てているものがある、…そうしてるものは目で見て分かることではない　　qu'il s'agisse de la maison, des étoiles ou du désert, ce qui fait leur beauté est invisible !

日本語への翻訳の必要から maison, étoiles, désert の限定辞を具体的表現に直す。
【前半の que ＋接続法について】⇒新朝倉 P.450 que[4] VI .6°(= soit que) 二つの**補足節の主語と動詞が同じ**で、補語の選択を表す場合は第2補足節の主語・動詞を略す。C'est la première fois que je vois cette publicité, que ce soit dans le métro ou ailleurs. [ROB-GRILL.]【後半の ce qui 句について】⇒新朝倉 P.107 ce[1] III .関係代名詞の先行詞として 1°(= la chose)【invisible について】P.ROBERT P.932 INVISIBLE ◇ Fig. Qui échappe à la connaissance. danger invisible. / この文の主語 ce qui fait leur beauté は人間主語に変える。invisible は動詞化した。10 行後に出る invisible も同様である。第 XXVII 章末尾文とも共鳴させて訳す。

《Ce qui embellit le désert, (...), c'est qu'il cache un puits quelque part...》この構文のように書き換えて考える。

- Mais il enchantait toute cette maison. Ma maison cachait un secret au fond de son cœur... ⇒⇒ Ce qui enchantait toute cette maison, c'est qu'elle cachait un secret au fond de son cœur... (un secret = un trésor ; cette maison=maisonnée ; elle=pavillon)
- ce qui fait leur beauté est invisible ! ⇒⇒ ce qui fait leur beauté, c'est qu'ils cachent dedans *ce que l'on ne remareque pas*.

77　　…眠りについたのを潮時に　　Comme le petit prince s'endormait ,
二人が砂丘に座って語らい、やがてかわいい仲間が眠りに着いた。パイロットとしてはこのまま休んでは危険なので歩き出す。そのきっかけが comme 節で示される。再び歩き出す目的も [砂漠に井戸を探す] ことに変わりなく、ここで再び歩き出す動機を示すことは不要なので、動作の展開を言うことに限る。⇒新朝倉 P.130 Comme[2] II .④ 〈comme ＋直・半〉が主節の前にあるとき、原因節か時況節か識別しにくいことがある。: Comme on allait aborder un tournant, la camionnette ralentit.「曲がり角に差し掛かると、トラックは速度を落とした」// 時況節にすることで最初の目的は言外のうちに読者に伝わると考える。// 砂漠に泉を探す危険な旅の発端はかわいい仲間の言葉だが、パイロットをこんなにも強い人間にするのはその言葉を受け留める者の思いに有る。**この内面化しているパイロットの想いは、この子が花園で「あの花」を発見したように、胸のうちに「この子」を発見してゆく過程となる。**

77　　壊れやすい、大事なものを運んでいるかのように思えて来出した　　Il me semblait porter **un trésor fragile.**　　かわいい仲間を腕に抱えたパイロットが三度も繰り返し呟く fragile の作り出す「はかなさ」の、読者に与える印象は、かわいい仲間の胸中を想って胸をふるわすパイロットの心情と共鳴し、この場面は殊のほか透明感のある感情を読者に誘い出すのではと思う。美しい幻想場面である。それ以上に <u>Le</u>

plus important est invisible… 内面に灯るランプの炎に譬えられた « quelque chose d'invisible »「美しさを醸し出す見えざるもの」は人が瞑想する限りにおいて存在するはかないものと簡潔にパイロットは語っている。// パイロットの強い想いで、かわいい仲間の胸の内は発見されてゆく。人の胸の内というものはかくの如く、はた目からは窺がい知ることのできないものである。invisible の考察はここで一段と深まってゆく。美しさを醸し出す見えざるものとは、他の何処かにあるわけではなく、それを思念する者の胸中にしかなく、それ故に、その存在は誠にはかない。**その人物へ思いを致す限りにおいて、胸中に見えているものとして存在する。**

　この場面は「かわいい仲間」という実在しないものを、パイロットがまるで実在するかのように腕に抱いて歩く。さらには、そのパイロットの想念の中で、眼に見える家、星、砂漠の背後にそれらを貴重たらしめている見えざる極めて個人的な事柄のあることが気づかれて行く。この重層化した表現が、言語化の難しい事柄を行間に漂わせる。

77　この世で…これまで、なかったという想いが　…qu'il n'y eût rien de plus fragile **sur la terre**　terre は「現実の世界」のことなので小文字にする。
⇒ P.ROBERT P.741 FRAGILE　◆4º Qui, n'étant pas établi sur des bases fermes, est facile à ébranler, menacé de ruine.« Les œuvres des humains sont fragiles comme eux »(VOLT.)// P.60蛇の言葉 « Tu me fais pitié, toi si faible, sur cette terre de granit. » を人間は物質世界の一部分だが、人間が《想念した事柄は弱い》と別の解釈も誘発する。// 判断を単過が示す。

77　…ちょうどその頃、ある事が思い新たにわたくしの心の中を駆け巡った　Comme ses lèvres entr'ouvertes ébauchaient un demi-sourire je me dis encore : «Ce qui …»　⇒新朝倉 P.129 comme² I. 時の接続詞 1º 同時性 (juste au moment où){【継続的動作】comme 節＝ 直・半}} +{【瞬間的動作】主節＝単・過}/ 主節はこの場合、瞬間相の思考活動であり、文の中心をなす。|比較| 本書 P.252「87　ためらいなく…」を参照ください。

77　…を熱くふるわすもの、それは…、それは…、それに…　《Ce qui m'émeut…, c'est sa fidélité…, c'est l'image…, même quand il dort…》かわいい仲間がバラ園の花達に語りかけながら内面に apprivoisement を築いた様にパイロットもこの道行きで apprivoisement を築く。// この子の内面模様の fragilité がパイロットの心中にしか存在しない事に気付く。人の心中の見えざるものは宇宙の見えざるものの不易さとは違う。[protéger の仮説]この子の内面に見立てたランプを護るとは、周りの人がその人の事を内心に想い遣る事で、その人は人びととの想いの中に生き続けてゆける存在となるのだと解した。本書 P.226「71　…でもお前達の…」、P.259「91　この広い…」を参照ください。// 作者は invisible → fragile → le mouton oui ou non a-t-il mangé la rose ? へと思索を深化させた。P.71末尾で語った「知恵」《 On ne voit bien qu'avec le cœur. L'essentiel est invisible pour les yeux. 》は、本人だけが分かる心の世界であった。この段階に来てさらに深まり、apprivoiser の後に、相手への責任感情が自然と心に湧き出て、それが周囲の人に同調して伝わることが述べられる。

XXV

77　人間は　　　Les hommes　　昇天の準備になる。この物語りの背景に織り成す延長線の交点に「ある人間像」が浮き出る。交点を繋ぐと「(子供時代を忘れた) 大人よ、慣れ親しむ人間関係を築き直して、そこで忘れ去っていたものの価値に気付いてくれ」

78　そこに人々が今も暮らす里などなかった　　mais il n'y a aucun village　第ⅩⅩⅥ章　P.81-LL.30-31　Il y avait, à côté du puits, une ruine de vieux mur de pierre. に対応して、廃墟になる前の (ある意味、凶暴な大人になる前の) 人間の里があった事を暗示させている。近代化社会では、もはや望むべくもない「幻となった社会」でもある。// 砂漠の井戸は、確か地下水路で縦横に繋がっていると思います。

78　だからわたくしは何か変だぞと思いました。　　et je croyais rêver
⇒新スタ P.1571 RÊVER On croit rêver. そんなことがあってたまるか。/ かわいい仲間は人間世界に出現したが、今度はパイロットが非現実の世界へはいてゆく。物語の舞台は現実にはありえない井戸を巡って写実的な描写が続く。いつの間にかパイロットはこの物語の語り手ではなくなっており、非現実の世界を「現実」のように、あたかも壺中の天をかわいい仲間と共に生きる登場人物になっていく。【第ⅩⅩⅢ章末・第ⅩⅩⅣ章始めで話題となったまぼろしの une fontaine と、このまぼろしの **un puits** について】　◇XXIII.P.75-L.10 je (=le petit prince) marcherais tout doucement **vers une fontaine.** ◇XXIV.P.75-LL.20-21 si je (=le pilote) pouvais marcher tout doucement vers une fontaine... 作者はこの章で「砂漠の井戸」を意図的に、写実表現する。しかしこの井戸は幻である事に変わりない。手描き絵も、有り得ないような急な崖っぷちに敢て描かれる。パイロット (=語り手) ははっきりと「なんかおかしいなぁ」と言う。これらの水飲み場・井戸はやがて次の第ⅩⅩⅥ章中盤 (P.85-LL.4-5) の C'était pour moi **comme une fontaine dans le désert.** へとまぼろしの水脈が続く。最後に (P.89-LL.6-8)Tu auras cinq cents millions de grelots, **j'aurais cinq cents millions de fontaines...** 天空の fontaines (**みずがめ**) になる…// 風見鶏も幻聴。風が吹かないのに呻くので quand 節は「対立」とする。// この場面で人間がおとぎ話の世界に入ってゆく。この物語の始まりでは御伽話の人物が人間世界にやって来てた事で相当の「非日常世界」だが、**「人がおとぎ話の世界に入ってゆく」** ことはそれ以上の「物語世界」となる。作者はしかし、あまり読者に気づかさぬようにこの世界を描こうとしている。「まだこどもだった、あのころのきみ」を静かに引き出そうとするかのようである。

78　【 物と擬人化動詞の非日常的結びつきについて】このページには相当の怪奇現象が描かれる。間投詞、擬音語を加筆して「不思議な感じ」を出す。ページ前半では、
❖ la poulie gémit ⇒ une girouette gémit　❖ le vent ⇒ dormir　❖ le chant de la poulie　❖ce puits ⇒ réveiller / chanter　　▪ l'eau / le soleil ⇒ trembler
このページ後半に出るクリスマス行事の回想の中で、幻の井戸の周辺で起きたことが照応する。《 C'était doux comme une fête. 》
◆ la lumière de l'arble de Noël = P.76-LL.9-10 ...et les étoiles commencèrent de s'éclairer.

◆ la musique de la messe de minuit = P.78-LL.10-11 Et la poulie gémit comme gémit une vieille girouette…

◆ la douceur des sourires faisaient ainsi tout le rayonnement du cadeau de Noël que je recevais. = P.78-LL.28-28 Elle(=l'eau) était bonne pour le cœur, comme un cadeau.

78 おいらたち、この井戸を眠りから呼び覚ました　　　**nous** réveillons ce puits… ここに来てかわいい仲間の方もパイロットを仲間扱いする。作者は目立ずに NOUS で両者の新たな**親しい関係**を示す。//「眠りから呼び覚ます」のは、おとぎ話の代表的手法です。この作品ではパイロットが「こども時分」に覚醒する。こども時代を家族で過ごした家、クリスマスミサなどを思い出すことで。

78 耳の奥の方で、滑車がきゅるり、きゅるりと輪唱していた。揺れ止まぬ汲み水の面に、朝の日の光がきんらり、きんらりと揺れ動くのを目にまぶしく感じていた。 Dans mes oreilles **durait le chant de la poulie** et, dans l'eau qui tremblait encore, **je voyais trembler le soleil**　　　幻覚の軋み聴覚と実感（実は幻覚）している太陽の反射光の揺れ動く描写が現実と非現実との境界上を彷徨うパイロットの心情を示す。「歌声が…（耳の奥で）響いた（幻聴）」、「太陽の反射光が…（目に）まぶしい」と幻覚と実感覚（実は幻視）が交じり合う。読者はいつの間にやら、気付くことなく非日常世界に入ってゆく。//朝の場面である。

78 待ってた、そう、こういう水。…飲ませてちょうだい… J'ai soif de cette eau-là, dit le petit prince, **donne-moi à boire…**　　　読者に「待ち望んでた水」を印象付ける。次頁の J'avais bu(P.80-L.10)は、この水の意味を受け取り、パイロットがしぐさで水への理解を表現する。//⇒新朝倉 P.179 donner 3⁰ ③ donner à qn à 不定詞 + qch : Elle nous avait donné **à boire du porto**.(GASCAR)

78 …この子が思い描いてた　　　Et je compris ce qu'il **avait cherché** ! ⇒新朝倉 P.203　Et 5⁰ [Et ＋感嘆文] 驚きの強調。//P.76 － LL.16-18の《 …Je ne compris pas sa réponse…》に対応する。//que 節の大過去は P.160「31 気の毒…」を参照ください。//chercher を「頭の中で探る」とする。⇒プチ P.261 chercher ❷ // 大過去形は「昨日から」で表す。//「この子が思い描く」＝「砂漠の幻の井戸」＝「人々の思いが織りなす共有認識」は、この後、大団円の星空の「滑車付き井戸」へと発展する。パイロットはこれらに立ち会ってゆく。

78 目をつぶったままにして　　　Il but, les yeux fermés　　　この何気ない表現のなかに、« L'essentiel est invisible » の身振り表現がある。// 人間の本来的な仕草の中に「**何かに思いを馳せる時、目をつぶってする**」ことがあるのでしょう。

78 この子は心地よげでした、ちょうど祭の日の喜びのようです　　　C'était doux **comme une fête**　　　⇒新朝倉 P.126 comme¹ I.1⁰① //une fête は人間が共同て作り出した生きる表現。同時に祭りが醸し出す「喜び」を加筆する。

78 普段の水とは別物　　　autre chose qu'**un aliment**　　　aliment を日用の食品の中からこの場面に合わせて「水」と訳す。水の想念に限ることで『もうひとつの水・まぼろしの井戸の水』に繋ぐ。

78 これだったんだ。わたくしはこどもの時分を想い起こしました　　　…, comme

un cadeau. Lorsque j'étais petit garçon,... 　直前の comme un cadeau が、Lorsque 節の中に意味上の関わりがあるので「これだった」を加筆する。【音と光が織りなす「贈り物」が非現実と現実の世界で重なり合う意味について】幻の井戸の水汲みの場面にあった音と光の情景描写が、語り手の子供の時に実際にあったクリスマス行事の《思い出の音と光と贈り物》と、この作品の中で響きあう。(きらめく星空も同様に、遠くから共鳴する。)

《音》【パイロットの非現実】comme une vieille girouette gémit / ce puits chante... /Dans mes oreilles durait le chant de la poulie ⇔【幼少期の現実】la musique de la messe

《光》【パイロットの非現実】je voyais trembler le soleil ⇔【幼少期の現実】la lumière de l'arbre de Noël

《贈り物》水⇔ほほえむ顔から来るやさしいここちよさ⇒⇒⇒ [Le petit prince but, les yeux fermés. C'était doux comme une fête.] この子が探し求めた物を発見した時に、それと平行して、パイロットは子供時代に実際に経験した « la lumière, la musique, la douceur » を再発見する瞬間が来る。立体構造の文です。

80 　しょっちゅう思いを巡らせていないとね 　Il faut chercher avec le cœur 　【chercher について】P.ROBERT P.270 　CHERCHER XVIe ; cerchier, en 1080 ; bas lat. circare« aller autour », circum (autour) 　◆1.(1210) S'efforcer de découvrir, de trouver 　(qqn ou qqch)【 avec le cœur について 】人は動物であるが、動物的感覚とはまた違い、胸の奥に人や、物や、事の行く末を案じ、気遣うことができる。その胸底に見えて来るものがあると指摘する。

80 　蜂蜜色に染まって行きます 　Le sable, au lever du jour, est couleur de miel 　《 Je respirais bien. 》と同じ過去の時間帯に日の出は起きておるが、現在時制にして、その色彩表現を生々しくさせ、毎日繰り返し起きる地球の現実の朝を示す。// 赤い夕日に大空が染まりかわいい仲間を安らげたように、日の出に砂の大地が蜂蜜色に染まり、パイロットを和ませる。// パイロットは井戸の場面で非現実世界に転位していたが、ここで、水を飲み、深く息をし、砂漠は朝の光に染まり、安堵した気持ちになる場面で、夜明けのこの蜂蜜色に染まる砂漠で、一瞬のうちに現実世界に戻ってくる。読者もまた現実世界の生き生きした感覚の中に蘇える。この急展開はこの直後から始まる「別れの儀式」の場面の幕を開ける。

80 　もう心痛めて過ごさなくてもいいんだ… 　Pourquoi fallait-il que j'eusse de la peine... 　【 avoir de la peine について】⇒ P.ROBERT P.1259 PEINE (1080 ; penas « tourments du martyre», 980 lat. pœna) II.(XIIe) 　◆ 2º LA PEINE , état psychologique fait d'un« sentiment de tristesse et dépression» V.abattement…tristesse. Avoir de la peine. Consoler un ami dans la peine. Je partage votre peine. 【 pourquoi 節の中断符について】数種の仏語版・英語版を見る限りですが、疑問符になってるのは英語版で、中断符になってるのはフランス語版でした。文の筋からは pourquoi の修辞疑問と考える。signe de ponctuation 問題は棚上げする。⇒新朝倉 P.406 　points d'interrogationd et de suspension

真の疑問を表さない修辞的疑問には〈？〉を用いずに〈！〉あるいは〈．〉を用いることがある。直訳：「なぜ心痛めないといけなかったのか（修辞疑問から）もう心配なんか要らないんだ…」【物語の筋から確認しておく】砂漠に井戸を発見し、その水を飲みほっとする。砂漠の夜明けの光景にもすでにうれしさを感じているので、パイロットが安堵感に浸りきった場面と考えた。// もっとも、このあと反転してパイロットはかわいい仲間との別離に、心を動揺させてゆく。// なお、第Ⅴ章に次いで、この後にかわいい仲間から地球の子供への言及がわざわざあることで、この物語世界は永遠に、「いま現在に回帰して来る」と念押しされたも同然となる。

80　…身を寄せて、…座り直した　　Le petit prince〈…〉 s'était assis auprès de moi　　これに先立ち、P.76-L.19 Je m'assis auprès de lui(=le petit prince) がある。両者は言葉を使わず親密さを伝え合う。普段と違う砂漠の中だからこそ際立つ。

80　わたくし、…絵には自信満々だったんだけどなぁ　　Moi qui était si fier de baobabs !　　この言い方では、どうやらポケットから取り出した下絵と生還後に描いた自信のある水彩画とを混同していると見受ける。読者も一瞬錯覚する。話としては、そういう飛躍もありなのかもしれない。⇒新朝倉 P.208 exclamative I.1° ④ 名 +qui //IBIDEM P.460 qui¹ A.I.3° (et) + 代 +qui　Et moi qui ne me doutais de rien.(ARLAND)「それなのに私は何も気が付かなかった」…《 Et moi qui…》は《 Et moi, je…》に相当する、という文法家もいる。

80　またこの子から笑い声がこぼれた　　Et il rit encore　　⇒類語(0804－a－07)笑いが零れる　その場で見たり聞いたりしている人々の間から、笑いが起きる。「劇の主役の生徒がせりふを間違えると、観客からは笑いがこぼれた。」/ この笑い声は無数の鈴の音に比喩される。この後、「笑いの声がこぼれる」印象を多彩に訳すことになる。笑いがこぼれる / あふれる / もれる / をたてる…などと訳す。

80　地球の子供たちは、そこんとこ、ちゃんと分かって　　---Oh ! ça ira, dit-il, les enfants savent.　　Les enfants とは読者のこと。ここで急に読者を引っ張り出したことで、物語世界を突き破って現実世界を導く。この作品が読まれる限りつづく作者 Saint-Exupéry からのあいさつになる。「目にはそれと見えないけれども、人の思いを描き込んである絵」とも「パイロットの素描画の下手なことは承知済み」とも解せる。

80　この子に渡しました…それをきっかけに、急に胸さわぎがした
Et j'eus le cœur serré en la lui donnant　　文法的には la はモデル une muselière と言う言葉を受けている。実際の受け渡しの場では「口覆いの絵＝ un dessin」が手渡しされている。これとは別に、crayonner によって既に、une muselière(モデル)から la(＝絵になったモデル)への伝達として un dessin に成っていると解す事が普通なのか、不明です。// この翻訳では、敢えて絵とモデルを混交したと解しておく。異論はあると思います。【 en la lui donnant について】⇒新朝倉 P.240 gérondif 5°② 原因 // muselière がここに登場することで、先ず第Ⅶ章末部の虚実綯い交ぜの表現場面が再現する。再読者には第ⅩⅩⅦ章(P.90)の la muselière sans la courroie までも想起される。⇒本書 P.154「29　君の花のために…」を参照ください。// この「飛び地表現」は既に読んだ感覚との繋がりを呼び起こし、読者を次なる展開へと、作品世界に引きずりこむ。

81　　すぐ近くに舞い降りてたんです　　　　J'étais tombé tout près d'ici

フランス語では、「落下する・舞い降りる」ことも「倒れる」ことも tomber で言える。やがて、P.89で il tomba doucement comme tombe un arbre（倒れる）が、この同じ場所で行われるが、同じ動詞で表現できる所が面白い。こうしてこの子がこの世に来る時（落下系）、去る時（転倒系）ともに、tomber を作者は意識して使う。// En comprenant votre enfance, vous **tomberez** demain **sur** votre paradis qui était apprivoié par Le Petit Prince. があるかもしれない。

81　　あぁ、何か無性に心配なんだ…　　Ah ! lui dis-je, **j'ai peur**…　　作者はこの子の言葉（anniversaire /tout près d'ici）、しぐさ（(il) rougit. / (il) rougit encore. / (il) rougit de nouveau.）を巧みに使って急速にパイロットを不安に落ち入らせる事を表現する。このことはパイロット（＝語り手でもあり、ここでは物語世界の人物ともなっている）の心理描写を借りて、読者を直接別れの儀式に参加させ、巻き込む。

81　　【赤面について】Ⅶ章 P.28は告白、Ⅹ章 P.36は気後れ、この章は肯定の身体表現に使う。「赤面する」のはそこに他者の存在を強く意識するから。（ミラーニューロンについては未調査です。）//　言葉をやり取りせずに思いを伝える以心伝心にやや近い場面である。作者はこのことを意図的に無言の伝達方法として使う。本書 P.146「 26 それをやっと」、P.222「 68 …何かを探り出そう…」を参照ください。

81　　待っていることに決めましたから　　Je t'**attends** ici.　　⇒新朝倉 P.421 présent B.I.2º ◆申し合わせ。//これに従って、導入動詞 Mais il me **répondit** : を「（導入節）を保証する・約束する・請け負う」とした。⇒プチ P.1317 répondre **❼**

81　　【パイロットを中心に足取りを整理しておく】

第ⅩⅩⅣ章　八日目 [昼間] 二人は井戸を探して歩き出す→→ [夕方] 月光のもとで砂丘を眺める・砂漠には井戸が埋まっている話を聞く→→ [夜中] 眠るこの子を腕に抱え夜通し砂漠を歩く（人の心の在り様が儚いからこそ大切にしたいと気付く）

第ⅩⅩⅤ章　九日目 [夜明け] 井戸を発見する　水を飲む（クリスマスの話…）→→ [昼間] 記念日・降下地点の話から一気に不安になる→→（昼間）　飛行機の**修理**に戻る

第ⅩⅩⅥ章　十日目 朝→→昼→→夕方「**修理のようなもの**」を終えて井戸に戻って来る（修理した飛行機を使ってなぜここに戻らないと問うこと勿れ。）：蛇を見つける→→（夜更け）この子が星に戻って行く→→十一日目 翌朝この子の姿が見当たらないことを確認する。

81　　わたくしも堪えきれずにきっと涙ぐむだろうな…その時が来たら、慣れ親しさに**心解き解されて**　　On risque de pleurer un peu si l'**on s'est laissé** apprivoiser…　　⇒新朝倉 P.281 laisser II.2º① //　apprivoiser の受身表現を《かわいい仲間からパイロッとに向けてされる》という、この作品だけの用法がある。/ IBIDEM P.492 Si¹ I.2º③ (2) {si＋複過}＋{直・現} 未来完了の仮定　//パイロットが飛行機の処に戻って得た内容は読者の想像の中に預けたかのように、作者は何も語らない。【on＝je＝パイロットについて】⇒新朝倉 P.345左 2º文体的用法 ① on＝je (1)謙遜 (on de modestie)【こらえに堪えた別れの涙について】PP.88-89にかけて《 Moi je me taisais. 》が繰り返された次に、《 Et il se tut aussi, parce qu'il pleurait…》がある。se taire の反復を思い描いて訳す。

【壺中之天に野暮天】 井戸のある場所から飛行機のある場所へはパイロットが歩いて片道15時間前後と推定します。⇒『8日目の昼正午・前後〜9日目・日の出（午前6時前後）≒18時間から夜の砂丘の会話時間3時間？を差し引く』//『9日目の昼正午・前後〜10日目の午後6時・前後≒30時間』から「滞在時間・修理のようなもの」は15時間と仮定します。// 人が砂漠を片道15時間歩いても墜落現場からは60km程度離れるだけです。人里から1,000ｋｍ離れた墜落現場近辺の砂漠のまっ只中であることには変わりはありません。// パイロットも井戸は人里離れた場所と言っている。ところが手描き絵からは、砂漠の中には生えないと思われるやしの木が傍らに描き込まれている井戸とか石壁を見ると、砂漠の周辺部と考える事もできるようで、なにやら辻褄が合わない。やはり幻の世界と考えるしかない。

XXVI

かわいい仲間の使う Tutoiement「おいら・**あんた**」を、第ⅩⅩⅣ章から「おいら・**あなた**」に替えている。そして、この章がいよいよ両者の別れの儀式になる。これに読者の「VOUS＝あなた」を重ねて、かわいい仲間が読者への別れの儀式にもなる事を願った。かわいい仲間と《Apprivoisement》になっている「**あなた＝読者**」にもこの儀式は必要だと考えたからです。// 第ⅩⅩⅣ章以降に見受ける、語り手の立場を捨てて架空世界の登場人物への変容は、文体論的に興味ある問題です。

82 　　人の暮らしがあった家…石壁の一角が壊れかけて残って…
une ruine de vieux mur de pierre　　何か石造りの建物の廃墟と想定した。前章の架空の井戸からだと Ruiniste 風で留まるが、第ⅩⅩⅠ章から考えれば発見がある。そこでは狐が指摘していた、人間社会から忘れられているもの、人間からほったらかしにされて来たいくつもの中の一つとして「人びとの暮らしを作っていた井戸」が見える。⇒『NHK「100分 de 名著」ブックス　サン＝テクジュペリ 星の王子さま』水本 弘文著 NHK 出版 2013年　PP.102-110// 仮想した蛇の返答を「…」で表現する。原作では伏せてあることを、空欄とは言えわざわざ表記したのは、声の存在を示せば読書を軽やかにできると考えたからです。仮想の一例は❶Erreur n'est pas compte.〖君子は豹変す〗❷C'est peu que courir,il faut partir à point.〖まだ早いが遅くなる〗❸Il ne faut point juger des gens sur l'apparence. 人を見かけで判断してはならぬ。❹Il n'y a que le premier pas qui coûte.〖皮切りの一炙〗⇒『フランス故事ことわざ辞典』田辺 貞之助編　白水社1976年 [処世法]14番、16番、22番、15番より

82 　　声も耳に届くまでなってきました　　Et je l'entendis qui parlait.　⇒新朝倉 P.44 antécédent 1º ②代名詞 Je l'entendis qui pleurait. // この後、石壁に漸近する語り手の聴覚、視覚は見えない存在（蛇）を逆説的に描く。（類例：姿無き狐の声）

82 　　いや、まさに今日だよ　　Si！Si！c'est bien **le jour**　　会話の片方だけが、第三者にも聞こえてくると言う設定がパイロットはもちろん読者をもこの場面へと引き込む効果を持つ。【 le jour について】⇒新朝倉 P.62　article défini II.1º 指示詞として ② 感嘆文　定冠詞は quel に近い意味を持つ。

82 　確かめてみろよ…待ってればいいんだよ…旅支度するから

Tu **verras** où commence ma trace dans la sable. Tu **n'as qu'à** m'y attendre. J'y serai cette nuit. 　【 y être について】⇒ LITTRÉ P.2444 　Y ◇ Vous y êtes, j'**y suis**, c'est–à–dire vous êtes, je suis au point voulu,【 être の未来形について】⇒プチ P.590 être ❾ c) Y seras-tu ? 準備できたかい‥ この場面から準備云々とは「昇天の旅のしたく」とした【 être の現在形について】⇒新スタ P.1913 　y 3. [成句] y は漠然とした観念を表す。j'y suis 用意はできた。【 être の過去形について】⇒小学館ロベール P.971 être Ⅴ. [複合時制、単純過去で場所を表す表現または不定詞を伴って aller の意] J'ai été à Rome l'an dernier. /J'aurais bien été la voir, si elle m'avait prévenu. / Je fus au cinéma. /// ⇒新朝倉 P.206 être Ⅵ.《 être = aller 》は複合時制、単過、接・半に限られる▼ J'ai été à Rome. (=Je suis allé à Rome et en suis revenu.) と Je suis allé à Rome. との区別は多くの場合成り立たない。【 où について】⇒新朝倉 P.350 OÙ 　右 Ⅱ.2º 名詞的補語 　【単末Ⓐ→現在Ⓑ→単末Ⓒについて】命令と意志の文体とした。⇒Ⓐ 新朝倉 P.228 futur simple Ⅱ.B.3º ②絶対的命令 // Ⓑ 同書 P.93 Avoir Ⅴ.2º n'avoir qu'à 不定詞 (= il suffit de)：Tu n'as qu'à l'inviter à goûter. (BUTOR) 「彼をおやつに呼べばいい」// Ⓒ 同書 P.228 Ⅱ.B.1º 話者の意志によって行なわれるであろう行為

82 　口をつぐんでいたが、一呼吸してまた言った　　　**après** un silence

原本は après un **long** silence であるが、« long » は FOLIO 1999年に無いので削除する。作者は中性的に [un silence] として、恐る恐る毒の事を蛇に聞くこの子の心中は読者が想像せよとする。【 après について】⇒新朝倉 P.48 après 1º ①順位の後続性【Tu as **du** bon venin ? について】⇒新朝倉 P.68 article partitif Ⅰ.2º du, de la と de ① 形 + 名 の前　かつては de (部分冠詞の発生的形態) となると説かれた：…boire de bonne vin. (しかし、) 今日では日常語でも文語でも du bon vin が普通 (…) 　Si j'avais sous la main une bonne plume, de la bonne encre, du bon papier (…) (GIDE, Journal 1942-9)

82 　胸騒ぎがした　　　le cœur **serré**　　　直訳は「心が締め付けられる」⇒**類語**

(0900- a -29)【胸が締め付けられる】悲しさ・切なさ・寂しさなどによって、胸がぎゅっと締められるような感じになる。「あのときの悲しみを思い出すと、今でも胸が締め付けられる」(苦悩する感情) / 日本語の「胸が締め付けられる」は動機が相当具体的な場合に使われると考える。この場面では、まだ具体的には分からない不安におびえている段階である。⇒ IBIDEM (0500-a-29)【胸が一杯になる】心を動かされて、その思いが胸全体に広がり、他のことが考えられない感じになる。⇒ IBIDEM (1503-a-06)【胸が騒ぐ】心配や不吉な予感、期待などのために、胸がどきどきするような、落ち着かない気持ちになる。(今の苦悩を自覚するだけの余裕がある)

　【参考①】不安・悲しさで仕方ない様子を「胸・心の有様」で表現する日本語の例 ⇒**類語** 胸苦しい (1100-c-13) 　胸騒ぎ (1503-h-01) 　胸が痛む (0900-a-21) 　胸が裂ける (0900-a-25) 　胸が締め付けられる (0900-a-29) 　胸が痞える (1103-a-08) 　胸が潰れる (0900-a-27) 　胸が詰まる (0500-a-30) 　胸が塞がる (0900-a-28) 　胸を掻き毟られる (0900-a-30) // 　心が痛む (0900-a-20) 　心掛かり (1503-d-01) 　心が騒ぐ

(1503-a-07)

【参考②】不安を [cœur : poitrine] を使って表現するフランス語の例　大白水
cœur P.505　rester sur le cœur（いやな思いが）胸につかえている /douleur qui arrache [brise,crève, fend] le cœur 胸も張り裂けるような苦しみ /chagrin qui gonfle [perce, serre] le cœur 胸をいっぱいにする [刺す、しめつける] 悲しみ /serrement de cœur 胸迫る思い /se ronger le cœur 心を悩ます /effroi qui glace [transit] le cœur 心を凍らせるほどの恐怖 //P.1867 avoir le cœur plein（悲しみで）胸が一杯である //P.1945 avoir le cœur pressé[古語] 胸が締め付けられる [詰まる] 恐怖 // P.2276 avoir le cœur serré 悲しみが胸に迫る P.988 rester sur l'estomac（いやな事件・言葉が）胸につかえる。//P.86 âme － SYN âme ＝人間の道徳的能力 esprit ＝人間の知的な能力活動に限定する　　cœur ＝感情の根元をいう⇒SYN P.420：**poitrine**　buste,cœur, coffre（fam.）, gorge, poitrail（fam.）, poumons, seins, thorax, torse / 多くは解剖学用語である。IBIDEM P.90：cœur　　âme, caractère, conscience, esprit 苦悩する内面心理を身体器官を使って比喩表現する用例が cœur（および estomac,gorge...）以外見当たらない。

　日本語では【胸】を使う苦悩表現が目立つ。そういう時、フランス語ではもっぱら【cœur】を使う。両言語とも〈圧迫したり・締め付けたり・一杯に詰め込んだり〉して不安感情を表現する。日本語では胸という身体器官を使うため〈塞ぐ・詰まる・掻き毟る・痛む・引き裂く・痛める・・・〉とより生理的表現になり、また感情の対象には具体的に緊迫した実在感あるものが要るようである。虫の知らせのような漠然とした不安感情は「心騒ぐ・心急く・心乱れる」などとなる。この中間が「胸騒ぎ」か。〔参考〕皮膚感覚を使うと「鳥肌が立つ・背筋が寒くなる…」などもある。

82　**じゃあ、離れてくれ　Maintenant　va-t' en,**　単語の間隔が空けてあるのは、一種の「心理表現」と解する。恐怖に咽が硬くなって声が出にくい様子を、文字の配列から表現している。FOLIO 1999年版も字間の余白があるが、三ページ後の [C'est bien plus loin…c'est bien plus difficile…] には1983年版にあるような字間余白がない。

　この作品では言葉による人物の内面表現はきわめて制限されていて、それに取って代わる表現手段が（例えばこの箇所のような字間の余白、他には感嘆符・感嘆詞の使用、あくび・赤面などの人の仕草を交えて表現すること、また aussi, de nouveau, comme などを集中的に使用し読者の心理に直接働きかける手法など）作者によって工夫されているようであるが、この点は論証が別途必要であるけど手付かずであり、研究書についても未調査です。この作品には表現手法として他にも特異な点があります：deux-points を用いて「手描き絵」を直接話法を導くように提示する方法で文章表現の一部にしてしまっている。『新フランス文法事典』にもさすがにこの表現手法の解説は載ってないが…同書のP.171 右 deux-points 3º 説明的な節・語句を導く ③属詞を目立たせる：　le titre est：Don Juan.「題名は『ドン・ジュアン』である」。// 文章と手描き絵とが一体化した表現方法の典型は「絵巻物」ですが、絵巻物をこの視点から解析した研究書についても未調査です。これらの視点からこの作品を分析するのも、人間の表現活動を考える参考になる。そのほか、（大人・外側からの視点）と（子供・内側からの視点）

を対比させ後者に光を当てる。登場人物の設定に現実と非現実を混在させ、**現実の中に非現実を写実的に混合させている**(いわば、壺中之天表現)など見るべき表現手法は他にもあると思います。例えば人と動物・植物との会話、省略の多い文体(いわば手描き絵一号を提示し、後の二号は読者に考えさせる)など。

82 思わず…目をやった j'abaissai **moi-même** les yeux vers le pied du mur プチ P.893 lui-même ❸ ≪ 物・事柄を受けて ≫ ひとりでに、La machine s'est arrêtée elle-même 機械はひとりでに止まった / 本項の moi-même は人間を受けているが、この用例を応用した。// (この作品に即して言えば)mur には、天と地を「遮る」という比喩もある。異界へ開ける場所という印象を微かに作品へ与える。

82 人を三十秒で qui **vous** exécutent en trente secondes vous は不特定の人を指す。⇒新朝倉 P.561 vous 2⁰不定な意味に用いる / この30秒は作品末尾でこの子の倒れてゆく時間でもある。【un de ces serpents ＝猛毒の蛇について】⇒同書 P.110 Ce² Ⅰ .7⁰情意的用法④ ⇒小学館ロベール P.396 Ce 中段 un de ces ＋複数名詞 (2)[話] ものすごい Il m'a lancé un de ces regards ! …すごく怖い目でにらみつけた。

82 まるですぼんでいく噴水のように comme un jet d'eau qui **meurt** comme 節で一般的な事例を示す場合の現在形と考える。⇒新朝倉 P.126 comme¹ Ⅰ. 1⁰ ① Elle leur **répondait** comme les grandes personnes **répondent** aux enfants. (MAUROIS)【mourir について】フランス語の mourir の表現に日本語の「死ぬ」とは大きく異なる点がある。①人間以外にも使う(植物が枯れる。音・光・感情が弱まる・消える。) ②程度の誇張として使う。C'est à mourir, ton histoire. (可笑しさの度が強い事を言う) 忌避観があまりないようである。(完了動詞という時間概念が、終局までの余裕の時間を意識させることで、mourir の使い方に出るのだろうか。不明です)// 日本語の「死ぬ」では、即刻、瞬間の場面を連想させるためなのか、とにかく縁起が悪いとして避ける。【参考・naître の多義性について】⇒小学館ロベール P.1621 naître から 抜粋すると、❶ [人・動物が] 生まれる。Une mouche éphémère nait le matin pour mourir le soir. ❷ ＜ ～＋属詞 ＞ 生まれながらに…である。Les hommes naissent libres et égaux en droit. ❸ [植物が] 開花する。Quelles sont les fleurs qui naissent dans cette région ? ❹ [感情が] 現れる。Je vit naître un sourire sur son visage.// フランス語の動詞と結びつく主語や目的語の許容範囲は、日本語からすると驚くほど自由である。そのためフランス語動詞が多義的に見えるという現象が生まれる。

84 なにかせわしげに鼓動している、…消え行くように弱弱しい com me celui d'un oiseu qui meurt, quand on l'a tiré à la carabine 文字通りの翻訳では生々しく何やら無用な夾雑物を残す事になる。子供の読者が文字面だけを受け取らないよう老婆心で補足した。//P.54－L.28 Ma fleur est **éphémère**. と関連付ける。

84 あなたの飛行機に失っていたものが何か、あなたは見出したんですね Je suis content que **tu aies trouvé ce qui manquait à ta machine**. この個所は P.9-LL.12-13≪ Quelque chose s'était cassé dans mon moteur. ≫ と対応すると考え、作者が示した≪ dans mon moteur ≫≪ à ta machine ≫はパ

イロットの「心の内(なか)」と考えれば、失ったものとは「子供時代の心」となろうか。第8日（第ⅩⅩⅣ章）までにそれを自覚していたという構図が浮かんでくる。第Ⅱ章の《ni mécanicien, ni passagers》も意味ありげに再読される。// **ここに使われている tourverに注目**:réparer : réparationではないことに注目する。【trouverについて】⇒ P.ROBERT P.1845　TROUVER Ⅲ. (abstrait)．◆1º Découvrir par un effort de l'esprit, de l'attention, de l'imagination …Trouver la clef d'une énigme, la solution d'un problème 類語 (1803-a-02) [見出す] 探し求めていて物事や、隠されていた物事を見つけ出す。

　作者はこの子に、飛行機のエンジンが機械として修理されたことを明示的には言わせていない。この子の言葉の中にはréparation は慎重に使われないようにしている。//パイロットが前章末尾で apprivoisement に触れていたが、かわいい仲間によって語られたのが trouver の中身となる。パイロットももう réparer を使わず、travailler である。かわいい仲間が五千本のバラのところへ戻って行って「気づいた」ように、パイロットは自分の飛行機のところに戻ってみて「自分の中でうまく働かなかったのが何であるか」を解き明かしたと想像する。パイロットも「心に空いた穴を埋めるもの・心満たすもの」を捜し求めていたと言う暗暗裏の前提条件(第Ⅱ章 P.9-LL.10-12　J'ai ainsi **vécu seul, sans personne** avec qui parler véritablement, jusqu'à une panne dans le désert du Sahara, il y a six ans. から来るもの)をここで回想する必要もある。これらのことは、作品の文章上には明示されていないので、もっぱら読者・翻訳者が勝手に考えることではある。これらのことに触れた研究は未調査です。

　では、作品に沿って [réparer] を考える。パイロットは砂漠に不時着した日、最初に考えたことが飛行機の修理である。第Ⅱ章冒頭で « Et comme je n'avais avec moi ni mécanicien, ni passagers, je me préparai à essayer de réussir, tout seul, **une réparation difficile.** » [P.9-LL.13-15] とある。ひつじの絵を何枚も描かされた時考えたことも « Alors, faute de patience, comme j'avais hâte de commencer **le démontage de mon moteur**, je griffonnais ce dessin-ci :[Chap.Ⅱ.P.12－ LL.22－24] と分解修理のことである。八日目になって水を飲み尽した時に言ったのも « Ah ! dis-je au petit prince, ils sont bien jolis, tes souvenirs, mais **je n'ai pas encore réparé mon avion**,…» [Chap. ⅩⅩ Ⅳ.P.75－LL.17-19] と飛行機の未修理である。翌日の昼、飛行機のところへ引き返し、翌翌日の夕方この箇所へ戻って来た。飛行機は直っており、パイロットの心境は変化している。作者は何も語らない。【P.84-L.12　Tu vas pouvoir **rentrer chez toi**…/ L.17　Moi aussi, aujourd'hui, **je rentre chez moi**… について 】慣れ親しい体験の後、rentrer chez toi / chez moi が「逃避してきた昔の場所」へ、換言すれば、「慣れ親しみの関係を再発見できたところ」へ帰ってゆくことと解し、**作品意図を翻訳に出すため踏み込んで訳す。**人称代名詞の表現を重んじパイロットの帰る場所を「仲間のいる処」、かわいい仲間の戻る場所を「あの花が咲いてる星へ」とする。/P.85-LL.29-30 で chez moi ＝ mon étoile と明言されており誤解は出ないと考える。

84　　仲間の処へ帰って行ける　　Tu vas pouvoir rentrer **chez toi**…

パイロットが墜落する前のところ、大人の仲間達のもとへの復帰を明示する。[参考]第ⅩⅩⅦ章P.89-LL.29-30《Les camarades qui m'ont revu ont été bien contents de me revoir vivant.》同様にかわいい仲間も脱出前のところ、「あの花が咲く星へ」と復帰する。// 共に s'apprivoiser の体験を経てかけがえのないものを心に再発見できた。// かわいい仲間は、この間、パイロットの身の上を案じていたと考えるのが自然です。パイロットが作業から戻った事を踏まえて、その行く末を言ってしまう。しかし同時に、物語作者にしか言えないことをしゃべっている以上、作者が思わず顔を出すという[破綻]が起きてしまったようだ。この作品では珍しくない破綻のひとつです。勿論なにも「破綻」と騒ぐことは無いかも知れない。かわいい仲間の「予知能力」で納めることもできましょう。また、物語の筋からすれば、ここで未来予測を出し物語を終局に向かわせる輪郭を付ける効果は有効に利いている。迷宮入りです。

84　ええっ、驚いた、またどうしてそんなに察しが付くんだい　comment sait-tu ?　⇒新朝倉 P.131 右 comment　7°① =pourquoi/ Comment n'ai-je pas enfoncé la porte !「どうしてドアをぶち破らなかったんだろう」// この子は飛行士の身を案じるが、飛行士はそのことを理解しない。それでこの子は返事をしない。

84　　あの作業、始めもうだめかと思ってた、けど、意外だった、うまくやりおおせた　…contre toute espérance, j'avais réussi mon travail !　《…J'avais réussi mon travail !》地の文扱いの感嘆文と読めるので、「驚いて尋ねた」を加筆した。【「始めもうだめかと思ってた、けど、…」について】パイロットの心境を加筆して、修理が神秘的なことを暗示した。// 表面上は飛行機の修理(mes réparations)と読めても、« mon travail » の中身はパイロットの «apprivoisement　かわいい仲間との、そして飛行機仲間との和解» と考える。この前後の文は Métaphore・暗喩的なので、解釈は流動的である。

84　　はるかに上空なんだ…あぶなっかしいんだ　C'est bien plus loin…　C'est bien plus difficile…　それぞれの ce は je rentre chez moi をさしているが、指示内容が明らかとなるように、訳文ではこれを二つに分けた。前の Ce = chez moi;後の ce = je rentre // loin は天空への垂直の距離感とした。本書 P.199「55(56)　地球から少し離れて眺める…」を参照ください。原文にも単語間には余白がつけてあるが、一種の情緒表現と解する。日本語は文字間余白が効果的と考えた。(FOLIO 1999年版には単語間余白がない)

84　　…かわいい仲間が遥かに隔たったところへ、ここからまっすぐ上空へ昇って行く…引き止めようにもなす術もなく…　…qu'il coulait verticalement dans un abîme sans que je pusse rien pour le retenir…　『竹取物語』P.48 岩波文庫1958年「嫗抱きて居たるかぐや姫外に出でぬ。え留むまじければ、…」を髣髴させる。abîme を垂直に沈んでゆく表現とすれば違和感が出て来る。そこで abîme は大きい隔たりの事とし、地上とこの子の星との間の垂直な隔たりを想定する。【abîme について】⇒ P.ROBERT P.4 abîme ◆2. Cour. Par métaph. ABÎME ENTRE…,se dit d'une grande séparation « Ce n'est pas un fossé qui se creuse entre nous, c'est un abîme » //ENTRE は文中にないが、couler verticalement dans un abîme で ENTRE に替わる隔たりの位置関係は示される

と解する。FOLIO 1999から points de suspension とする。【sans que je pusse rien pour le retenir について】⇒新朝倉 P.481　sans Ⅲ. **Sans** que+(ne)+ 接 …① ◆ ne なしで否定語 rien を伴い : /Vous pouvez m'emmener à Catane sans qu'il m'arrive rien.(CASTILLOU)「私をCに連れていらしても何も起りはしません」⇒プチ P.1190 pouvoir Ⓑ❷(不定代名詞を目的語にして)(★多く pouvoir faire の意味)/Je ne peux rien pour toi. 君のためには何もできないよ

84　　あなたが話してくれたひつじが…ひつじが寝る荷造り凾を描いてもらった…ひつじに着ける口覆いを描いてもらった　　J'ai **ton** mouton. Et j'ai **la** caisse **pour** le mouton. Et j'ai **la** muselière…　　「ひつじ」はパイロットが話した言葉で、「凾」と「口覆い」は手描き絵で伝えられる。【ton mouton について】作品中パイロットが所有形容詞を mon mouton から son mouton へと意味を深めて来た手描き絵ですが、ここに来て、かわいい仲間の方から ton mouton と更に意義深いものにする。作品中で言えば、第Ⅱ章 P.12-LL.27-28　Le **mouton** que tu veux est dedans. … P.12-L.31──C'est tout à fait comme ça que je **le** voulais !　のことである。パイロットが口添えしたところにこそ意義があることをこの子は《 ton 》の添付で示す。本書 P.123「12　そう、そう言ってくれたんで…」を参照ください。【avoir について】⇒小学館ロベール P.204右段 avoir ❹ (行為) 2.取得する // 絵の受け渡しに注目し、また絵を暗示するため「…を描いてもらった」を加筆する。【文頭の Et について】文の強調と解する。【la caisse pour le mouton について】原本 P.13-L.4 Tiens ! Il s'est endormi…/ P.14-L.15…,la nuit, ça lui servira de maison. とあるから pour を「寝るための」とする。//「ひつじ」と「バラ」の携え物(口覆い、棘)が象徴を誘う。

85　　笑い声さえ、小さく立てながら…　　　　Mais il rit doucement : このあたりから笑いに「象徴的な意味づけ(apprivoisement ＝つながりができる)」が始まる。最後に P.90− LL.16-17　Alors je suis heureux. Et toutes les étoilles rient doucemement. に結ばれる。この作品は笑いと言う生理現象を、しかし「共感する嬉しさ」の意味に抽象化した。

85　　またもや、背筋がぞくっとなった…　　De nouveau je me sentis glacé par le sentiment de l'irréparable.　　直前の avoir bien plus peur を「ずうっと怖い思いを」やると、自ら進んで蛇に咬まれるようにしたのは《 Mais il rit doucement 》と説明が有るからです。【de nouveau について】⇒新朝倉　P.338 nouveau 4⁰ de nouveau, à nouveau /de nouveau ＝ une fois de plus : à nouveau ＝ d'une manière différente と以前は区別したと言う。de nouveau が文頭に置かれ、副詞句が強調される。⇒新朝倉　P.32　adverbe Ⅴ. 語順 3⁰　動詞を修飾する副詞 ⑤強調的語順 (1)文頭 Bientôt il viendra nous voir.

【De nouveau について】全部で六例中の五例が、不安感情(斜字部分)を伴って集中して出る。

ⅩⅩⅤ.P.80− LL.15−16　*…le petit prince…, __de nouveau__, s'était assis auprès de moi*

ⅩⅩⅤ.P.80-LL.32-34　*Et j'eus le cœur serré en la lui donnant : Tu as des projets que j'ignore…*

ⅩⅩⅤ.P.81-LL.7-8　*Et __de nouveau__, sans comprendre pourquoi, j'éprouvai un chagrin bizarre*

ⅩⅩⅤ.P.81-L.15 　　*Le petit prince rougit encore*

ⅩⅩⅤ.P.81-L.18 　　Le petit prince *rougit* de nouveau

ⅩⅩⅤ.P.81-L.21 　　*Ah ! lui dis-je, j'ai peur…*

ⅩⅩⅥ.P.82-LL.10-11 　*Pourtant le petit prince répliqua* de nouveau

ⅩⅩⅥ.P.82-LL.20-21 　*Je fis halte, le cœur serré, mais je ne comprenais toujours pas*

ⅩⅩⅥ.P.84-LL.21-22 　*Je sentais bien qu'il se passait quelque chose d'extraordinaire*

ⅩⅩⅥ.P.85-L.1 　　*J'aurai bien plus peur ce soir…*

ⅩⅩⅥ.P.85-LL.2-3 　De nouveau *je me sentis glacé par le sentiment de l'irréparable*

　作者が意図したことは、この子の返事を聞いてパイロットの胸中にわき上がる不安の波を、読者へ共振させるためであろうと思います。【se sentir glacé par le sentiment de… について】P.84-LL.3-4《―― Quelle est cette histoire-là！》と関連付けるため「ぞくっとした」を加筆した。ここでは「不安の de nouveau」の効果を出すため、「この言葉に」を加筆する。// 不安・恐怖の心理状態を身体感覚で言い表す日本語⇒類語 P.182（1403 - **おびえる**）震え上がる / 寒気立つ / 背筋が凍る / 血も凍る / 身の毛がよだつ / 総毛立つ / 縮み上がる / 青ざめる…

85　まさに砂漠に湧く命の泉となっていたのです　　C'était pour moi comme une fontaine dans le désert.　　comme の比喩表現を使い「砂漠に湧く命の泉」とし、「救い」の強い表現とした。c'était pour moi une consolation comme une fontaine qui jaillît dans le désert. として考えた。【Comme について】⇒新朝倉 P.126　Comme¹ I.1° ① travailler **comme** un nègre「奴隷のように休みなく働く」/⇒大白水 P.522 comme ◆…のように（決まり文句を作り最上級に近い意を表す）/⇒プチ P.295 comme ❺（近似）まるで Il était comme malade 彼は病人同然だった /⇒ P.ROBERT p.307 comme I.1° ◇Ellipt.（Valeur prépositive）…Comparaison de circonstance. Il fait doux comme au printemps. // この第ⅩⅩⅥ章には、ほかの章に比べて際立って直喩 comparaison としての **comme** が集中して出る。章全体の読書の印象として実在感にぼかしの霧をかける事になる。【C'était pour moi… について】⇒新朝倉　P.257 imparfait de l'indicatif Ⅱ.A.過去時制として　4° 説明・原因　ある行為に伴う状況の描写は、その行為の説明となり、あるいはその原因を表す。【 une fontaine について】dans le désert を生かすため「いずみ」とした。◇この **une fontaine** は第ⅩⅩⅢ章では je marcherais tout doucement vers **une fontaine**…（P.75-LL.10-11）を手描き絵に合わせ「水飲み場」とした。◇第ⅩⅩⅣ章では si je pouvais marcher tout doucement vers **une fontaine**…（ P.75-LL.20-21）は直前と相互関連付けた◇第ⅩⅩⅥ章では …, j'aurai cinq sents millions fontaines（P.89-LL.7-8）は鈴玉とつり合いをとって水瓶とした。/ ここからの翻訳では、パイロットの認識として、le petit prince が星に帰る事が明瞭になったとし、「この子」は「その子」とする。回想場面に戻る第ⅩⅩⅦ章からは、「あの子」

にする。場面で [この子・その子・あの子] と変わった。

85　これはいやな夢でも見てるんじゃないのか…話をしてるんだけど　　　Petit bonhomme, **n'est-ce pas que** c'est un mauvais rêve, cette histoire de serpent et de rendez-vous et d'étoile… ?　　rêve と cette の間に virgule[,] を、文末に [?] を校正する。　[un mauvais rêve] と [cette histoire de serpent et de rendez-vous et d'étoile] は同格とした。⇒新朝倉 P.47 apposition Ⅱ. 休止のある同格辞⇒新朝倉 P.230 et　6º A et B et C 等位要素の強調。// ⇒同書 P.318 n'est-ce pas 2º　文頭では…答えを要求しない。// 文体上、飛行士は返事を求めず、文脈上でもこの子は答えない。両者がこれらの事に沈黙するのは別れの儀式のようである。

85　はじめから目立つように…　　Ce qui est important, ça ne **se voit pas**…　　⇒プチ P.1605　se voir ❺ Ça se voit [会話]⇒新スタ P.1899 se voir 3 La tache ne se voit plus.「染みはもう目立ちません」// 社会に見えるように既存する価値観は大人の生産物。P.208「59 (60) …たった一本の花…」を参照ください。

85　あなたがとある惑星に咲く花を愛おしいと思えてくるたびに、夜、星空を見上げていると、いつでも、うれしい気持ちになって来だす。
Si tu aimes une fleur qui se trouve dans une étoile, c'est doux, la nuit, de regarder le ciel.　　⇒新スタ P.1659 si¹ Ⅱ. 〔事実の提示〕4. 〔時〕…する時は (= quand)、…するたびに (= chaque fois que)　S'il pleuvait, ils restaient à la maison. 雨降りの時は彼らはいつも家から出なかった。〔類似の表現〕P.28-LL.12-15 Si quelqu'un aime une fleur…, ça suffit pour qu'il soit heureux… 本書 P.153「28　…いつも起きることがある」を参照ください。

85　すると、どの星にもみんな花が咲き出してるようになって来だす…
Toutes les étoiles sont fleuries…　　象徴としての「星」、「花」がいたるところにあることを作者はさりげなく言う。Le petit prince の星に花が咲き出たことは、ほかのどんな人にも起きてることを暗示する。本書 P.187「48　この男の人は…」を参照ください。【 中断符 について】1983年版以外は point〈.〉であった。原本では、P.84から会話文末に中断符がつくようになる。言外に有り余る想いがあることを示す。

85　見える箇所を　　C'est trop petit chez moi pour que je te montre **où** se trouve la mienne　　この子はパイロットに自分の星の在りかを示せない。蛇には示すことが出来た。この世の人には非現実世界の星は示せないと解せる。

86　…星を思い浮かべてもらいたい　　Toi, tu **auras des étoiles** comme personne n'en a…　　⇒プチ P.126 avoir¹ ⓒ.❹ (思考・感情) …を心に持つ、抱く J'ai eu une bonne idée./「星」は思考の産物ではないが、人が思い描く「星のあり様」と解した。ここに、第ⅩⅢ章の星所有との相違がある。【 des étoiles について】今までにないやり方の星を思い描く。⇒新朝倉　P.67　article indéfini Ⅱ. 6º ①. (他の種族に対立させる表現法) / IBIDEM P.228 futur simple B. 1º 意思　話者の意思 // この後、Le petit prince からパイロット (および読者) への Tu を使う呼びかけが集中する。Tu を「あなた」とし、読者を含めた別れの挨拶につなげる。

86　窓を開けてごらんよ。すると…笑いが楽しめる　　**comme ça**　　プチ P.295 comme ça (1) (前文の内容から結果を導く) Appelle-moi demain. Comme ca, on

251

sera plus sûr. 明日電話してよ、そうすればより確かでしょう。

86　　笑い声がこぼれた　/　ころがるような笑い声がこぼれた　/　玉鈴をころがす笑い声が溢れ出た　　(L.19) Et il rit encore. / (L.28) Et il rit encore. / (L.31) Et il rit encore.　　第ⅩⅩⅥ章に多く見られる反復句のひとつである。笑い声の訳語の度合いを順次高め、印象を P.89-LL.6-7の「玉鈴 / 水瓶」cinq cents millions de **grelots**〈…〉de **fontaines** へ繋げる。

87　　君と離れたくないよ　　Je ne te **quitterai** pas　　⇒P.ROBERT P.1441 QUITTER（ⅩⅡᵉ；lat.médiév. quitare, de quitus. v. Quitte）Ⅱ.(XVIᵉ) ◆5º cesser de tenir.《 La main de Mlle Alberte quitta la mienne 》v.Lâcher ◇ Par ext.《 Ne quittant pas des yeux l'objet de sa convoitise》(BAUDELAIRE)　/ ⇒ 新朝倉 P.228　futur simple B .（…未来形は話者の主観に従ってさまざまな陰影を帯びる）1º　話者の意志 / この後に同じ言い回しが二度出る。後出の「弱音」と絡んだ感情的言葉遣い（パイロットの弱音）として訳す。また後で手をつなぐ場面が来るので pas quitter は「手を離したくない」とも変化させる。両者の気持ちを身振り表現にした。

87　　先ほどあなたが青白い顔のおいらを目のあたりにした c'est comme ça　　辞書の語義説明からすれば念押しの言い方である。⇒ プチ P.295 comme ça (1) c'est comme ça「そういうものさ / そういうものなんだ」// この説明から逸れて、文脈の中の具体的な内容《 ① 雪のような血の気のない顔　② 消え行くような心臓の鼓動 》を示すとし、「青白い顔のおいら」を加筆する。【 Je te dis ça…c'est à cause aussi du serpent. について】自分が困難な状況に立ち至っても、無条件に人の身の上を気づかうと言う Le Petit Prince の感性がさりげなく示される。これは「こども時代にしかない感性」と言える。競争社会で生きるためには、ある意味非人間化、ある意味、合理化せざるを得ない大人にはとてもできないことである。

87　　ためらいなく、すたすたと、足ばやに歩いていました。そこに…やっと追い着けた quand je **réussis** à le rejoindre, il **marchait** décidé, d'un pas rapide. {Quand 節【瞬間動作】＝ 単純過去形 ＋ 主節【継続動作】＝ 直説法・半過去形} の構文である。⇒新朝倉 P.439　quand¹ I. 2º ① 従属節が突発的な事実を表すならば、文の主要な内容は従属節に移り、quand は et alors に近づく。[比較] 本書　P.237「77…ちょうどその頃…」を参照ください。// ㈱ le Petit Prince から提供された画像データによると、手描き絵のかわいい仲間の身体の軸線が、画面垂直線から , 向かってやや左に傾いている。初版から傾いた姿であったと思われる。不安定感が出て、浮遊感さえ出ているが、作者の意図がどこまで反映しているか不明です。// 1983年版では垂直軸に直されています。というのも、ためらい無く《 il marchait décidé, d'un pas rapide 》を絵にすれば身体軸線は「まっすぐ」と思われるからです。この翻訳も身体の軸線が垂直になるよう画像を5°右に回転しました。

88　　もう一度、どうすればいいのか思いあぐねた　　Mais il se tourmenta **encore** : Tu as eu tort…　　原本 P.86-L.32の Cette nuit…tu sait…ne viens pas.　から見て再びとなる。かわいい仲間にとっても「別れ」は行い難い。架空の存在であるといくら当人が分かっていても、パイロットに、また読者に「別れ」を理解してもらうことは簡単なことではない。

88　あなたは思い違いを…辛い思いをする…　　　　　Tu **as eu tort**. Tu **aurais de la peine**.　　【tu as eu tort について】⇒新朝倉 P.373 passé composé II.A.1º 現在完了 過去の行為の結果としての現在の状態を表す。/ パイロットはこうして、物語の登場人物になったと考える。パイロットは胸の中でこの子が蛇に咬まれて死ぬことを恐れる。だがこの子は蛇に咬まれたいと行動する。この子が言う J'aurai bien plus peur ce soir...(P.85)とは星への無事の帰還を懸念することと解した。両者に avoir peur をめぐって意味の違いがあると考える。「離れたくない」と繰り返し言い出し始めたことに対する、「かわいい仲間」の考えた末の返事である。これは読者に向かってのこの子の声でもあると見る。【tu auras de la peine について】IBIDEM P.229 futur simple B.6º 推測 avoir の単純未来形▲この未来形は devoir ＋不定詞に近い。PEINE につては本書 P.240「80　もう心痛めて…」を参照ください。

88　　　おとぎ話の国に住むおいらが、まるで死んじゃったかのように　J'**aurai l'air d**'être mort...　　　⇒新朝倉 P.229 futur simple B .7.②譲歩 //「おとぎ話の国に住む」と加筆したのは、幼い読者が情緒的になり過ぎる事を防ぐためです。// この辺り、trop lourd ; une vieille écorce... と謎の言葉が多い。

88　　口を固く閉じた　　　Moi je me taisais.　　　説明を聞いて理解しており泣き叫ぶ事を堪えている姿とする。半過去は同時性。⇒新朝倉 P.427　pronom personnel II.3º　主語となる強勢形①無強制形の強調 / *Moi*, je n'y comprends rien.「私にはさっぱりわかりません」//IBIDEM P.256 imparfait de l'indicatif A.2º 同時性 // この言葉を四度繰り返し、やがて、かわいい仲間も口を固く結び（原本 P.89-L.9）、別れ涙に二人は言葉をなくす。// この章では se taire を言葉に出来ぬ了解のしぐさと読む。/ 翻訳 P.59-L.1, 同頁 L.10と連動させる。

88　　説明分かってくださいね　　Tu **comprends**　　　　　⇒新朝倉 P.423 présent de l'indicatif B.II.2º ③命令　命令を表す単未より語調が強い。Je prends le bateau de nuit, tu le prends avec nous.「わたしは夜の船に乗る。君もいっしょに乗るんだ」

88　　脱ぎ捨てられてゆく、抜け殻なんだよ　　　comme *une vieille écorce* abandonnée　　écorce は apprivoiser 同様、作者が独特の意味づけで使う言葉と解する。作品中に ÉCORSE で表象されるものは、第Ⅰ章(P.7)の手描き絵一号、第ⅩⅩⅣ章(P.77)のかわいい仲間の額、目蓋、髪、第ⅩⅩⅥ章(P.88)の当項目、第ⅩⅩⅦ章(P.90)の …je n'ai pas retrouvé **son corps**. などがある（他にも有るかも知れない、この作品の外に、この読書の記憶も、また大人になった読者には子供時分の思い出も抜け殻になる…）。TRACER（姿かたちの縁取り＝外形）は ÉCORCE と CORPS（魂にたいする肉体）と二態に使われる。辞書的意味の範囲を超えている。念のため P.ROBERT から P.536 ÉCORCE ◆3º fig. Enveloppe extérieure, apparence. 《 Une nature de paysan, d'écorce assez rude 》(BARRÈS).//IBIDEM P.356 CORPS I.1º ◇ Cour. L'aspect extérieur du corps humain. Les lignes du corps. // IBIDEM P.1809 **TRACER** 4º vieilli. Représenter au moyen de traits, d'un dessin au trait. V.Dessiner. Ils《 savent tracer...les yeux fermés...une tête de Christ ou le chapeau de l'empereur 》(BAUDEL.)【余白】ミケランジェロ

の「天地創造」の絵には脱いだ人間の皮を手にする人物がある。肉体と魂は古代エジプト文明以来の発想です。

88　　こころやさしくなるんです　　Ce sera **gentil**, tu sais.　　⇒P.ROBERT P.1613 SAVOIR **Ⓑ**2º ◇(En incise ou en tête de phrase, pour souligner une affirmation) « Il est gentil, vous savez »[PROUST].　//　ことの事態は判断しても、別れる状況をなかなか受け入れる気になれないパイロットへのこの子の説得は、これで三回目になる。// 次に出る「こころたのしくなっていくんです」と対句にした。

88　　満天の星となってきらめく玉鈴から…水瓶から…思い起こす…　　Tu auras cinq cents millions de **grelots**, …**fontaines**　　avoir を「想念を持つ」と解する。本書 P.251「86　…星を思い浮かべて…」を参照ください。// 狐にとっての「実った小麦＝かわいい仲間の金髪」と同様の事が二人の間にも起きた。grelots を「夜空の星＝玉鈴(の音)＝笑い声」、fontaines を「夜空の星＝**水瓶**(の水)＝井戸の水」と二つの言葉を慣れ親しみの象徴語にする。//「五億の…」は情景描写に変える。//「おいらを・あなたを」は明示のため加筆。

89　　そして…別れの涙をこぼしていた…　　Et il se tut **aussi**, parce qu'il **pleurait**…　⇒新スタ P.682 et 2. 文脈から生じる意味・[対立]、[結果] など // この後に連続する ET を、文脈から随時、対立あるいは結果とし、別れのつらい涙、さらに「死」を直前に花の安否を気遣うなど、二重三重に動揺定まらないこの子の心情を、随所に入れた ET によって場面のただならぬ起伏の激しい気配を表す。//aussi の暗示するものは、傍らのパイロットが同様に口を結んで涙している姿である。「慣れ親しんだ結果の別れの涙」を「こぼす」ことで、笑いを「こぼす」連想、更には、こどもの腹の底から湧き出てくる「あるがままのもの」を想起させる。

89　　それじゃ、前に出るから…ひとりだけにして　　C'est là. Laisse-moi faire un pas tout seul.　　《 C'est là 》をこの子の、蛇に咬まれることへの積極的意思表示と捉え、《一歩前に出る➡ひとりだけ》にし場面をより鮮明にする。

89　　なのに、その子はその場にしゃがみ込んだ　　Et il s'assit parce qu'il **avait peur**.　　Et は前前項の結果と逆で、対立の意味。【avoir peur について】パイロットとの別れの「つらさ」、花の安否を気遣った「ためらい」などが、一度に胸をかきむしると解した。// 一歩踏みだそうとして、しゃがむ場面。手描き絵の姿勢は砂地に尻を着け仰向きだが、不安の身体表現としてはしゃがみ込むとした。「その場に」を加筆し、臨場感を持たせる。// この後の「立ち上がる」と対比する。

89　　それに第一、あれはものすごく気持ちが傷つきやすいんだよ。まして、あれは自分の気持ちに馬鹿みたいに正直なんだ。あの花、四つの棘を生やしている、そうしているけど、四つの棘が浮き世の小競り合いからあの花の身をちゃんとかばってあげられるかって……四つの棘、あまりにもちゃちすぎるんだよ…　　Et elle est **tellement** faible ! Et elle est **tellement** naïve . Elle **a quatre épines** de rien du tout **pour la protéger** contre le monde…　【Et について】⇒新朝倉 p.203　et 5º Et ＋感嘆文　驚きなどの強調 / 二番目の Et… は参照した原本は平叙文であるので、「結果」の et とした。//《 Et il se tut aussi, parce qu'il pleurait…》から始まる [et] の繰り返しは「主情的に葛藤する気持

254

ち」である。かわいい仲間の行きつ戻りつする心情が映し出されている。「花咲く星に戻りたい，が，パイロットと別れるのもつらい。」「星に咲く花はどうなったんだろう，今はもう，ひょっとして…」// 原本 P.26 の主語 Elles はここにきて単数に切り替えられて一般論ではなく「あの花」となる。【 tellement について】新朝倉 P.525 tellement　2º tellemet ＋形容詞（＝ si）// この子は「棘」を護身用としか考えていない表現となっている。棘にまつわる [護身] なのか [自己抑制] なのかについては、本書 P.148「26 花ってのは…」及び P.196「54　あの花、浮き世の小競り合いから…」を参照ください。【 avoir ＋目的語＋ de rien du tout について】[1]⇒新スタ P.147 avoir II.〔 繋合動詞：目的語と属詞を結びつける〕　[2]⇒新朝倉 p.75　attribut　III.2º 動作の行われる際の性質・状態を現すもの J'aime le café fort「コーヒーは濃いのが好きだ　[3]⇒新朝倉 P.92 avoir III. 連結動詞 1º　avoir ＋定冠詞＋名詞＋形容詞　…この構文は何を所有するかを表すのではなくて、各人が所有する物をどのように所有するかを示す…◆この構文は、原則として主語は人、直・目は体の一部…を表す。▶類推で：Elle a la larme facile.「彼女はなみだもろいんです」// 以上 [1]、[2]、[3] から「四つの棘、あまりにもちゃちすぎる…」を導く。【 pour la protéger … について】⇒新朝倉 P.409 pour II.1º 目的 ❖ 文の主語と不定詞の動作主は同一であるのが原則であるが、異なる場合も少なくない。Ce matin, (…) j'ai un coup de téléphone de Gide pour me demander de venir le voir.(GREEN,Journal)「けさ、会いに来てくれというＧからの電話があった」(inf. の動作主は Gide) // 本項では quatre épines(動作主) ＋ [POUR ＋ la(星に残る / 咲く花を) ＋ protéger] である。以上から「四つの棘が浮世の小競り合いからあの花の身をちゃんとかばってあげられるかって」を導く。【 le monde について 】P.54-LL.29-30《 elle n'a que quatre épines pour se défendre contre le monde.》P.89-LL.15-16《 Elle a quatre épines de rien du tout pour la protéger contre le monde…》この作品からは、「あの花」は寒さでも風でも芋虫でもなく「ひつじ」から身を護りたいと読み取れるので、ここにある《 contre le monde 》はひつじ相当の内容と考えたい。P.28-L.4　《…la guerre des moutons et des fleurs…》などから「浮世の小競り合い」としたが、訳語は唐突で不安定といわざるを得ないので仮訳とする。// ⇒類語「ちゃち」(9505-d-80) 安っぽくおそまつで、見栄えがしない様子。「こんなちゃちな建物で大丈夫かい」【 加筆「ひょっとして」について】原本 p．91《 oui ou non 》の箇所への繋がりを明文化して、再読したときの理解の助けになればと考えた。oui の場合を想起させ、non の場合は省略する。

89　　　そこにいて……そのままでいて　　　Voilà…C'est tout…　　　二人が蹲った状態から、かわいい仲間だけが立ち上がる場面となる。現実から非現実を抜き出す、離脱させる場面である。蹲る二人の間で交わされる言葉で、かわいい仲間ひとりだけ動作を起こす場面で使われる言葉とした。この言葉は九行上の─C'est là. Laisse-moi faire un pas tout seul. と関連する。蛇の咬みつきを用心させた。最後まで見せる、パイロットに対するやさしい気遣いと見る。// この言い回しは別れ、打ち切りの「挨拶言葉」だが、慣用句を場面に密着した具象表現に戻す例はこの作品中に散見する。// パイロットは (読者も)、この別れに至る経緯（・読書）＝『忘れていた少年期の再発見』を踏まえ、現実の大人社会へ戻る人となる。

89　一瞬……黄色にきらめくものが、その子の足首の辺りでぬっと立ち上がると見えた
Il n'y eut rien qu'un éclair jaune …　　限定表現「…黄色くきらめくものだけが
あった」を、瞬間の表現に変える。「ぬっと」で第ⅩⅦ章末尾の蛇の巻き付きを、その地
球到来時を想起させる。この子は自分の星に帰るための儀式をしていた事になる。

89　　砂地からは、物音ひとつ発たなかった……　　Ça ne fit **même pas
de bruit**, à cause du sable...　　原本通り suspension とし FOLIO 1999年他の
point にしない。静寂の時間が流れる。/ 原文は「砂地だから音がしない」であるが、翻
訳では音のない世界を強調して、この子の非現実的存在を無音が象徴したと解釈した。
［参考］P.87-LL.12-13　Il s'était évadé sans bruit.//⇒新朝倉 P.303 même II.3°
/⇒大白水 P.344　bruit　1.（楽音・調和音以外の）音、響き；雑音、騒音 /IBIDEM
bruire［class. rugire(rugir) と lat.pop.bragere(braire) との混交◆(古) 鳴り響
く (retentir)《 Le timbre de la porte retintit.》　◆ざわめく、(かすかな小さい) 音
を立てる《Le vint fait bruire les feuilles.》/ ⇒P.ROBERT PP.199-200 **BRUIT**
(XIIᵉ ; de bruire) ◆ 1. Ce qui, dans ce qui est perçu par l'ouïe, n'est pas
senti comme son musical ; phénomène acoustique dû à la superposition des
vibrations diverses non harmoniques.《 Comme un malade qui, à l'heure où
les bruits de la rue se sont tus, perçoit les battements de son cœur 》

89　【物語末尾の作者の意図について】　　次に提示するとおり、出発するものが立
ち上がり、そこに留まるものが蹲るように、対照的になっている。象徴的な言葉遣いが
ある。作者自身の意図と解釈することができる。《留まるものが蹲る》という表現を具体
化するとパイロット・読者がこの体験(読書)を内面化する象徴にも見える。

　Et il s'assit parce qu'il avait peur.

　Moi je m'assis parce que *je ne pouvais plus me tenir debout*.

　Il dit :——Voilà…C'est tout …

　Il hésita encore un peu, **puis il se releva. il fit un pas**.

　Moi je ne pouvais pas bouger.

　Il demeura un insatant immobile.

　Il ne cria pas. il tomba doucement comme tombe un arbre.

　Ça ne fit même pas de bruit, à cause du sable...

この翻訳簡所はやまと言葉「たつ」の多義性を活用して「たつ」を使う表現をほかにも広げた。
: Moi je ne pouvais pas bouger(**立**っていられなくなった)
: Il n'y eut rien qu'un éclair jaune … (黄色にきらめくものが**起ち上がった**)
: Il ne cria pas (声を**発**てなかった)
: Ça ne fit même pas de bruit, à cause du sable... (砂漠からは物音ひとつ**発たな
かった**)[à cause du sable] を、砂漠は非日常的環境だからと解釈するしかないのだ
ろうか。
: ça fait six ans déjà(もう六年が**経ちました**) などにも意図的に「たつ」を使う。⇒基
礎日本語① 森田　良行　角川書店1978年　PP.276-278　たつ［立つ、建つ、起つ、
発つ］縦の状態、つまり垂直に位置を占めることが基本義。横に寝ていたものが垂直に
なる動作にも、垂直の状態を採ることにも言う。前者は立ち上がる動作、さらに出立、

立ち去る意味に発展し、後者の垂直状態をとることから、さらに上部・先端に位置すること、人目につく状態の意味が生まれ、物事のはっきり現れる意味へと発展する。

XXVII

89　早や六年…あるがままの心で話しても伝わらない……「なんか…疲れのせいですかねえ……」　Je n'ai jamais encore raconté cette histoire. [...] J'étais triste mais je leur disais : **C'est la fatigue…**　【avoir raconté について】⇒新朝倉 P.374 passé composé B.1° ②限定された期間における継続的行為　Toute la nuit, il a plu. Toute la nuit, on a entendu la pluie.「一晩中、雨が降った。一晩中・・・」【J'étais triste および C'est **la fatigue…** について】生還して六年が経つ。「別れの悲しみ」は薄らぐも、あるがままの心で話しても伝わらない現実社会に戻って、この伝わらない事を triste と言えず、la fatigue と誤魔化している。**あるがままの心で話せる仲間を周りの大人の中に見いだせない。**大人の語り手がこの世で背負う悲しみである。[参考] P.86-L.26-27　Et ils(=tes amis) te(=le narrateur) croiront fou. Je(=le petit prince) t'aurai joué un bien vilain tour…パイロット (語り手) が地球に生還した後、まわりの大人たちからは《 le petit prince 》の存在を全く承認してもらえない状況となる事が既に別れの会話の中で示されていた。加筆する。

89　再会してくれた大人の仲間たちは…　Les camarades qui m'ont revu…　飛行機事故前には「大人たち」les gens serieux と括られ、十日後に生還した時はやや親しい表現 Les camarades に変わる。人間を見る気持に変化がある事を極仄かに暗示する。

89　その夜が明けたとき　au lever du jour　この個所を、第Ⅱ章の2番目の節「最初の夜は……砂の大地に身を横たえ眠りに就きました。」P.9-LL.18-19《 Le premier soir je me suis donc endormi sur le sable…》と呼応するように読めば、第Ⅱ章から第ⅩⅩⅥ章までは夢物語りに封印される。SAINT-EX にはそんな意図は無かったろうけれど、今にして、上記のように仮定として読めば、第ⅩⅩⅦ章末尾の、語り手の最後の一言、「…この違いにとても大切なことがある…大人…は誰も…分かろうとも、考えようともしないんだから。」P.90-LL.31-32《 Et aucune grande personne ne comprendra jamais que ça a tellement d'importance !》が何やらもう一つの主題のように浮かび上がる。そして、この主題が第Ⅶ章で提示されていたことを、読書後に気づかされるのである。２８ページなかばに「ひつじがその花をぱくりと口にするんではなんてあきらめだしたら、その誰かさんにしてみれば、いきなり星空全部がまたたきをしなくなるんだよ。それなのに、そんな心配事などたいしたことじゃないと、そんなこと言うの。」とある。

90(91)　【昇天する Le Petit Prince が、le cache-nez d'or を外してる事は迷宮入り。】[参考]P.84-L.5 で「鼻覆い」を外す。//1983年版から Le Petit Prince の手描き絵を見ると、次のことが分かった。[着けてる＝○囲い]、[外してる＝無印]のペー

ジ数で表すと、宇宙空間③、自分の星 15(蝶結び) ㉒, ㉕, ㉚, ㉚, ㉛, ㉜, ㉝, 地球 11, ⑭, ㊺, ㊾, ㊿, ⑭, ㊼, 73(不明), ㊾, ㊽, ㊼, ㊽, 91 である。「鼻覆い」を外し存在をさらけ出すのはパイロットに会う時、一人泣き伏す時、別れる時であった。

91(90) 　　　…結わえる事なんて到底できなかっただろう　　Il n'aura jamais pu l'attacher au mouton.　　⇒新朝倉　P.226 futur antérieur B.2° ①過去の推測
◆予測・推測を表す単未を過去に移したもの(avoir,être に限定しない)《 Il n'est pas là, il aura manqué le train. 》「彼は来ていない。列車に乗り遅れたのだろう。」

91(90) 　　どうだっていうんでしょう…決めつけて考えるのは、何か違うと思うのです　　Alors je me demande :《 Que s'est-il passé sur sa planète ?... 》　　傍観者がするであろう一般論的疑念について、自問自答・自問反発して Alors としたと訳す。⇒プチ P.50 alors 《会話をつなぐ》(4)いらだち。Alos, tu n'es pas encore prête ?//《 je me demande 》も強い不審の感情とした。これにより、「語り手・わたくし」が、口覆いをつけられない事から生じる事態に、注目点をまったく置かない事をいう。以下の《 oui ou non 》展開の下準備と見る。

91(90) 　　『あの子の惑星でいやな事が起きてしまったんでは。あのひつじ、花をぱくりとやってしまったんじゃあるまいか…』　　《 Que s'est-il passé sur sa planète ?　Peut-être bien que le mouton a mangé la fleur... 》
口覆いを着ける事ができない。もし傍観者なら、そのことから考え付きそうなことを直接話法で表した。// que は強い不審の念の対象として「いやな事」と訳した。強い不審の念《 je me　demande 》の内容が示される。// ⇒新朝倉 P.374 passé composé 4° 未来完了 ①未来の行為を完了したものとして表す。// ⇒新朝倉 P.388 peut-être ⑥ peut-être bien = probablement, cela est fort possible.

91(90) 　　わたくしはうれしい気持ちを見出します　　Alors je suis heureux.　　P.34-L.20 花の言葉《 Tâche d'être heureux. 》と関連付ける。

91(90) 　　大切なことが埋もれてあります　　C'est là un bien grand mystère.　　⇒ P.ROBERT P.1133 MYSTÈRE (Mistere, XIIᵉ : lat. mysterium. gr. mustêrion, de mustês « initié » II. ◆2° Ce qui est inconnu, caché (mais qui peut être connu d'une ou de plusieurs personnes)V.Secret//
　ここに来て読者は「この覆われた事柄 un bien grand mystère」と向き合わざるを得なくなる。翻訳上の言語問題以前のことで、内容を如何に捉えるかです。この謎の設定は作者が意図したと考えます。

考察❶　第Ⅶ章(P.28)が頭を過ぎる。ひつじと花とのせめぎ合いを「翻訳上の仮説・本書P.146」で考える。すると、常にひつじは花を口にする。さらに、これを比喩として解釈すれば、この何億年も続く地球世界を、人間の理屈で、言葉で、解釈し尽す事になる。また、口にしないとすれば、この世界を慈しむ目で、眺めることに徹することとなる。

考察❷　第ⅩⅩⅠ章(P.71)から。比喩として、ひつじが花を口にしないこととは、「慣れ親しみの間柄」を沈黙のうちに築くことができたこととなる。

考察❸　第ⅩⅩⅣ章(P.77)から。比喩として、ひつじが花を口にしない事とは、相手の人をかけがえない、そしてはかない存在と認めるからこそ、口には出さず、

心中に想い続け、保ち続けることとなる。

　oui ou non を [相手をはかない存在と認め、心に持ち続ける] のか、あるいは [絵解き言葉にして表現してしまう] のか、そういう心模様と解釈してみました。この後に続く翻訳文では、**un mouton que nous ne connaissons pas** が常に隣にあることを踏まえて作りました。

91(90)　　この広い世間はいつも…　　rien de l'univers n'est semblable si (…) un mouton (…) a, **oui ou non**, mangé une rose.　　【 si 構文について 】⇒新朝倉 P.492 Si¹. I . 2º ③ si+ 複過、直・現 (2) 未来完了の仮定：S'il n'est pas rentré avant minuit, c'est la catastrophe.(ANOUILH)「彼が夜中の12時になるまでに帰ってきていなければ、一大事だ。」【 oui ou non について 】二者択一です。⇒新朝倉 P.352 oui 4º **oui ou non**（文中）　Me laisserez-vous ,oui ou non, sortir ? (COCTEAU,Bacchus,146)「どうなんです。私は出て行かせてもらえるんですか。」【univers について 】敢えて地上の事として訳す。⇒新スタ P.1851 univers 2. 世界中の人々 être connu dans l'univers entier // 本書 P.211「63(64)　 … 以前」を参照ください。

91(90)　　見ず知らずのひつじが　　un mouton que nous ne connaissons pas a〈…〉mangé une rose　　この「不定冠詞」が示す、身元不明のひつじが、どこかの星に咲く花をぱくつくことを、「慣れ親しみの関係を作らないで、知識だけでこの世界をあれこれ解釈する」と考えれば、Apprivoiser が出来ない展開を言うのかと考える。顔が見える親しいもの同士が作り上げた「狭い世間の apprivoisement」が実現してさえあれば、見知らぬもの同士が集まる地球規模が現実にあるのだが、そこでも「慣れ親しみの関係」は拡張し波及すると言うのだろうか。

91(90)　　…ぱくりと口にしてしまうと諦めるのか、(…よく知らない事を繋ぎ合わせて作り事の決めつけを抱いてしまうように)　　…un mouton ... a, **oui ou non**, mangé, une rose...　　oui の内容を敷衍しないと内容が把握し難いので加筆する。

91(90)　　星に咲くバラの花を　　le mouton oui ou non a-t-il mangé la rose ?　　⇒新朝倉 P.374 左 4º 未来完了①未来の行為を完了したものとして表わす。1983年版通りとする。直前の un mouton ; une rose を受けるとする。/ 初版本はじめ多くが la fleur である。//rose と fleur に使い分けがあるのか不明です。【参考】P.72-L.11 Je suis responsable de **ma rose**. ⇔ P.85 - L.20 Toutes les étoiles sont **fleuries**.

91(90)　　誰も、端っから分かろうとも、考えようともしないんだから　　Et aucune grande personne ne **comprendra** jamais que ça a tellement d'importance !　　⇒新朝倉 P.229　futur simple B.5º　憤慨・**抗議** 感嘆文・疑問文で　// 久しぶりに Les grandes personnes が出てくる。**しかもこの作品初めの部分と呼応している。**第1章 P.8-LL.4-5　Elles(les grandes personnes) ont toujours besoin d'explications. IBIDEM LL.13-16　Les grandes personnes ne comprennent jamais rien toutes seuls, et c'est fatigant, pour les enfants, de toujours et toujours leur donner des explications. 作品の始めでは、人が思いのこもった絵を描く。その思いを自分で読み解く⇔自分で読み解こうとはしないという大

人の設定であった。作品末尾ではこの世間という「絵」をどのように読み解くか。単なる知識に過ぎないものを積み重ねてゆく、無責任な方法がもたらす見方⇔そうしたことは無責任な事としてやらない、自分なりの思いを込めて、この世間の中で暮らしを築いてゆくと覚悟を決める方法、この対立関係について、大人は一向に気付こうとしないと解釈する。//comprendre について P.142「24　哀しみを帯びて…」を参照ください。

読者の皆さんへ

　　原本のこの部分は活字が一段小さく印刷されている。物語世界とは違うことを、作者から読者への『添え手紙』であることを示すと見た。しかしこの翻訳では本文と同じ大きさの活字にすることで、子供を含めた読者一般に向けてこの「あとがき」を充分に鑑賞していただくことを願った。

93　　　見れども飽きない、…とめどなく寂しさのこみ上げてくるこの世の風景　　le plus beau et le plus triste paysage du monde　　　[参考]⇒万葉集釋注 十巻　伊藤 博著　集英社1999年 PP.653-656 4453番　秋風の　吹き扱（こ）き敷ける　花の庭　清き月夜に見れど飽かぬかも（大伴 家持）「秋風が吹きしごいて一面に敷いた（萩の）花の庭、このお庭は、清らかな月の光で、見ても見ても見飽きることがない」⇒万葉集釋注 一巻 P.138　（語注）◇**見れど飽かぬかも**　見ても見ても飽きることがない。逆説の「ど」を用いて屈折させ、下に否定形を伴うことで「見る」ことの喜びを強調したもの。この句、賛美の表現として、人麻呂が（ここで）発明したものらしい。// ここで風景の話が出て来て、この絵画舞台に「まぼろしのこどもの出現そして消失」を語る。やがて風景画の中の星のことを取り上げ、読者を幻想へ誘うと解した。風景（画）は長短線二本の砂丘の背と星印だけの水墨画の世界である。この唐突感に作者の意図があると考えてみた。二本線に《 Beau et Triste 》と言葉付けしただけの風景画が読者に渡される。読者はこの何もない絵から、今読み終えたばかりの物語世界へと歩みだす。心には温かい世界が広がって居る。// 　paysage は始め「風景」であったが、途中、Regardez attantivement ce paysage... の辺りから、「風景画」に切り替えた。もちろん、サハラ砂漠の風景を想像して読むほうが普通です。(attendez un peu juste sous l'étoile 辺りから「前頁の風景画」を語るのと同等のことになってゆく。) この翻訳では他の箇所にもあったように、作者の文章作りの技法として PAYSAGE の**多義性**を使うと解した。本書 P.122「12　こんな様に描いた」を参照ください。

93　　皆さんにそれをようく見てもらいたくて　　　pour bien **vous** le montrer　この「あとがき」に使われた vous は複数形である。読書直後の一人一人に、仲間扱いにして呼びかけている。この末尾の方で一箇所だけ Alors soyez **gentils** と形容詞の複数形で示されている。作者は献辞の les enfants で抽象的（非現実世界の子供時代を含めた「子供の世界」をいう）三人称に、一転してこのあとがきの vous で二人称複数に呼びかける。本文中の vous のみ「二人称単数」を考えていると解した。読書中は一対一の対話と作者は考えたからでしょうか。

93　　かわいい仲間が、**現実のこの世に姿を現し**　　　… C'est ici que le petit

prince **a apparu sur terre, puis disparu.** 　作者は le petit prince がこの
世から消えてゆく途中の「風景」と、消えてしまった砂漠だけの「風景画」とを並べて、お
とぎ話の国から来た子を、読了直後の読者に偲ぶようにさせています。読者は le petit
prince が持つ意味を考え始めるように導かれます。本書 P.202「56(57)　☆…この世
に…」を参照ください。

93　それで言うけど、…風景画の中にはいり込んで星★の下にちょっと佇ん
でみてくれ　　Et, s'il vous arrive de passer par **là**, je vous en supplie, ne
vous pressez pas, attendez un peu juste **sous l'étoile !**　　「風景画の内側に
ある星★」とし、物語の世界から現れて来たこどもと読者がこの「風景画の内側」で出
会うという趣向を想像した。⇒ P.ROBERT P.1256 **PAYSAGE**（ 1549《étendue
de pays》◆1° Partie d'un pays que la nature présente à un observateur.◆
2°(1680)　Un *paysage* ;　tableau représentant la nature et où les figures
(d'hommes ou d'animaux) et les constructions (《 fabriques 》)ne sont que
des accessoires.// 風景画にも小惑星B612番と思しき「★」が明記されており、翻訳
の上にも反映させた。92ページには、上下に縁飾り線を入れて「絵である事」を強調し
たが、今回、読書の雑音になると気づき削除した。最初のおろちの絵同様、物語の展開
する場面とは独立している。// 大地、大空、星ひとつが「読書後」を暗号化している。画
像を全体に数センチ下げました。

93　その時は頼んだよ　　Alors soyez **gentils !**　　vous の複数形が、読者
一般をさしている。P.131「18　あなたに小惑星」を参照ください。

93　「かわいい仲間がまた来てくれました……」　　…qu'**il est revenu…**
文脈から、この最後の箇所に、第II章のサハラ砂漠での二日目の場面を想起させている。
原文『「(かわいい仲間がサハラ砂漠に)戻って来た」と私に手紙を送ってください』であ
るが、読了後の人が物語の感激を、直接「作者」に話す話法にした。大人の読者から作者
Antoine de Saint-Exupéry へ出した、「自分の子供時代との apprivoiser」を報告する
現代人の便りとなる。作者は《 il est revenu… 》を作品末尾に置き、この言い方で「か
けがえのないもの」は胸の内なる想い反しの中にあることをも暗示する。// P.237「77
…を熱くふるわすもの」を参照ください。ところで、この世の現実は Le Petit Prince[読
者自身の Le Petit Prince を含めて]の実在を許さない。作者=パイロット=語り手は
もちろん、読者自身もこの**悲しみ**[=人としての在り様を保持すれば、現実の大人基準
の社会では生きて行けない。]を背負って生きる事になる。**物語の中の Le Petit Prince
=かわいい仲間が、この浮世に生きる場所がないように。**【架空の Le Petit Prince が
この世に出現し、やがて姿を隠す。そして「再び現れる」事について】　❶ 現実の大人
社会では「こどもの世界」は無価値なものとして扱われる。 ⇒ P.5-LL.9-10 Toutes
les grandes personnes ont d'abord été des enfants. (Mais peu d'entre elles
s'en souviennent.) ⇒ 覚え書 P.106 「5 (…人達の大半は…)」を参照ください。
　❷「こどもの世界」を再認識した「おとな」にも、現実の大人社会には居場所がない。
P.86-LL.24-27 Et tes amis seront bien étonnés de te voir rire en regardant
le ciel. Alors tu leur diras : 《 Oui, les étoiles, ça me fait toujours rire ! 》

Et ils te croiront fou. Je t'aurai joué un bien vilain tour. ⇒本書 P.257「89　早や六年…」を参照ください。　　　❸「こどもの世界 =Le Petit Prince 的感性」を再発見した「おとな」の胸の内には、美しくも悲しい存在が住まう事になる。　⇒P93-L.1　Ça c'est, pour moi, le plus beau et le plus triste paysage du monde. ⇒　P.146「26　それをやっと…」の後半『銀の匙』部分、P.252「87　先ほどあなたが…」およびP.260「93　見れども飽きない…」を参照ください。

　この作品では、大人とはこどもの感性を脱皮したものとして描写される。しかし、実人生では、申すまでもなく、すべての大人は人としての優しさを内に秘めている。ただ、大人は何かと戦わざるを得ず、無防備には表に出さなくなったということなのであろう。

　Le Petit Prince 的感性を思い起こすと、人の在り様としてうるわしいこども時代があった事を思い起こすと、人の世に時空を超える美しい存在がある事に、思いを深める。

『かわいい仲間』に潜む 謎賭け と 謎解き の代表的な例

手描き絵一号(一重下線)　⇒⇒⇒　手描き絵二号(二重下線)

①かわいい仲間が突然、怒りだすのは⇒「慣れ親しみ」を排斥する所有方式に対して
　　　第Ⅶ章 P.150「27　何もかもを一緒くたに…」
　　　　　　　　　⇒⇒ 第ⅩⅢ章 P.186「47　【C'est utile…】

②かわいい仲間が突然、へそを曲げるのは⇒パイロットに「地球のおとな」を考えさせるため
　　　第Ⅴ章 P.139「21　背丈の小さいところから…」
　　　　　　　　　⇒⇒ 第Ⅴ章 P.139「21　それはこういう事でした」

③かわいい仲間が突然、泣き出すのは⇒自分の惑星に置き去りにした花の身の上を偲んで
　　　第Ⅶ章 P.155「29 人の哀しみの在り処」
　　　　　　　　　⇒⇒ 第ⅩⅤ章 P.196「54　この事だった」
　　　　　　　　　⇒⇒ 第ⅩⅩⅠ章 P.228「72　…時を度外視してやったときが…」
　　　　　　　　　⇒⇒ 第ⅩⅩⅠ章 P.228「72　君が慣れ親しい間柄を…」
　　　　　　　　　⇒⇒ 第ⅩⅩⅥ章 P.254「89　それに第一…」

⑤かわいい仲間が点灯夫に好感を持つのは⇒星に花を咲かす；心の籠る行為に対して
　　　第ⅩⅣ章 P.192「51　あのおじさんだったらいい…」
　　　　　　　　　⇒⇒ 第ⅩⅣ章 P.187「47 この男の人は」

⑥点灯夫が星に花を咲かす行為は⇒⇒星空に「見えざるもの」を象徴する。
　　　第ⅩⅣ章 P.187「47 この男の人は」
　　　　　　　　　⇒⇒ 第ⅩⅩⅣ章 P.236「77　壊れやすい、…」
　　　　　　　　　⇒⇒ あとがき P.261「93「かわいい仲間がまた来て…」」

⑦星に置き去りにした花にかわいい仲間は落胆する⇒その後、花の貴重な価値に気づく
　　　第ⅩⅩ章 P.212「65　どこにもないたったひとつきりの花…」
　　　　　　　　　⇒⇒ 第ⅩⅩⅠ章 P.226「71　…だんまりにだって」
　　　　　　　　　⇒⇒ 第ⅩⅩⅠ章 P.228「72　…時を度外視してやったときが…」

作品の順序 （ローマ数字） と 展開の相関 （矢印） から見えて来る 読書の渦 [概略]

Ⅰ パイロット6歳 《大人の世界》が《こどもの世界》を支配する構造を経験する。
Ⅱ 6年前 パイロットとかわいい仲間（一年前から星の旅）がサハラ砂漠で出会う。
Ⅲ パイロット（おとな）とかわいい仲間（こども）との会話がまだ成り立たない。
　　　パイロットが非現実世界に引き込まれる。　　　章末尾にかわいい仲間の望郷の念

Ⅳ パイロットがこの物語を執筆した動機（親友の様子を
　　書き残す）を語る。
Ⅴ 惑星に生えて来るバオバブの樹（実は大人の凶暴性）の危険性を
　　地球の子供たちに注意喚起する。
Ⅵ かわいい仲間の星での暮らしぶりに、この空想世界に、素顔の
　　語り手の望郷の念が突然顔を出し読者を驚かす。
Ⅶ かわいい仲間が赤ら顔男（独り占め男）に反発する。
　かわいい仲間に共感したパイロットは、辻褄の合わぬ約束もする。
　　　かわいい仲間が花への熱い思いを告白する。
Ⅷ かわいい仲間が自分の惑星に咲く花に抱く愛惜の感情を述懐する。

Ⅸ かわいい仲間が自分の惑星を旅立つ。
Ⅹ～ⅩⅤ 大人を戯画する
（ⅩⅢ）独り占め男が言う「まともなこと」に反発する
（ⅩⅤ）地理学者との対話から命ある者のはかなさに初めて気付き
　　　花を放置した事に後悔する
ⅩⅥ～ⅩⅨ （ⅩⅥ）宇宙に浮かぶ地球の大きさ
（ⅩⅦ）蛇との会話からかわいい仲間が星への戻り方を予感する
ⅩⅩ 地球の庭に咲く無数のバラの花を見てから、この子は自分の
　　惑星に咲くバラに落胆する。

ⅩⅪ 狐との対話から「慣れ親しむ＝心のつながりが出て来る」
　　事を学ぶ。惑星に咲くバラのかけがえのなさを気づく。
　　　P.71「心に懸けているから… 君に…解ってくる」

ⅩⅫ～ⅩⅩⅢ 時間に追われる大人の世界を垣間見る
ⅩⅩⅣ パイロットは、花との付き合いを引き受けたこの子の内面に胸を震わす。
　　　P.77「美しく引き立てているもの…見て分かることではない」
ⅩⅩⅤ この子はパイロットに別れを打ち明ける。
　　　P.80「傍目から見てる…見つからない」
ⅩⅩⅥ この子はパイロットに別れの、こころ準備を促す。
　　　この子は星に帰る。
ⅩⅩⅦ 生還6年後にパイロットが語る。
（傍観者的な目か、当事者になった目か、どちらの見方をするかで世界は違って見える）

264

この物語には時間の多重性があります。

次のように区分けした時間の流れがあると考えます。
　①(第Ⅰ章)語り手六歳の実在の時間 (④の読者への呼びかけも混じる)
　②(第Ⅷ章～第ⅩⅩⅢ章)かわいい仲間が旅する架空の時間 (7年以前から6年前までの話)
　③語り手とかわいい仲間が過ごす「実在と考えられた」時間 (6年前の十一日間) ただし、
　　(第Ⅱ，Ⅲ，Ⅴ，Ⅵ，Ⅶ章)では語り手とパイロットとが同一体と考えられる状態。
　　(第ⅩⅩⅣ章～第ⅩⅩⅥ章)では、パイロットが物語の人物と化し、語り手は隠れます。
　　le petit prince とパイロットとの apprivoisement の為と考える。
　④(第Ⅳ、ⅩⅥ、ⅩⅦ前段、第ⅩⅩⅦ章)語り手の生還後 / この物語を読書する実在の
　　時間が流れる / 読者への呼びかけ…この④が作品の随所から、「作者の声」を語り手が代
　　弁して読書中の者に届ける。

献辞　④大人を含めた読者へ向けて、「子供時分」への誘いかけ

語り手が六歳のときの回想、そして大人になるまでの暮らしぶり〚出会う前〛
　　　　　Ⅰ.①/④パイロットの回想と語り手から読者への話しかけ

語り手がかわいい仲間と出会う〚不時着1日目～5日目〛
　　Ⅱ.③かわいい仲間と出会う　Ⅲ.③/④この子どこから・読者へ　Ⅳ.④天文・大人・作品の目的
　　Ⅴ.③/④バオバブ・地球の危機　Ⅵ.④/③日没の慰め・フランス　Ⅶ.③花と羊の争の秘密

出会う前の時間系に遡る⇒旅の様子⇒出会った時間係まで戻る〚6日目～7日目〛
　　Ⅷ.②/③花はどこから・花への想いを告白　Ⅸ.④/②憶測・無自覚の愛・星からの脱出
　　Ⅹ.②王との対話　　　　　　ⅩⅠ.②うぬぼれ屋との対話　ⅩⅡ.②酒飲みとの対話
　　ⅩⅢ.②独り占め男との対話　ⅩⅣ.②点灯夫との対話　　ⅩⅤ.②地理学者との対話
　　ⅩⅥ.④街路灯点灯夫のダンス　ⅩⅦ.④地球規模//②かわいい仲間の地球出現・蛇との対話
　　ⅩⅧ.②砂漠の花との対話　　ⅩⅨ.②木霊とのやり取り　　ⅩⅩ.②バラ園での落胆
　　ⅩⅩⅠ.②狐との対話/花の再発見　ⅩⅩⅡ.②転轍手との対話　ⅩⅩⅢ.②・③薬売りとの対話
　　【架空時間②の動きを見ると、②は第Ⅷ章で③の中に侵入し第ⅩⅩⅣ章で③の中に埋没する。】

語り手がかわいい仲間の帰国を見送る〚8日目～10日目〛読者への呼びかけが消える
　　ⅩⅩⅣ.③思い遣って気付く、存在とはかなさ(井戸へと歩む)
　　ⅩⅩⅤ.③心で探す事について対話・別れの予感
　　ⅩⅩⅥ.③現実と非現実との分離の儀式・別れ

語り手が読者に呼びかける〚11日目の説明・その後の6年間〛
　　ⅩⅩⅦ.④外的価値観との対比から内的価値観の発見を大人に呼びかける

読者の皆さんへ
④読者へ「あなたのかわいい仲間」との遭遇を呼びかける

〚「語り手」は、かわいい仲間と出会って6年後に物語り作成〛

> この物語は「語り手の多重性」によっても作品を多彩な魅力ある構造にする。

◇　六歳当時を回想する者として語り手は登場するが、六歳当時の子供の語り口も直接入り、また読者へ直接語りかける作者風の顔もみせる。＝Ⅰ

◇　語り手は飛行士へと成り「かわいい仲間」と出会う。会話が成立しないという緊迫した姿で物語は開始するが、傍目で見ていた飛行士がやがてかわいい仲間へ深い関心を持つようになった段階で、星巡りの旅の「語り手」へと様変わり、語り部に徹する。作品の終盤にきて飛行士は再びかわいい仲間と会話を始めるけれど、もはや物語世界の中の人で、かわいい仲間と親しく行を共にする登場人物に成っている。作品のところどころでは、作者の顔も露わにして読者を現実世界に引き戻したりしながら。＝Ⅱ、Ⅲ…Ⅴ、Ⅵ、Ⅶ・・・ⅩⅩⅣ、ⅩⅩⅤ、ⅩⅩⅥ

◇　星巡り旅の部分は語り手の露出はなく、かわいい仲間が登場人物と会話を重ね［目覚めた人］に育つ様子が描かれる。＝ⅧとⅨは冒頭に語り手が素顔を出す、Ⅹ、Ⅺ、Ⅻ、ⅩⅢ、ⅩⅣ、ⅩⅤ、ⅩⅦ後部、ⅩⅧ、ⅩⅨ、ⅩⅩ、ⅩⅩⅠ、ⅩⅩⅡ、ⅩⅩⅢ

◇　生還後に、語り手の仮面を外した作者は、読者に、直に、語り掛ける。＝Ⅳ、ⅩⅥ、ⅩⅦ前部、ⅩⅩⅦ

あとがき①　―翻訳作業について―

　原作者サンテグジュペリの創作意図を想定しての訳語・訳の文脈を考えるという一連の作業を記録しました。翻訳が日本語の文脈にある意図を吹き込む作業とすれば、翻訳者の想定には偏りがありますので、この翻訳者の偏った意図を日本語文章に掘り起こすことをしたことになります。そこで翻訳覚え書を作り、訳語決定の根拠とした「原作者の創作意図、表現意図と想定したもの、翻訳者の解釈」を意識的に明文化して、多くの批判の中で原本に対する翻訳文のずれを発見・修正できるように、その検討結果の妥当性が一般化する資料となるように、また後日の翻訳見直しに備えて、訳文の適否判断の材料を残そうと考えました。

　フランス語を考えるとき常に利用したのが『新フランス文法事典』です。フランス語の表情を把握するのに活用しました。わたくしなどはこの本があって初めて翻訳してみようかという勇気を持つことができました。フランス語を日本語に翻訳する作業には多くの仏和辞書を利用したことは申すまでもありません。また『petit ROBERT』では語義の解説の歯切れよさを楽しみ、意味深い価値あるある内容の用例に出会うと作業に熟んだ頭を励まされたものです。

この翻訳作業は原作の文学世界を日本語文脈で考案し直す過程です。作品の意図・外国語の表現法を分析し日本語表現に構築する翻訳の現場は両言語と正面から向き合います。すると、言葉には人間臭い偏見と曖昧さが伴うのに、人の思いの微妙な差異を新しい文脈の表情で作れる事は驚きです。言葉は過去に蓄積した意味を担いながら、新しい文脈に植え直されると、新しい芽を出すのでしょうか。異なる言語間で翻訳を成り立たせるのは「ことば」に触発された人の思いを紆余曲折してひとつの筋道を持つ文章に再結晶させる情熱そのものの中にあるのかななどと想念します。自然の流れを作り出すための訳文見直の作業は裏を流れる作品意図を手探りで想定する四苦八苦の連続で、翻訳の山場ですが、両言語が文脈を巡って摩擦しながらもやがてひとつの文章に整って来ますと、果てしなきようにも見えた労苦は一気に苦労話に変わります。

　翻訳者の日本語の世界は限られたものです。日本語辞書・日本語類語辞書・漢和辞書・古語辞書・語源辞書・特殊事典などに日本語探索は広がります。言葉を捜すと、言葉を操り人形のように動かして表情を変える演技にも似た感があります。日本語の表情を出す翻訳作業に私に欠かせなかったのは『類語大辞典』と『日本語大シソーラス』です。日本語の豊かな表情に出会うと、人の知恵の滲み込んだ言葉は文化財だから新しい文脈で新芽を出すのかと感じたりしました。

　翻訳も仕上がりに近づくとあちこちに不具合が目に付くようになります。翻訳の初めには作品の筋模様が見えていないものなので翻訳文相互に関連性を与える余裕もなかったのですが、原作者の創作意図、表現意図を憶測しながら手探りで原稿を手直しし出すと、あきれ返るほど次々と修正が出てきます。これは作品に意図を吹き込む重要な作業です。こういう原稿見直し作業は翻訳書に流れを生み活力を付ける意味で意図的に何度もする必要があると思います。

　私は何度も原作を読み直し、翻訳原稿の作り直しを重ねていると作品理解に「深さの度合い」がある事も実感してきました。翻訳は究極の読書なのでしょう。これは言わずもがなで、自然と分かってくる事ですが。

　翻訳取り掛かりの段階では翻訳者自身が仏和辞書になりきっているものです。フランス語から日本語へ半ば機械的に置き換えているものです。第一原稿はそういうわけで、そういう無自覚で行った翻訳に気付く事も出来ず、翻訳した文がどんな顔つきをしているのか思いを致すこともなく、そっぽを向いた訳語をただただ貼り付けるだけのことで、まことに硬直した訳文を作っておりました。この最初の原稿を前にして、もう少し読むに耐えられるまでの「生きている文章」にしたいものだと痛感しました。何度か改稿する過程で、その有効性に気付き自然の成り行きのまま翻訳作業の方法として自然発生的に固めたものに次のようなやり方がありました。参考になればと列挙してみます。

・『新フランス文法事典』を徹底して参照し、原文の表情を細かく捉えようとしました。
　なかでも動詞の法(直説法に対する接続法、条件法が帯びる奥行きのある意味合い)と時制(時間・行為の前後関係のほかに心理的表現がある。日本語訳では副詞の加筆で意味を補充した。また単純形に対する複合形がつくる「時の豊かな表情」を翻訳に反映

させようとした。)、冠詞の意味合い(動詞・文脈から名詞へ限定してくる意味の模様)、代名詞の表情(元の文脈の影響で特殊化されている名詞の表情を、代名詞が中身に引き継ぐ)、所有形容詞の含み持つ文脈的な機能、抽象名詞が文脈に染められた姿などを気にしました。

・フランス文の主語、述語動詞、目的語などが備える許容範囲は、日本文のそれぞれと比較すると、極端に幅広いのです。そのため日本語訳に際して、この許容範囲の格段の相違というものを念頭に置いておく必要があります。例えばフランス文の主語(人は勿論ですが、物であったり、事であったり・・・実は「人間が考えること」の全てが主語になるのです。)には抽象名詞がしばしば用いられますが、日本文では主語は「人」であることを通常とするため、翻訳調を避けるひと工夫が要ります。またフランス文述語動詞が採れる目的語の概念にも具象物体から、抽象概念から、更には文節始め文法機能からと制限がなく、日本語動詞よりその守備範囲が遥かに幅広いのです。このため、フランス文の主語、動詞、その目的語の組合せが作りあげる意味内容は、その組み合わせ毎に、とりわけ同じ動詞が使われても、文ごとに意味合いが新しい顔を持つと言いたいほど多様です。ですからこれの日本語訳動詞を作る時、この新しい動詞の表情を文脈から導くことになります。

・フランス語の文脈を仕込桶に喩えるならば、そこで醸された「原作特有の風味が付いたフランス語の語義」を摑もう、日本語の文脈の中で、「その風味」を生きた表情に浮かび上がらせようとしました。もっとも、言うは易く行うは難しです。翻訳者が身に着けている訳語の語感には癖がついています。そのことを客観的に意識して自身の訳語感をつねに矯正する勇気が必要です。読み筋の感情の流れ具合を意図的に探って読み感覚にざらついた箇所は原文を幾度も読み直し、日本語文を幾とおりにも試行しました。また原文の語句の出る順は、行為の展開順ならば重視しました。そのほか原語の使われ方に特徴を見つけだし、それを日本語訳にも、原作者の意図として反映させるよう考え、訳語を探しました。

・原作に籠められた創作意図・表現意図を意図的に想定し訳文に表情を作った。

・私の場合『類語大辞典』、『日本語大シソーラス』を徹底して調べ、現代日本語文として生きた表情を見せるよう、内容を考察し、言葉を探し求めました。

・『翻訳覚え書』を記録すると翻訳者の独り善がりを抑制するに効果があります。

・翻訳文を音読すると無意識に書き言葉に偏していた言い回しを修正できます。

・翻訳原稿本をつくり、人にその読書感想を語ってもらう事も参考となります。

・時を置いて翻訳原稿本を新しい感覚で見直せばよりよい文章が見つかります。

　日本語文の案を何度考えても訳文が鮮明にならない箇所はあるものです。後日に読み返して読み筋の霧が晴れることもありますが、きちんと解けない箇所はまだ残ります。仮に読み解けたと思えても後日の読み直しで改めて疑問となる事もあります。さらには自分の思い違いに気付くことができず疑念をさえ持ち得ない箇所もある事でしょう。少なくも疑念が残る箇所は、覚え書にその旨明記し後日の検討に委ねました。**翻訳出版書は原書の作品価値をよりよく保つため後年に改訂することになります。原作品に与えられている公共性です。**

◎外国語の文芸作品のなかで、現在使われている日本語できちんと鑑賞したいという思いを募らせる作品があります。これがわたくしの翻訳への動機です。

◎今回のように出版まで考えて翻訳に取り掛かるとき、意識的に自らに課したことは『蘭學事始』（杉田 玄白著・岩波文庫：1965年）、『前野蘭化』（岩崎 克己著・平凡社・東洋文庫：1995年）を念頭に置くことでした。外国語に初めて立ち向かう無茶苦茶で鮮烈な緊張感を意識的に作り持っていたかったからです。

◎いく度も改稿をした今でも、読み込みに筋違い、思い違いがあるのではと惑います。翻訳手直しに終りはありません。ならば出版を止せばとおっしゃるかもしれません。もっともです。が、翻訳を志すフランス語初学者にほんの微小なりと益するのではという希望も捨てる事ができず世に送り出す次第です。

　直す箇所は尽きませんが、ひと区切りつけて改訂版を出すことにしました。

　　具合のよくない点を、ご指摘いただければ、大変ありがたく存じます。

◎原書および『 かわいい仲間 』との併読を想定した編集となっております。

　　　フランス語から日本語へ、文芸作品の翻訳に興味を
　　　お持ちの方に利用していただければと願っております。

あとがき②　―作者、鑑賞、日本語とフランス語、などについて―

【原作者の著作など】アントワーヌ・ドゥ・サンテグジュペリ（Antoine de Saint-Exupéry）　1900年6月フランス・リヨン市生まれ。1944年7月操縦する飛行機の墜落（撃墜されたらしい）で死す。20代はサハラ砂漠の定期郵便飛行路の開拓に従事し、その後アルゼンチンで航空会社の現地支配人を務める。20代半ばから作家活動を始め小説『南方郵便機』を刊行する。30代は『夜間飛行』の刊行、モスクワへ取材旅行、スペイン市民戦争の取材などに携る。この間に飛行記録に幾度か挑戦するが不時着で重傷を負う。1935年、リビヤ砂漠に不時着するも奇跡的に生還、この数年後には本作品《 Le Petit Prince 》の構想を始めたと、アメリカに亡命中の作者を親しく知る、この時期の関係者が語る。『人間の大地』を発表。1940年12月から2年4か月余りアメリカに滞在するが、なお第二次大戦と深く関わり続け、『戦う操縦士』、『ある人質への手紙』を刊行して行く。戦線復帰のためアルジェに出発するというあわただしい中で1943年4月には、《 Le Petit Prince 》の英語版・仏語版をニューヨークで刊行する。死後1948年『城砦』が世に出る。

【この作品の普及・鑑賞について】　Le Petit Prince は子供と大人の対話を通して、人が子供であった時の、大人が脱ぎ捨てるように忘れ去った幼年期の世界観を再発見する物語です。最初、英語翻訳版がすぐにフランス語版が亡命先ニューヨークで出版され、やがて1946年には作者の祖国フランスで出版されました。幾たびか版を重ね、今日までに世界140の言語に翻訳紹介され、広く世界中で読まれています。これほど世界的に

普及していることは驚きです。

　日本では内藤　濯氏の翻訳で『星の王子さま』と題名され、1953年岩波書店から出版されました。日本語訳ではこの翻訳書がとても親しまれ、広く普及しました。その後、2005年から2007年にかけては多くの方々の新訳が続きました。そして現在までに18種以上も日本語翻訳本が出版されています。それぞれの翻訳は哲学的内容を詩情ある表現で展開されており、わたくしもそうですが、大人になってから読者になられた方も結構居ると思います。初出版から70年余、根強く読み継がれています。

　この作品の翻訳本は10代前半向け図書に扱われ人気があります。また原書はフランス語の初級教材用の読本としても日本では利用されています。それでは、一読して鑑賞出来る作品かといえば、実は一読しただけではよく分からないように作られている作品といわざるを得ません。原文にも翻訳にも特別にものすごく難しい内容や文構造があるという、そういう種類の難しさではないのにです。むしろ文章は簡潔で言い回しも明瞭であり、言葉の意味を取るだけなら苦労したり迷う箇所はそれ程多くはないでしょう。(言い過ぎでした。この原作の特色である簡潔な文体、そこから醸し出される文学世界があることを指摘したうえで、申し上げるべきでした。だだ、原作の文体論に深入りできませんので、これで止めます。) 文面の面白さは初読から掴めるのに、ところが読書してるその最中から貴重な意味合いがありそうできちんとは解けずに残る、そういう思いが出るのです。作品の深い部分を垣間見たがそれを掴んだ鑑賞が出来ずに、最初の読書は終わるのではないでしょうか。

　三度、五度読み返したあとで、深い内容に考えが及ぶのではないのでしょうか。

　いま、原文の文章は簡潔で、言い回しも明瞭だと申しましたが、実は簡潔過ぎて、明瞭過ぎる点がこの作品を難解にしてる所です。作者は背景説明を徹底して削る、あえて言えば、行間にこそ多くの「説明」を埋め込んでいます。そのうえ、この作品は大人の持つ価値観を批判し、茶化しています。大人の常識をひっくり返し、排除した後に人間が根源的に持っている価値基準を読者に再発見させようとする作品です。これまで人類が築いてきた「大人社会の価値基準」を謂わば逆さ吊りして問い直させます。読者自身が自分の子供時代の感性の価値を再発見するように、その再発見は促しても、その中身の直接言及を避けています。読者は自分の感性が「大人的に」硬化していることに気づかされ、内心に軽い摩擦を起こしながら、同時に人間の根源的な価値観を改めて自問しながら、読者ひとりひとりの力で、行間に潜むものを掴み取る読書法を促されています。伝えたい大切な事を沈黙の表現法で、読者ひとりひとりの心に訴えることでしか伝えられないのです。

　人は子供の世界を脱却して大人になろうと頑張ります。大人社会の常識を生きる技術として身にまといます。人は社会に築かれている価値基準から物事を判定するよう促され続け、大人社会にあるはずと考えられている「客観的価値基準」に照らして答えを作り出そうとします。しかしその基準に合わせて自らに出した答であってもそこにその人の幸せが有るとは限らない。サンテグジュペリはその点を取り上げます。嘗て子供であった大人に、もう忘れ去った子供の思考世界を垣間見させます。この内面的な新しい視点を、生身の人間を回復するのに必要なものとして普遍化し、人生の新しい価値として提示しています。

念のために申し添えれば、「この新しい価値観」は大人社会、言い換えれば既成観念や既成価値観で言語化された大人基準が不滅の社会にあって、「実在」する事は全く不可能です。ただ「再発見を自身の問題としてやり遂げて行くこと」としてのみ意味があります。

【日本語に翻訳する事について】　外国語の文芸作品を日本語で読んでみたいと強く願うと翻訳と向き合うことになります。翻訳は原作品を日本語文に作り変える作業なのですが、この元があってそれを別の形で「再現」するという辺りに実に趣き深いものを私は覚えます。劇台本があって舞台で演じる役者・演出家がいる、あるいは楽譜があってそれを演奏する楽団員・指揮者がいる、この筆法を借りて外国語の小説があってそれを日本語に翻訳する翻訳者・編集者がいると並べれば翻訳が「表現行為」にも見えてきて、なにやら楽しさがありそうですね。さて、実際の所、文芸作品は「翻訳されること＝再現」をまったく前提とせずに作られたものです。翻訳は両言語の間の大海を勝手に冒険的に航海する作業です、ですから翻訳者の情熱、両言語の特性など不確定要素が纏い付き、同一翻訳者でも時を隔てれば結果は違うのです。翻訳に「完璧な再現作品」などないのです。そこにあるのは「(翻訳家が精魂傾けた)言語表現」そのものです。私は翻訳原稿を見直すごとに作品をより深く把握できて来る事などが面白くて改稿を重ねました。この辺りが何やら演技や演奏の「稽古」に通ずる〔翻訳というもの〕、更に言えば〔翻訳原稿を改稿する過程〕が持つ、完成を目指しながらもどこかに工夫の余地が残ってしまう、なかなか完璧なものには到達し得ない面白さと独り合点した次第です。面白発見1号としておきます。

　面白いことにフランス語の interpréter という動詞が昔は上記の演劇、演奏、翻訳の三形態を一語で表示しておりました。お手元の仏和辞書をご覧頂ければこんな風に出てくるでしょう。因みに大修館書店の新スタンダード仏和辞典 interpréter の項は1.（テキスト・法規などを）解釈する　2.（行為・発言などを）解釈する、説明する；(夢などを)判断する　3. 前兆を判断する　4.【楽】演奏する；【劇、映】(役を)演じる　5.〔古語〕翻訳する　　と出てきます。詳しく見ると「演奏する」と「演じる」は記号や言葉に人の解釈の手が加えられ、人々の五感に届かせるべく楽器なり声・しぐさを使い変換されます。「翻訳する」は「再現」を前提とはしない外国語作品を自国語として生きた言語作品に作り直す点、解釈はするのですが言語表現を、違う構造の言語表現に作り直す点で、前二つとは様子が異なります。(なお「翻訳する」の現代フランス語は traduire が使われます。小学館ロベールで、両者の語源を見ると語感の相違がつかめます。〈interpréter ラテン語 interpretārī 二者間に立って働く〉〈traduire ラテン語 trādūcere 向こうへ導く〉とあります。)ここでお話ししたいのはフランス語と今私たちが使っている日本語の語彙の特性のことです。日本語の語彙は特定の場面ごとに定着したことばが割り振られているということです(上の例ですと interpréter は3ないし4語の特定した語義に区分けできました)。フランス語はそれと対照的に場面の変わるのに応じてその言葉を類推、飛躍させた内容に変身させるということです(上の例ですと interpréter は使われる文脈からの意味付けで〔解釈し〕〔演奏し〕〔演技する〕などの顔を持つというわけです)。今私たちが使っている日本語の言葉に備わった場面毎の細やかな使い分け、どこか生真面目な表情を言葉に漂わせているのに対して、フランス語の言葉は連想を許す緩

やかな括りで文脈の中から言葉の表情が生き生き決まってくる事を面白発見二号とします。ではこの事を別の角度から用例を使って考えて見ましょう。ここでは三つのフランス語単語を取り上げて日本語翻訳から見た日本語とフランス語の単語の特質を考えようと思います。

その1《Apprivoiser》

　作者はApprivoiserと言う言葉を第ⅩⅩⅠ章に集中的に使います。実に17例中16例がこの章に出ます。このapprivoiserは始め仏語動詞本来の用法（野生に生きてきた動物を人間が飼い馴らす）で顔を出しますが、すぐにこの作品の中でしか通用しない「相互に心のつながりが出て来る」という意味合いで使われます。最初は野生動物の狐と「かわいい仲間」との関係で使われます。やがて星に残してきた花と「かわいい仲間」の関係で使われ、「かわいい仲間」とパイロットの関係で使われます。ところが、日本語には個別詳細に表現しようとする繊細微妙な言葉使い上の特性がありこれを仮に場面に合わせて訳語を作れば、「野生動物を飼い馴らす」、「時間をかけて慣れ親しい間柄を育てる」、「相手の事をいつも気にかけている」などとなります。個別に訳せば、apprivoiserに込めた作者の意図（相互に心のつながりが出て来ると物の見方もそれまでとどれ程違って見えて来る事か）は作品の中に一本の水脈を形成しません。そこで翻訳は「慣れ親しい間柄を作る」に統一し、読書の中で一筋の認識が流れるようにしました。

その2《chercher》

　日本語文末尾のページ数は翻訳書(原書)のそれです。用例を出る順に並べてみます。フランス語・日本語の下線部分のことばを見比べてください。

① Et le petit prince, tout confus, <u>ayant été chercher</u> un arrosoir d'eau fraîche, avait servi la fleur.
　如雨露に新しく水を<u>汲んで来る</u>と、この花にかけてあげました。 (P.30)

② Il commença donc par les visiter pour y <u>chercher</u> une occupation et pour s'instruire. こころ満たす、何かうれしい気持ち…と<u>行き会いたい</u> (P.35)

③ Tu n'es pas d'ici, dit le renard, que <u>cherches</u>-tu?
　── Je <u>cherche</u> les hommes, dit le petit prince.
　「君はこのあたりの人じゃないね。」　狐がそう探りを入れた。「何を<u>嗅ぎ回っている</u>…」「人間を<u>探してる</u>。」そう言い終わって、(P.65)
　《この前後の文でchercherを使う文とapprivoiserを使う文とが交互に顔を出し、「探すこと」が「慣れ親しむ」への予兆であることを演出します。》

④ Et je commpris ce qu'il avait <u>cherché</u>!
　あっ、…これだ…この子が思いて描いてたことって。 (P.78)

⑤ Mais les yeux sont aveugles. Il faut <u>chercher</u> avec le cœur.
　胸の内で<u>しょっちゅう思いを巡らせて</u>いないとね。 (P.80)

　この少し前の文ではchercherを使う文とtrouverを使う文とが交互に顔を出し、目で探しても見つからないものがある、「心を用いて捜せば」(想いを巡らせれば) (心を籠めて考えれば)見つかるという上記⑤に集約させる文章上のおもしろい工夫も見られる。[参考]Cherchez et vous trouverez.「もとめよ、さらば与えられん」〔マタイ伝7.7〕新スタ P.310。

フランス語 chercher も日本語訳にするとここでは大きく三つほどの表情として見えます。①は動詞グループの一員になって言わば新しい熟語を作ります。②③④は僅差を別にすれば「さがす」です。(④の翻訳文は敢えて飛躍させています、通常は「(頭の中で)求め続けていたもの」です。)⑤は状況説明の語句と《化合》しました。分解して訳せば「心を用いて＋捜す」です。ここにはないけれど、もちろん chercher には他の語意もあります。フランス人は無意識の文脈感で言葉を把握していると思うのですが、我々日本人は意識的に文脈を確認しないと見えません。フランス語単語に着いた三面、五面、の中からひとつを外して日本語文に試着してみることになります。時にはこのお面を新しく作る(言葉の組み合わせを変えて新しい表情を作ってみる)しかない事もあります。

その3 《triste》

　用例を出る順に並べます。下線部を比べてください

⑥ C'est triste d'oublier un ami.　…何とも情けないでしょう。(P.19)

⑦ Je suit tellement triste …どうしようもなく悲しくて　(P.65)

⑧ Et ça, c'est triste !　…味気なさ過ぎて見る気が起きない。(P.68)

　⑥⑦⑧の日本語訳は、文脈の中で triste 一語が示している表情です。この三つは日本語からみればお互い随分と違う語感を持っていますが、このそれぞれがフランス語形容詞 triste が文脈中で見せてる表情なのです。フランス語から日本語へ翻訳するときの文脈把握の重要性を改めて思います。仏和辞書にこの三通りの語義が載っております。//　SAINT-EXUPÉRY がフランス語のこの多義性を表現技巧として両義を接近させて、一呼吸で語義を変化させる使用例がいくつかあります。余談ですが例を挙げると un mouton{ひつじ一般}と{牧場で飼育されてる去勢された雄の羊}、mourir{植物が萎れる}と{枯れる}、gagner{利得する}と{手に入れる}、une maison{家中の家族}と{建物としての家}、un paysage {風景}と{風景画}、そして変則ですがP.58の la sienne{星}と{花}など。以上が面白発見二号の用例です。

　現代日本語の生真面目な表情、場面に精密であろうとする表現傾向が見て取れます。仏語の柔らかな表情、文脈から自然に涌き出てくる、作り立ての、その場面が生み出す内容が、変幻自在に言葉を染めてゆく様子が見て取れます。

【 付け足し 1 】

　少しこまかく言えば現代日本語の中でも「やまと言葉」は日本人が長年慣れ親しんで使って来ただけに、使われ方がこなれていて驚くほどに多義的です。(例えば89ページ「(人が) 立ちあがる」、「(煌くものが) 立ち上がる」、「(声を) 発てる」、「(物音が) 発つ」、「(年月が) 経つ」など)。(これ以上、ひとつの語義で解釈すると、同音異義語の問題を絡めてきます。)

　明治期に翻訳のため漢語を工夫し、文章言葉のなかで特化させた専門用語が量産され、そこから会話言葉に広まっていった言葉は比較的若い日本語と言え、ある 特定の場面 と強く密着するという訳語としての性格から抜け切れず、「翻訳漢語」を飛躍させ、連想を許すという柔軟な使い方はまだあまり発達していないようです。またこれは、漢字が「表意文字」という誕生からの宿命とも言えます。「漢語」でも、長い歴史を持つ仏教用語は、大衆の話し言葉の洗礼を潜り多義的日常語に成り切った物が多々あります。

　またカタカナ外来語は、日本語に表現しにくいためと言うほかに、その根付いていな

い無縁性、異次元性を利用して特殊効果的な意味使い(世界的な一流品、高級感、異国情緒、単なる奇抜さ、類似品のなさ、などを連想、妄想させる効果)に利用されてるようです。なお、この翻訳では、言葉の肌触りのよさを出すため実験的に片仮名外来語を使わない事にしました。とはいっても、トランプ、エンジン、ポケットなど例外は多多あります。さて、外来語を日本語に置き換える努力を怠り、外来語使用がこのまま増え続ける事は、日本語の言葉同士のつながりを薄めて行く事になります、この国の言葉の力と味わい深さを弱めることになると思います。外来語をそのまま使わず、日本語の中で置き換える努力が、日本語の力を養い言葉そのものを豊かにする基だと思います。

　日本語文字には、漢字、ひらがな、カタカナ、アルファベットなどが混ざって使われる点もひとつの特徴です。この文字面から受ける印象と文章場面との関わりの考察も面白い分野です。なお、本書では様態をもっぱら表すオノマトペを使う箇所も一つ二つ作り、ひらがな、カタカナ表記の効果を試しました。

【付け足し２】

　言語は文明の中で生まれ、加工され、その言語内で独特の脈絡の体系を築いて育ち、変性と淘汰を経て今日に来ているものと考えます。それぞれの言語はその文明が育む特性を言語的思考法として反映させた姿でもあると考えます。このことが、翻訳作業の面白さと同時に、文明と言語の結びつきの硬さゆえに、誠に翻訳の難しいところを作っていると思います。この両者は実体験を経て伝わる要素が多いからでしょう。

　この意味から、翻訳では、自国語と外国語は全く異なる思考法から成り立つという意識を常に念頭に置く必要があります。同時に人としての共通認識が存在するという感覚を常に持つことが必要といえます。たとえば時制の認識を言葉にする仕方は日本語とフランス語では全く異なります。日本語では動詞の活用形を使う時制は、時代とともに単純化の過程をたどり、時の副詞など動詞以外の要素を参加させています。フランス語では、動詞活用形を時代とともに多様化させて、時間把握の感覚を感情面にも拡張します。翻訳ではフランス語動詞時制を極力意識して読むことになります。そのほか、名詞とその限定辞・人称・数などにまつわる相違も大きく、翻訳過程では冷静な、違いに拘った分析作業が必要となります。

　「言語はその文明が育む思考特性が反映された結果」と捉えると、翻訳の現場というのは、二つの両言語の思考特性を「あぶりだす作業」とも、また「ぶつかり合わせる場所を作る」ともいえます。翻訳は自国語と外国語との間に広がる、この混沌に思えることばの、違いの海にいきなり小舟を漕ぎ出すような、実に無謀な冒険なのかも知れません。安定した航海術など始めからないのです。両言語の思考特性はどうなっているかと、試行錯誤の繰り返しから、自ら発見して行かざるを得ません。「試行錯誤の繰り返し」とは、申すまでもなく、語学辞典、文法書、語学研究書などの力を借りることです。

　それに翻訳者自身のことがあります。言葉に絡む翻訳者自らの先入観は避け得ないと自覚が要ります。語学的修正をするため、時を置いて翻訳を何度も改める勇気が絶対的に必要です。翻訳の改稿は何度も、作品として完成度の、み極めがつくまで、繰り返すことです。

　さらに、『翻訳作品』を生きた言語作品とするために、することがあります。原作を時を置いて読み返し、理解を深める様努めることです。翻訳者自身が日本語表現者として

よりよい表現を求め続けることです。言い換えれば、この二つは、言葉の世界の枠外に、必要なこととして存在します。翻訳には、作品を深く深く読解する立場と、日本語を練りに練って表現すると言う立場と、ふたつながら、取り組むべき姿勢があるということになります。もっとも、作品を深く解釈しすぎると、原作は傷ついてゆきます。表現を練りすぎると、原作は別の印象を持ち始めます。翻訳がある域を超えると、原作には迷惑な事になるということは、心しておくことです。

─────────────────

改訂版あとがき

　初版から4年が経ちます。この間、作品と向き合い、良いものとなるよう修正を重ねて来ました。一区切りつけてもいいという思いがしましたので、改訂版を出版します。原作に埋蔵された宝が読者の皆様に伝わる事を願うばかりです。

　風媒社編集長の劉　永昇さんには、昨年夏以来、出版の伊呂波からご指導いただき、おかげで改訂版と言えるものが出来ました。感謝いたします。

2015年1月27日

─────────────────

三訂版あとがき

　改訂版から五年が経ちました。この間、改訂版の精読をしては日本語作品に成る様にと朱書きし、読み返すこと幾たび、原書を確かめること数度、その朱書きも相当数になり版を改める事にしました。その複写を今回の原稿にしました。劉編集長との電話打ち合わせの中で、今回も装幀・本文デザインを担当してくださった全並　大輝さんが大分てこずっていると聞きました。矢印の入り組んだ朱書き原稿を読み解き、文字図形の注文も受けてもらい、手間のかかる入力作業をして頂いたことを、改めてありがたく思います。

翻訳は言葉の呪縛と抗い日本文に蘇生させ、作品として再生させる事

　翻訳の宿命と言い出と言い訳がましいのですが、その言い訳をさせてください。この作業、先ず原作から一断片を取外すとその断片毎に日本語への蘇生術を施す事から始めます。この過程に、人には言語からの呪縛が纏わり付いていることを学びました。日本語への翻訳当事者という立場で、そのフランス語断片に沿う日本語の翻訳ことばを創り出そうとすると、翻訳者の生き様から身に染み着いていた「ことば」への固定観念＝言葉からの呪縛に囚われた我が頑なさを曝け出しながら文学作品と対面する羽目に陥ります。これは、人には絶対見せたくない辛い翻訳戦です。最初に訳語を選ぶ立場の者は（勿論、辞書、文法書、研究書との、ああでもない、こうでもないと相談の上で）、その作品が放っている魅力には実感としてまだ気付けない段階の、ある種先入観だけで訳語を造りだすので、訳語に仕立てた語句は引き攣った顔付きです。この呪縛がらみの訳語には「方向性・勢い」に不揃いが有るのです。次の段階は、原作の文脈に適うようにと、自らの言葉の呪縛と戦い、懸命に再生術（翻訳術）の手当をします。これは、作品の構想から自ずと言葉を紡ぎ出す小説家の滑らかにして、何処か作者の床しささえも備えた文章とはいささか勝手が違うわけです。さて、翻訳本としての原案が、我が言葉の呪縛との戦いに勝負をつけたかと思い得た段階になってようやく、皮肉な事ですが、翻訳とは言

語Aから言語Bへ原作の文脈を解釈した上で作るものですから、その解釈が異なれば違う結果になるわけで、完璧な翻訳は在り得ない事を思い知るのです。ここからもう一つの峠＝仕上げ作業に入ります。慎重に原作と常に読み比べながら日本語の文学作品という視点で修正に専念します。この長い道程を潜り抜けたあとに漸く翻訳の最終案を手にします。こんな過程を経て、私は改訂版で終りの心算でした。翻訳作品としての完成の度合いの拙さに居た堪れず三訂版に至りましたが……。

翻訳の喜び、そのいくつか

　中学生頃からでしょうか。外国文学を日本語で読みだすのは。それがたまたま大河小説ですと大抵は途中から読み筋を見失ったりしますが、そんな事にはお構いなく、言葉遣い、珍しい心理描写、生活習慣などが面白く、違う世界を垣間見られると、私は翻訳文学に興味を持ったのかもと今にして思います。進学に明け暮れる今の中学生は文学をどのように始めるのでしょう。今の高校生が日本の古典から、ギリシャ・ラテンの古典、漢文学にも、そして広く現代の世界文学にも、何にでも幅広い興味が湧いて本を手にすると頼もしいのですが。さて、翻訳は外国文学を日本語の世界に招き入れることです。そして今回も、そういう翻訳作品として出版し、世間に独り立ちさせました。いつの日にか、とある町の未知の読者が何処やらの書棚から、この『かわいい仲間』を偶然に見つけ、この図書の親しい友に成ってくれることを楽しみに翻訳者は出版できた喜びに浸るのです。

　表音文字に、分かち書きというフランス文では、語義はものに例えれば普段着姿であり、文脈からの意味付けが有って、その上着を纏うことになる。(⇒P.273 **その3**《triste》がその見本です)。一方、表音文字(かな、カタカナ)と表語・表意文字(漢語)が混然と混じる日本文では、表語文字に少し自立性があるので、漢語が既に身繕いして文脈に出るようで、文脈から加算される語義の変性は少ないようです。このことを少し意識的にすれば、フランス語文の読み手であり、日本語文の書き手である翻訳者という立場は、「剝き出しに近い語義を発散する言葉」が文脈の力で装いを整える、意味幅に揺らぎのある世界を読み歩いた後に、「身繕いがほぼ出来た言葉」で、表情を既に纏わせた言葉で、文脈をきれいに整える文章世界を造るという、書き言葉ならではの、このように、趣の異なる世界を旅する人のようです。

　それに、翻訳者にしか味わえないけれど、この作業には発見がしょっちゅう付いて回る所も面白いものです。日本語とフランス語、この二つの言葉の喰い違いにまともに立ち会い (pp. 272〜273)、先の見えない霧の中を孤独に歩み (pp. 266〜268)、ようよう光を見いだした瞬間の達成感 (pp. 97〜100、pp. 146〜147　もっとも、いつでも光が差すとは限らないのですが…)、また、日本語からはまったく想像付かないフランス語の物の捉え方、考え方のある事(P. 138 manger /P.141 qui s'égarerait)を知ったり、あるいは今まで気づかなかった自分の固定観念を新たに発見したり (pp.108〜109　有るがまま…)と、翻訳しているだけでもこんな風に、普段だったら出会えない意外なことに頻繁に行逢えるのも面白いのです。勿論、翻訳という作業をしながら原作の作品世界を深く読む事ができるという喜びは何よりも貴重なものです。

次の世代にも、Le Petit Prince を読み継いでもらいたい

　人類がそれぞれの時代に築きあげた社会の価値基準は、人間社会を発展させる動力となりました。産業革命時代から一例だけ格言で挙げれば「時は金なり」でしょうか。勤労時間に金銭感覚を結びつけ社会の指針としました。そんな事には無頓着の子供がする判断は価値がないものとされました。それはおかしいと真っ向勝負をかけたのが、Saint-Exupéry ≪ Le Petit Prince ≫サンテグジュペリ著『小さな王子さま』・『星の王子さま』(私はこの書名を『かわいい仲間』としました。)だと思います。この作品は、子供時代によく見られる時間を度外視して産み出す価値判断(PP.71-72)が人間社会には大切である事を世に問い、人々もその再発見に気付き読み継がれて来たと受け止めます。

　さて、情報技術(IT)の進展はご存知の通り現代の人間社会を大きく変えています。情報処理量が従来と桁違いに大きいことが、社会活動全般の維持には欠かせなくなりました。人間がやれば時間がかかるところを瞬時に処理するのですから凄いことです。この桁違いの情報処理能力＝人工知能(AI)は、人間の実生活に加速的に浸透し、人間の頭が産み出す判断とは似て非なる「情報処理技術が産み出す価値基準」が人間社会に根付くのでしょう。AIに同調する人間が増え、実体験から判断する人間を、あるいはそう判断した当人自らをも軽く見る事態になるのかも知れませんね。まるで大人が子供の判断を見下した様に、生身の人間の考える事は規格外れとばかりに。すでにビジネスではインターネット使用は不可欠な手段であり、ビジネス会話もAIに同調して、人間同士の会話とは思えないほどぎこちなくなってしまいました。参考にこんな文章がありました。『目を閉じて心開いて　ほんとうの幸せって何だろう』三宮麻由子著　岩波ジュニア新書(2002年刊　PP.47〜50)「インターネットという言葉が世界を駆け巡りはじめたころから、私は不思議なことに気がついてきた。それは、駅や路上で手を貸して下さる方々が、以前のように自然な会話をしなくなったということである。

　それまでは、……いろいろな会話がはずみ……「明日は目の手術なんです。これで見えなくなったら死んだほうがましですよね」などと、見えない私を前に信じられないことを言い出す男性もいた。それでも、私にはこうして話をしていただければ相手がどんな方かがよく分かって安心だったし、失明に脅えてパニックに陥っていたこの男性が、最後に「がんばってみます」と言いおいて去っていったときには、少しは力になれたのかなと、ほっとしたりもした。

　ところが最近は、「お手伝いしましょうか」と声をかけてくださる方はぐっと増えてきたのに、その後はまるで義務を果たすかのように黙々と手を引いて行き、最後はさよならも言わずに突然手を放してそそくさと立ち去る人がみられるようになった。

　……だがインターネットは……そこには瞬時の判断や緊迫した言葉のやり取りという息遣いが感じられない。……もちろん、障碍者にとって、メールやインターネットは素晴らしい恩恵をもたらしてくれている。……だがしかし、会話の醍醐味に限っては、けっしてメールでは補えないと思うのである。

　……会話のやり方をわすれてしまうと、人の考えを受け入れる力も弱くなるような気がする。それは取りも直さず、自分自身の心の進歩という可能性に背を向け、豊かな気持ちをもつチャンスを放棄してしまうことではなかろうか。……苦しみや喜びを共感し

合えなくなったりさえするかもしれない。だとすれば、会話の喪失は、心の喪失なのではないだろうか。」

　では、そうした新時代の社会で人は幸せな日常を過ごせるのでしょうか。「人が人であること」の自覚は、おそらく今以上に深めなくては人間社会というものは息苦しくなるように懸念しますが、これは悲観的なのでしょうか。人の歴史の波乱万丈に鑑みれば人は変化に適応してゆくと楽観していいのでしょうか。

　人間が自らの社会に産み出した「情報技術の生産物」がこれからの人の世に宿命的に関わると想定できますので、私たちの暮らす人間社会に「人らしい呼吸ができる余地」が有ることを願っても、それは人間自らの手で損ない続ける事を覚悟しないわけにいきません。多くの大人からは常に忘れられている「大自然の中に生きるこどもの在り様」を日常生活に据え置く意義がここにあるように思うのです。「太古から人類本来に備わっている優しさの在り様」の自覚を促し続けるからです。この≪ Le Petit Prince ≫という作品が、そうした自覚を促すもののひとつとして、人工知能が多方面に進出するこれからの世にも読み継がれて行く事を願うものです。

2020年9月1日

［翻訳者・著者］

大橋　正宏（おおはし　まさひろ）

1944年、愛知県豊田市（旧北設楽郡稲武町）生まれ。

翻訳書

『かわいい仲間・その翻訳覚え書』［初版］

（ISBN 978-4-434-14972-6 発行:ブイツーソリューション 2010年）

『かわいい仲間』［改訂版］

（ISBN 978-4-8331-5291-4 発行:風媒社 2015年）

装幀・本文デザイン／全並　大輝

かわいい仲間［三訂版］

2021年9月20日　第1刷発行　　　（定価は外函に表示してあります）

翻訳者・著者　　大橋　正宏

発行者　　　　山口　章

発行所　　〒460-0011 名古屋市中区大須 1-16-29
振替 00880-5-5616 電話 052-218-7808
http://www.fubaisha.com/　　　風媒社

乱丁・落丁本はお取り替えいたします。　ISBN978-4-8331-5391-1

＊印刷・製本／モリモト印刷